Garvin et Ciela

Livre 2

Les Clans du Talémar

Victor Gueretti

Table des matières

Résumé du Livre 1..5

Chapitre 1 : Idylle à Gernevan..9

Chapitre 2 : Retour à Létare..23

Chapitre 3 : Voyage en Urgandarr.......................................43

Chapitre 4 : Delfen..60

Chapitre 5 : Le Lac Talémar..72

Chapitre 6 : Le Pays du Nord..108

Chapitre 7 : Le Fort des collines.......................................139

Chapitre 8 : Métamorphoses...163

Chapitre 9 : Volkor..182

Chapitre 10 : Olgova...206

Chapitre 11 : Le Pouvoir du Loup.....................................240

Chapitre 12 : Le Choix du Talémar...................................277

© Victor Gueretti, 2024
Édition : BoD - Books on Demand, 31 avenue Saint-Rémy,
57600 Forbach, bod@bod.fr
Impression : Libri Plureos GmbH, Friedensallee 273,
22763 Hamburg (Allemagne)
ISBN : 978-2-3225-5702-8
Dépôt légal : Décembre 2024

Résumé du Livre 1

L'aventure débute dans les immenses forêts du Royaume de Felden, lorsque le jeune Garvin, 18 ans, est sauvé de brigands par une magicienne de son âge, Ciela. Celle-ci l'aide à quitter Felden, et une romance prend forme entre eux, tandis qu'ils résident dans la demeure d'une vieille enchanteresse, Ivelda.

Mais Ciela va devoir partir loin au Nord pour répondre à l'appel de Létare, la cité de la Magie.

L'intrigue reprend sept ans plus tard. Garvin est devenu un héros, a organisé la Résistance à Felden, et avec l'aide de la puissante Compagnie des Masques, est parvenu à vaincre le roi Harvold. Un nouveau régime démocratique se met peu à peu en place à Felden, tandis que Garvin regagne son nouveau manoir, situé à Gernevan, capitale des Mille Collines.

Il n'a jamais oublié Ciela et souhaite alors la retrouver. Une lettre de la Compagnie des Masques, signée par leur Commandant, le vieil Envar, l'invite à le rejoindre dans les profondeurs du mont Hodnar, où la Compagnie découvre bientôt un fort à l'abandon. Suite à une bataille contre des humanoïdes troglodytes, Envar et Garvin comprennent qu'ils ont trouvé un ancien avent-poste de

Létare, ainsi qu'un message codé que seuls les mages de la grande cité peuvent déchiffrer.

Garvin embarque alors sur le navire du capitaine Lasro pour se rendre à Létare. En chemin, il aide les habitants de la cité indépendante de Sohar à se défendre contre des brigands, puis ceux de la ville d'Elarro à réparer leurs bateaux après une tempête.

Il retrouve peu de temps après Ciela dans l'imposante Académie de Létare. Le mentor de celle-ci, Gador, ne peut cependant pas déchiffrer le message car la pierre de code correspondante a été volée. La piste amène Garvin et Ciela jusqu'à la ville de Bardinn, au sud-est de Létare, où ils apprennent que la pierre a été achetée au marché noir par un homme au service de Lendra, la Grande Alchimiste. Cette dernière tente de soulever toute une province de Létare contre le Conseil et le Grand Mage, jugé très bureaucratique.

Dans l'est du pays, les deux jeunes magiciens rencontrent Lendra, qui s'avère très différente de la description qu'on leur avait donné d'elle. Ils découvrent une gigantesque femme à la forme impressionnante, empreinte de justice et désireuse de changer les choses à Létare. Elle leur remet finalement la pierre de code et ils peuvent repartir auprès de Gador.

Le message révèle bientôt un terrible avertissement : sous les nuages de l'Est, une menace plane sur les terres libres. Pour en savoir plus, Garvin et Ciela sont envoyés par le Conseil de Létare jusqu'à leur avant-poste le plus lointain, dans la Plaine des Cendres. Là, un magicien portant le titre d'Observateur leur confirme la menace et leur apprend le nom de leur première ennemie. Il s'agit de la dangereuse Elesra Blackheart, meneuse de ses partisans, les Elesrains.

Ceux-ci attaquent les Mille Collines et leur inflige une première défaite. L'urgence de la situation amène les Mille Collines et Létare, historiquement rivales, à s'allier contre le péril oriental. Garvin et Ciela, ainsi que le commandant Veresh de Létare, remportent une première victoire à Sohar, en repoussant l'ennemi.

Les Mille Collines, Létare, ainsi que des volontaires venues de la nouvelle Felden se regroupent dans la Plaine des Cendres pour combattre les Elesrains. Lendra et ses partisans viennent eux-aussi en renfort.

Envar et les Masques ont un plan : éliminer les mages noir et Elesra à tout prix. Les guerriers-mages de la Compagnie sont envoyés pour les intercepter pendant que la bataille fait rage au front. Garvin et Ciela sont chargés de trouver Elesra à l'arrière des lignes et d'en venir à bout.

Le combat les amène à la lisière de la Forêt d'Ombre, qui marque l'entrée dans les terres de l'Est. Après un duel intense, Garvin et Ciela parviennent à vaincre Elesra, tandis qu'Envar tue son champion dans un affrontement sans merci.

La bataille est remportée par les alliés de l'Ouest, et Envar, lourdement touché par le Héraut d'Elesra, est évacué sur civière. Après les combats, Lendra confronte le Grand Mage de Létare, et grâce au soutien des soldats, le détrôné. Elle devient la nouvelle Grande Mage et promet de grands changements.

Elle accorde également un siège au Conseil à Ciela, mais cette dernière y renonce publiquement, préférant aller vivre d'autres aventures avec celui qui vient de devenir son compagnon, Garvin. C'est sur cette scène, et avec le retour du soleil sur la Plaine des Cendres, que s'achève le premier tome, intitulé *La Guerre des Elesrains*.

Chapitre 1 : Idylle à

Gernevan

Un jeune homme avançait en courant sous des arbres de grande taille, dont les branches dégoulinaient d'humidité chaude, de lianes et de végétation d'un vert obscur. Le ciel, couvert d'une couche de nuages gris, donnait une atmosphère lourde à ces marécages lointains et méconnus, même des habitants de l'Urgandarr. Delfen, dix-huit ans, de taille et de corpulence moyenne, aux cheveux longs de quelques centimètres, se dépêchait en écartant les obstacles naturels qui entravaient sa route. Pour l'instant seul, il bondissait régulièrement, sa tunique gris clair et son pantalon, courts et légers, lui permettant d'aller presque aussi vite qu'il le voulait. Alors qu'il commençait à s'essouffler, il franchit le dernier mur végétal qui le séparait de son objectif. Un espace plus dégagé apparut face à lui, un terrain descendant, une sorte de petite clairière, entourée d'arbres espacés et d'une élévation du sol, tout à droite du jeune homme haletant.

Son regard trouva la gigantesque plante que ses amis et lui-même recherchaient depuis des semaines ; elle poussait dans cette clairière humide, juste en face, devant une mare d'eau trouble et opaque. Un bulbe vert en forme d'oeuf sortait du sol à cet endroit, cerné de pétales violettes, et atteignait le mètre de hauteur. Bien qu'un peu méfiant, Delfen avança, porté par son devoir, sachant qu'il représentait peut-être le dernier espoir de sa nation menacée. Il arriva par la gauche devant la large plante et observa le sommet de son bulbe, pour l'instant refermé. Lorsqu'il se pencha dessus, il repensa à ce que la vieille sorcière des marais, celle là même qu'il l'envoyait, lui avait dit concernant cet élément exceptionnel.

Delfen se concentra alors, releva ses mains au bout de ses bras baissés, et utilisa ses pouvoirs encore bien modestes pour diffuser son énergie en direction de la plante. Une vingtaine de secondes plus tard, son dôme vert s'ouvrit et révéla un coeur brillant d'où s'élevèrent de petites sphères couleur émeraude. Les yeux émerveillés à la vue de ce trésor de l'Urgandarr, Delfen demeura attentif à ce qui allait suivre, se préparant à recevoir la puissance de la plante. Les sphères se firent plus nombreuses, et les premières d'entre elles remontèrent vers le jeune homme, en direction de son coeur, et franchirent ses vêtements pour venir se dissiper dans son corps. Le mouvement des particules vertes et scintillantes s'accéléra, et bientôt, un véritable essaim fendit les airs ; Delfen, qui fermait les yeux, sentit une force gigantesque l'envahir, et augmenter sans cesse au fil des secondes. Son corps se mit à trembler sous cet apport magique dont l'intensité se faisait à chaque instant plus puissante. Une vague manqua de le faire basculer en arrière, mais la volonté du jeune homme le fit se reprendre et il avança le haut du corps tandis qu'une foule de ces sphères, semblables à des lucioles, arrivait sur lui. Enfin, le flot diminua d'intensité et Delfen sentit le calme revenir. Ses yeux brillèrent du même éclat vert que le coeur de la plante lorsqu'il les rouvrit, et il se sentait débordant d'énergie, comme on lui avait annoncé.

Dès lors, le bulbe et les pétales du végétal perdirent de leur éclat et se mirent à ternir, puis à s'effondrer au sol, inertes, comme prévu. À peine cet événement achevé, et alors que Delfen retrouvait son souffle, un bruit venant du nord-est parvint dans la clairière. Delfen se tourna vers la butte, légèrement à sa droite, et vit apparaître l'ennemi. En premier venait le Grand Mage de Guerre du Talémar, un homme d'une quarantaine d'années, grand et mince, vêtu d'un pantalon bleu, de bottes noires et d'une cape-manteau brune, et coiffé d'un étrange chapeau bleu clair, qui ressemblait à une sorte de couronne surmonté de plusieurs extensions. Il tenait les rênes d'une immense bête, un genre de mélange entre un corps massif et des cornes de taureau, la silhouette d'un gros loup, ainsi que le dos large et bombé d'un ours. Son harnais supportait plusieurs armes, dont une lance et ce qui semblait être des gantelets de combat. Le Mage l'arrêta sous un imposant arbre des marais, pendant que les hommes et femmes de sa compagnie se dressaient derrière lui, avec leurs armures de cuir légères et leurs armes redoutables, des massues et des épées lourdes dans les mains. Le général des troupes du Talémar, au visage lisse et à l'expression arrogante, leva son bras droit en tendant un index vers Delfen.

- C'est lui ! s'exclama t-il d'une voix forte. C'est la personne qui nous recherchons. Éliminez- le !

Delfen, la bouche entrouverte sous l'effet de la chaleur et de l'absorption des pouvoirs de la plante, observait ses adversaires avec attention. Au moins une bonne cinquantaine, ils levèrent leurs armes et entamèrent une marche vers lui. Le jeune homme d'Urgandarr se sentait maintenant prêt à les affronter, même s'il se présentaient tous dans la clairière. Il devait utiliser toute sa force tant qu'elle était à ce niveau temporaire. Mais un instant plus tard, le Grand Mage de Guerre remarqua la présence de cette forme grise et asséchée à la droite de Delfen, et il descendit de sa monture pour faire quelques pas en avant de ses soldats.

- Arrêtez-vous ! Cria t-il, écartant ses bras. Il a trouvé la Plante de Pouvoir avant nous ! Reculez tous…

Son ordre fit un effet immédiat, les barbares du nord retournant sur le sommet de la butte pour y surveiller le combat qui s'annonçait.

- Je me charge de lui, dit le Mage d'un ton inquiétant.

Delfen savait qu'à présent, il détenait une chance inespérée de faire tourner le conflit en la faveur de son pays. Même contre un magicien aussi puissant, ses nouveaux pouvoirs devaient suffire à l'emporter.

Le conquérant venu du Talémar fit plusieurs pas lents et maîtrisés vers Delfen, qui demeurait immobile, vigilent. Soudain, le Mage releva les bras, envoyant un large éclair bleu vers lui. Delfen plia le genou gauche, esquiva le sort et se releva : son adversaire fit un pas de côté, confiant en lui-même, puis répéta la même attaque. Delfen tendit ses mains en avant et fit apparaître un bouclier d'un vert translucide que l'éclair ne put traverser. Le Mage du Nord s'acharna contre sa protection magique avec des éclairs successifs, mais Delfen tenait bon, alors il utilisa la télékinésie pour faire venir une solide hache de guerre depuis sa monture et se précipita en avant. Réagissant d'une manière fulgurante, Delfen s'élança, ses bras changés en pierre repoussant la lame qui le menaçait et il frappa le Mage au ventre, l'éjectant à plusieurs mètres de lui, tout en lui faisant lâcher sa hache. Le conquérant rageux se redressa, provoqua une explosion de givre autour de lui, pour déstabiliser Delfen, et enchaîna par une lance de glace qui partit de ses mains jusqu'au jeune homme. Ce dernier la dévia avec son bras droit, une nouvelle fois transformé en roche, la lance allant se briser au sol et y fondre.

Delfen détendit les bras au sol et des racines se déployèrent à toute vitesse sous la surface de la clairière pour enfin remonter et enserrer les poignets du Mage. Celui-ci se décala sur la droite, brisa les emprises qui se refermaient sur lui, tira son épée courte de dessous sa cape, puis frappa les racines qui lui faisaient face. Lorsqu'elle s'allongèrent par terre, il laissa tomber son arme et dirigea un nouvel éclair vers Delfen. Ce dernier fut touché en dessous de l'épaule au même moment où il ripostait par une boule d'énergie verte et massive. Le Grand Mage fut atteint de plein fouet et parut sonné un instant, le temps pour Delfen de reprendre son sortilège de racines avec plus de force cette fois, et se saisir entièrement de son adversaire, soulevé du sol par les lianes qui en sortaient. Enserré de toutes parts, le Mage de Guerre se délivra par une autre explosion circulaire glacée et retomba sur ses pieds, soufflant et grognant. Delfen lui envoya alors une série de sphères qu'il eut de plus en plus de difficulté à faire éclater par des éclairs lancés à la va-vite, et fut obligé d'effectuer une roulade vers la droite pour s'en sortir.

La confrontation continua avec une intensité encore plus grande, l'un face à l'autre, jusqu'à ce que Delfen surprenne le Mage en plein échange avec une avalanche de pierres qui surgirent de ses bras. Touché par plusieurs d'entre elles, le conquérant du Nord, étourdi par les chocs qu'il n'avait pas pu bloquer par télékinésie, sembla sur le point de chuter à la renverse. Delfen joignit ses mains puis les éloigna, formant une immense sphère verte qu'il lança sur le torse de son ennemi, lequel s'effondra finalement, non loin de la butte d'où ses soldats regardaient avec effarement le résultat de cette confrontation. Le jeune vainqueur se dressa face à eux, ses bras à la teinte verdâtre gonflés par la puissance de la plante. Lorsqu'il les leva pour projeter une autre déferlante de roches, la compagnie du Mage se mit à couvert, certains d'entre les guerriers prenant la fuite dans les marécages. Animé d'une telle force, Delfen les y poursuivit, décidé à en finir avec les envahisseurs de son pays tant qu'il le pouvait, même s'il devait lutter seul contre mille…

***

Après la Bataille de la Plaine des Cendres, Garvin et Ciela avaient profité du retour au calme, suite à la victoire contre les Elesrains, pour rejoindre les rivages de la Fédération des Mille Collines, d'où ils avaient gagné la capitale, Gernevan. C'est là que le jeune magicien fit découvrir à la formidable Ciela son manoir, soigneusement gardé en état par son vieux serviteur, comme ce dernier l'avait promis. Ils installèrent leurs affaires et Garvin présenta l'ensemble à une Ciela enthousiaste de découvrir une telle demeure, si grande et magnifique, dont l'intérieur du bois rappelait les plus belles salles de l'Académie de Létare. Elle souriait tandis qu'il lui faisait découvrir pièce après pièce, jusqu'à deux chambres situées au premier étage, l'une en face de l'autre. Garvin ouvrit celle de gauche et la proposa à Ciela, qui en fut ravie.

- Voilà, tout ceci est à toi… dit le jeune homme, soupirant et plein d'émotion.
- À nous, rectifia Ciela avec tendresse, le regardant droit dans les yeux.

Leur nouvelle vie ensemble débuta dès lors, dans ce manoir qui passait pour être l'un des plus beaux de Gernevan, à l'image de leur idylle. Ils se sentaient remplis d'entrain et de bonne humeur, grâce au bonheur d'être ensemble, tout simplement, l'un près de l'autre, à lire, à parler, à se regarder tendrement, autour d'un dîner comme au cours d'une balade ou bien d'une activité anodine. Le soir, ils s'installaient tous les deux dans le grand canapé du salon à l'étage pour lire un roman, des vieilles histoires sur des jeunes comme eux, qui bravaient le danger, unis par leur passion. Garvin, un livre en main, s'allongeait le plus souvent de dos, contre Ciela, qui le tenait dans ses bras, la jeune femme lisant par dessus son épaule.

- Attends, je n'ai pas fini, disait-elle d'une voix si tendre et profonde que Garvin en frissonnait, lorsqu'il s'apprêtait à tourner une page un peu trop vite.

Il se reposait alors dans les bras de sa dame, se laissant aller, souriant de bonheur tandis qu'il sentait l'énergie de Ciela le recouvrir, le baigner intensément, le laissant dériver vers un royaume merveilleux où rien d'autre que la joie ne pouvait l'atteindre. Ciela, quant à elle, se plaisait à prendre ainsi soin de son amoureux, à le tenir, à le percevoir plus en confiance que jamais, et elle sentait que l'énergie de Garvin la renforçait, la rendait plus puissante encore. Elle passait ses grandes mains gracieuses dans les cheveux de Garvin, lequel, se retournant vers son idole, fermait les yeux, le coeur aussi passionné que serein.

En journée, il leur arrivait souvent de se balader dans les rues de Gernevan, puis dans le parc situé un peu plus au nord, non loin du manoir, où ils marchaient l'un à côté de l'autre, paisibles à l'ombre des grands arbres et près des petites mares en cette fin d'été. Les fenêtres ouvertes de la grande demeure laissaient entrer en soirée de bonnes odeurs qui rendaient leur vie toujours un peu plus douce, leur donnant parfois l'impression de vivre un rêve éveillé. Ils devenaient pour les habitants de Gernevan un couple modèle de jeunes héroïques, à l'amour authentique et sincère, qui inspirait aussi bien d'autres jeunes que des anciens. Avant de se coucher dans leurs chambres respectives, ils s'embrassaient sur la joue, presque timidement, puis se quittaient avec l'impatience de se retrouver le lendemain, pour de nouveaux projets à mener ensemble.

Lors de l'été qui suivit leur retour à Gernevan, ils purent prendre pendant de nombreuses heures le soleil dans la cour boisée attelée au manoir. Les cheveux de Ciela semblaient briller d'un éclat plus lumineux que jamais, et prenaient l'apparence de fils d'or, gorgés de vitalité et de magie, ce que Garvin ne manquait pas de remarquer.

Le soir venu, la jeune blonde s'entraînait longuement au combat dans cette cour, maniant son épée de cristal, mais le plus souvent un simple bâton, répétant inlassablement des mouvements enchaînés avec rapidité et élégance. Il lui arrivait de rester ainsi près de deux heures, seule, et parfois admirée de loin par Garvin, qui voulait rester discret et la regarder en silence, émerveillé. Elle semblait ne vouloir négliger aucun détail, dans aucun de ses gestes ni de ses postures, et, plongée dans son entraînement, elle ne remarquait pas toujours la présence de son amoureux. Certains soirs, il venait la rejoindre et s'exercer à ses côtés, lorsque la lumière tombait sur la capitale, et que leurs coeurs tremblaient d'émotion, en se mouvant ainsi, si près l'un de l'autre.

En une fin de matinée, lors du huitième mois de l'année, Garvin retrouva Ciela en bordure de la voie pavée qui passait non loin de leur manoir. Courbée, elle apprenait à se défendre à un groupe de jeunes gens, âgés d'environ douze ans, montrant quelques frappes à des filles et garçons qui se sentaient aussi heureux que fiers d'avoir une telle enseignante. Ciela, la main délicatement refermée sur le poignet d'une fille, guidait celle-ci dans ses mouvements, et termina son cours improvisé. Les jeunes saluèrent la jeune femme ainsi que Garvin, qui venait d'assister à la démonstration de sa justicière. Il éprouvait alors un immense bonheur à la voir répandre le bien autour d'elle, et lui fit part de cette impression. Souriante, elle se tourna vers lui, prit sa main et l'entraîna dans une autre de leurs balades estivales.

Les journaux de la capitale parlaient désormais des Quatre Héros, ces individus exceptionnels qui avaient fait basculer les récents événements en la faveur de l'Ouest : Garvin et Ciela, pour avoir vaincu la générale ennemie, Envar, qui avait été décisif dans la logistique, le commandement et la défaite des mages noirs, ainsi que Lendra, dont on disait qu'elle avait abattu plus d'une centaine d'ennemis à elle seule. Un article que les deux amoureux lisaient dans le bureau à l'étage racontait que la nouvelle Grande Mage était arrivée à Létare pour y prononcer un discours encourageant face à son peuple, dans la droite lignée de ce qu'elle avait annoncé dans la Plaine des Cendres. De nouveaux jours, une nouvelle ère s'ouvraient pour la cité des magiciens, ce qui ravissait Ciela, soulagée de ce changement qui allait bientôt affecter Létare. Ils reçurent peu de temps après la visite du gouverneur et bourgmestre de Gernevan, qui serra leurs mains en les remerciant une fois encore de leurs services.

- Alors, comment va la situation à l'est ? Demanda un Garvin intrigué et excité, tout comme Ciela à sa gauche.

- Aussi bien qu'il se peut ! Répondit le gouverneur au ton confiant. La Plaine des Cendres est maintenant entièrement sous notre contrôle, et la ligne de front s'est stabilisée à la lisière de la Forêt d'Ombre. Seuls quelques affrontements avec des éclaireurs Vesnaer ont eu lieu. La Compagnie des Masques ainsi que nos troupes fédérales sont en train d'investir la Forêt et de procéder à un repérage des terres qui se trouvent de l'autre côté.

- Et Envar, son état évolue t-il ? Demanda Garvin, préoccupé par la santé de son ami.

- Cela fait un mois maintenant qu'il est revenu à Gernevan, et sa santé s'améliore lentement, répondit le gouverneur. Il reste la plupart du temps dans sa cabine de régénération, mais il en sort maintenant une heure ou deux par jour. Vous devriez peut-être lui rendre visite d'ici peu ; cela lui ferait certainement plaisir. Pendant son indisponibilité, c'est Heldra qui dirige la Compagnie, et avec beaucoup de talent. Elle reste en contact presque tous les jours avec les commandants du front, par le biais des appareils de communication Létariens, et le portail de téléportation reste actif. Il nous permettra bientôt d'envahir le pays des Vesnaer, du moins, Heldra et moi-même en parlons.

- Ah, mais c'est formidable ! s'exclama Ciela. J'espère que Létare vous aidera.

- Il y a toujours plusieurs de leurs compagnies dans le nord de la Plaine des Cendres, mais je ne sais pas encore quels sont leurs projets. En revanche, je pense que les volontaires de Felden seront avec nous si nous lançons l'offensive, mais nous devons pour l'instant rester très prudents. Prendre possession de la Forêt d'Ombre est notre objectif.

- Nous vous remercions d'être venu en personne nous annoncer ces bonnes nouvelles, dit Garvin.

Le bourgmestre-gouverneur leur adressa un hochement positif de la tête.

- C'est bien normal, vous êtes nos héros, dit-il. Et je reviendrai vers vous si la situation évolue et que vos immenses talents sont requis à l'est. En attendant, je vous souhaite une bonne journée.

Suite à cette visite sympathique, la vie des deux amoureux reprit son cours, avec une confiance rehaussée en l'avenir. Un mois plus tard, ils se rendirent au château de la Compagnie pour y rencontrer Envar : dans la grande cour au sol terreux se trouvait le portail en forme d'arche, constamment gardé. Dans le donjon, ils trouvèrent Heldra, qui les informa que le commandant historique des Masques se reposait pour le moment, et elle les amena jusque dans une salle spéciale, au centre occupé par une cabine légèrement ovale, qui s'ouvrait par l'avant, et dont le haut de la porte était composé de verre. De l'autre côté de cette vitre, ils distinguèrent le visage endormi d'Envar, recouvert d'une sorte de vapeur verte, immobile à l'intérieur de la cabine. Après quelques instants passés à observer le vieil homme chauve et l'équipement dans lequel il reposait, Heldra les conduisit dans son nouveau bureau, un étage au dessus, et leur raconta plus en détail ce que le gouverneur avait expliqué.

Les Mille Collines disposaient toujours de nombreuses troupes, mais en tant que générale en chef, elle ne désirait pas engager immédiatement un conflit avec les Vesnaer, du moins pas sans connaître l'étendue de leurs forces et de leur territoire. Il allait se passer encore plusieurs mois avant que la situation ne s'éclaircisse et que les abords nord-est de la Forêt d'Ombre soient atteints puis sécurisés. Heldra les invita a repasser quelques semaines plus tard, le temps qu'Envar reprenne davantage d'énergie.

- Je vous rassure, il est en bonne voie, leur dit-elle avec un petit sourire encourageant.

Garvin et Ciela, tout de même heureux de cette visite, retournèrent dans leur manoir, que certains appelaient maintenant le Château des Mages ou bien le Château Romance, du fait du couple si uni qu'ils formaient.

Dans les temps qui vinrent, ils entreprirent un petit voyage dans l'ouest, pour découvrir en touristes des lieux que le jeune magicien lui-même ne connaissait que très peu, ou seulement de nom. Une série d'escapades les occupa pendant l'automne, et les amena parfois à des centaines de kilomètres de Gernevan. Ils séjournèrent dans des auberges, y réalisant des étapes pour visiter des villages typiques pendant que la belle saison se poursuivait, rencontrant parfois d'autres touristes comme eux.

Puis l'hiver arriva et ils se retrouvèrent beaucoup plus souvent dans leur demeure chaleureuse, chauffée au feu de bois. Pour fêter la nouvelle année, une grande réception fut organisée par les deux jeunes gens et avec la complicité du bourgmestre : ils invitèrent des membres de la Compagnie, mais aussi des amis rencontrés pendant leurs voyages à l'intérieur des Mille Collines, dont un couple un peu plus âgé qu'eux qui leur firent le plaisir de venir les retrouver dans la capitale. Heldra se trouvait présente également, et elle les informa à grand regret qu'Envar n'avait pas pu venir, car il se sentait encore le besoin de se reposer. Pendant toute la durée de la fête, ils purent compter sur le professionnalisme de leur vieux serviteur, qui défila à de nombreuses reprises avec des bouteilles ou des plateaux d'apéritifs. Cette réception fut pour le bourgmestre-gouverneur l'occasion de célébrer les deux personnalités à l'honneur, Garvin et Ciela, les invités levant leur verre devant eux pour les saluer et les remercier d'une manière unanime. Très touché par ces marques d'affection, ils les remercièrent personnellement à la fin de l'événement, au moment où tous regagnaient leurs demeures, pleins de la joie d'un moment de convivialité.

Les événements reprirent ensuite un cours plus habituel, Garvin et Ciela sortaient désormais en manteaux pour se promener à l'extérieur. Un épisode de neige amena une ambiance festive dans la capitale, recouvrant les toits et les arbres des parcs, avant que la température ne remonte peu à peu, au fil des semaines. Ils purent enfin rendre cette visite à Envar dont ils parlaient depuis longtemps ; ils trouvèrent le vieux commandant au repos dans l'un des bureaux du château de la Compagnie, et même s'il restait le plus souvent assis, il put toutefois se lever de son siège, s'aidant d'une canne, pour venir les saluer comme il se devait.

- Mes chers amis ! s'exclama t-il. Cela fait des mois… hé oui excusez-moi, je n'étais pas vraiment en état de venir à votre réception, vous m'en voyez désolé…
- Ce n'est rien, monsieur, répliqua Ciela. Heldra nous a tout expliqué, et le plus important est que vous vous reposiez. On nous a dit que le combat que vous avez mené a été terrible.
- Je dois dire que cela m'a beaucoup secoué, avoua Envar. En cent quatre-vingt ans d'aventures, je peux vous assurer que ce Héraut des Vesnaer est de loin l'adversaire le plus coriace que j'ai dû affronter. Il me faudra encore du temps pour reprendre du service, du moins sur le terrain. Je recommence tout juste à étudier l'évolution des choses, des événements récents.
- Heldra fait du bon travail, dit Garvin.
- Pour sûr ! Fit Envar, haussant le haut du corps. Et je vais lui laisser la direction des opérations sur le front est. Maintenant, et pour un moment encore, je ne serai présent qu'en tant que conseiller, et je m'occuperai surtout des affaires d'ici. Maintenant, c'est Heldra qui dirige la Compagnie, qui prend les décisions concernant son avenir, même si je suis toujours tout cela avec un grand intérêt. Actuellement, nous sommes dans une période de transition militaire, alors autant nous préparer pour l'heure où nous devrons retourner au combat contre les Vesnaer.

La discussion se fit ensuite plus anodine, pendant environ un quart d'heure, jusqu'à ce qu'Envar regarde en direction d'une petite horloge posée sur son bureau.

- Ah, c'est l'heure de retourner dans ma cabine ! Dit-il. Cela m'a fait grand plaisir de vous voir, vraiment. Vous pouvez revenir tout les jours à cette heure, si vous le voulez, mais j'imagine que vous avez bien des projets. À bientôt j'espère !

Alors que les jours commençaient à rallonger et que le printemps allait bientôt débuter, une agente des exemplaires services postaux des Mille Collines remit une lettre au vieux serviteur du manoir. En haut de l'escalier qui menait à la salle centrale du premier étage, il croisa Ciela, à laquelle il transmit le courrier. La jeune magicienne reconnut immédiatement le sceau de Létare et elle se dirigea vers le lourd bureau au milieu de la pièce. Elle s'empara d'un ouvre- lettres et sortit le papier que contenait l'enveloppe. Le soleil brillait dehors, et entrait dans la demeure à travers une grande fenêtre située à quatre mètres derrière le bureau, rendant la lecture du message aisée.

« Chère Ciela, Cher Garvin,

J'espère que cette lettre vous trouvera en bonne santé et en paix, à Gernevan. Je voudrais vous informer qu'à Létare, la situation a changé : je suis désormais bien installée en tant que Grande Mage, et de nouveaux membres ont rejoint le Conseil, à la place de cinq proches de mon prédécesseur, qui se sont retirés. Le Conseil a gagné en crédibilité et devient même populaire, plus que jamais semble t-il. La confiance de nos citoyens est retrouvée, y compris dans l'est, où les villes que je représentais ont cessé leur révolte contre la capitale. Ce qui devait être fait pour notre nation a été fait ou est en cours, et j'espère que vous pourrez bientôt le constater.

Mais je vous écris pour vous dire que si les Elesrains ne sont plus une menace, et que les Vesnaer ne sont actuellement plus capables de passer à l'offensive, un nouveau danger arrive du Nord. À l'heure où je m'apprête à vous envoyer ces informations, le Talémar serait sur le point de lancer une attaque. Mon alliée, qui dirige un clan au nord-ouest, m'a prévenue. J'aurais donc besoin d'assistance pour une mission spéciale, et j'ai naturellement pensé à vous, connaissant vos immenses facultés. Seriez-vous partants pour une nouvelle aventure ? Si vous êtes d'accord, venez me rejoindre le plus vite possible à Létare.

Votre amie sincère,
Lendra. »

Alors que Ciela terminait juste de lire la lettre, Garvin arriva de la gauche de la pièce. Repérant son ami, elle se tourna vers lui et leva le papier à son attention.

- Garvin, Lendra nous écrit ! Dit-elle avec énergie.

Curieux et agréablement surpris, Garvin se dirigea vers le bureau et s'empara de la lettre que Ciela lui tendait. Il lut avec grand intérêt et de plus en plus rapidement le message, qu'il abaissa trente secondes plus tard avant de regarder la jeune femme enjouée qui se tenait debout en face de lui, appuyée sur le bord du meuble imposant.

- On y va ? Fit Ciela avec un sourire, sur un ton qui ressemblait davantage à une invitation qu'à une question.

Garvin, le visage jovial, leva les bras et s'avança vers elle : les deux jeunes gens s'enlacèrent avec entrain avant de demander au vieux serviteur de les aider à préparer au plus vite leurs valises pour Létare.

Ils passèrent l'heure qui suivit à rassembler leurs affaires, puis à imaginer quel allait être leur itinéraire ; ce dernier s'imposa tout naturellement.

- Je pense que nous devrions prendre la première diligence pour Grovd, dit le jeune homme, qui avait très vite envisagé de reprendre la route exacte de son premier voyage dans le Nord.

- Oui, c'est ce qui me semble le plus simple, aussi, approuva son amie, plus au fait que jamais de la géographie des Mille Collines. Nous trouverons sans aucun doute un navire qui acceptera de nous emmener.

- Peut-être y trouverons-nous même Lasro… suggéra Garvin, avec l'espoir de revoir cet excellent camarade, qui leur avait été d'une si grande aide, l'année précédente.

- Ah, le bon capitaine, fit Ciela, qui se souvenait bien de ce sympathique personnage. Ce serait la meilleure navigation possible vers Létare…

Après un rapide déjeuner, ils descendirent au rez-de-chaussée avec leurs bagages, assistés par leur serviteur, qui allait une fois de plus tenir le manoir en leur absence, comme il s'y habituait désormais. Une diligence partait deux heures plus tard en direction de Grovd, depuis les abords du parc, dans la partie nord de la ville. Les deux magiciens s'assurèrent d'avoir avec eux tout le nécessaire, y compris leurs équipements de combat, avant de saluer le valet, qui les regarda partir depuis la porte entrouverte de la demeure.

Chapitre 2 : Retour à Létare

Pour la première fois depuis sept mois, Garvin et Ciela allaient quitter les frontières des Mille Collines, et ils se sentaient euphoriques de se savoir sur le point d'entamer un autre périple à deux. Une aventure dont la nature restait suffisamment mystérieuse pour les faire rêver jusqu'à leur arrivée à Létare, malgré un danger évident à prévoir en ce qui les concernait, dans les semaines à venir. Une fois leurs valises montées sur le toit de la diligence par des employés de Gernevan, la ligne qu'ils prenaient appartenant à la ville, ils s'assirent à l'arrière du véhicule, en face de deux autres passagers, un homme et une dame plus âgée, qui allaient être leurs premiers compagnons de route.

La diligence partit bientôt pour Grovd, sous le soleil et quelques nuages de printemps, et Garvin et Ciela échangèrent un sourire au moment du démarrage. Ils gagnèrent en un petit quart d'heure la campagne qui s'étendait au nord de Gernevan : un voyage de trois jours jusqu'au port fluvial débutait. Les deux amoureux pouvaient observer le paysage par les petites fenêtres des portières, et y repérer des villages, des moulins, ainsi que des travailleurs des champs, en bordure de la route de terre qu'ils parcouraient. Après plusieurs heures, tandis que les deux autres passagers se tenaient toujours assis en face d'eux, ils se mirent à discuter sur l'avenir des transports.

- Tout ira plus vite lorsque la Compagnie aura placé des portails de téléportation à travers les Mille Collines, imagina Ciela.

- Oui, approuva Garvin. Je sais qu'Heldra souhaite en installer trois d'ici un an : un premier près du mont Hodnar, pour faciliter le transport du minerai magique jusqu'au château des Masques, un autre dans une ville du nord, peut-être Grovd d'ailleurs, et un autre dans le sud, tout proche de la frontière avec Felden. Et elle entend bien créer un portail entre Gernevan et Létare, à ce qu'on dit.
- Ce sera formidable ! Dit Ciela avec un sourire et un regard brillant. Nos deux nations sont plus proches que jamais, et ceci grâce à l'arrivée de Lendra.
- Ah, moi aussi j'ai hâte de voir à quoi ressemble Létare aujourd'hui, ce qu'elle a déjà réussi à changer, en seulement sept mois…

L'expression des deux personnes qui les écoutaient passa d'une discrète attention à une certaine admiration, car ils savaient qu'ils voyageaient en compagnie de personnes hors du commun, à la seule façon dont ils parlaient de la nouvelle Grande Mage. La dame en face de Garvin finit par leur demander s'ils étaient bien ceux qu'elle croyait, et elle entama la conversation suite à la réponse positive de Ciela.

- Oui, nous allons à Grovd, dit la jeune magicienne avec douceur.
- Je savais bien que vous avais reconnus, dit la femme âgée, sur un ton assez fier. Vous êtes les jeunes les plus célèbres de la ville, du pays devrais-je dire, et j'imagine que vous avez fort à faire.
- Plutôt, répondit Garvin. Mais nous ne savons pas encore quoi. J'ai lu toutes vos aventures, dans la presse, reprit la dame, visiblement impressionnée de se trouver en présence des héros de l'année passée. Ah, je ne vais pas pouvoir vous accompagner jusqu'au bout de cette ligne, je m'arrête avant, d'ici quelques minutes d'ailleurs. Je vous souhaite d'avoir de la réussite dans votre… mission ?
- Je pense que l'on peut l'appeler comme ça… supposa Garvin avec une pointe d'humour dans la voix. Faites bon voyage, vous aussi.

Ils se saluèrent lorsqu'elle quitta la diligence, arrêtée pour un quart d'heure dans un village situé plus loin sur la route. Les deux jeunes magiciens en profitèrent pour marcher un peu et profiter du beau temps, puis ils remontèrent dans le véhicule qui devait leur faire parcourir encore plusieurs kilomètres, jusqu'au début de la nuit. Ils passèrent celle-ci dans une auberge classique, plus au nord, puis un deuxième établissement du même type les accueillit le soir suivant, avant la dernière ligne droite vers Grovd.

Ils y parvinrent en fin de matinée, peu après dix heures trente, la diligence finissant sa course sur la même place que lors de la première escale de Garvin, non loin du port. Le jeune homme retrouva sa route vers les pavés des docks, Ciela marchant à sa droite, humant l'air humide qui provenait de l'Olono tout proche. Lorsqu'ils arrivèrent sur les quais de pierre, ils ne tardèrent pas à localiser Lasro et son chapeau planté d'une plume, plus loin, debout et à proximité de son deux-mâts qu'il supervisait, son navire étant en train d'être chargé de marchandises par son fidèle équipage. Garvin et Ciela échangèrent un nouveau regard complice et malicieux, puis allèrent discrètement rejoindre leur ami navigateur, qui fut on ne peut plus surpris de les découvrir devant lui lorsqu'il se retourna, alerté par un bruit de pas inhabituel.

- Mes amis ! s'exclama t-il. Vous ici ! Mais quelle joie, quelle surprise. Vous venez juste d'arriver ?

- Exactement ! Répondit Garvin avec entrain, en serrant la main du capitaine.
- Nous espérions vous trouver ici, expliqua Ciela, qui le saluait à son tour.
- Vous avez de la chance, nous nous apprêtions à partir. À une heure près, nous nous serions manqués. Quel plaisir de voir un magnifique couple comme le vôtre, un jeune homme et une jeune femme d'un si grand talent, si proches l'un de l'autre… Êtes-vous en vacances, ou seulement en visite dans notre belle cité de Grovd ?

- En fait… commença Ciela avec un sourire. Nous avons besoin de nous rendre à Létare, et nous avions pensé que vous pourriez nous prendre avec vous, que nous pourrions être du voyage, sur votre navire.

- Ah ! s'exclama Lasro, qui soupçonnait une nouvelle aventure de ses deux amis. Nous allions partir pour Kavir, mais je suis prêt à tout laisser de côté pour vous aider, ou du moins à faire ce détour. Alors, vous allez encore sauver l'Ouest ?

- Non, tout de même pas, mais nous aurons certainement une importante mission à mener, dit Ciela.

- Et nous sommes ravis que vous acceptiez de nous y emmener, conclut Garvin.
- Pour les amis, je le peux bien ! Répliqua Lasro, jovial. Allez, montez à bord !

Les deux jeunes magiciens s'élancèrent sur un geste du bras de Lasro, et grimpèrent sur le pont via une large planche inclinée qui le reliait aux quais, sur laquelle circulaient les matelots encombrés. Une fois parvenus sur le deux-mâts, ils se retournèrent vers la ville aux tuiles grises, que le soleil faisait entrer dans le printemps. Ils assistèrent aux dernières manoeuvres de l'équipage, qui amenèrent encore quelques tonneaux et une caisse bien empaquetée, grâce aux cordes ficelées qui en faisaient le tour, sous le regard attentif de Lasro, toujours en bas de la rampe.

- Bon, nous pouvons y aller, annonça t-il avec un contentement discret. Mes amis, préparez- vous à repartir sur le fleuve.

Il remonta à bord pendant que des dockers au service du port de Grovd s'occupaient de détacher les lourdes cordes qui maintenaient le navire à quai. Les voiles, déployées une par une, allaient pouvoir capter le faible vent pendant que le sens du courant allait lentement entraîner le vaisseau massif vers le Nord. Au départ, celui-ci demeura proche de la rive ouest de l'Olono, jusqu'à la forêt qui poussait en dehors de la ville, puis il gagna peu à peu la partie centrale de la grande rivière, paisible comme en un jour d'été.

- C'est toujours agréable à cette période, raconta Lasro, presque aussi heureux que ses deux passagers. On sent les bonnes odeurs revenir, les oiseaux chantent, le bonheur, quoi !

Garvin et Ciela, se laissèrent facilement gagner par la bonne humeur du capitaine, et constatèrent bien vite la différence que ce voyage présentait, comparé à leur précédente navigation sur l'Olono. La situation générale, qui n'était plus celle d'un conflit, laissait le temps d'apprécier la tranquillité de l'ambiance, ainsi que sa fraîcheur nettement plus marquée, même si un magnifique printemps s'annonçait, avec déjà des températures élevées pour le début du saison, surtout en cette région de l'Ouest.

- Oui, cela ressemble vraiment à une croisière, dit Garvin, tandis qu'il observait l'eau depuis l'avant du navire, en compagnie de sa dame, avant de tourner le regard vers elle, passionné. Et elle est encore meilleure que la première, parce que tu es là…

Ciela cligna des yeux en abaissant la tête, flattée de cette gentille remarque : ils échangèrent un sourire, puis elle plaça sa grande main gauche sur son épaule, et ils regardèrent la surface du fleuve, qui se fendait sur le passage de la coque. Ainsi débuta leur voyage fluvial, qui en l'espace de quelques jours seulement allait les ramener directement vers la grande cité de la magie, en passant à proximité des villes que Garvin avait déjà découvertes, presque un an auparavant, mais cette fois-ci, avec seulement de courtes escales. Lasro leur raconta ce qui avait changé depuis, et les deux amoureux furent heureux de constater que les récents événements avaient conduit à une plus grande solidarité entre les différentes puissances présentes le long du fleuve. À Sohar, dont la silhouette leur apparut deux jours plus tard, la sérénité avait été retrouvée grâce à la victoire de l'Ouest, et maintenant, une garnison permanente de Létare s'y trouvait bien installée, comptant une centaine de soldats, et les gardes locaux bénéficiaient d'un meilleur matériel, mis à leur disposition par leurs nouveaux alliés. Quelques golems parcouraient également les rues, assurant la sécurité des citoyens.

- Et ce n'est pas tout, continua Lasro, fier de leur parler des progrès accomplis ici. L'arrestation du réseau de bandits près de Bardinn, qui a été démantelé grâce à vous d'ailleurs, a rendu les routes beaucoup plus sûres dans la région, et on parle d'un projet d'amélioration d'une voie reliant Sohar et Bardinn, qui serait en cours de réalisation.

Un rapide arrêt d'une heure leur confirma les dires du capitaine, au détour d'une courte entrevue avec le bourgmestre de la ville. Selon ce dernier, Sohar sortirait définitivement de son isolement, grâce à ce rapprochement avec Létare, entièrement inattendu encore quelques mois plus tôt. La route entre la nation des magiciens et la cité indépendante servirait à faciliter les transports et la logistique militaire.

- C'est une grande opportunité pour nous, et les habitants de notre cité sont décidés à ne pas la laisser passer. C'est pourquoi je suis les propositions de Létare avec grand intérêt. Et je dois vous remercier une fois de plus, car vous êtes aussi les agents de ce rapprochement dont nous parlons, et qui va embellir nos vies, ici même, au fil des mois qui viendront.

Ils quittèrent le bourgmestre en invités de prestige, encore plus qu'aux Mille Collines, ayant combattu sur les hauteurs du château qui se dressait toujours, intact et plus solide que jamais, pour surveiller la route de l'est. Garvin et Ciela s'entretinrent avec Lasro le soir, avant d'aller gagner leurs cabines, et le capitaine insista à nouveau sur l'évolution positive de la situation depuis quelques mois, partout où il se rendait, dans chaque port où son navire faisait escale.

- Oui, j'ai senti, comme beaucoup d'entre nous, que le changement promis par Lendra, la Grande Mage, est bien réel, et redonne du prestige aux interventions de Létare. Il y a encore du travail, car Létare était il y a pas longtemps encore une puissance étrangère peu appréciée par les gens du fleuve. Certains pensaient même que leur ville pouvait être annexée en cas de grosse mésentente.

- Non, je ne pense pas, déclina Ciela, catégorique. L'ancien Conseil préférait surveiller ses frontières que les franchir, et il n'y a jamais eu cette volonté. Le Grand Mage d'avant considérait plutôt ces villes indépendantes de l'Olono comme des territoires inférieurs, indignes d'être revendiqués.

- Je suis d'accord avec ce que vous dites, reprit Lasro, qui avait saisi ces éléments au fil de ses escales dans la cité des magiciens. Aujourd'hui, où que nous allions, au nord de Grovd, il n'y a plus la même méfiance qu'avant. Cela se ressent jusque sur les rivages des Mille Collines, et je pense que cela continuera à s'améliorer.

Cette impression se confirma à Elarro, lors du deuxième arrêt classique du navire de Lasro. Là, plusieurs personnes que le capitaine connaissait leur racontèrent les dernières nouvelles, dont celle, marquante, de la visite d'ambassadeurs venus de Létare, un fait surprenant pour une cité et une région alliée depuis des décennies aux Mille Collines. Ce fut d'abord une passante visiblement instruite et bien au fait des relations entre les différentes puissances de l'Ouest, qui leur parla de cet épisode.

- Nous avons reçu une délégation Létarienne, il y a un mois. Les émissaires désiraient effacer la défiance des gens d'ici, due à la politique des précédents dirigeants de leur pays. Je les estime bien sincères, et le simple fait qu'ils se soient déplacés ainsi prouve qu'ils nous parlent avec intérêt et franchise. On dirait que le temps de l'ancien Conseil des magiciens est à présent terminé.

Puis, un docker qui transportait une petite caisse s'arrêta un instant près de Lasro, Garvin et Ciela, et continua le récit.

- Oh, oui, un délégué officiel est venu, bien escorté. Il s'est dressé sur les quais, avec un papier signé de la Grande Mage, et il l'a lu devant des centaines de personnes. Il nous a dit :

« cet isolement qui nous sépare est maintenant inacceptable, et ne doit plus venir nous éloigner davantage. Nous voulons être vos amis ». Au début, nous avons eu du mal à y croire, mais quelque chose me dit maintenant qu'ils ont de bonnes intentions. Qui l'aurait cru il y a encore un an !

Même Lasro semblait étonné que les relations entre les deux territoires se soient améliorées si vite. Ses deux amis constatèrent quant à eux à quel point Lendra avait tenu les promesses annoncées au moment où la direction de Létare lui était revenue, et il leur tardait d'autant plus de se retrouver face à elle.

- Voilà ce qu'il se passe lorsque la diplomatie règne, en conclut le capitaine.

Le court arrêt à Elarro s'acheva dans les minutes qui suivirent, et le navire reprit le large, se replaçant au milieu du vaste fleuve. Il ne leur fallait alors plus que deux longs jours pour parvenir enfin à destination. Le deuxième soir, alors qu'ils naviguaient au milieu du lac, Garvin et Ciela se retrouvèrent sur le rebord du vaisseau, à imaginer ce qui pouvait les attendre.

- J'espère que le Talémar n'a pas déjà commencé à envahir le pays, dit la jeune bonde, préoccupée par la sécurité de la nation qu'elle avait servie pendant sept ans. Je t'en ai déjà parlé un peu : la frontière nord est très surveillée depuis une décennie par les membres du Conseil. Gador était, et reste sans doute encore aujourd'hui en charge de la défense de Létare, sur le bord du Lac Talémar. J'ai l'impression que nous allons devoir faire face à une grande flotte venue de l'autre côté de ce lac.

- C'est ce que suggère la lettre de Lendra, oui, approuva Garvin, pensif. J'ai cru comprendre qu'il y avait eu une guerre entre Létare et le Talémar, il y a quelques années, c'est bien cela ?

- Oui, confirma Ciela, en regardant l'eau rendue sombre par l'obscurité de la nuit. C'était à la fin de ma première année à l'Académie. En réalité, le Talémar ne nous a pas directement attaqués, c'était l'Urgandarr à l'ouest qui était visé. Mais ils ont dû traverser le bord de nos terres pour les atteindre, et ils y sont repassés au moment de leur retour. Il y a eu des affrontements au nord-ouest de Létare, rien de comparable à ce que nous venons d'avoir avec les Elesrains, mais cela a marqué notre histoire. Depuis, et jusqu'à l'intervention des Elesrains, le Talémar était considéré comme notre adversaire le plus dangereux.

- D'accord, je comprends mieux, répondit Garvin, qui se remémorait en même temps tout ce qu'il avait pu apprendre au cours de son séjour à Létare et au travers de ses conversations avec Ciela. Je me demande s'ils n'ont pas appris que Létare a été affaiblie par le conflit à l'est, qu'ils en profitent pour tenter l'offensive maintenant que Létare a perdu des forces.

- Ah, c'est bien possible. Eux aussi surveillent les abords de leur Lac. À mon avis, ce projet d'invasion survient d'une manière trop opportune pour que cela soit une coïncidence. Comme toi, je suis persuadée qu'ils ont vu là une occasion idéale pour passer à l'attaque.

- Ce qu'ils ignorent sans doute, c'est que les Mille Collines ne sont plus en rivalité avec Létare, et qu'elles pourront envoyer de l'aide si besoin est. Mais je pense que cette aide sera limitée, avec la menace des Vesnaer à l'est.

- Lendra nous renseignera, conclut Ciela. Nous ne savons toujours pas quelle sera cette mission, nous devons attendre demain.

- Oui, tu as raison, dit Garvin avec le sourire, qui se sentait ramené à une prudente raison par son amie. Attendons un peu, prenons le temps d'examiner la situation. Nous ne savons pas tout. Peut-être même que le danger venu du Talémar n'est pas si grand que cela. Je vais aller dormir. Bonne nuit, Ciela.

- Bonne nuit, Garvin, répliqua la magicienne d'une voix douce, tandis qu'ils se prenaient la main un court instant.

Elle demeura encore sur le pont, seule dans la nuit, rêvant de revoir la cité et tout le territoire de Létare transformés en une terre de justice par celle que l'on appelait encore il y a peu la Grande Alchimiste.

Le lendemain, Garvin et Ciela descendirent sur les docks de la cité des magiciens, toujours pleins d'activité, de marins et de porteurs qui s'occupaient des tonnes de marchandises fraîches, des nombreux filets et embarcations de toutes tailles. Les vaisseaux de guerre montaient la garde, avec à leur bord des lanciers en uniformes, qui veillaient à la sécurité du port dans lequel le bateau de Lasro venait de s'amarrer. Les deux jeunes passagers gagnèrent le sol par la rampe installée pour eux quelques instants plus tôt. Avant de s'éloigner définitivement, ils se retournèrent pour saluer une fois encore le capitaine.

- Merci encore pour nous avoir emmené jusqu'ici ! Lança joyeusement Garvin.
- Mais non, c'est moi qui vous remercie ! Répondit Lasro, énergique, perché à l'avant du pont. Je sais qu'avec vous je ne risque rien, même si une légion de bandits attaque mon navire ! Je vous souhaite bonne chance pour ce que vous allez entreprendre, et je suis sûr que les journaux ramèneront vos exploits jusqu'aux Mille Collines !

Rieurs, Garvin et Ciela levèrent le bras à son adresse, puis le capitaine pivota et annonça le départ pour l'est du Lac, direction la ville de Kavir. Les deux magiciens se tournèrent vers l'alignement des façades des maisons, du l'autre côté du port, les travailleurs circulant entre eux et ces bâtiments.

- Bon, comme je te l'ai dit, pratiquement personne ne me connaît ici, à part les membres de l'Académie avec lesquels je travaillais, rappela Ciela. Sur la route de la haute cité, nous pouvons interroger des passants pour leur demander comment est la vie maintenant, cela ne prendra pas trop de temps.
- Je suis d'accord ! Fit un Garvin curieux. Allons-y !

Ils s'élancèrent et esquivèrent des marins affairés pour s'éloigner du rivage, tout en s'éloignant sur leur droite. Ils gagnèrent les abords de la rue principale, en pente régulière, où l'agitation se faisait moindre. Repérant une dame âgée qui marchait à l'écart, Ciela s'avança et l'interpella avec tact.

- Excusez-moi madame, commença t-elle. Je ne suis pas venue depuis un certain temps et j'ai entendu dire que Létare a changé de Grand Mage. Que pensez-vous de la nouvelle dirigeante ?

- Oh, eh bien je pense que tout le monde ici en est content, répondit la dame avec naturel, d'abord un peu décontenancée par cette question soudaine. Elle nous a fait bonne impression dès son arrivée, elle a tenu un grand discours devant l'Académie, et comme beaucoup, je suis venue voir ce qu'il en était, et je dois dire que j'ai été agréablement surprise. Pour vous dire, c'était un événement unique ; pour les anciens de la ville, presque aucun n'ont connu un autre dirigeant que l'ancien Grand Mage. Pour tout le monde, et pour les jeunes qui doivent encore réussir, l'arrivée de Lendra est l'une des meilleures choses qui pouvaient se produire.

Deux hommes d'environ vingt ans venaient de s'arrêter près d'eux pour écouter ce dont il était question. D'un naturel bavard, ils ne purent s'empêcher de participer à la conversation.

- La Grande Mage ? Demanda l'un d'eux, comme pour s'assurer de ne pas avoir fait erreur. Nous, on l'adore ! On l'a vue hier, en ville, oh là là !

- Oh oui, elle est magnifique en plus d'être talentueuse, insista son camarade. C'est la meilleure ! Vous pouvez demander à n'importe qui !

Ils s'en allèrent en riant vers l'extrémité est du port, pendant que Garvin, Ciela et la vieille dame achevaient leur discussion, amusés de cette irruption des deux jeunes.

- Bien, je crois que nous allons repartir ! Dit la jeune femme blonde. Merci de votre disponibilité.

Garvin et Ciela remontèrent ensuite la rue et demandèrent quelques informations à des gens qui ne paraissaient pas trop occupés pour le moment.

- Vous n'êtes pas au fait de tout ce qu'il s'est passé ! Constata une femme d'une quarantaine d'années. Les cinq conseillers les plus proches du vieux Grand Mage ont démissionné et ont été remplacés par de nouvelles personnes, plus jeunes, ce qui n'était pas si difficile à vrai dire ! Je suis heureuse de voir que les choses évoluent vite, et en bien. Cela faisait des années que les citoyens attendaient cela, et certains craignaient que cela n'arrive que dans vingt ou cinquante ans. On n'a enfin plus l'impression d'avoir affaire à un demi-roi et à son clan.

- Ah, vous est partis il y a sept mois ! Dit un homme, plus haut, au milieu des boutiques de la rue du port. Comme cela, vous allez mieux pouvoir juger de ce qui a changé. La nouvelle Grande Mage, une femme admirable, veut que la magie soit au service de tous, et non plus d'une certaine élite. Il y a eu une foule de petits changements, et en très peu de temps. On vous a dit que les membres du Conseil ont en partie changé, c'est vrai, mais ce n'est pas tout. Au lieu d'être quinze, ils sont maintenant dix-sept, les deux nouveaux postes étant concentrés sur le bien-être des habitants de Létare. Plusieurs boutiques d'élixirs ont été récemment ouvertes, et je pense bien que nous allons bientôt être en meilleure santé que jamais. J'étais déjà un partisan de la cause défendue par Lendra, même lorsqu'elle était officiellement hors-la-loi. Beaucoup de gens savaient qu'elle n'était pas ce que l'ancien conseil prétendait. Je suis fier de l'avoir compris, de l'avoir soutenu, et je sais qu'elle est déjà la meilleure dirigeante que nous ayons eu depuis très longtemps. Peut-être même, la meilleure de notre histoire.

Plus que rassurés par ces témoignages, Garvin et Ciela purent poursuivre leur progression vers les hauteurs de la cité. Même si ce changement ne se distinguait pas au simple regard, il leur était évident que le discours des citoyens le reflétait au mieux. Ils souriaient en marchant, rendus hilares par une anecdote que l'on venait de leur confier, à propos d'un étudiant submergé par la splendeur de Lendra, et qui avait défailli au moment où il s'était retrouvé seul avec elle dans son bureau, pour y être félicité de son sérieux. Le physique tout à fait anormal de la Grande Mage alimentait les conversations, d'une manière positive, car il se trouvait en phase avec tout ce que représentait Lendra pour le peuple de Létare : le courage, la force, la résistance face à l'adversaire, et l'envie de se battre pour plus de justice. Énergique et volontaire, elle semblait admirée par la majorité des gens, et inspirait des commentaires que Ciela n'avait jamais entendu au sujet des précédents dirigeants. Sa beauté toute particulière, pleine de puissance, laissait amoureux un grand nombre de garçons, et une femme avec laquelle ils avaient parlé leur avait confié qu'elle aimerait bien lui ressembler, comme plusieurs de ses amies, d'ailleurs.

Ils arrivèrent au niveau du croisement entre une rue transversale et l'avenue centrale, avec la guilde d'alchimistes sur le côté gauche, qui marqua leur entrée dans la haute ville, aux grandes demeures de pierre. Les nombreux passants en cette fin de matinée défilaient sur les trottoirs, de chaque côté de la voie, alors les deux jeunes gens marchèrent un moment au milieu de la route avant de se décaler sur la droite. Ils défilèrent devant l'ancienne demeure de Ciela, que cette dernière admira de bas en haut avec un petit sourire, avant de se présenter sur la place boisée, au bout de laquelle s'élevait l'immense bâtiment de l'Académie. Lorsqu'ils s'approchèrent de son entrée, Ciela estima qu'elle distinguait plus d'étudiants qu'auparavant, dont la plupart sortaient de l'édifice au moment de la pause de midi.

- Avant de rencontrer Lendra à nouveau, j'aimerais tant aller rendre visite à Gador, dans son bureau, suggéra t-elle avec enthousiasme.

- Moi aussi, ne serait-ce que pour lui dire un simple bonjour !

Ils passèrent la porte de l'Académie, là où ils s'étaient retrouvés, presque huit mois auparavant, et s'en allèrent vers l'escalier, directement en face. Une fois les quelques marches gravies, ils prirent un couloir à droite, pour atteindre le deuxième escalier, étroit, qui donnait peu après sur le bureau historique de Gador. Mais en entrant, ils eurent la surprise de trouver une trentenaire brune, anciennement professeure à l'Académie, qui occupait la chaise de bois sculptée derrière le lourd meuble au centre de la pièce.

- Bonjour madame Ciela, dit-elle en levant le regard, ayant aussitôt reconnu la jeune blonde.
- Bonjour... répondit-elle, un peu étonnée. Ah, nous pensions trouver Gador ici.

- Il se trouve dans un bureau près de celui de notre Grande Mage, expliqua la brune. Il est maintenant le deuxième membre le plus important du Conseil.

Ciela sourit, heureuse d'apprendre la promotion officieuse de son ancien collègue.
- Derrière la salle de réunion ? Voulut confirmer Ciela.
- Oui, c'est toujours là, répondit la magicienne assise, avec gentillesse.

Ciela inclina la tête puis se dirigea vers la porte de gauche, Garvin se tenant à moins d'un mètre derrière elle. Ils rejoignirent le centre du bâtiment, montèrent l'escalier qui menait au lieu de rassemblement du Conseil, mais cette fois-ci, Ciela ouvrit une porte sur la droite : un autre petit couloir les amena dans une pièce semblable à celle qu'ils avaient traversé une minute plus tôt, un magnifique bureau aux parois de bois vernies, dans lequel les deux jeunes magiciens retrouvèrent Gador, le conseiller barbu, en train de réunir plusieurs feuilles, qu'il leva au-dessus d'un bureau massif, une fenêtre en arrière-plan amenant la lumière du jour sur le nouveau lieu de travail du haut responsable. Celui-ci tourna la tête vers la porte et sourit de joie en voyant Ciela et son ami Garvin, revenus de leurs vacances, prises après toutes ces semaines d'opérations et de missions militaires dans le sud-est.

- Hé, voilà une belle surprise ! Je ne vous attendais pas de si tôt, vous êtes allés très vite !
- Nous sommes venus aussitôt, Gador, raconta Ciela avec douceur, s'approchant du maître magicien pour lui donner l'accolade.

Garvin lui serra la main et ils entamèrent la discussion, Gador étant impatient d'avoir de leurs nouvelles, un empressement qui s'avéra réciproque.

- Les choses vont très vite depuis que Lendra est en poste, expliqua t-il. C'est une personne d'un immense talent, très sérieuse, qui aime que les actions soient rapidement menées. Mais vous savez déjà tout ça. Elle s'est préparée depuis des années à diriger Létare, et sa direction est à la hauteur à la fois des attentes du peuple ainsi que de sa propre aspiration. Mais passons, il y a des événements qui requièrent notre attention la plus soignée. Allez à sa rencontre, elle vous recevra.

Gador désigna de son bras une porte au fond, sur la gauche, grise et décorée de fleurs peintes à sa surface, logée entre deux murs épais de la même teinte. Les deux jeunes magiciens déposèrent leurs valises sur le plancher avant de continuer. Ciela se présenta la première face à la poignée ondulée qu'elle abaissa, puis elle entrouvrit la porte et entra dans la salle de la Grande Mage, que Garvin referma deux secondes plus tard. Lendra était assise devant eux, à un bureau rectangulaire, à l'image de la pièce qui l'entourait.

Ce magnifique intérieur, digne d'un salon de réception, impressionna les visiteurs, qui remarquèrent quelques détails, le temps d'un regard furtif. Des tableaux représentant des paysages de Létare ornaient les murs, de même que des documents importants, encadrés et positionnés loin les uns des autres. L'espace, de belles dimensions, mais finalement bien peu étendu par rapport au statut de prestige qu'occupait la Grande Mage, apparaissait comme un lieu paisible et marqué par la présence forte et néanmoins modeste de cette femme aux cheveux noirs, au visage toujours aussi jeune, et au physique aussi imposant que lors de leur première rencontre, dans son repaire des montagnes. Lendra portait une veste sombre qui soulignait la largeur de ses épaules, un pantalon droit ainsi que des chaussures marron clair, impeccables. Elle leva la tête du dernier dossier en cours et se leva, visiblement heureuse de les savoir de retour.

— Ciela, Garvin... dit-elle sur un ton enjoué mais mesuré, contournant le bureau par la gauche pour venir serrer leurs mains entre les siennes, si grandes et puissantes.

— Nous voici arrivés, dit Ciela. Nous avons fait bon voyage.

— L'Olono est magnifique en cette saison, compléta Garvin.

Lendra leur montra deux chaises qu'ils pouvaient occuper à leur guise, mais ils demeurèrent debout.

— J'en suis ravie. Votre venue me fait grand plaisir, et j'espère que vous appréciez la nouvelle Létare autant que moi.

— À ce que nous avons vu, cela nous plaît beaucoup, répliqua Garvin. Nous avons entendu beaucoup de choses positives depuis notre arrivée, et cela en à peine une heure.

- Ah, cela me plaît de vous entendre dire ça, car cela signifie que le peuple apprécie notre action, même s'il reste tant à faire. Après tant d'années d'indifférence de la part de l'ancienne direction de notre pays, les gens retrouvent la confiance en leur Grande Mage, et en le Conseil. Mais vous vous demandez peut-être pourquoi exactement je vous ai invités à nous rejoindre.

- Cela a rapport avec le Talémar, dit Ciela. Comment pouvons-nous être utiles ?

Lendra fit le tour de son bureau, laissant un instant le champ libre à ses deux amis. Ils distinguèrent, sur le mur du fond, un traité signé entre Lendra et une commandante de clan Talémarienne, qui rappelait l'engagement de Lendra à l'étranger. L'épée à deux mains qui lui avait servi au cours de la Guerre des Elesrains reposait dans un présentoir, à un bon mètre du plancher luisant, à droite du traité. Elle se retourna vers eux et débuta son descriptif de la situation.

- Il y a un mois, mes amis du nord-ouest m'ont prévenu que quatre clans du Talémar ont signé une alliance exceptionnelle, dans l'objectif de lancer un assaut sur notre nation. Plusieurs de leurs navires de guerre, leurs drakkars, ont été repérés sur le Lac, et tout semble indiquer qu'une offensive est prévue dans les semaines qui viennent. À l'heure actuelle, les Mille Collines et les volontaires de Felden sont encore en train de sécuriser l'est, près de la Forêt d'Ombre, et nous ne pouvons pas compter sur leur soutien massif en cas de conflit au nord. Il leur sera difficile de mobiliser des troupes pour nous aider, même si j'ai contacté la nouvelle commandante des Masques, Heldra, pour l'informer du danger. Elle m'a affirmé pouvoir envoyer tout au plus une vingtaine de Masques et environ cinq cents soldats, si le conflit s'avérait trop difficile pour nous. Même si nous sommes toujours forts, la guerre des Elesrains nous a affaiblis, et plus de trois cents de nos combattants se trouvent toujours dans la Plaine des Cendres, en soutien des Mille Collines. Nous avons besoin de trouver d'autres alliés pour ce combat. J'ai pensé à l'Urgandarr, à l'ouest. L'Urgandarr est connu pour sa neutralité, ce sont des gens réservés, qui tiennent à leur isolement, mais qui font preuve d'une distance bienveillante : aucun incident, même mineur, n'a été répertorié sur la frontière occidentale depuis des décennies. Nous savons que l'Urgandarr déteste le Talémar, avec lequel ils ont connu une guerre, il y a quelques années. Le précédent Grand Mage avait beaucoup de dédain pour eux, qu'il considérait comme des sauvages des marais, tandis que Létare était pour lui la nation évoluée, qui dépassait toutes les autres. Mais Létare ne restera la première nation de l'Ouest que si elle sait s'associer à ses bons voisins, que si elle sait être juste. L'Urgandarr est également célèbre pour sa défense exemplaire : depuis leurs marécages, ils ont su résister à des forces immenses, grâce au terrain qui ralentit la progression de l'adversaire. Ce sont des gens courageux et rusés, qui seront des alliés précieux en cas d'invasion Talémarienne. Concernant l'Urgandarr, j'ai entendu parler d'un jeune, qui passe pour être le chef, ou du moins la personne la plus importante du pays, un certain Delfen. Vous devriez essayer de lui parler, d'aller à sa rencontre.

- Je vois, dit Ciela, qui tout comme Garvin, était restée très attentive à l'exposé de la Grande Mage. Savez-vous où il pourrait se trouver, plus précisément ?

- Non, et ce sera le point le plus difficile de votre mission, répondit Lendra. Je connais le pays, et je sais que les Urgandaris sont dispersés, et que beaucoup d'entre eux voyagent souvent d'un village à un autre. Et comme ce sont des terres sauvages et vastes, seules les parties orientales sont correctement représentées sur nos cartes. La dernière fois que je m'y suis rendue, c'était avant leur guerre contre le Talémar ; à l'époque, ce Delfen était inconnu. Il se serait illustré pendant le conflit. Je pense que vous devriez parler aux gens, leur demander des pistes, aller vers les communautés les plus importantes de l'Urgandarr. Là, vous aurez plus de chances de le rencontrer.

Lendra se pencha pour ouvrir un tiroir et s'emparer d'une lettre qu'elle tendit aux jeunes magiciens, Garvin, à droite de Ciela, la récupérant poliment.

- Vous lui donnerez cette lettre du Conseil, qui l'invite ainsi que l'Urgandarr, à une alliance entre nos deux pays, afin de repousser une invasion du Talémar dans les temps qui viennent. Je pense que cette proposition les intéressera.

Garvin et Ciela échangèrent un regard engagé puis revinrent vers Lendra.

- Bien... nous acceptons d'y aller, dit Garvin. Nous irons en Urgandarr porter cette lettre. Et s'il le faut, nous reviendrons avec Delfen.

- Je savais pouvoir compter sur vous, reprit Lendra, toujours avec sérieux. J'ai déjà prévu une diligence pour vous rapprocher de la frontière occidentale. Elle se présentera d'ici moins de deux heures dans la cour de l'Académie, au milieu de la place.

- Vous avez pensé à tout ! Plaisanta Ciela, souriante comme son ami, devant le plan préparé par la Grande Mage, laquelle avait anticipé leur venue.

- J'avais demandé à cette diligence de venir chaque jour en début d'après-midi, à compter d'hier, car c'était d'après notre estimation à partir de là que vous pourriez arriver dans les plus brefs délais à Létare, expliqua Lendra. Il vous faudra deux bonnes journées pour parvenir à la limite est des forêts d'Urgandarr. Une fois en vue de celles-ci, il vous faudra avancer à pied. Au cas où des autorités viendraient à vous stopper, présentez-leur la lettre adressée à Delfen : elle vous identifiera comme des émissaires officiels de Létare.

- Merci beaucoup pour votre prévoyance, dit Garvin. Je pense que nous allons prendre congé à présent.

- Oui, acquiesça Ciela. La confiance que vous avez en nous nous gratifie immensément. Nous reviendrons bientôt avec de bonnes nouvelles, si tout se déroule comme prévu.

Il serrèrent la main de Lendra, qui refit le tour de son bureau pour l'occasion, avant de retourner s'asseoir.

- Tu viens, Garvin, allons attendre la diligence sous les arbres de la place, dit Ciela, entraînant son compagnon vers la porte de la pièce tout en lui adressant un signe de la main.

Ils se retournèrent une dernière fois pour saluer Lendra d'un geste de la tête, puis Garvin referma la porte sur leur passage. Ils redescendirent dans le hall de l'Académie et en sortirent d'un pas motivé, Ciela devançant légèrement son ami dans leur marche, qui les amena à l'ombre des arbres. Là, ils se souvinrent de leurs retrouvailles, l'année passée, et ils patientèrent en amoureux la venue de la diligence spéciale. Tournés vers le sud, ils admirèrent le ciel bleu, parcouru de

nuages blancs étirés, abrités des rayons du soleil par les branches encore sans feuilles de la proche végétation. Les senteurs du printemps revenaient, tandis que s'approchait la fin du troisième mois de l'année. Enfin, à l'heure annoncée par Lendra, la diligence se présenta, magnifique, avec ses portières de bois noir peintes de motifs bleus, et tirée par quatre chevaux. Le cocher, en uniforme marron, à bords beiges, s'annonça après avoir arrêté le véhicule en face d'eux.
- Êtes-vous bien Garvin et Ciela ? Leur demanda t-il, sérieux, pour s'assurer de l'identité de ceux qu'il devait conduire pour cette si importante quête.
- Oui, monsieur, répondit la jeune femme.
- Dans ce cas, veuillez monter, s'il vous plaît, les invita t-il avec politesse. C'est moi qui vous conduirai à la frontière de l'Urgandarr.
Les deux magiciens acquiescèrent et avancèrent vers la portière ; Garvin l'ouvrit en se courbant devant sa dame, ce à quoi Ciela inclina la tête tout en souriant, touchée par ce petit geste du jeune homme. Celui-ci la rejoignit quelques instants plus tard, et s'assit à sa gauche.
- Êtes-vous bien installés ? Leur demanda le cocher.
- Oui ! s'exclamèrent en chœur les deux passagers.
- Alors, allons-y !

Le conducteur du véhicule reprit les rênes et fit avancer la diligence. Celle-ci fit un demi-tour, de la droite vers la gauche, avant de reprendre la direction de l'avenue principale, par où elle était venue. Garvin et Ciela se penchèrent aux fenêtres latérales, écartant les rideaux sombres qui les masquaient, pour observer les deux rangées de hautes habitations, les trottoirs et les passants défiler de chaque côté, tandis qu'ils prenaient un peu de vitesse au fil de la pente. Parvenue à l'intersection, la diligence tourna à droite, direction l'ouest, et s'aventura dans un quartier d'artisans et de travailleurs manuels, une partie plus populaire de Létare. Enfin, quelques minutes plus tard, ils passèrent une belle arche de pierre blanche qui annonçait la sortie de la capitale. Garvin et Ciela échangèrent un regard complice et un sourire de plus, tout enthousiastes à l'idée de franchir tous deux cette limite au-delà de laquelle ni l'un ni l'autre ne s'étaient jamais rendus.

Chapitre 3 : Voyage

en Urgandarr

Le voyage à travers l'ouest de Létare se déroula en grande partie sous un temps magnifique, et sur une large route de terre, grâce à laquelle la diligence put prendre de la vitesse et la conserver au fil des kilomètres à travers la campagne verte du pays des magiciens. Ils traversèrent plusieurs villes de moindre importance, souvent sans s'arrêter, pour ne pas perdre une seule heure dans leur mission au si grand enjeu. Plus loin, alors que le relief se faisait plus marqué, ils parvinrent à une garnison militaire, un fort construit sur une petite colline et défendue par une compagnie d'archers-mages. Garvin, Ciela ainsi que leur cocher y passèrent une nuit paisible avant de reprendre leur avancée dès le début du jour. Si une certaine fraîcheur se relevait à l'aube, elle disparaissait plutôt vite en fin de matinée, et le soleil qui touchait la végétation faisait ressortir les bonnes odeurs, respirées avec plaisir par les deux amoureux, toujours assis dans le sens de la marche, à admirer le paysage.

À un moment, alors que le véhicule avançait au milieu d'une grande plaine, et que les arbres les plus proches se dressaient à des centaines de mètres d'eux, Garvin et Ciela eurent l'impression d'être vraiment loin de Létare, comme déjà sortis du pays et en train de progresser dans l'inconnu. Mais l'approche d'un petit village quelques kilomètres plus loin leur assura qu'ils se trouvaient encore sur le même territoire, bien qu'ils se rapprochaient de la frontière. Trois jours après leur départ de Létare, la diligence parvint dans la communauté la plus occidentale, et gravit la colline qui se situait juste derrière : ils arrivèrent alors en vue des forêts interminables qui marquaient l'entrée dans le pays d'Urgandarr, en bas d'un grand champ couvert d'herbe, qui descendait en pente régulière jusqu'aux premiers arbres.

Le cocher arrêta le véhicule après l'avoir fait manoeuvrer de façon à ce que la portière gauche s'ouvre face aux bois, sous le regard attentif des deux passagers. Garvin, assis à gauche, approcha son oreille de la fenêtre de la portière en question et entendit le conducteur leur parler.

- Nous sommes arrivés, annonça t-il. À partir d'ici, vous devrez continuer seuls.

Acquiesçant, les deux jeunes magiciens descendirent, se retrouvant à l'endroit où le champ commençait à plonger vers l'ouest, puis ils se tournèrent vers leur guide.

- De toute façon, la diligence ne pourrait pas vraiment avancer là-dedans, fit-il remarquer, en désignant la forêt épaisse en contrebas.

- Merci pour tout, monsieur, dit Ciela.

- Je suis à votre service. Lorsque vous reviendrez, vous trouverez un autre moyen de transport tel que le mien dans le village que nous venons de traverser. Une de mes collègues vous ramènera à Létare.

- C'est gentil à vous, dit Garvin. Faites bon retour.

Le cocher les salua d'un signe de la main droite et reprit les rênes, puis fit tourner son attelage en direction de l'est, dans laquelle il s'en alla. Garvin et Ciela s'orientèrent dans le sens inverse, et observèrent un instant le pays étranger qu'ils s'apprêtaient à explorer.

- Cela à l'air immense, déclara la jeune femme. On dirait que l'on pourrait faire des kilomètres sans rencontrer qui que soit.

- Oui, j'espère que nous trouverons quelqu'un pour nous renseigner, sans quoi le dénommé Delfen sera bien difficile à repérer, approuva Garvin, impressionné par l'étendue forestière qui se présentait à eux, et qui semblait bien plus dense que celles de Felden.

- Bien, nous y voilà... dit Ciela, avant de faire le premier pas et de commencer à descendre le champ en pente raide avec prudence. C'est parti...

Garvin s'élança d'une manière identique, et progressivement, la lisière de l'Urgandarr emplit tout leur champ visuel, pour devenir un bloc solide et quasiment impénétrable, les deux compagnons ne distinguant pour l'instant que quelques rangées serrées de grands arbres. Ils se retrouvèrent bientôt dans leur ombre, à avancer en esquivant les racines et les petits accidents du terrain, tout en restant aussi près l'un de l'autre que possible. Une humidité plus grande se fit peu à peu sentir, comme si elle annonçait déjà les marécages dont on leur avait parlé, et qui devaient logiquement se situer plus en avant, encore à une bonne distance de la frontière qu'ils venaient juste de franchir. Les branches étaient déjà largement couvertes de feuilles, en nette avance par rapport aux forêts de Létare, en même temps qu'une chaleur inhabituelle. Le soleil, une fois couvert par des nuages blancs et gris, fit place à l'obscurité, laquelle masquait un horizon déjà bien obstrué par les nombreux troncs et branches en travers de leur route. Enfin, après de longues minutes, Ciela repéra un sentier, plus en avant et légèrement sur sa gauche : elle alerta Garvin, qui avançait de l'autre côté, à une dizaine de mètres en cet instant, lui montrant ce dégagement dans la végétation qui allait leur permettre d'aller beaucoup plus vite, surtout qu'ils devaient chacun transporter un sac de toile sur leur dos, qui contenait leur affaires personnelles et indispensables pour ce périple. Ils avaient déjà parcouru plus de deux kilomètres avant de parvenir à cette route au milieu des bois, large de plusieurs mètres, et qui semblait venir de leur gauche, depuis le sud, à en juger par un virage qu'ils apercevaient en regardant dans cette direction. Ils décidèrent de continuer vers l'ouest, où la voie s'élargissait. Les abords du sentier paraissaient calmes, le chant des oiseaux se faisant entendre dans les feuillages qui le recouvraient partiellement, donnant à cet accès l'allure d'un tunnel à travers la forêt. Soudain, alors qu'ils marchaient depuis de longues minutes, Garvin et Ciela entendirent du bruit derrière eux ; sans grande méfiance, ils se retournèrent et virent arriver une charrette, tirée par un puissant cheval de trait noir, d'une taille remarquable, et qui devait approcher la tonne. Une dame d'une soixantaine d'années, aux cheveux gris et au visage amical, était assise sur un banc, à l'avant du lourd chariot, dans lequel elle transportait des rondins de bois et des poutres. Alors qu'elle s'approchait des deux étrangers, ces derniers s'écartèrent sur le côté droit de la route et la regardèrent faire ralentir son cheval.

- Bonjour les voyageurs, vous êtes perdus ? Leur lança t-elle d'un ton gentil, avec un sourire.
- Euh, oui, un peu… avoua Ciela, elle et son ami espérant pouvoir obtenir des informations auprès de la dame.
- Ah, vous, vous n'êtes pas d'ici, je me trompe ? Fit-elle, le devinant à leur relative incertitude. Vous ne viendriez pas de Létare, des fois ?
- Si, c'est bien ça, confirma Garvin. Nous cherchons à aller vers l'ouest.
- Vous êtes dans la bonne direction, reprit la dame. Et que venez-vous faire en Urgandarr ?
- Nous recherchons un jeune homme, nommé Delfen, expliqua Ciela.
- Ah, notre champion ! s'exclama leur interlocutrice. Il ne vit pas dans les parages. Je ne l'ai jamais rencontré en personne, mais j'en ai beaucoup entendu parlé. Vous auriez une chance de le rencontrer en allant plus loin, à l'intérieur du pays. Si vous voulez, je peux vous prendre à bord, je vous ferai gagner du temps.
- C'est très aimable, la remercia Garvin.
- Allez, montez derrière ! Les invita t-elle, enjouée.

Ils grimpèrent dans la charrette, entre les poutres à droite et les rondis à gauche, puis la dame leur demanda s'ils étaient bien installés, avant de faire avancer le grand cheval noir.

- Vous savez, ici, à l'est de l'Urgandarr, nous aimons plutôt les étrangers, même s'il est assez rare que des Létariens viennent nous rendre visite, raconta la dame. L'inverse aussi, d'ailleurs. Mais nous nous entendons bien, de chaque côté de la frontière.

- C'est ce que nous avions compris... dit Garvin. Et que faites-vous, dans la vie ?

- Je transporte du matériel de construction, répondit la conductrice. Le bois est de bonne qualité dans cette partie du pays, et je passe ma vie sur les routes de l'est, toujours dans la limite de ces forêts. Dans deux heures, nous arriverons à la première auberge, la plus proche de Létare dans notre pays. Vous verrez, vous y serez bien !

- Nous vous faisons confiance ! Répliqua Ciela, avec une bonne humeur partagée, qui fit sourire Garvin.

La charrette poursuivit à travers un décor inchangé qui s'ouvrait parfois sur une clairière. Plus loin, à gauche, un groupe de bûcherons récupérait du bois sec près d'un étang, à un endroit où de l'herbe poussait, et où le soleil amenait de la clarté à ces lieux découverts. Les travailleurs regardèrent passer le véhicule, la dame âgée aux commandes les saluant du bras alors qu'ils passaient sans s'arrêter. Enfin, le terrain se fit plus humide, et des flaques stagnantes se remarquaient, parsemée, dans un sol boueux, le long de la route. Ils arrivèrent dans une prairie, à droite du sentier qu'ils suivaient, où un établissement de bois verdâtre, à un étage, surgissait au-dessus d'une herbe grasse : il s'agissait tout simplement du premier bâtiment qu'ils avaient vu depuis leur rentrée en Urgandarr. La prairie s'étendait sur la droite, vers le nord, et ressemblait à une avenue de verdure sombre, qui s'en allait entre deux parties de la forêt. L'établissement, aux multiples lattes de bois, possédait un trottoir couvert par une sorte de balcon, qui permettait aux clients de prendre un verre ou un repas en extérieur tout en étant protégés de la pluie. La dame arrêta son cheval et conseilla à ses deux passagers de faire une pause dans cette auberge, insistant sur le fait que son propriétaire pourrait leur donner de précieux renseignements. Garvin et Ciela descendirent donc et remercièrent encore la femme serviable, pour son aide inespérée. Des nuages plus sombres qu'auparavant couvraient presque entièrement le ciel dans cette partie des bois, et ils se dirigèrent sans plus attendre vers l'entrée du bâtiment, des fois que la pluie s'abattrait sur les lieux. Ils entrèrent dans une grande salle aux nombreuses fenêtres à quatre carreaux : une poignée de clients se reposaient autour de tables rondes à un pied central, et ils posèrent leur regard sur les arrivants, que certains identifièrent d'emblée comme des étrangers. Ils s'avancèrent vers le comptoir, derrière lequel un imposant personnage, un homme d'une bonne quarantaine d'années, au ventre rebondi sous une tunique brune, finissait de ranger des bouteilles rondes au long culot, couvertes d'étiquettes.

- Bonjour monsieur, l'interrompit en douceur Ciela. Nous venons d'arriver et nous aimerions parler avec le propriétaire, s'il vous plaît.

- C'est moi-même, dit l'homme corpulent en se redressant de tout son mètre quatre-vingt dix. Vous voulez peut-être connaître le menu, savoir ce que je peux vous servir ?

- En réalité, nous voudrions surtout des informations, répondit la jeune femme. Mon ami et moi arrivons de Létare, que nous représentons officiellement. Nous venons présenter à l'Urgandarr l'amitié du nouveau Conseil de Létare, pour un rapprochement entre nos deux nations, dans l'objectif d'unir nos forces contre le Talémar. Pour cela, nous aurions besoin de rencontrer Delfen.

- Eh bien... souffla le propriétaire de l'auberge, tandis que les clients les plus proches s'intéressaient de très près à ce que ces étrangers venaient de dire. Je dois avouer que je suis surpris. Mais si vous dites vrai, vous avez notre sympathie. Personne ici n'aime le Talémar, enfin, ses dirigeants, surtout.

- Sauriez-vous où se trouve Delfen ? Demanda Ciela.

- Ah, il faut qu'on vous explique : dans notre pays, les gens importants voyagent beaucoup, dit l'aubergiste. Et Delfen encore plus ; il se balade de village en ville, de garnison en forteresse, pour rencontrer les habitants de l'Urgandarr. Il ne sera pas facile à trouver, aucun d'entre nous ne sait exactement où il est en ce moment. Mais je vais vous confier un conseil : allez vers l'ouest, dites partout que vous le cherchez, il saura vous trouver.

- D'accord, acquiesça Ciela.

- Y a t-il d'autres choses que nous devons savoir ? Demanda Garvin.

- Je peux vous parler de l'Urgandarr, si vous voulez, proposa l'homme derrière le comptoir, qui se lança dès qu'il reçut l'approbation des deux jeunes gens en face de lui. Je dois vous dire que vous entrez dans un pays qui n'a pas de capitale officielle, ni de véritable chef. Mais cela ne veut pas dire que nous sommes désunis. Si le danger nous menace, nous pouvons tous faire face d'un seul coup. C'est ce qu'il s'est passé lorsque les Talémariens ont tenté de nous envahir, il y a six ans maintenant. Dans cent ans, on en parlera encore. Il faut dire que de mémoire de simple humain, de vieille sorcière ou de créature des marais, c'est la plus grande menace que nous ayons du affronter.

- Il n'y a pas de dirigeant, mais vous avez parlé de gens importants ? Fit Garvin, curieux.

- Bien sûr ! s'exclama l'aubergiste. Les dresseurs par exemple. Ma « reine » est dresseuse, et par ici, elle elle considérée comme faisant partie de ces personnes hors du commun. Je suis d'ailleurs très fier d'être à ses côtés ! Et nous avons aussi les jeteurs de sorts.

- Et Delfen, c'est un dresseur ? Demanda Ciela.

- Ah, Delfen, il sait tout faire ! Répondit le tenancier avec assurance, un sourire et un regard brillant. La magie, les potions, se battre, il a de nombreux pouvoirs. C'est l'une des personnes les plus talentueuses de toute notre histoire. Et le fait que ce soit lui qui nous ait sauvé il y a six ans signifie déjà beaucoup. Il a déjà accompli de grandes choses, et je suis sûr, comme à peu près tout le monde, qu'il en fera des plus immenses encore, dans les années à venir. Il nous a rappelé qu'aucun ennemi n'est imbattable, même par quelqu'un que pratiquement personne n'estimerait pouvoir l'emporter. Mais il a toujours eu confiance en lui, et la doyenne des sorcières aussi. Il est notre champion. Il a quelque chose en plus, qui fait la différence au moment où il le faut.

Laissés un instant rêveurs par la description faite de Delfen par l'aubergiste, Garvin et Ciela lui demandèrent quelques informations sur l'Urgandarr lui-même, sur les dangers éventuels à éviter s'ils devaient s'aventurer à l'ouest.

- Bon, par ici, en principe, on ne voit pas beaucoup de grosses créatures, mais faites attention à ne pas vous mettre en face d'un troupeaux de bœufs des marais, expliqua le propriétaire. En général, ils sont plutôt gentils, mais s'ils s'emballent, avec leur tonne et demi, parfois deux, un accident peut arriver. Et prenez garde aussi si vous voyez une sorte d'énorme nid de guêpes ; il y en a de très imposantes en Urgandarr, bien plus que nulle part ailleurs dans les autres pays de l'Ouest. Et lorsque vous continuerez plus loin dans les marais, vous pourriez rencontrer une ou deux wyvernes.

- Ces grands oiseaux à écailles et au cou tordu ? Voulut vérifier Garvin, qui avait tant entendu parler de l'invasion ayant eu lieu aux Mille Collines dix ans plus tôt.

- Oui, c'est bien ça, répondit l'aubergiste en abaissant la tête. Si elles sont avec leur dresseur, vous ne risquez rien, mais seules dans la nature... Partez en courant si vous en voyez une qui a l'air agressive. À moins que vous alliez vraiment très très loin à l'ouest, près des montagnes, à, quoi, plus de cinq cents kilomètres, vous ne croiserez pas de créature plus dangereuse que la wyverne. Enfin, à moins d'une trouvaille extraordinaire !

Garvin et Ciela se regardèrent, haussant les sourcils en souriant.

- Mais dites moi, mais c'est très dangereux chez vous monsieur ! Répliqua Ciela d'un ton comique. Je comprends que personne n'arrive à vous envahir !

- Oh, vous savez, une fois qu'on a pris le coup, qu'on est bien établi, que l'on connaît le pays, on y voyage serein, reprit l'aubergiste d'un air naturel. Vous devriez partir vers le nord-ouest, puis rattraper une route qui redescend en se courbant jusqu'à Garrovar, c'est la plus grande ville de l'Urgandarr. Je crois que Delfen devrait être pas loin de cette route en ce moment. Mais utilisez l'astuce que je vous ai donné tout à l'heure.

- De dire partout que l'on cherche Delfen, répéta Garvin, montrant qu'il avait retenu le conseil.

- Voilà, dit le propriétaire en tendant la main en avant. Et maintenant, voudriez-vous rester un peu, pour le déjeuner ?

- Euh, oui, répondit le jeune magicien, après avoir consulté Ciela d'un rapide regard. Qu'est- ce que vous avez au menu.

L'aubergiste leur tendit une fiche de papier rigide et épais, puis les invita à s'asseoir à une table, l'une des plus proches du comptoir. Quelques minutes plus tard, alors qu'ils mangeaient leur plat de bœuf des marais avec de la sauce aux champignons, une spécialité, le tenancier de l'établissement vint vers eux et leur présenta une carte de la région, qui représentait un large espace d'environ deux cents kilomètres de côté, avec l'emplacement des villes et des voies principales.

- Nous sommes ici, leur dit-il, en leur montrant une étoile rouge au milieu d'une étendue verte. Le chemin par où vous êtes venus est une route importante dans le coin, et je vous dirais bien de la suivre. Il y a des villages au nord-ouest. Vous vous rendrez compte que l'on ne peut pas passer partout : la carte ne représente pas toutes les mares et les cours d'eau. En plus, selon la période de l'année, il y a des terres presque inaccessibles à pied, mais ça, vous le verrez sur place.

Garvin et Ciela, tout en se restaurant, mesuraient désormais à quel point leur voyage en Urgandarr allait être difficile, et que la végétation qu'ils avaient affronté en venant jusque là n'était peut-être pas l'obstacle le plus ralentissant. Ces marais continuaient sur des distances bien plus grandes qu'ils ne le pensaient de prime abord, et ne ressemblaient à rien que ce qu'ils connaissaient déjà. Ils sentaient qu'ils se trouvaient face à l'une des aventures les plus palpitantes de leur vie, non pas tant en raison du danger qu'à cause d'un terrain irrégulier, lent, et d'une orientation particulièrement compliquée à tenir correctement. Après le repas, ils retournèrent au comptoir pour obtenir des derniers renseignements.

- Je trouve qu'il fait chaud ici, dit Ciela. Est-ce courant ?

- Oui, c'est très classique, répondit l'aubergiste, en connaisseur. Au début du printemps, comme aujourd'hui, la température monte vers vingt degrés l'après-midi, et l'hiver, on est aux alentours de quinze. Il n'y a pas tant d'écart que cela entre le printemps et l'été, également, du moins pas autant qu'à Létare, à ce que j'en sais. Et il pleut souvent, comme vous avez sans doute pu vous en rendre compte. Mais c'est une pluie douce, agréable, pas froide comme celles du Talémar, toujours à ce que l'on m'a dit. Je suis sûr que vous serez contents de votre visite en Urgandarr !

- Cela à bien commencé, approuva Garvin, avec politesse. Nous vous remercions de votre accueil et du repas.

- Oui, à présent, nous devons continuer, dit Ciela, avec comme une pointe de regret à l'idée de quitter cet endroit paisible et chaleureux.

Ils sortirent en compagnie de l'aubergiste, qui leur montra la route en bavardant encore un peu avec eux, ses visiteurs inattendus qu'il trouvait fort sympathiques.

- Ma « dame » ne devrait pas tarder maintenant, estima t-il. Et il ne pleut pas, profitez-en pour faire de la distance.

- Nous suivrons vos précieux conseils, lui assura Ciela. Grâce à vous, nous savons à quoi nous attendre, et surtout où aller.

- De rien, gardez la carte, j'en aurai une autre. Et nos amitiés à Delfen lorsque vous le rencontrerez : vous allez voir, il est vraiment à part.

- J'ai hâte de voir ça par moi-même, reprit la jeune blonde. Nous nous verrons peut-être à notre retour vers Létare.

- Venez quand vous voudrez, et faites bonne route !

Les deux jeunes magiciens saluèrent ce gentil personnage avant de s'en aller avec chacun leur sac sur le dos, suivant le sentier de terre, relativement large, qui avançait au milieu de l'herbe grasse, avant de retrouver les sous-bois humides et chauds, en ce début d'après-midi. Un kilomètre plus loin, ils croisèrent un convoi mené par une imposante femme, grande et forte, un peu à l'image de l'aubergiste qu'ils venaient de quitter. Elle marchait avec un bâton noueux dans la main gauche, en tête d'un troupeau de bœufs au poil vaguement verdâtre, aux corps massifs, avec leur ventre énorme, et de petites cornes. Ils déambulaient lourdement, d'un côté à l'autre, encadrés par toute une équipe de personnes, elles aussi équipées de bâtons, et qui veillaient au bon déroulement du transport. Les bœufs portaient des bagages sur leur dos, des marchandises empaquetées, ou enroulées dans des couvertures, si bien que les deux jeunes gens qui s'étaient rangés sur le côté droit de la route ne pouvaient pas deviner leur contenu. La femme, âgée d'une petite quarantaine d'années, se tourna vers eux, qui se tenaient à deux mètres d'elle.

- Bonjour, voyageurs, leur dit-elle sans s'arrêter, parce qu'elle marchait déjà lentement. Le trajet est long jusqu'à l'auberge de la Bûche Verte ! Passez une bonne journée !

Ainsi, sur cette remarque, ils comprirent qu'il s'agissait bien de la compagne du tenancier, qui leur rappelait un peu Lendra, pour ce qui était du physique. Elle manifestait une force apparente, entièrement en accord avec la conduite d'animaux si impressionnants. Suite à une courte pause pour regarder passer le convoi, Garvin et Ciela reprirent leur route vers le nord- ouest.

Il leur fallut progresser à travers la forêt humide, parsemée de vastes flaques et étangs, pour atteindre quatre heures plus tard le premier village d'Urgandarr de leur périple. En entrant, ils passèrent sur des planches qui enjambaient un fossé naturel au fond duquel un ruisseau coulait presque sans un bruit. Les maisons de bois à étage formaient un cercle autour d'une place de terre centrale, occupée en son milieu par un saule pleureur de grande taille. Un peu plus au nord, Garvin et Ciela aperçurent entre les maisons la rive d'un lac, au-delà d'une rangée de peupliers, une réserve d'eau qui semblait s'élargir plus loin. Ils remarquèrent plusieurs sentinelles, postées aux extrémités du village, en tenues de camouflage vertes, qui tenaient de longs arcs, épais, avec des extensions de bois sur la partie extérieure de leur arme, qui ressemblaient à des cornes. Les deux arrivants se présentèrent à des villageois présents sur la place, à l'ombre du saule, entouré d'une murette circulaire à sa base.

Après avoir présenté leurs papiers officiels, Garvin et Ciela furent bien reçus, et même invités à rester la nuit dans l'auberge communale, alors que la soirée était déjà bien entamée. Toujours sur la place, ils annoncèrent venir pour rencontrer Delfen : l'intérêt grandit rapidement dans la petite foule qui se formait autour d'eux. On leur dit d'aller plus vers l'ouest, et qu'ici, personne n'avait rapporté sa présence depuis des mois. Un ancien combattant de la guerre contre le Talémar leur raconta avoir été témoin des grands pouvoirs de leur jeune champion, au cours de la reconquête, dans la partie nord-est du pays. Les troupes du Talémar avaient approché de près ce village, au cours de leur invasion, menée par celui qui était considéré comme leur commandant en chef, et que l'on appelait le Mage de Guerre. Garvin et Ciela apprirent qu'au cours de cette campagne célèbre, les soldats du Talémar avaient pratiquement conquis le tiers de l'Urgandarr, jusqu'à aller menacer la région de Garrovar, pourtant bien à l'intérieur des marais. Et ce ne fut que lorsque Delfen vint à bout du Mage de Guerre que la situation avait basculé du côté des autochtones. En l'espace de trois mois, l'ennemi avait été repoussé jusqu'au bord du Lac Talémar. Ainsi, les paroles de l'aubergiste, plus tôt dans la journée, prenaient tout leur sens au vu de ces explications. Le vétéran les accompagna jusqu'à l'établissement local, de l'autre côté de la place, pour un autre repas, qui devait être le dernier de la journée. Ils apprirent que tous les petits villages des marécages possédaient leurs sentinelles, souvent quatre ou cinq, en cas de danger dû aux bêtes telles que les guêpes géantes et autres dangers. Un veilleur de nuit, avec sa lanterne, patrouillait plus tard, au centre et près des limites du village, une fois la population endormie, prêt à alerter d'une menace. Ce genre de précautions s'était renforcé depuis le conflit avec le Talémar, et l'ancien s'en félicitait : pour lui, l'Urgandarr était plus imprenable encore qu'à l'époque. Il semblait tout enthousiaste à l'idée d'une alliance, même discrète, avec Létare, surtout une fois que Garvin et Ciela lui eurent raconté quels changements y étaient survenu depuis l'arrivée de Lendra, la nouvelle Grande Mage.

- Vous pouvez être certains que si vous êtes en guerre contre les nordiques, vous trouverez de nombreux amis ici, dans notre pays, leur assura t-il. Je connais pas mal d'anciens de la guerre, comme moi, qui s'engageront sans hésiter, car nous savons à quel point le Talémar peut être dangereux, surtout si leurs clans commencent à s'unir. Non, nous ne prendrons pas le risque que ça donne une deuxième guerre, non. Je pense que je vais alerter les gens, répandre la nouvelle que l'ennemi rassemble ses forces et qu'il faut se tenir prêts.

Garvin et Ciela le remercièrent de son initiative et de sa volonté de défendre l'Ouest avec autant de sérieux. Peu après, ils montèrent dans une chambre retenue pour eux, et purent s'alléger de leurs bagages, qu'ils posèrent sur leurs lits aux draps blancs. Il s'agissait d'une grande pièce, double, avec deux fenêtres. Ciela en ouvrit une, pour respirer l'air frais, puis fit signe à Garvin de venir.

- Regarde… lui dit-elle en désignant de sa main la forêt marécageuse, ainsi que le lac en arrière-plan, situés en face de leur chambre.

Quelques insectes se faisaient entendre dans l'obscurité, éclairée par les dernières lueurs du jour et les lanternes de l'auberge. Ils demeurèrent plusieurs minutes à observer ce paysage qui s'obscurcissait peu à peu, avant de revenir à la chaleur de l'intérieur. La plupart des bâtiments du village étaient majoritairement construits en bois, une ressource qui ne manquait pas en Urgandarr, et ils s'attendaient désormais à trouver le même type d'architecture dans les nombreuses communautés situés sur leur route. Ils s'endormirent dans des lits placés à deux mètres l'un de l'autre, après avoir reparlé de leur itinéraire du lendemain, qu'ils avaient longuement étudié grâce à la carte de l'aubergiste de la Bûche Verte. Leur trajet était maintenant beaucoup plus clair, et leur ferait parcourir la « campagne », de village en village, jusqu'à la capitale officieuse du pays, Garrovar.

Ils partirent dès huit heures du matin le lendemain, parés pour une longue journée à pied sur la route de terre étroite qui s'en allait vers l'ouest depuis la petite communauté qu'ils quittèrent alors. Les matins d'Urgandarr semblaient si chauds par rapports à ceux qu'ils avaient connu à Létare quelques jours auparavant, et les revigoraient, leur donnant un supplément d'énergie pour leur voyage. Ils continuèrent plusieurs heures sans croiser le moindre village, et déjeunèrent assis sur un tronc couvert de mousse, couché sur la droite de ce semblant de voie. Après une pause d'une petite heure, passée à discuter à propos des lieux qui les entouraient, relativement silencieux, ils reprirent leur marche, après avoir ré- endossé leurs sacs. Ils arrivèrent en début d'après-midi dans un regroupement modeste de maisons, logé dans une prairie d'herbe verte, où un convoi de marchandises faisait halte.

Garvin et Ciela profitèrent de l'occasion pour se présenter et se joindre aux membres de cette caravane, en pleine tournée de villages isolés, auxquels ils apportaient un ravitaillement d'importance. Les deux magiciens montèrent sur des chevaux libérés de leurs bagages et se félicitèrent de pouvoir ainsi accélérer leur progression, et de plus, en étant guidés par des habitués de ce terrain si difficile. Comme le convoi s'en allait vers l'ouest, Garvin et Ciela purent les accompagner pendant les deux jours suivants, tirant parti de cette situation inattendue pour annoncer partout où ils passaient qu'ils recherchaient Delfen. En discutant avec la dizaine de voyageurs qui dirigeaient la caravane, ils apprirent l'importance de leur mission, de cette grande tournée qui avait lieu tous les deux mois environ : si les villages, même les plus perdus dans la forêt, savaient se débrouiller seuls et se procurer par eux- même l'essentiel des matériaux, les équipements plus rares, comme les armes et munitions de qualité, devaient venir de plus grands centres, situés plus à l'intérieur de l'Urgandarr. C'est justement dans l'un d'eux, une ville de mille habitants, qu'ils arrivèrent et descendirent de leurs imposantes montures aux poils noirs et gris. Comme les gens du convoi devaient se restaurer avant de partir vers le nord, Garvin et Ciela les saluèrent et les remercièrent de les avoir emmené jusque là.

Avant la fin de cette journée nuageuse, les deux ambassadeurs de Létare allèrent à la rencontre des habitants de la ville, leur demandant des informations sur Delfen. Un dresseur local et plusieurs personnes leur affirmèrent l'avoir reçu deux semaines plus tôt, et qu'il était reparti, vraisemblablement, vers Garrovar, ou peut-être plus directement à l'ouest. Sentant qu'ils se trouvaient sur la bonne piste, Garvin et Ciela s'en allèrent vers une auberge communale similaire à celles dans lesquelles ils avaient dormi jusqu'alors. Ces gîtes semblaient très courants en Urgandarr, au vu du nombre de gens qui voyageaient comme ils le faisaient alors. La carte que le propriétaire de la Bûche Verte leur avait offert continuait de leur servir, et sans être extrêmement détaillée, elle leur montrait la direction globale à suivre, la grande route qui redescendait vers la capitale officieuse du pays, et sur laquelle ils se trouvaient à présent.

Le lendemain, ils eurent la bonne surprise de constater à quel point cette voie était nette et large, à proximité de la ville où ils avaient passé la nuit. Plusieurs mètres séparaient les deux parties de la forêt humide qu'ils traversaient, de nouveau à pied pour un certain temps. Mais au fil des kilomètres, la route eut tendance à s'effacer, à rétrécir, et ils parvinrent à un endroit où elle se séparait en deux, l'une allant vers la gauche en décrivant une courbe, l'autre légèrement vers la droite. Après hésitation, et consultation de la carte qui ne faisait pas mention de ce choix possible, Garvin et Ciela décidèrent de prendre la deuxième voie, tout aussi dégagée que la première et qui paraissait mieux correspondre au profil de la route décrite sur leur plan. Mais peu à peu, l'herbe prit la place de la terre et après un pont de bois enjambant une grande rivière, ils se retrouvèrent comme perdus dans un marais spongieux, avec des arbres élancés et isolés, puis un grand étang en face d'eux.

- Nous nous sommes trompés, constata Ciela, sans s'agacer de la situation.
- Oui, faisons demi-tour, approuva Garvin. Peut-être pouvons-nous gagner du temps en suivant la rivière vers le sud…

Ils retournèrent près du pont et examinèrent les abords du large cours d'eau : il leur semblait effectivement possible de le longer, ce pourquoi ils s'engagèrent sur la bande d'herbe grasse qui composait la berge. Cinq cents mètres plus loin, ils eurent la surprise de découvrir un moulin à aube, encerclé par les arbres des marécages, sa roue activée par le courant à un endroit où la rivière s'avançait sur les terres boueuses. L'édifice, difficile d'accès, paraissait vide, et au moment où les deux voyageurs envisageaient de le contourner, Ciela avertit Garvin qu'une barque arrivaient du nord. À son bord, un homme proche des soixante ans, coiffé d'un feutre noir, se tenait debout, une grande rame dans ses mains. Ils se rapprochèrent de l'eau, vers un petit ponton et tendirent la main à son adresse ; le batelier s'orienta vers eux et stoppa l'avance lente de son navire sans mât en plantant la rame dans la vase, près de la berge. Après de courtes explications, il accepta de les faire monter à bord, puis s'éloigna du rivage pour reprendre son allure.

- Une chance que vous soyez tombés sur moi, sur quelqu'un du coin, parce que pour les étrangers, il est vite fait de se perdre dans ces marais, dit-il sans se retourner, en ramant lentement d'un côté puis de l'autre de la barque. Je vais vous faire prendre un raccourci, qui vous ramènera sur la route principale.

Après plus d'un quart d'heure de navigation, environ trois kilomètres plus loin, un deuxième pont de bois apparut dans leur champ de vision : le batelier se dirigea donc à nouveau vers la rive droite et les déposa au plus près de la route en surplomb. Garvin et Ciela descendirent et remercièrent chaleureusement celui qui leur avait évité tant de marche sur un terrain aussi instable, puis ils grimpèrent les quelques mètres de dénivelé, au bout desquels ils retrouvèrent une route de terre, qu'ils allaient suivre pour le restant de la journée.

Chapitre 4 : Delfen

Après plusieurs heures de marche, ils parvinrent dans une partie plus éclairée de la forêt, avec des arbres plus espacés, permettant à la lumière du soleil de toucher le sol sur des mètres carrés entiers.

À un endroit où le chemin longeait une mare d'eau claire, ils s'arrêtèrent après avoir entendu un bruit étrange, comme celui d'un grand oiseau battant des ailes. En levant le regard, ils virent arriver sur eux une créature intimidante, ailée et couverte d'écailles vertes, dotée d'un long cou tordu en siphon, et qui présentait des dents acérées. D'environ sept à huit mètres d'envergure, elle se redressa en vol, sa longue queue luisante fendant l'air dans son mouvement : réagissant avec rapidité, Ciela, à droite de Garvin, leva le bras droit, la main ouverte pour étendre un bouclier de lumière, fin et doré, que la créature vint percuter, et sur lequel elle rebondit quelque peu. Sonnée par l'impact, elle mit un instant pour reprendre ses esprits et tenta de prendre la fuite au-dessus de l'étang. Garvin tourna la tête vers la gauche et repéra une femme brune épauler une arbalète et tirer sur l'oiseau à écailles : le carreau siffla et toucha la créature en plein centre, ce qui la fit s'effondrer dans l'eau, éclaboussant la surface du petit lac à des mètres à la ronde.

Ciela, qui n'avait pas vu arriver la chasseresse, et qui s'apprêtait à faire face à un éventuel nouvel assaut de la créature, fut davantage surprise que Garvin de l'issue de cet événement. Elle se tourna vers la tireuse et alla à sa rencontre en compagnie de son ami.

- Bonjour, voyageurs, lança l'arbalétrière, dont l'arme présentait des extrémités recourbées. Vous n'avez rien ?
- Non madame, répondit Ciela. Mais qu'était-ce que cette créature ?
- Une wyverne sauvage, expliqua la chasseresse, Garvin abaissant plusieurs fois la tête, lui qui avait cru reconnaître l'espèce d'après les descriptions données par les Masques aux Mille Collines. C'est plutôt rare d'en croiser par ici, mais on m'a avertie de la présence de l'une d'entre elles dans le secteur, alors j'étais venue pour m'en assurer. Je vois que vous défendiez bien contre cette bête. Vous ne seriez pas des magiciens, par hasard ?
- Si, confirma Garvin en acquiesçant poliment. Mais nous sommes avant tout des émissaires venus de Létare pour porter un message à la nation d'Urgandarr, et rencontrer Delfen.
- Je vous le dis de suite, je ne sais pas où il est en ce moment, répondit franchement la femme brune, vêtue d'une armure marron. Mais si jamais nous l'apercevons par ici, nous lui dirons.

Ils se saluèrent puis Garvin et Ciela reprirent leur route vers l'ouest, au bord de la grande mare. Trois jours supplémentaires passèrent, et personne ne put leur donner davantage de précision sur la localisation de celui qu'ils cherchaient. Désormais en plein coeur de l'Urgandarr, ils commençaient à douter d'atteindre leur objectif en peu de temps, et ils s'imaginaient pouvoir rester encore bien des semaines sans croiser le héros de cette nation.

Alors qu'ils avaient voyagé en Urgandarr depuis une semaine sous un temps nuageux mais sec, un fort orage les obligea à s'arrêter, et à trouver refuge dans une cabane abandonnée, près d'une falaise, en bordure de la route qu'ils suivaient toujours. Ils se précipitèrent à l'intérieur de cette maison de fortune, un genre de hangar à deux ouvertures, aux planches verticales gondolées et verdâtres, tandis qu'une pluie intense s'abattait sur le toit recouvert d'une toile grise et couverte de taches. Plusieurs chaises de bois ainsi qu'un lit au fond de toile occupaient l'espace, de même que des outils appuyés sur la paroi de droite. Les deux amis s'assirent pour regarder la pluie tomber, et au fil des minutes, ils engagèrent la conversation.

- Ce Delfen est vraiment difficile à trouver, dit la jeune femme blonde. Nous cherchons depuis une semaine, dans ce pays immense... J'espère vraiment qu'il n'est plus très loin, car à chaque nouveau jour, les troupes du Talémar se rapprochent peut-être un peu plus de Létare.

- Une fois à Garrovar, nous aurons plus d'indices, imagina Garvin. Et nous avons passé le point indiqué sur la carte, nous sommes dans la direction du sud maintenant.

- Oui, Garrovar est au bout de cette ligne droite. L'aubergiste n'a pas exagéré, les pluies sont terriblement fortes ici.

Le bruit au dehors les obligeait à élever quelque peu la voix pour s'entendre, et des flaques couvraient le paysage devant eux, en contrebas de la cabane. Même dans cette situation météorologique, l'air ambiant demeurait doux, comme il le faisait généralement plus tard dans le printemps aux Mille Collines.

- Même si cette quête est difficile, je suis si heureux de la faire, parce que je suis avec toi, dit gentiment Garvin en regardant Ciela, qui tourna son visage clair et ses yeux de saphir vers lui.

Le jeune homme frissonna d'émotion en la voyant sourire, et la jeune femme blonde lui prit la main doucement. Ils se tinrent ainsi pendant plusieurs minutes, à observer la pluie, laquelle finit par baisser d'intensité après deux heures continues. Les deux amoureux se levèrent de leur chaise et attendirent encore un peu jusqu'à ce que les gouttes s'amincissent, avant de quitter cette cabane qui fut pour eux un havre inespéré, et qui leur avait permis de passer un bon moment ensemble malgré tout. C'est avec un moral renouvelé qu'ils retournèrent sur la route de Garrovar, et qu'ils s'enfoncèrent à nouveau dans la forêt trempée.

Des gouttes d'eau tombaient de chaque côté des feuilles inclinées, alourdies par la pluie. Peu à peu, le calme revint, et les nuages au-dessus des bois s'en allèrent, laissant place à une clarté appréciable. Une heure après le départ de la cabane de fortune, Garvin et Ciela parvinrent à un endroit où les arbres se resserraient sur la route, ne leur laissant que deux mètres de large pour passer, à un moment où le paysage en face d'eux s'illuminait sous le retour du soleil. Plus loin, à une vingtaine de mètres en avant, la voie qu'ils suivaient se courbait légèrement sur la gauche, bordée d'herbe verte et pleine de vie. À droite de la piste de terre, un jeune homme était assis sur un morceau de tronc mousseux, allongé au sol : habillé d'une veste brune et d'un pantalon vert, il tenait sa jambe gauche détendue, jusqu'au bord de la route qui s'effaçait, et la main droite sur sa lance, appuyée contre son épaule, une arme qui brillait d'un éclat d'émeraude et dont l'extrémité aiguisée pointait vers le ciel, derrière lui. À moitié tourné vers eux, son visage amical, sous ses cheveux mi-longs, affichait un petit sourire, tandis que les deux voyageurs passaient le goulet de végétation pour s'approcher de lui.

- J'ai entendu dire que vous me cherchiez… dit-il d'un ton modéré mais toutefois enjoué. Garvin et Ciela s'arrêtèrent à cinq mètres de lui, se demandant s'ils avaient bel et bien affaire au champion de l'Urgandarr, qui leur paraissait encore plus jeune qu'on leur avait décrit.

- Oui, nous sommes les ambassadeurs de Létare, dont vous avez visiblement entendu parler, s'annonça Ciela. Êtes-vous Delfen ?

- Lui-même, confirma l'homme à la lance, en acquiesçant, faisant sourire de soulagement les deux amis en face de lui. Bienvenue au pays des monstres ! J'ai su votre présence dans les parages seulement hier, et j'ai pensé que le meilleur moyen d'aller à votre rencontre était de vous attendre sur les lieux que vous alliez traverser.

- Et vous avez bien fait ! s'exclama Garvin, jovial.
- Nous vous avons enfin trouvé ! Poursuivit Ciela, sur le même air. Nous arrivons tout droit de Létare pour vous porter un message de notre Grande Mage, Lendra. Nous voulons vous entretenir à propos d'une alliance possible contre le Talémar.
- Alors c'était vrai ! Fit Delfen. C'est bien ce que j'avais
cru comprendre. Il demeura pensif un instant avant de se
lever du tronc.

- Je vous propose de m'accompagner dans un lieu situé tout près d'ici, et dans lequel nous pourrons parler en toute tranquillité.
- Je pense que nous pouvons vous suivre, répondit Ciela.
- Formidable, sans ce cas, allons-y ! leur lança Delfen. Vous verrez, ce n'est pas loin.

Il entraîna les deux émissaires plus loin sur la voie principale, qui retrouvait davantage de largeur. Les arbres, espacés, laissaient entrer la lumière dans cette partie de la forêt. Delfen marchait avec confiance sur ses terres, s'aidant de sa lance. Après à peine cent mètres de marche, il ralentit et éleva la voix, sans se retourner.

- Bien, nous allons quitter la grande route, leur expliqua t-il. Et prendre par là.

Il pointa du doigt un deuxième chemin, plus secret mais néanmoins visible au sol, qui partait vers la gauche passant entre plusieurs grands arbres. Puis, il se mit à avancer dans cette direction, suivi sans un mot par Garvin et Ciela. Le terrain commença à descendre petit à petit, à l'abri des feuillages et des hautes cimes.

- On vous a sans doute expliqué beaucoup de choses sur l'Urgandarr depuis votre arrivée. Mais ce que vous ne savez peut-être pas, c'est que vous êtes tout près d'une des plus grandes forteresses du pays. C'est là que nous nous rendons. Elle est à... un peu moins de trois kilomètres maintenant.

Cinq minutes plus tard, ils émergèrent dans un espace dégagé, avec une pente prononcée droit devant eux. Un champ irrégulier, couvert de petits arbustes, se révéla alors, une étendue qui allait nécessiter de choisir avec soin presque chacun de ses pas. Au bout de celle-ci, la forêt recommençait, avec une végétation plus dense encore, et des arbres dressés comme des flèches, masquant l'horizon au bout de quelques centaines de mètres seulement. Au loin, au-dessus des bois, trois immenses arbres se dressaient, Garvin et Ciela devinant quelle pouvait être leur hauteur, et ils revirent leur estimation à la hausse du fait de la distance qui les en séparait encore. Ils suivirent Delfen dans la descente, le jeune champion de l'Urgandarr procédant par petits segments en ligne droite, de façon à éviter les rochers et trous qui parsemaient le champ.

- Vous avez appris notre visite très vite, je suis très étonné, confia Garvin avec sincérité.

- Oh, vous savez, dans notre pays, les nouvelles voyagent rapidement, malgré les distances, répliqua Delfen, modeste. Certaines personnes peuvent même se changer en animaux : une amie par exemple sait se transformer en faucon, alors en un jour, elle peut avertir la moitié du pays.

- Et il y a beaucoup de gens qui ont cette faculté ? Demanda Ciela, curieuse.

- À ma connaissance, plus d'une centaine. Mais nous ne sommes pas les seuls à savoir le faire.

je sais qu'au Talémar, notre adversaire, il y a des gens que l'on appelle shamans, et certains d'entre eux auraient des pouvoirs similaires. Avant le conflit, plusieurs Talémariens sont venus se réfugier ici, pour fuir le Mage de Guerre, et parmi eux, il y avait un métamorphe, qui s'est caché pendant des années dans une réserve d'Urgandarr.

- En tant que gardien ? Enchaîna rapidement Garvin.

- Ah non, en tant que lion... répondit immédiatement Delfen, d'un ton si naturel que Garvin et Ciela échangèrent un regard puis se mirent à rire tout en suivant leur guide.

- En tout cas, si un jour vous avez des problèmes, que l'on vous menace à Létare, venez vous cacher ici, les invita Delfen.

Ils arrivèrent l'instant suivant au bas de la pente pour replonger dans l'obscurité relative de la forêt humide et chaude, des caractéristiques qui leur semblèrent alors rendues à leur plus haut degré. Les arbres couverts de mousse dégoulinante, après l'intense pluie qui avait déferlé sur toute la région, donnaient une teinte verte foncé à leur environnement tandis qu'ils continuaient d'avancer. Bientôt, une rivière plutôt large apparut à leur gauche, en contrebas de plusieurs mètres, et Delfen avançait en la suivant. Le terrain descendit jusqu'à se retrouver au même niveau que le cours d'eau, et l'horizon se dégagea.

Des maisons de bois sur pilotis, réparties en deux rangées, se faisaient face de chaque côté de la rivière, avec des barques et des boutiques flottantes amarrées à des piquets plantés près des berges. La rivière à l'eau subtilement verdâtre se séparait une centaine de mètre plus loin en deux branches, devant une île centrale qui attira l'attention de Garvin et Ciela : une forteresse de pierre se dressait, dos à une immense falaise triangulaire, avec des marches devant son imposante porte de bois lourd. Des fenêtres béantes, sans carreaux ni volets, s'ouvraient sur toute la façade de ce bâtiment rectangulaire, qui semblait tout en largeur, avec des sentinelles munies d'arcs à cornes qui patrouillaient sur son toit plat, protégé par quelques créneaux sur sa partie avant. Les deux ambassadeurs gardèrent leur regard levé vers l'édifice tout en parvenant au niveau des premières habitations.

- Nous y voilà, annonça Delfen. c'est là que les troupes du Talémar ont été stoppées, elles ne sont jamais allé plus loin. Nous les avions d'abord ralenties dans la forêts et les marais, avec de petits groupes de tirailleurs. C'est notre point fort : les gens d'Urgandarr savent qu'avec seulement quelques dizaines de personnes, nous sommes capables d'en vaincre des centaines, en utilisant le terrain lent et difficile de notre pays.

Alors qu'ils finissait de parler, un bruit d'ailes de plus en plus puissant attira l'attention de Garvin et Ciela, qui levèrent la tête au ciel pour voir passer à toute allure trois wyvernes, qui portaient chacune à la base de leur cou une personne habillée de vêtements de toiles légers.

- Ah, ce sont nos chevaucheurs ! Dit Delfen, en levant lui aussi la tête, tandis que les trois créatures et leur pilote passaient à droite du fort de pierre, le contournant puis disparaissant au-dessus des arbres de la forêt qui entourait le bâtiment. Vous avez remarqué les grands arbres au loin, tout à l'heure. C'est l'un des plus grands élevages du pays, à même pas un kilomètre au sud d'où nous sommes. Les chevaucheurs sont peut-être notre arme la plus puissante.

- Et elles ne sont pas dangereuses ? Demanda un Garvin inquiet.

- Non, bien dressées, elles sont inoffensives pour les habitants de ce pays, répliqua Delfen, sûr de lui.

- La question se pose parce que nous avons été attaqué par une wyverne il y a deux jours, expliqua Ciela, qui elle aussi doutait de ce qu'elle venait d'entendre.

- Ah, mais c'était sans doute une sauvage, rebondit Delfen. Elles habitent à l'ouest, celles-là. Et oui, elles ne sont pas comme celles de nos élevages, plus petites, mais féroces. Quoique la moitié d'entre-elles n'attaqueraient personne. Vous n'avez pas eu de chance, cette fois !

Le jeune champion les entraîna vers l'un des deux ponts parallèles qui menaient à la base de la forteresse, tandis que leur présence intéressait désormais les gens du village fluvial, sortis de leurs maisons pour voir revenir leur héros en compagnie de ces étrangers. Delfen passa la structure de bois et s'approcha de l'édifice, faisant signe aux sentinelles sur le toit ainsi qu'aux gardes en faction. L'un d'entre eux ouvrit la lourde porte pour leur permettre d'entrer dans un hall gigantesque, aux dalles bleutées, avec deux escaliers opposés au fond. Des râteliers s'alignaient contre les murs de ce premier niveau, comme prêts à servir en cas de défense imminente à tenir. Delfen les guida vers l'escalier de droite, en passant devant une grande fenêtre qui ouvrait le mur du fond et permettait à la lumière du dehors de pénétrer le rez-de-chaussée.

- Ces ouvertures ne sont jamais fermées, dit Delfen en montrant la fenêtre, tout en commençant à gravir les marches. Il y a de l'air chaud ou tiède quasiment toute l'année ici ; nous n'avons pas vraiment d'hiver, simplement un automne prolongé.

Ils arrivèrent à un palier, puis l'escalier tourna deux fois à droite, jusqu'à parvenir au niveau du premier étage, face à un couloir qui faisait toute la largeur du bâtiment. Delfen marcha jusqu'à son milieu, puis pivota une nouvelle fois sur sa droite, et ouvrit une porte similaire à celle de l'entrée. Il révéla à ses deux invités une pièce rectangulaire occupée en majeure partie par une table ovale et marron clair, tandis qu'une deuxième salle à l'arrière, sans porte pour la condamner, s'ouvrait sur un espace indéfini, dans lequel Garvin et Ciela aperçurent un civil en train de nettoyer le sol.

- Ici, nous serons bien, déclara Delfen, en faisant le tour de la table.

Il tira une chaise, s'assit, puis d'un geste élégant de la main, indiqua aux émissaires de l'imiter, et de prendre place devant lui. Une fois qu'ils furent correctement installés, Delfen posa sa lance contre une chaise à sa droite et se redressa, sérieux et concentré.

- Bien, je suis prêt à vous entendre, dit-il, initiant la réception officielle.

Ciela sortit la lettre de Lendra de la poche intérieure de sa veste bleue et la tendit au jeune homme, lequel l'ouvrit et la lut attentivement, suite à quoi il acquiesça d'un air concerné.

- Je vois, le Talémar redevient dangereux, déclara t-il, en posant la lettre à la surface de la table. Je pense effectivement qu'une alliance s'impose entre nos deux pays. Je vous remercie d'être venus en personne jusqu'ici.

- C'est notre devoir, dit Garvin d'un ton solennel et impliqué. Nous avons compris que vous êtes la personne la plus écoutée du pays, si vous n'en êtes pas véritablement le dirigeant.

- Oui, l'Urgandarr n'a pas et n'a pas besoin de chefs, mais il est vrai que certains individus ressortent parmi nous, confirma Delfen. En tant que vainqueur du Mage de Guerre, je pense avoir l'adhésion de la plupart des habitants du pays. C'est pourquoi je vous annonce que je vous accompagnerai jusqu'à Létare pour discuter avec votre Grande Mage.

Cette décision fit soulever les sourcils de Garvin et Ciela, surpris par le ton affirmatif de leur jeune interlocuteur, pendant que l'homme présent dans la pièce à l'arrière vint apporter un plateau couvert de boissons de couleur violette.

- Vous ne préférez pas rester ici pour mobiliser vos troupes et laisser quelqu'un d'autre venir à la rencontre de Lendra ? Voulut s'assurer Ciela.

Delfen finit de boire l'un des verres mis à leur disposition, accélérant le mouvement pour leur répondre au plus vite.

- Non, comme je l'ai dit, l'Urgandarr n'a pas de chef, ses gens n'attendront pas mon signal pour décider d'agir, insista t-il. Tout ce que je ferai, ce sera d'avertir le plus de personnes possible avant mon départ, qui iront répandre la nouvelle suivante : le Talémar menace l'Ouest, en visant notre voisine, Létare. Et beaucoup comme moi diront ceci : si le Talémar s'en prend à vous, c'est qu'il compte ensuite nous attaquer. Nous ne saurions permettre une telle chose. Je crois savoir que vous avez déjà donné l'alerte à certaines villes et villages, vous avez donc déjà agi pour ce rassemblement de nos forces. Au nom de tous ceux que je vais représenter dans votre nation, je dois vous remercier.

Il s'inclina avec une expression plus que positive sur son visage, Garvin et Ciela lui répondant d'un hochement de tête poli et réservé.

- Je connais les routes de ce pays, et je vous aiderai à gagner du temps pour rejoindre votre capitale, s'engagea t-il, recevant la gratitude de ses hôtes. Je vous propose de partir dès la fin de cet après-midi : mon entrevue avec Lendra ne peut attendre, sa lettre me le fait comprendre, et je sais que les personnes qui vivent ici sauront accomplir leur future mission. En deux ou trois jours, tout l'Urgandarr sera sur le pied de guerre, ou du moins, nous commencerons à nous mobiliser. Je ne peux pas vous dire combien de combattants seront sur le départ, cela, nous le verrons plus tard. Mais je peux vous affirmer que les volontaires ne manqueront pas.

- Merci beaucoup, monsieur Delfen, reprit Ciela. En venant dans votre pays, nous ne nous attendions pas à une réponse aussi encourageante, ni à rencontrer tant de personnages si vaillants.

- L'Urgandarr ne manque pas de héros, je ne suis que l'un d'eux. Et sur le terrain, vous verrez bientôt que nous pouvons être vos meilleurs amis. C'est ce que je dirai à votre Grande Mage. L'Urgandarr a tant de talents, nous voulons les mettre au service d'une cause juste. Cela fait des années que nous nous préparons à faire face de nouveau au Talémar, notre ennemi, et nous ne pouvons manquer cette occasion de nous rendre utiles. Mais nous en reparlerons plus tard, lorsque nous serons à Létare.

Delfen se leva avec énergie et marcha vers la porte d'entrée de la salle de réunion.

- Si vous voulez m'excuser, je vais contacter quelques personnes de confiance, compétentes, qui vont être précieuses dans les jours à venir, expliqua t-il, se retirant en les saluant, suivi par l'homme qui avait servi les boissons.

Une fois seuls et certains de ne pas être entendus, Garvin et Ciela se consultèrent.
- Alors, qu'en penses-tu ? Demanda la jeune femme avec le sourire.

- Il a l'air très motivé par la lettre de Lendra, et je crois qu'on peut lui faire confiance, répondit sincèrement Garvin.

- C'est mon avis à moi aussi, approuva Ciela.

- Et je dirai même que nous serons bientôt très contents d'avoir une personne comme lui pour soutenir notre effort de guerre.

Ciela acquiesça, elle aussi convaincue par l'attitude de Delfen, qui paraissait aussi héroïque et plein d'entrain que dans les récits récoltés au bord de la route qui les avait conduit jusque là. Ils sortirent à leur tour de la pièce et s'approchèrent d'une des fenêtres de pierre, d'où ils aperçurent en contrebas leur nouvel allié, debout devant une foule réunie près des deux ponts, en train de raconter à tous ce qui attendait les peuples de l'Ouest dans les semaines qui se présentaient. Sa voix s'élevait dans les airs, ses mots étant difficilement compréhensibles pour eux à cette distance, mais les phrases que Garvin et Ciela entendirent leur parurent pleines de force. Dans le ciel, des nuages blancs et gris avaient une fois de plus recouvert le soleil, ramenant cette teinte foncée aux bois alentours, qui donnait son authenticité aux territoires les plus au coeur des marais d'Urgandarr, comme ils avaient pu le constater au cours de ces jours de voyage. Garvin et Ciela demeuraient à la fois plus sereins, car la partie la plus dure de leur mission venait de s'achever avec cette rencontre décisive, mais aussi plus indécis, car ils ignoraient l'évolution de la situation au nord de Létare, tandis qu'ils se trouvaient désormais à près de quatre cents kilomètres de Lendra.

Après le discours de Delfen, plusieurs habitants du village quittèrent les lieux, et les deux émissaires de la Grande Mage purent se restaurer en la compagnie du jeune homme à la lance verte, profitant de deux heures de repos avant de reprendre la route. Delfen avait pu dénicher un chariot pour gagner du temps et rallier une ville avant la nuit complète. Il leur promit également qu'ils pourraient revenir à la frontière de Létare en à peine quatre jours, en coupant à travers les marais, sur des routes plus rapides, si jamais elles n'avaient connu aucune inondation.

Garvin et Ciela, se sachant guidés par un grand habitué des chemins de traverse, sentirent alors que leur retour allait s'effectuer dans les meilleures conditions. Après tant d'heures passées à errer et à suivre la grande route de Garrovar, leur aventure s'était accélérée et leurs doutes de pouvoir achever leur quête leur semblaient bien lointains désormais. Il ne leur restait plus qu'à rallier Létare le plus vite possible et préparer la défense commune avec l'Urgandarr, ces forêts géantes et ces cours d'eau dont ils rapportaient l'ambassadeur le plus inespéré, autant que l'un des plus valeureux. En fin d'après-midi, un chariot tiré par deux solides bœufs des marais quitta la forteresse et son village, direction le sud-est, pour une astucieuse traversée des bois.

Chapitre 5 : Le Lac Talémar

Il ne leur fallut que trois jours et demi pour sortir de l'Urgandarr, en suivant les passages indiqués par Delfen. Au fil des kilomètres, Garvin et Ciela retrouvèrent l'atmosphère de la partie orientale des bois, moins humide et un peu plus fraîche, au début du quatrième mois de l'année. Ils quittèrent la forêt bien plus au Sud que le point depuis lequel ils y étaient rentrés, dix jours plus tôt, et se retrouvèrent très proches de l'ouest du Lac Létare. Ce dernier leur apparut bientôt sous un soleil intermittent, si bleu et rayonnant après tant d'heures passées à l'ombre des grands arbres. Delfen les conduisit jusqu'à un port Létarien, l'un des plus occidentaux du pays, à quelques kilomètres au-delà de la frontière, une ville dans laquelle le jeune homme s'était déjà rendu. De là, en se présentant à des marins sur les docks, ils trouvèrent un capitaine pour les emmener jusqu'à la capitale par la voie des eaux, au bout d'un trajet qui devait durer trente-six heures environ.

Delfen trouvait l'air du lac particulièrement frais, et il portait désormais une belle cape d'un vert uni, par dessus une tunique si épaisse qu'elle passait pour une armure. Le printemps ne faisait que débuter, et le jeune champion était impatient que les températures augmentent, pour le bien des combattants de l'Urgandarr, si ces derniers devaient s'aventurer en plein coeur des terres du Talémar. Enfin, les quais de Létare se présentèrent au loin, la ville semblant aussi paisible qu'à l'ordinaire. Tous trois débarquèrent un peu plus à gauche que les pontons où le capitaine Lasro avait l'habitude de se ranger, et ils profitèrent du soleil qui brillait sur le coup des onze heures du matin. Lorsqu'ils s'avancèrent vers l'avenue qui montait à la haute cité, plusieurs personnes observèrent attentivement Delfen, sa lance et son costume quelque peu exotique, cet inconnu qui marchait en compagnie des deux magiciens désormais célèbres, dont les journaux et les communiqués officiels du Conseil avaient annoncé le voyage en Urgandarr.

- Alors c'est ainsi, Létare... dit Delfen, alors qu'ils entamaient leur ascension vers l'Académie. Aucune ville n'y ressemble chez nous, ni ailleurs à l'Ouest, j'imagine...

Il admira les boutiques de chaque côté de la voie inclinée, et suivit ses guides improvisés jusqu'à la porte de la place boisée, au bout de laquelle se dressait le bâtiment de l'Académie. Ils croisèrent de nombreux étudiants avant de monter l'escalier central de l'édifice, pour ensuite se diriger vers le bureau de Gador. Ciela entra après avoir frappé et constata l'absence de son ami, mais aussi la porte entrouverte de la salle de Lendra, tout au fond, sur sa gauche.

- Venez, nous allons vous présenter, dit la jeune blonde, en faisant signe à Delfen d'avancer. Garvin referma derrière leur passage, et les trois ambassadeurs progressèrent à pas mesurés vers le bureau de la Grande Mage, d'où s'élevait le son de deux voix, lancées dans une discussion aussi sérieuse qu'intense. En s'approchant, ils distinguèrent Lendra, debout derrière sa chaise, et Gador, à droite ; Ciela ouvrit en grand la porte et frappa sur le bois.

- Ah, mes amis ! s'exclama Lendra, coupée en pleine conversation, qui leur fit signe d'entrer. Ciela se décala sur la gauche de la pièce pour laisser entrer Garvin, suivi de Delfen, qui tenait toujours sa lance en main. Après un salut de la tête à Gador, il se dressa fièrement en face de la Grande Mage, qui fit le tour de son bureau par la droite, laissant Delfen impressionné par son physique, le jeune homme à la cape verte levant les yeux au fil de la marche de Lendra.

- Vous êtes Delfen, le héros d'Urgandarr ? Demanda t-elle, devinant l'identité de son invité surprise.

- Oui, répondit-il avec simplicité et naturel, le visage marqué d'une expression discrète mais positive. C'est bien moi.

- Nous l'avons rencontré dans les bois, à deux jours de Garrovar, raconta Ciela. Il nous a fallu une semaine pour le trouver.

- Soyez le bienvenu à Létare ! Dit Lendra, chaleureuse. Ciela, Garvin, vous avez fait un excellent travail. J'aurais pu demander à d'autres d'aller en Urgandarr, et vous envoyer sur les rives du Lac Talémar, au cas où nous nos ennemis arriveraient, mais j'ai pensé qu'une compagnie aurait beaucoup plus de mal que deux personnes à voyager dans les marais. Et il fallait deux magiciens puissants pour parer à toute menace possible au cours de cette aventure. Et vous êtes les deux magiciens les plus puissants que je connaisse.

- Nous vous remercions, reprit Ciela. Et effectivement, il aurait été inutile d'envoyer une troupe entière, nous avons déjà eu beaucoup de difficulté à trouver Delfen. Et deux personnes seules étaient une meilleure preuve de nos bonnes intentions.

- Je suis d'accord, approuva Lendra, hochant la tête. Cher Delfen, je suis heureux que nos ambassadeurs et ma lettre vous aient convaincu d'envoyer un représentant jusqu'ici, et je suis aussi étonnée qu'honorée que vous ayez fait le déplacement vous-même.

- Il fallait une personne capable de parler au nom des habitants de l'Urgandarr, aussi me suis- je immédiatement porté volontaire, répliqua le jeune homme d'un ton digne. Je suis quant à moi heureux de vous rencontrer et admiratif de votre cité, comme le sont, je l'imagine, tous les étrangers en visite à Létare.

Lendra échangea un regard complice avec Gador, puis sourit.

- Nous apprécions votre compliment, et je vous propose à tous de parler dès à présent du sujet qui nous préoccupe, dit-elle.

Lendra retourna derrière son bureau et jeta un regard à la carte de Létare affichée contre le mur du fond, attirant l'attention des quatre autres personnes présentes dans la pièce.

- Très bien... commença t-elle, tournée vers le plan. Il y a maintenant deux mois, les éclaireurs qui font partie des garnisons militaires du nord de notre pays ont aperçu à plusieurs reprises des drakkars, des navires du Talémar, apparemment en repérage sur le grand lac qui nous sépare de leur nation. En règle générale, les Talémariens ne s'aventurent jamais autant au sud de leurs terres, et il ne peut y avoir qu'une seule explication : ils préparent un assaut sur Létare, en profitant de notre relatif affaiblissement du moment. C'est pour cela, vous le savez désormais, que nous avons besoin de l'aide de l'Urgandarr. Maintenant que vous connaissez la situation, je voudrais vous parler de ce que le conseiller Gador, ses collègues et moi-même avons prévu : nous n'attendrons pas que ce conflit qui se profile débute, nous irons à la rencontre du Talémar sur le Lac. En ce moment, leurs drakkars doivent se rassembler, et nous devrions les attaquer avant qu'ils ne soient prêts.

- J'approuve votre stratégie, dit Delfen en élevant la voix. En Urgandarr, nous avons vu à quel point ils peuvent être dangereux sur terre ; sur l'eau, nous aurons peut-être l'avantage.

- Je vous remercie pour cet avis instructif, reprit Lendra. En tant qu'allié, auriez-vous une suggestion à apporter ?

- Eh bien, oui, j'en ai une, répondit Delfen, avec une idée ingénieuse. En Urgandarr, nous avons des dizaines de wyvernes, dressées pour une attaque aérienne. Dans les marais, leur champ d'action est souvent réduit à cause de la végétation, mais en plaine, ou sur un lac, nous pourrions en lancer sur nos ennemis, et faire mieux que les retarder ou les occuper. Les wyvernes peuvent causer de gros dégâts, surtout à plusieurs.

Lendra acquiesça, se remémorant ses voyages et son expérience du pays de son jeune invité.

- Excellent, dit-elle, en imaginant leur place dans un combat éventuel sur le Lac Talémar. Et nous pouvons déjà compter sur une aide militaire au sol ?

- Bien entendu, confirma Delfen. En Urgandarr, nous ne sommes pas de grands attaquants, mais une fois que nous avons pris possession d'un lieu, d'un fort, il est presque impossible de nous le reprendre. Nous défendrons tous les lieux que notre alliance prendra au Talémar, soyez-en sûrs.

- Je le sais, dit Lendra. Vos tireurs sont réputés, et leur capacité à défendre votre territoire également. Pour ce qui est du conflit à venir, il est évident que notre objectif, la défaite des Quatre Clans, ne pourra être atteint que par une invasion terrestre du Talémar.

Elle montra du doigt le rivage opposé à Létare, tout au nord de la carte.
- Au-delà du Lac, leurs forces sont attendues près d'un fort situé juste ici. Il faudra dans un premier temps nous en emparer, suite à quoi nous pourrons avancer dans les terres. Une compagnie d'élite, composée des meilleurs éléments de Létare et de l'Urgandarr, et qui sera menée par le talentueux commandant Veresh, sera à même d'avancer et de repérer les chefs des Quatre Clans : ce sont eux qu'il nous faut éliminer. Mon amie Veska, qui dirige le clan le plus à l'ouest du pays, interviendra en temps voulu dans le conflit. La défaite des Quatre Clans permettra de réunir tout le Talémar sous la bannière de Veska, et alors, notre ancien ennemi deviendra un puissant allié. Cette réussite prouvera que Létare sait faire preuve de bon sens et de prévoyance, et montrera que l'Urgandarr mérite pleinement sa place parmi les grandes nations de ce monde, et parmi les défenseurs implacables de l'Ouest.

- Très ingénieux... commenta Delfen d'une voix hébétée, en découvrant cette partie là du plan.

À gauche, Garvin et Ciela étaient presque aussi admiratifs, devant l'exposé si convainquant de la Grande Mage, toujours aussi sérieuse dans l'élaboration de ses projets.

- Le conseiller Gador ici présent à beaucoup travaillé ces dernières années à propos de la menace que pourrait représenter le Talémar, il convient de saluer son implication dans le projet, elle a été très importante, rappela Lendra, en tendant la main vers son collègue barbu. Venez.

Elle fit signe de la main à tous, les invitant à faire le tour du bureau tandis qu'elle étalait une carte jusqu'alors roulée : à l'exception de Gador, aucun des trois jeunes ne reconnut de prime abord le territoire représenté sur le papier. Puis, grâce à la présence d'un lac étiré au sud, ils comprirent qu'il s'agissait du pays qu'ils allaient bientôt envahir.

- C'est une carte du Talémar, extrêmement rare, expliqua bientôt Lendra, dont les deux grandes mains tenaient le papier plaqué à la surface du bureau. Je l'ai obtenue comme cadeau de la part de mon amie Veska, lorsque j'ai visité sa région il y a des années. Comme on peut le voir en étudiant le plan, le pays n'est pas entièrement dessiné, il en manque les contours nordiques et orientaux. Disons qu'au moins les trois-quarts figurent ici, et ce sera suffisant pour cette mission.

Garvin, Ciela et Delfen prirent quelques instants pour admirer les détails, et ils notèrent la présence de nombreuses forêts, ainsi que de plaines, plus vallonnées dans la partie nord du pays.

- La carte s'arrête au-delà de la Plaine de Roches, qui est proche de la toundra, certains ne font pas de différence entre les deux, raconta Lendra, tout en leur montant sur le plan. Cette immense étendue se situe au contact d'au moins deux des Quatre Clans ; vous aurez peut-être à aller jusque là pour faire tomber notre adversaire. Nous avons fait faire des copies de cette carte, et vous en aurez plusieurs pour votre voyage.

- Merci ! Fit Garvin, souriant. Vu l'étendue de ce pays, ce sera une bonne chose de savoir vers où aller, un peu comme en Urgandarr, d'ailleurs.

Delfen lui adressa un signe de tête, se montrant amusé par cette remarque.

- Ah, chers amis, j'ai presque failli oublier de vous informer que j'ai parlé avec Heldra, la nouvelle commandante des Masques, hier, par le biais du communicateur, ajouta Lendra. Elle m'a assuré que nous pouvions compter sur l'aide des Mille Collines, jusqu'à cinq cents soldats, si les Talémariens parvenaient à entrer sur notre territoire.

- Mais c'est une très bonne nouvelle ! s'exclama Ciela, qui tout comme Garvin ne s'attendait pas à une proposition aussi généreuse.

- Oui, même s'ils ne participeront pas à l'invasion, ils seront postés en garnison, des fois que le conflit prendrait une mauvaise tournure, ce que je ne pense pas, reprit Lendra. Cent militaires sont déjà en route pour Létare à cette heure, et ils devraient arriver d'ici une semaine environ. Cher Delfen, en combien de temps pensez-vous pouvoir réunir suffisamment de troupes pour nous soutenir efficacement au Lac ?

- Je dirais trois semaines, estima le jeune homme à la cape verte. Quatre tout au plus.

- Très bien, approuva Lendra. C'est à peu près ce qu'il nous faudra pour organiser la logistique, réunir les navires et les combattants, ainsi que le matériel dont nous aurons besoin une fois de l'autre côté.

- Nos gens seront au point de rendez-vous dans moins d'un mois, lui assura Delfen. S'il le faut, nous savons faire vite, et cela est nécessaire aujourd'hui. Vous pouvez compter sur nous. Il y a seulement un élément qui … je ne sais pas si les combattants de notre pays seront aussi efficaces dans un pays aussi froid, nous qui sommes habitués à la chaleur. Mais nous sommes motivés par ce noble projet, et nous sommes prêts à affronter le Talémar, son climat autant que ses guerriers.

Lendra sourit, sachant l'alliance presque officiellement conclue.

- Je suis ravie de vous savoir avec nous, dit-elle d'une voix chaude et calme. Venez signer ce papier, s'il vous plaît.

Delfen s'approcha d'elle par la gauche, tandis qu'elle faisait glisser une feuille vers lui, en bas de laquelle il ne lui restait plus qu'à inscrire son nom et celui de l'Urgandarr. Les termes de l'alliance, très simples et larges, lui convenaient : ils établissaient que Delfen serait le représentant principal de l'Urgandarr et qu'il se réservait le droit de conduire leurs troupes dans les affrontements à venir. L'association entre Létare et l'Urgandarr se faisait au profit de la première, l'Urgandarr s'engageant premièrement pour empêcher une offensive du Talémar sur les pays de l'Ouest. Enfin, l'objectif de la guerre était de placer l'alliée de Lendra, la dénommée Veska, à la tête du Talémar, une fois les Quatre Clans vaincus, comme l'avait annoncé la Grande Mage. Pendant ce temps, Garvin et Ciela observaient la grande carte de Létare affichée sur le mur du fond. Le Lac Talémar s'étendait entre deux chaînes de montagnes, la première à l'est, là où Lendra avait mené la résistance contre le précédent Conseil, et la deuxième à l'ouest, qui débutait un peu avant le niveau de la frontière avec l'Urgandarr. Cette continuité de reliefs naturels se prolongeait plus loin encore, pour y former la frontière nord entre l'Urgandarr et le Talémar ; une partie des troupes du Mage de Guerre avait franchi cet obstacle six ans plus tôt pour envahir le pays des marécages. De l'autre côté, le Lac Talémar se prolongeait à l'est, au-delà des montagnes de Létare, jusqu'aux terres inconnues proches du pays des Vesnaer.

Delfen termina de signer le document officiel et se releva, puis échangea quelques mots avec Lendra tandis que Garvin et Ciela se rapprochaient de Gador. Ce dernier sortit une clef de la poche de sa veste noire et la tendit à la jeune femme blonde.

- Ciela, vous pouvez reprendre votre ancienne maison le temps de préparer le conflit, lui dit-il. Elle n'est pas occupée en ce moment.

- Merci beaucoup... fit-elle en prenant la clef, étonnée d'apprendre cette nouvelle.

Elle échangea un regard enjoué avec Garvin, puis Delfen passa entre eux et Gador, lequel venait de retourner à l'endroit où il se tenait quelques instants auparavant.

- Je pense que nous avons fini, que l'essentiel a été dit, déclara Lendra. Nous espérons très bientôt vous revoir, cher allié.

- L'Urgandarr sera là, dit-il avec engagement. Nous nous reverrons au Lac Talémar, dans quelques semaines. D'ici là, j'aurai rassemblé des centaines de combattants.

Lendra et lui abaissèrent la tête pour se saluer mutuellement, puis Ciela s'adressa au jeune héros des marais.

- Nous allons vous raccompagner au port, lui proposa t-elle.

Delfen accepta avec plaisir, puis les trois jeunes gens sortirent du bureau de Lendra, pour revenir dans l'escalier central de l'Académie.

- Je suis très heureux que le commandant Veresh ait été choisi pour mener les opérations au sol ! Dit une Ciela enjouée, tandis qu'ils descendaient les marches.

- Moi aussi ! Répondit Garvin. C'est un très bon officier, et l'un des meilleurs pour diriger cette mission. C'est un grand ami à nous.

Delfen acquiesça, à l'arrière, après les explications que Garvin venait de lui donner en se tournant à moitié vers lui. Ils marquèrent tous les trois une pause sur le devant du bâtiment, une fois à l'air libre, sur le point de s'engager sur la place.

- Alors, que pensez-vous de notre Grande Mage ? Lui demanda Ciela, souriante.

- Je dois avouer que je suis très impressionné par elle, répondit Delfen avec franchise. On voit immédiatement qu'elle a la carrure d'une grande dame. Avec elle, nous pourrons accomplir beaucoup de choses, j'en suis sûr. En Urgandarr, nous avions appris qu'il y avait eu du changement, mais nous n'en savions pas plus. Je suis étonné de constater que tout est bien différent de ce que j'avais entendu il y a encore peu de temps. Nous sommes peut-être voisins, mais nous vivons loin les uns des autres. Du moins, cela a été le cas. La Grande Mage est en train de nous rapprocher, et ce n'est que le début. Je vais retourner dans mon pays et raconter à tous ce que j'ai vu ici. Cela finira de convaincre les personnes les plus méfiantes envers le Conseil. Et je peux vous garantir que beaucoup vont venir en renfort, sur les rives du Lac Talémar !

Confiants en l'avenir, ils descendirent jusqu'au port, où ils trouvèrent un navire de guerre de Létare : Delfen présenta un papier officiel signé par Lendra, qui lui assurait ainsi une escorte de choix pour retourner près des frontières de son pays. Du haut du pont, il leva la main à l'adresse des deux magiciens, qu'il considérait désormais plus que comme de simples connaissances, et davantage comme des amis, une impression que Garvin et Ciela partageaient également, et dont ils parlèrent en remontant l'avenue principale de la ville.

- Je suis si contente que l'on puisse se reposer dans cette demeure, où je me suis toujours sentie bien, dit Ciela, avec un sourire. Et d'autant plus si tu y habites avec moi. Je me sens bien quand tu es là.

Garvin, qui l'avait regardé parler, fut agréablement touché par ce qu'elle venait de dire, par ces mots si bien prononcés, avec sa voix chaude et fluide. Le jeune homme lui toucha l'épaule en pivotant vers elle et l'embrassa sur la joue, la faisant sourire avec tendresse. Elle se rapprocha ensuite de lui et passa un instant son bras droit autour de la taille de Garvin, après lui avoir caressé le flanc. Puis ils reprirent leur marche, côte à côte, jusqu'à la demeure de Ciela, à la façade de pierre et aux deux étages. La grande maison allait les abriter pendant encore au moins trois semaines, et constituait le lieu idéal pour suivre l'évolution de la logistique menée depuis l'Académie par la femme qu'ils tenaient pour la plus compétente de la nation. Et le vaste espace intérieur dont ils disposaient pour eux tout seuls leur permettrait de retrouver leurs habitudes, comme à Gernevan, de se souhaiter à nouveau bonne nuit chaque soir avant d'aller dormir, dans des chambres situées l'une face à l'autre.

***

Loin de là, à l'est, au deuxième étage d'un large bastion perdu dans l'obscurité, se tenait une assemblée composée d'une dizaine de Vesnaer en tenues sombres, réunis autour d'une grande table rectangulaire, sous un générateur de lumière bleu, ovale, incrusté dans le plafond au centre de la salle. Au fond, une fenêtre à carreaux permettait de surveiller les terres en direction de l'est, le ciel recouvert par l'épaisse couverture nuageuse caractéristique du pays des Vesnaer. Certains d'entre eux avaient déposé leurs armes où un casque à la surface de la table, et deux gardes en armures noires complètes se tenaient debout à l'entrée de la pièce, équipés d'épées à deux mains et de heaumes assortis à leur ensemble, qui rendaient leurs traits imperceptibles. Plusieurs portaient au contraire des vêtements plus légers, des sortes de grandes vestes et manteaux qui les faisaient ressembler aux mages noirs d'Elesra. Les hommes et les femmes de la réunion, aux cheveux sombres et au teint pâle, attendaient la prise de parole de leur roi, dressé devant eux, dos à la grande fenêtre. Grand et habillé d'un lourd manteau, il portait toujours son bandeau de basalte, qui faisait office de couronne, à la fois sobre et prestigieuse.

- Commandants, magiciens, fidèles de notre cause, je vous ai rassemblés en cet instant où l'avenir des Vesnaer est arrivé à un point décisif, commença t-il d'une voix forte et grave. Voilà sept mois que les Elesrains ont été vaincu par nos adversaires de l'Ouest, et depuis lors, leur faction s'est peu à peu redivisée en presque autant de parties qu'il y a quelques décennies.

- Oui, votre Royauté, confirma un Vesnaer en armure lourde, aux mains posées de chaque côté de son casque. Il y a trois factions principales, et nous en avons repéré deux autres en cours de formation.

- Il faut les attaquer sans perdre de temps, conseilla sa voisine, une femme au long visage et aux épaules larges, vêtue de la même manière. Il ne faut pas leur laisser le temps de s'organiser.

- J'approuve votre plan, reprit le roi. Mais ces factions ne m'inquiètent pas autant que l'ensemble formé il y a encore peu par Elesra Blackheart. Elle était ma… notre pire ennemie : forte, téméraire, ambitieuse, et plus puissante que presque nous tous. D'ici quelques années, elle aurait pris mon trône et placé ses fidèles à votre place. Je suis heureux qu'elle ait péri dans cette guerre. Maintenant, nous pouvons agir et atteindre notre objectif : faire la gloire des Vesnaer. Ces factions en conflit s'affaiblissent entre elles au lieu de lutter contre nos ennemis, elles trahissent notre plan ultime. Mais leur division est pour nous une chance de l'emporter : il nous faudra rassembler toutes les forces sous ma bannière, notre bannière, et rappeler à tous qu'aucun commandant, qu'aucun mage, n'a le droit de se dresser contre elle. Ce n'est que lorsque tous les Vesnaer seront réunis que nous pourrons reprendre notre assaut ; nous devrons inventer des armes plus puissantes que toutes celles que nous avons un jour possédées, et alors, nous vaincrons l'Ouest.

Le roi désigna un homme au visage plus âgé que le reste des hauts dignitaires, présent à droite, de l'autre côté de la grande table.

- Le chef de nos mages travaille aujourd'hui sur un tel projet, qui fera basculer la future guerre en notre faveur. Mais en attendant ce jour historique, partez à la conquête de notre pays, et arrêtons ceux qui divisent nos forces.

Son engagement véritable, sa détermination et l'emprise que lui et ses proches exerçaient sur l'est du pays remportèrent l'adhésion de tout l'auditoire, et certains commençaient à entrevoir la suite directe de cet appel historique, qui mettrait fin à de nombreuses années de neutralité de la faction royale.

- Nous pouvons vaincre les factions les plus faibles dans les trois mois qui viennent, estima la femme en armure noire. La plus puissante est tout à l'ouest, là où Elesra Blackheart a remporté ses plus grandes victoires. Plusieurs de ses généraux, dont ses mages noirs, qui ont survécu à la guerre contre l'Ouest, ont repris sa succession. Mais je sais aussi que nous n'aurons pas de difficulté à rallier des combattants des factions en présence : le prestige de votre Couronne et de nos troupes suffira à attirer des centaines de volontaires. D'ici un an, plus personne ne sera en mesure de contester notre pouvoir.

- Votre Royauté, la Garde Noire répondra à votre appel, enchaîna le guerrier assis en face du souverain, avec son casque posé sur la table. Et elle saura se montrer digne de vos objectifs.

- Le projet secret continue son avancement, poursuivit le chef des mages noirs, à droite. Sa progression sera un élément de plus en notre faveur, et son achèvement finira de faire capituler les rebelles et ceux qui pourraient encore défier la Couronne dans notre pays.

- Je n'ai aucune raison de douter de votre loyauté, dit le roi en balayant du regard les membres de l'assemblée. Je sais pouvoir compter sur votre action. Dès à présent, partez à la reconquête de notre nation.

Les guerriers et magiciens se levèrent de la table et quittèrent la salle les uns après les autres, le plus important mage noir demeurant plus longtemps avant de s'en aller à son tour. Le roi se retourna et marcha vers la fenêtre : au-delà commençait un paysage sombre dont il distinguait les éléments majeurs, telle qu'une forêt non loin de ce château, légèrement sur la gauche, ainsi que la plaine inclinée qui s'étendait vers l'est jusqu'à des collines lointaines, au-delà desquelles des centaines de combattants qui lui étaient fidèles allaient bientôt s'avancer vers ses ennemis. La campagne qui s'annonçait, menée par des généraux d'une grande qualité, devait aboutir à une victoire éclatante dont il saurait tirer avantage. Il continua d'admirer l'immobilité des arbres et de la plaine devant lui, et pensa à prendre le commandement des troupes en personne lorsque l'assaut débuterait.

***

À Létare, les préparatifs de la guerre contre le Talémar avançaient comme prévu, sans retard ni précipitation. Lendra, avec l'aide précieuse de Gador et des conseillers, parvenait à superviser le déploiement des troupes, qui deux semaines après l'entrevue avec Delfen, avaient commencé à rejoindre le Lac. Pendant ce temps, Garvin et Ciela se tenaient informés de l'évolution des choses, et se rendaient chaque jour à la proche Académie pour proposer leurs services. Lendra, qui n'avait pas cessé de considérer Ciela comme une membre honoraire du Conseil, lui confia quelques inspections de troupes, et l'invita à plusieurs regroupements avec Gador et des responsables militaires. La jeune femme accompagna Garvin au port pour accueillir la compagnie des Mille Collines, qui allait demeurer sur place, dans les locaux des soldats de Létare en partance pour le Nord.

Le printemps également avançait et faisait revenir les beaux jours sur la capitale ainsi que l'ensemble du pays, ce qui facilita d'autant plus la logistique. Des dizaines de convois quittèrent Létare et les grandes villes pour venir renforcer les cinq forts construits aux abords du Lac Talémar, y apportant le matériel et le ravitaillement nécessaires à la suite des manœuvres qui allaient bientôt avoir lieu. Cinq jours après le gros des troupes, Garvin et Ciela partirent à leur tour, en compagnie de Lendra en personne, qui tenait à rejoindre ses soldats, dirigés notamment par le commandant Veresh, déjà sur place depuis des semaines, et avec lequel elle s'entretenait chaque jour par l'intermédiaire d'un communicateur.

Au cours des deux jours nécessaires à leur arrivée au front, les navires des ports situés au bord du Lac commencèrent à être chargés, en attente du signal de départ de la flotte, qui devait être envoyé plus tard par la Grande Mage.

Le parcours en diligence s'effectua par beau temps, à grande vitesse sur des routes de bonnes qualité, régulièrement rénovées pour permettre aux soldats de gagner le lac depuis la capitale le plus rapidement possible, sur une initiative de Gador. Si aucune nouvelle de Delfen ne leur était parue depuis trois semaines, des centaines de volontaires de l'Urgandarr s'étaient déjà rassemblé à l'ouest du Lac, et avaient monté un grand camp non loin du principal fort Létarien, où Garvin, Ciela et Lendra parvinrent avec une légère avance sur leurs prévisions. À deux kilomètres du rivage, que l'on pouvait aisément surveiller depuis le léger relief sur lequel la fortification de forme carrée se dressait, la Grande Mage put constater que la mobilisation générale avait progressé aussi vite qu'elle et ses proches l'avaient espéré.

- Dans deux jours, nous serons sur le Lac, dit-elle en regardant au large, de l'autre côté du fort.

Garvin et Ciela à ses côtés se réjouissaient de cette nouvelle aventure, mais surtout de la possibilité de rendre encore service, au coeur de l'action, comme ils l'avaient fait l'année précédente.

La situation contrastait beaucoup avec la rapidité du précédent conflit, contre les Vesnaer, et la présente guerre semblait de ce fait bien lente, ce qui laissait Garvin et Ciela dans une certaine impatience. Les deux jeunes gens eurent le plaisir de retrouver le commandant Veresh sur place, en charge du fort et des affaires militaires de tout le secteur. L'officier, venu avec sa troupe d'archers-mages, semblait avoir gagné en considération depuis la Guerre des Elesrains et le changement de direction à Létare ; il passait désormais comme l'un des hauts gradés les plus importants du pays, d'où sa présence à cet endroit et à ce poste.

Le lendemain, à dix heures, le fort tout entier s'agita au moment où trois wyvernes et leurs cavaliers survolèrent les lieux pour aller se poser dans la plaine qui allait jusqu'au rivage du Lac. Garvin et Ciela, postés sur la petite muraille qui cernait le bâtiment, descendirent immédiatement, rejoints par Lendra, qui avait été informée quelques instants plus tard. La Grande Mage, qui s'entretenait avec Veresh dans le donjon, descendit l'escalier et partit à la course à la rencontre de ces Urgandaris, qu'elle supposait être des messagers porteurs de nouvelles primordiales. Les trois chevaucheurs enlevèrent leur casque de protection au moment où Garvin et Ciela arrivaient à moins de dix mètres de ces créatures si paisibles, contrairement à la wyverne qu'ils avaient rencontré dans la forêt pendant leur voyage. Parmi les dresseurs qui se découvraient, ils eurent la surprise d'apercevoir leur ami Delfen, qui descendit de sa drôle de monture en s'emparant de sa lance, rangée à côté de sa selle, posée sur le dos de la wyverne.

- Bonjour mes amis ! Lança le jeune héros des marais. Je viens vous annoncer que nous sommes prêts à passer à l'action.

Sa bonne humeur et son entrain firent sourire Garvin et Ciela, tandis que Lendra arrivait à son tour.

- Cher allié, voilà une excellente nouvelle, dit-elle, enthousiaste. Cette première alliance entre nos nations donne déjà des résultats encourageants. Nous avons de la place sur nos navires de guerre, pour vous emmener avec vous. À moins que vous préfériez traverser le lac sur vos wyvernes.

- Euh, non, déclina Delfen, poli. Nous gardons les wyvernes en réserve, du moins tant que nous n'aurons pas fait la moitié du Lac. Ensuite, elles nous soutiendront pour une attaque sur leur bastion, où contre leurs drakkars. Deux ou trois dresseurs feront une reconnaissance du Lac pour nous prévenir de ce qui pourrait nous attendre.

- Nous vous remercions de cette précaution, répondit Lendra, qui appréciait grandement cette initiative de l'Urgandarr. Vous serez donc à bord avec nous pendant les trois jours que devraient durer la traversée.

- Et je serai présent en tant que représentant de mon pays, ajouta Delfen, qui tenait son casque dans sa main droite. Cela donnera confiance aux troupes, et renforcera notre entente. Nos wyvernes attendront à l'ouest d'ici, près de notre campement. Faites-nous savoir lorsque tout sera prêt.

- Cela ne sera pas long, l'avertit Lendra.

- Bien. Je vais retourner auprès de mes gens. Nous nous reverrons bientôt, alors.

Il salua la Grande Mage, remit son casque et rangea sa lance enchantée, puis remonta sur sa wyverne. D'un geste des mains, il fit bouger les rênes et invita sa monture à avancer sur ses pattes pour prendre de l'élan. Après quelques rapides battements d'ailes, la wyverne décolla, imitée par ses deux congénères, puis elles effectuèrent un demi-tour avant de repartir d'où elles étaient venues, et de disparaître au loin, tout à gauche du paysage de plaine.

À partir de cet instant, la préparation entra dans sa phase ultime, les derniers équipements furent transportés jusqu'au rivage au nord, où les navires se tenaient prêts, amarrés dans une petite baie à des pontons, tandis que cette partie du Lac demeurait sous surveillance des vigies placées au sommet d'un phare rectangulaire. Celui-ci se dressait à deux cents mètres plus à l'est, sur une avancée de terre en direction du large, une tour de guet qui pouvait envoyer guetter l'horizon sur des kilomètres à la ronde, grâce à un télescope installé sous son toit. La veille du départ, des soldats partirent du fort, munis d'une lettre signée par Lendra, à destination des autres camps fortifiés près du front, chaque petite flotte devant s'élancer à huit heures le lendemain.

Des nuages gris couvraient le ciel au lever du jour, un froid inhabituel parvenant sur le littoral Létarien par le biais d'un souffle d'air en provenance du Nord. Lendra se leva très tôt, et se rendit près des embarcadères, vêtue d'une belle armure gris foncé teintée de rouge, et à l'intérieur doublé en laine, une protection appréciable en ces heures bien fraîches. Les soldats de Létare furent bientôt rejoints par toute une horde venue de l'ouest, des centaines de gens munis de lances, de massues, et d'arcs à cornes typiques de l'Urgandarr, des gens pour la plupart habillés d'armures légères et matelassées. Beaucoup d'entre eux, en plus d'une masse ou d'une épée courbe à un seul tranchant, avaient apporté de leurs marais des boucliers rectangulaires, à la teinte quelque peu jaunâtre, et certains portaient une lanière en bandoulière par dessus leur armure, en bas de laquelle ils tenaient leur arme suspendue. D'autres avançaient avec des massues à deux mains, lourdes et efficaces contre plusieurs adversaires, voire contre des portes ennemies qu'il faudrait enfoncer pendant un assaut. Delfen marchait parmi la tête, et vint se placer à gauche de la Grande Mage, à qui il présenta une fois de plus ses respects.

- Avez-vous eu un agréable voyage à travers nos contrées ? Lui demanda t-elle.
- Oui, grâce à votre peuple si accueillant, et bien prévenu de notre arrivée, répondit Delfen avec empressement. Et j'ai été impressionné : c'est un pays où la logistique est évidente, où l'on avance très vite, mais qui est très difficile à tenir. Il n'y a presque pas de relief, et seule la traversée des rivières peut ralentir votre ennemi. Je suis admiratif du fait que vous ayez pu le faire au cours des siècles précédents, cela montre à quel point votre armée est puissante. Il y a beaucoup de gens et de villes, de grandes routes qui semblent mener quasiment partout, et un grand nombre de personnes qui sont capables d'utiliser la magie. En Urgandarr, ces gens là sont plus

rares ; évidemment, les dresseurs ont des facultés hors du commun, mais peu de personnes savent réellement jeter des sorts de combat. Je serai le seul présent dans cette expédition.

Suite à cette discussion, Delfen se retira et partit rejoindre ses compatriotes qui se rassemblaient sur la gauche de la baie, près des pontons. Garvin et Ciela arrivèrent une demi- heure plus tard, peu avant que le gros des troupes qui devaient s'embarquer ne traversent la plaine à leur tour. Cinq vaisseaux de guerre de Létare les attendaient sur le rivage du Lac, avec leurs trois mâts et leur coque fine tournée vers le large. Lendra resta à deux cents mètres des pontons pour surveiller les ultimes manœuvres avant le grand départ. Les combattants d'Urgandarr avancèrent, se séparèrent en plusieurs groupes et se mélangèrent aux Létariens qui montaient à bord. Garvin, Ciela et Delfen partirent vers le navire du milieu, celui depuis lequel Veresh allait diriger la flotte. Les compagnies d'archers-mages et de lanciers Létariennes se retrouvèrent près des volontaires alliés sur les cinq ponts, réunis pour la première fois grâce à ce même objectif. Garvin, Ciela et Delfen observaient le passage des deux armées autour d'eux, tandis que les matelots s'occupaient de détacher les vaisseaux et leurs voiles.

- Tout se passe bien, pour l'instant, commenta le jeune héros des marais. Je suis sûr que nous nous entendrons bien ! Les gens du pays sont vraiment très concernés par cette mission, plus encore que vous ne le croyez. Nous serons avec vous jusqu'au bout, jusqu'à la victoire !

Sa bonne humeur, représentative de celle des troupes de l'Urgandarr, se transmit à ses deux camarades. Les soldats et officiers, dont Veresh, montèrent en grand nombre sur les châteaux arrière pour saluer une dernière fois Lendra et les gardiens du fort, réunis dans la plaine. La Grande Mage dressée en statue au milieu des militaires, demeura digne, et leva son bras droit à l'attention de la flotte qui commença à s'éloigner des embarcadères. Des exclamations s'élevèrent du rivage comme des navires, pour souhaiter bonne campagne d'un côté, et remercier du soutien de l'autre, puis les bâtiments prirent le large, quelques minutes avant dix heures du matin. Le léger vent du Nord qui s'était manifesté plus tôt avait cessé, et la silhouette du soleil montait peu à peu dans le ciel, derrière le ciel gris dans lequel trois wyvernes et leur dresseur passaient en direction de la rive adverse, procédant à une reconnaissance rapide et furtive du Lac.

Les équipages et les pilotes des navires maintinrent le cap à vitesse maximale pendant les heures qui suivirent, avant de décélérer par précaution, certaines voiles étant même repliées pour ne pas arriver trop rapidement et surtout de nuit à proximité de la forteresse du Talémar. Le repas du midi fut l'occasion pour les deux nations de tenter de sympathiser, ce qui fut plus évident aux Létariens qu'ils ne se l'étaient imaginé, tout simplement en raison du moral excellent qui traversait les rangs de l'Urgandarr, ainsi que par l'attitude de certains éléments enjoués de leur côté. Delfen faisait remarquer à ses deux nouveaux amis que ce qu'il avait annoncé s'avérait juste ; de petits groupes d'hommes et de femmes des deux pays se formaient sur le pont du navire amiral, et donnaient lieu à des discussions empreintes de curiosité, de part et d'autre. Les trois jeunes gens trinquèrent donc à l'amitié populaire qui apparaissait sous leur regard, profitant de ces instants de solidarité avant que le conflit ne débute.

Les vaisseaux des quatre autres ports apparurent à la vue de la vigie en milieu d'après-midi, les trois-mâts de Létare rejoignant la flotte principale, avec également deux bâtiments spéciaux : ceux-ci comportaient une catapulte en leur centre, deux mâts à l'arrière et deux mâts à l'avant sur les côtés, pour laisser l'espace libre à l'utilisation de l'arme de siège. L'ensemble qui prenait forme portait ainsi le total des navires de guerre à quinze, soit les effectifs quasi-complets présents au sud du Lac Talémar. Les différents équipages se lancèrent des appels par delà les mètres d'eau qui les séparaient, puis tous se regroupèrent en une masse solide qui voguait calmement mais fermement vers l'adversaire. Ce dernier demeurait pour le moment hors de leur champ d'action, mais le soir, les chevaucheurs de wyvernes revinrent de leur inspection aérienne et l'un d'eux se posa sur le pont du navire amiral, pour s'entretenir avec Veresh.

- Commandant, une trentaine de drakkars vous attend au large du littoral Talémarien, annonça t-il d'une voix agitée, qui commença à modérer l'ambiance presque festive qui régnait jusqu'alors. Et il y en a une dizaine de plus près de la forteresse.

- C'est ce que nous craignions à Létare, répliqua Veresh. Merci de nous avoir prévenus, nous savons à quoi nous attendre demain.

- Vous ne serez pas seuls, intervint Delfen, s'avançant en direction du dresseur, puis s'adressant à lui. Allez chercher autant de wyvernes qu'il y a de drakkars ennemis, plus si possible.

Puis, le jeune homme à la cape verte se retourna vers Veresh et lança un regard circulaire à l'assistance, accompagné d'un sourire.

- Nous allons vous aider, dit-il, recevant les acclamations des soldats de Létare, ainsi que ceux de l'Urgandarr.

Le chevaucheur remonta en selle et repartit vers le sud avec ses deux compagnons. La sortie de Delfen avait ramené la confiance au moment où elle s'estompait, et Veresh, tout comme Garvin et Ciela, vinrent le remercier : la flotte, informée de la future assistance aérienne, allait pouvoir passer une nuit plus sereine.

Peu avant la nuit, Garvin et Ciela se retrouvèrent comme ils en avaient l'habitude pendant les voyages fluviaux, sur le bord gauche du navire, à regarder l'eau disparaître peu à peu du paysage avec l'arrivée de l'obscurité.

- Tu sais, Ciela, je trouve parfois cela un peu étrange, je veux dire, d'aller combattre au Nord alors que l'ennemi qui vient de nous menacer est ailleurs, loin de là, dit Garvin.

- Oui, je comprends, approuva Ciela de sa voix douce et puissante. Mais les Vesnaer ont perdu pour l'instant leur faculté à passer à l'offensive sur l'Ouest. La menace à présent est bel et bien au Nord, et je suis d'accord avec le plan de Lendra : sur le long terme, le Talémar que nous combattons aujourd'hui sera notre ami demain.

- Tu as raison, comme toujours, reprit Garvin en repensant à toutes les opportunités de leur mission. Nous aurons sans doute alors des centaines, des milliers qui sait, de soldats pour nous aider contre les Vesnaer. Et je sais que pendant notre absence, Heldra et les Mille Collines sauront les repousser, voire conquérir quelques territoires dans leur pays.

- Dès que nous le pourrons, nous rejoindrons le front de l'est, et nous aiderons les Masques à continuer leur effort, promit Ciela. Je vais aller dormir, il nous faudra sans doute toutes nos forces pour demain.
 - Très bonne idée, je vais faire de même, dit Garvin.
- Bonne nuit, et fais de beaux rêves, lui souffla Ciela, en laissant glisser sa main sur l'épaule de Garvin, à sa droite, en passant derrière lui.
 - Je t'adore… répondit le jeune homme, charmé par son geste et ses paroles.

Il pivota sur sa droite et regarda Ciela avancer vers l'avant du navire, où ils avaient leurs cabines respectives. Garvin admira la démarche énergique de la jeune femme, ainsi que ses cheveux qui brillaient à la lueur des lanternes suspendues au pied des mâts, des fils d'or qui tombaient dans son dos, entre ses deux larges épaules. Elle se retourna, porta une de ses mains gracieuses à sa bouche et lui envoya un baiser qu'il réceptionna d'un geste, une main plaquée contre son coeur, le visage illuminé par l'émotion, comme ensorcelé. Après le départ de Ciela, il continua de regarder au large, la nuit masquant désormais entièrement la surface du Lac, et, souriant de bonheur, il mesura toute la chance qu'il avait de pouvoir vivre aux côtés d'une telle femme, son idole et parfois sa protectrice, avec laquelle il allait affronter ce lendemain périlleux, et faire face à la flotte des drakkars du Talémar.

Après une nuit claire et étoilée, le jour revint, amenant de la fraîcheur sur le Lac, le soleil à l'est, sur la droite des matelots, encore atténué par un léger voile de nuages fins, appelé à se dissiper au fil de la matinée. Il ne fallut au final qu'une demi-heure pour que de pleins rayons atteignent la surface de l'eau, tandis que les soldats prenaient leur poste à bord. Garvin croisa Ciela dans le couloir des cabines de l'avant du navire, et glissa un mot à sa bien-aimée.
- J'ai fait de beaux rêves, car j'ai pensé fort à toi… dit-il avec gentillesse. Je me réveille, et je te vois, si belle et forte… Mon rêve est une réalité.

Elle inclina la tête en souriant, puis elle lui toucha la joue, et ils montèrent l'escalier, avant de grimper sur la plateforme située au-dessus, qui permettait d'obtenir une vue de choix sur l'horizon. Veresh s'y tenait déjà avec plusieurs militaires à ses côtés, et il tenait sa longue-vue afin de surveiller l'arrivée éventuelle des drakkars ennemis.

- Aucun signe du Talémar ? Demanda Garvin, tandis que Ciela et lui finissaient de monter les marches de bois et se présentaient sur la plateforme.

- Pas pour l'instant, répondit Veresh, en abaissant sa lunette. Mais je suis certain qu'ils ne sont plus très loin maintenant. Je vais rester ici encore quelques minutes, par prudence, et puis je redescendrai.

- Nous restons avec vous, dit Ciela, ferme, qui voulait elle aussi s'assurer qu'aucun danger ne les attendait.

Garvin et elle attendirent en la compagnie du commandant, puis jusqu'à son retour, une fois que ce dernier s'absenta pour aller s'entretenir avec ses archers-mages. Enfin, peu avant neuf heures, un chevaucheur de wyverne apparut droit devant le navire, de retour du Nord. Il fit ralentir sa monture et passa à basse altitude, juste à leur gauche.

- Les drakkars arrivent ! Cria t-il, plaçant une main sur le côté de sa bouche pour faire porter le son de sa voix. Les drakkars arrivent !

Veresh se retourna vers le pont en contrebas et donna l'ordre à tous de se tenir prêt à engager le combat, la consigne étant passée de navire en navire dans les instants qui suivirent. Le commandant reprit son longue-vue et la pointa droit vers le Nord ; après une minute d'observation, il finit par entrevoir une forme au loin, puis une dizaine d'autres, autour de la première. Les éléments qu'il distinguait se précisèrent ensuite : il s'agissait de l'avant des drakkars, reconnaissables à leur sculpture de bois élancée et recourbée à son extrémité, avec en arrière-plan un mât à voile carrée, couvert de bandes horizontales de couleurs, rouge et bleu, bleu et vert, ou encore blanc et bleu. Les rebords des ponts, courbes, se voyaient protégés par des alignements de grands boucliers circulaires, peints en cercles blancs et bleus, et au centre renforcé d'une sphère de fer. Le grand drakkar avançait au milieu de la flotte adverse, plus imposant que les autres, avec des boucliers verts et blancs sur les côtés. Puis, ce furent les grands casques bombés et les haches qui apparurent, ainsi que les visages encore peu visibles des hommes et des femmes qui composaient les équipages. Une trentaine de ces navires occupaient une ligne continue à un kilomètre plus en avant, leur vitesse réduite par la quasi absence de vent, annonçant un combat difficile en perspective.

Mais soudain, le bruit de grandes ailes tomba du ciel, et près de quarante wyvernes défilèrent sous les regards incrédules des soldats de Létare, et ceux, fiers, des volontaires de l'Urgandarr. Delfen souriait, sachant que la promesse de soutien de son pays envers l'honnête voisin était bel et bien tenue. Le vol des créatures verdâtres dépassa la flotte alliée et s'abattit sur les drakkars, depuis lesquels les carreaux d'arbalètes commencèrent à fuser. Les wyvernes, pour la plupart dirigées par un dresseur, demeurèrent en altitude avant de fondre sur les ponts ennemis, pour renverser le plus possible de guerriers. Certaines se posèrent à bord, parfois même à deux, pour y frapper les Talémariens de leur queue, et les mordre avec leurs crocs effilés. Quelques chevaucheurs passèrent au-dessus des drakkars et lâchèrent des paniers sur ces derniers : s'ouvrant à l'impact, ils libérèrent des dizaines de ces guêpes géantes dont les habitants de l'Urgandarr avaient parlé à Garvin et Ciela, qui observaient de loin l'événement, avec des visages stupéfaits et enjoués. La moitié des drakkars fut déstabilisée, et leurs pilotes durent à plusieurs reprise lâcher la barre pour échapper à ces nuées, ou combattre la menace venue du ciel.

- En avant ! Cria Veresh, qui voulait à tout prix profiter de cette diversion pour frapper vite et fort, avant que l'ennemi ne puisse reprendre le contrôle.

Les archers-mages et les tireurs de l'Urgandarr se postèrent sur les rebords des vaisseaux alliés et commencèrent à faire feu sur les drakkars les plus proches, qui répliquaient quant à eux par des carreaux, plus lents mais tout aussi dangereux. Les archers-mages décochèrent des projectiles qui s'enflammaient par magie une fois propulsés, et ils visèrent les voiles ainsi que les mâts pour stopper les navires en plein lac. Les tireurs Urgandaris cherchaient davantage à abattre le plus d'arbalétriers du Talémar, pour s'éviter d'avoir à cesser le feu et à s'abriter derrière les rambardes de protection. Plusieurs wyvernes, touchées en vol, chutèrent dans l'eau, et certains drakkars restés à l'arrière, un temps gênés par les volants des marais, purent avancer de nouveau pour porter assistance aux autres déjà engagés dans le duel à distance contre les alliés.

Le feu se propagea à huit drakkars exposés aux tirs des archers-mages, qui continuaient de s'acharner, et de tirer le plus vite possible. Certains vaisseaux du nord coulèrent après avoir reçu des boulets tirés par les navires catapultes de Létare, dont l'action se révéla décisive. Garvin et Ciela, tout en faisant attention aux carreaux adverses, profitèrent de quelques moments d'accalmie pour lancer des sorts, en soutien aux archers : des boules de feu et des rayons dirigés vers les voiles brisèrent trois mâts. Certains drakkars tentèrent l'abordage sur des bâtiments de l'alliance, et lancèrent à leur tour des torches et bouteilles alchimiques incendiaires avant de se préparer à engager un corps-à-corps dans lequel ils avaient en principe plus de chances d'infliger des dégâts. Ainsi, trois des navires Létariens furent pris d'assaut, les lanciers et gens d'armes d'Urgandarr obligés de repousser au contact l'envahisseur. Les dernières wyvernes et guêpes géantes occupaient encore des équipages ennemis, laissant davantage de temps aux archers alliés de faire tourner définitivement la bataille en leur avantage. Les drakkars prirent peu à peu la fuite, se retirant avant d'être trop touchés pour pouvoir être utiles plus tard dans le conflit. Les wyvernes encore sur les ponts adverses redécollèrent et regagnèrent leurs congénères en vol, puis revinrent vers la flotte alliée, dont quatre vaisseaux avaient été endommagés, ce qui de l'avis de Veresh, s'avérait être une réussite. Du côté du Talémar, les équipages des vaisseaux trop endommagés pour regagner leur base avaient mis des radeaux de fortunes à la surface du Lac, souvent de simples planches reliées entre elles par des cordes, et tentaient de s'éloigner des lieux en ramant énergiquement avec tout ce qui pouvait leur servir. Des mâts brisés et des voiles détachées flottaient, dépassés par les navires de Létare, qui continuaient à avancer, pour la plupart intacts ou proches de leur meilleur état.

- Cela a été difficile, dit un chevaucheur épuisé qui venait de poser sa wyverne à bord du navire amiral, près des jeunes héros.

- Vous avez été fantastiques, et personne ne l'oubliera, lui assura Delfen, pendant que Veresh descendait rapidement l'escalier à l'avant.

- Oui, vous avez raison, approuva t-il. Létare vous doit toute sa reconnaissance. Votre aide en début d'affrontement a été plus que d'un grand secours, elle a permis de préserver la flotte. J'espère que vous n'avez pas subi trop de pertes.

- Nous n'avons pas l'habitude de lutter ainsi à découvert, déclara le dresseur, qui avait pris une posture droite et digne devant le commandant. Mais l'Urgandarr s'en remettra, comme toujours. Nous sommes fiers d'avoir fait notre travail. Mais nous ne serons pas d'une grande utilité dans l'attaque contre leur forteresse.

- Ne vous en faites pas, reprit Veresh en levant la main droite. Nous nous occupons de cela. Nous avons de quoi vaincre leurs défenses. Rentrez et reposez-vous, vous le méritez plus qu'aucun de nous aujourd'hui.

Le chevaucheur acquiesça, convaincu par les paroles justes du commandant, et reprit les airs avec sa monture, le vol des wyvernes s'en allant ensuite vers le sud-ouest, direction l'Urgandarr.

- Delfen, vos gens sont héroïques, dit Veresh au jeune homme à la cape verte. D'avoir risqué autant lors d'un pareil assaut, peu en sont capables.

- J'avais promis que l'Urgandarr saurait être à la hauteur, et je n'ai même pas eu à leur demander de l'être, répondit Delfen avec fierté. Mais nous n'avons pas encore montré toute notre valeur. Permettez-moi de vous dire que mes amis et moi-même attendons le moment où nous vous la prouverons.

Veresh serra sa main et il retourna sur la plateforme, laissant Garvin et Ciela en compagnie de Delfen, qui les impressionnait par son engagement et sa dignité, en cet instant où ils venaient de remporter le premier combat de la campagne du Talémar.

- Vous avez de grands pouvoirs ! s'exclama t-il, retrouvant de la légèreté dans la voix. Je voyage vraiment avec des magiciens qui font la réputation de Létare, même si j'ai cru comprendre que vous n'en n'êtes pas originaires.

- C'est bien cela, répondit Garvin, en avançant le bras. Je viens de ce que l'on appelle maintenant la Fédération de Felden, et mon amie Ciela, elle, vient d'une province indépendante, alliée aux Mille Collines.

- Oulà, ce sont des pays bien lointains par rapport au mien ! Fit Delfen, dépassé par la distance qui le séparait des contrées que ses amis venaient de citer. Voyez-vous, si je suis connu en Urgandarr, je n'ai pratiquement jamais quitté ma nation. En réalité, il s'agit en ce moment du plus grand voyage de ma vie, et je dois dire que c'est une première pour moi, de m'éloigner autant de mes marais. Mais je pense que je saurai me retrouver, même en pays inconnu, du moment que je serai de nouveau à terre. Je n'ai encore jamais été entouré d'autant d'eau et cela m'intrigue beaucoup.

- Vous êtes bien magicien, vous aussi ? Voulut s'assurer Ciela, curieuse.

- Oui, mais les sorts que je lance n'ont pas grand-chose à voire avec les vôtres, expliqua t-il. Ce sont davantage des sorts de soutien, qui me servent au combat, et dont je pourrai vous faire bénéficier, en temps voulu.

- Nous serions enchantés de voir ça ! Dit Garvin, qui se demandait à quoi cette magie pouvait ressembler.

- Je vous serai utile une fois notre mission au sol engagée, reprit Delfen, mystérieux mais sincère, avec un hochement de la tête. Pour l'instant, je ferai seulement en sorte de garder la motivation des troupes ! À très bientôt…

Il porta la main à son front et l'écarta pour les saluer, puis il partit rejoindre des archers de l'Urgandarr. Garvin se rangea sur le côté de l'escalier pour laisser passer Ciela, et ils montèrent tout à l'avant du vaisseau amiral, où Veresh marchait en surveillant les autres navires de la flotte. Un instant seuls, pendant qu'ils regardaient le large, Ciela se mit à sourire.

- Je n'ai encore jamais participé à l'assaut d'une forteresse, fit-elle remarquer. Comment est- ce ?

- Disons que c'est impressionnant à première vue, répondit Garvin, en souriant à son tour. Mais cela le devient un peu moins avec l'expérience, et surtout s'il l'on se trouve avec des amis aussi talentueux…

Ciela se tourna vers lui et referma pendant quelques secondes sa main à l'ossature marquée et aux ongles bombés sur le poignet de son ami, puis ils retournèrent en arrière, sur le pont, où Veresh donnait les consignes pour l'approche du fort en question.

- Bien, d'après les renseignements des éclaireurs volants, il resterait une dizaine de drakkars près du bastion, que nous atteindrons dans moins de deux heures, résuma t-il. Les navires de guerre devront les engager pour protéger à tout prix les vaisseaux catapultes qui viseront les fortifications adverses. Ils auront sans doute des tireurs en grand nombre, donc je vous demanderai d'être extrêmement prudents et de rester à couvert le plus longtemps possible. Seuls les archers devront être présents sur le pont au début du combat, jusqu'à ce que les catapultes aient pu endommager suffisamment l'ennemi pour que l'on puisse l'approcher en prenant moins de risques. Tout le monde a entendu, alors allons-y.

Ses consignes passèrent à toute la flotte après le silence dans lequel le commandant avait parlé, et au fil de leur progression, les soldats spécialisés dans le corps-à-corps se mirent à l'abri sous le pont. Garvin et Ciela insistèrent pour demeurer à leur place ; Veresh connaissant leurs facultés, accepta leur présence. Lui-même allait rester près de la cabine de pilotage, un endroit sûr, et se tenir prêt à donner des ordres supplémentaires si nécessaire. Le soleil, presque arrivé à son point culminant, se voyait à présent couvert par des plaques de nuages blancs, comme le jour précédent, mais son éclat revenait périodiquement pour éclairer l'eau du lac. Enfin, une imposante construction se présenta au loin, tout près de la côte Talémarienne, et d'un regroupement de pontons : il s'agissait d'un château tourné vers le rivage, un bloc de pierre large, au centre massif, entre deux tours carrées, surmontées de toits inclinés qui protégeaient efficacement les sentinelles. Un grand toit couvrait le bâtiment étalé entre elles, et qui dépassait légèrement les tours. Et comme prévu, dix drakkars formaient une première ligne défensive à trois cents mètres de la rive, pendant que des catapultes fixes, situées de chaque côté de la forteresse, étaient déjà en train d'être chargée. Sous les toits de l'édifice, tout un chemin de ronde était parcouru à grande vitesse par des guerriers et des guerrières ennemies, qui avaient bien entendu repéré la flotte alliée en approche.

- Ils sont parés, attention ! Avertit Veresh, qui venait d'observer la scène avec sa lunette.

Le commandant s'élança et redescendit sur le pont pour s'abriter à l'entrée de la cabine de pilotage, tandis que les archers des deux nations se rassemblaient sur les bords des vaisseaux, Garvin et Ciela un peu en retrait, équipés de leurs armes. Les drakkars ne bougeaient pratiquement pas, pour que les quatre catapultes à terre, montées sur des socles de pierre surélevés, puissent tirer sur l'assaillant. Si les premiers tirs s'abîmèrent dans l'eau du lac, les artilleurs se firent de plus en plus précis, brisant un mât et trouant la coque de deux vaisseaux Létariens. Garvin et Ciela utilisèrent leurs compétences pour éclater les boulets en vol, le premier avec des éclairs, et la jeune blonde avec ses rayons lumineux. Enfin, le duel s'engagea entre les tireurs des deux camps, lorsque les navires se retrouvèrent plus proches les uns des autres. Les vaisseaux catapultes de Létare visèrent cette fois-ci une cible plus lointaine : la forteresse elle-même, et en particulier les petits trébuchets présents dans son entourage. Les projectiles sphériques passèrent entre les mâts aménagés et survolèrent une partie du champ de bataille aquatique avant de s'effondrer sur les berges. Deux équipes rechargeaient les engins de siège au plus vite, avec une fréquence d'un tir toutes les trente secondes, grâce aux mécanismes ingénieux de manivelles latérales qui permettaient d'abaisser en quelques tours le bras et la tête de ces armes redoutables. Les boulets n'avaient plus qu'à être poussés depuis un plateau monté sur roues pour se retrouver en place, parés à l'éjection.

Les Talémariens au sol amenaient une baliste à l'avant du fort, capable d'envoyer des lances embrasées sur eux ; Garvin profita d'une accalmie dans les tirs adverses pour sortir à découvert, sur le côté gauche du vaisseau amiral, et il envoya aussi vite qu'il le put une boule de feu pour pulvériser l'arme avant qu'elle ne puisse causer de dégâts. La déflagration expulsa les artilleurs au sol de chaque côté de l'impact, laissant une fumée qui se dissipa dans les secondes qui suivirent. De petites balistes, présentes à bord des drakkars, représentaient un danger à prendre en compte, et le jeune homme signala leur présence à Veresh, qui se tenait tout près de la cabine du capitaine, son épée dorée dans la main droite. Ciela s'approcha d'eux par la droite et haussa la voix pour leur demander de quoi ils parlaient, puis elle se porta volontaire avec son ami pour détruire les balistes qui commençaient à tirer sur eux.

Tandis que l'affrontement à distance entre équipages s'intensifiait, les projectiles des archers- mages finirent par atteindre les trébuchets, déclenchant le feu sur place, et les vaisseaux de siège purent avancer suffisamment pour détruire la tour gauche du fort. Les arbalétriers qui enchaînaient les salves sur les alliés en contrebas sautèrent peu avant l'impact d'un boulet massif qui écroula le sommet de leur bastion. À quinze contre dix, les navires de guerre alliés prirent le dessus et les équipages restants déposèrent les armes, tandis que sous les tirs de Létare et de l'Urgandarr, leurs troupes au sol prenaient la fuite vers l'intérieur des terres, notamment en direction d'une forêt proche.

Des acclamations s'élevèrent de la flotte alliée, les soldats surgissant de sous le pont pour se préparer au débarquement, dans des canots bientôt mis à la mer, et dans lesquels le trio composé de Garvin, Ciela et de Delfen finit par prendre place pour rejoindre le rivage. Là, les combattants prirent d'assaut la lourde porte de la forteresse, dont il fallut faire tomber la résistance à l'aide d'un bélier improvisé à partir des restes d'un trébuchet écroulé. Des dizaines de militaires investirent le bâtiment, qui devait encore être conquis, presque salle par salle. Garvin et Ciela, leurs épées en main, ne purent pratiquement pas porter assistance aux troupes dans les couloirs étroits qui menaient aux étages supérieurs, ni à la tour droite qui continuait de lutter. Delfen, bien qu'habile et rapide dans ses déplacements, ne put qu'asséner deux coups de lance à des guerriers qui avaient tenté de surprendre les alliés en chargeant depuis une salle d'armes. La prise de possession de l'édifice progressa d'un grand pas lorsque les alliés parvinrent au chemin de ronde, où les combats reprirent avec force. Pendant ce temps, les trois jeunes champions de l'Ouest investissaient au milieu d'une cinquantaine de soldats une grande pièce aux recoins occupés par des meubles de chêne massif, à l'étage principal. Trois fenêtres en arrière-plan, en forme d'arches, y amenaient la lumière du jour, tandis que deux portes latérales donnaient sur le reste de ce niveau du fort. Là, un homme à la cinquantaine, robuste, sous une armure de fer plus épaisse que celles des autres guerriers, s'était entouré de sa garde, une vingtaine de personnes équipées pour la plupart de haches et de boucliers similaires à ceux des drakkars. Garvin et Ciela, parmi les premières lignes, purent enfin passer à l'action, et se lancèrent en même temps que leurs compagnons. Garvin sauta sur la gauche et prit deux soldats Talémariens, tandis que Ciela affrontait leur capitaine, au centre, qui tenait un bouclier et une épée longue. Il para la première attaque de la jeune femme avant de riposter ; Ciela pivota à gauche et renvoya l'épée qui venait vers elle d'un puissant coup, et plongea en avant. Son adversaire recula et évita de justesse la pointe de la lame de cristal de la jeune femme, qui passa à quelques centimètres de son torse. À leur gauche, Garvin luttait en changeant d'adversaire pratiquement à chaque frappe, puis un combattant d'Urgandarr maniant une massue de bois occupa son ennemi de gauche. Le jeune homme à la veste noire se reporta sur celui qui était désormais son unique opposant, qui lança un coup de hache vertical dans sa direction ; Garvin recula puis repartit à l'assaut, décroisant ses sabres enchantés, aux lames recouvertes d'un halo bleuté. Puis, après quelques secondes de neutralisation, il profita de la lourdeur d'une frappe adverse pour se pencher en tournant et blesser le guerrier Talémarien à la cuisse gauche, suite à quoi celui-ci recula d'un mètre, sans lâcher sa redoutable hache de guerre, à deux tranchants. Garvin se redressa, envoya des coups de ses deux sabres, obligeant son ennemi diminué à se défendre, puis il feinta et transperça son armure de cuir au niveau du coeur, sans pour autant le blesser gravement. Il chargea ses sabres d'électricité et bloqua la hache du guerrier entre-elles : le courant passa dans le manche en fer de l'arme et se transmit au combattant, lequel fut pris de convulsions, paralysé le temps d'un instant. Garvin n'eut besoin que d'un revers de sabre au col pour en venir enfin à bout.

Derrière, Delfen luttait au milieu des militaires alliés, levant sa lance pour stopper une épée brandie par une Talémarienne blonde avec laquelle il se battait depuis une trentaine de secondes. C'est à ce moment là qu'il décida d'utiliser une partie de sa magie : une vague de force monta dans ses bras, qui se plièrent puis se détendirent, repoussa son adversaire, puis d'une très grande rapidité, il la frappa au front avec l'extrémité inférieure de son arme, l'étourdissant avant de tourner et de la transpercer à hauteur du sternum. Le dernier combat de cette journée tournait une nouvelle fois en la faveur des alliés, qui un étage au-dessus prenaient définitivement le contrôle du chemin de ronde. Les soldats de Létare et de l'Urgandarr formaient une ligne qui se courbait, se refermant sur les derniers défenseurs du fort. Devant, leur commandant tenait toujours, grâce à son armure et son bouclier, malgré les offensives de Ciela. Celle-ci continua de percuter de son épée de cristal le bouclier de son ennemi, qu'elle frappa soudainement à deux mains, de la gauche vers la droite, afin de l'écarter de son champ d'action. Soudain, elle changea son arme de main et déplia son bras, la paume dirigée vers le capitaine du fort : un rayon d'énergie alla le frapper en plein buste et le fit s'effondrer en arrière, non loin de l'alignement des fenêtres du fond. Suite à cela, les huit combattants du Talémar qui restaient encore se rendirent, puis ils furent désarmés et capturés par les troupes alliées.

- Le fort est à nous ! Cria Delfen, annonçant la victoire qui devait marquer la première partie de la campagne.

Garvin et Ciela revinrent à ses côtés, tandis que le champion de l'Urgandarr se tournait vers les Talémariens vaincus.

- Il doit y avoir un endroit où les mettre en détention, supposa Delfen. Placez-les y en attendant l'arrivée du commandant Veresh.

Les robustes hommes et femmes du fort passèrent devant les trois héros, et une guerrière brune s'arrêta pour s'adresser avec un air de défiance au jeune homme à la cape verte.

- Vous ne prendrez pas le Talémar, l'avertit t-elle, relevant fièrement la tête vers lui, tandis que le silence se faisait autour d'elle. Nous récupérerons ce fort, tôt ou tard.

- Allez, avancez, ordonna un lancier de Létare, qui la suivait.

Elle se remit en marche et fut conduite hors de la salle, comme ses compagnons d'armes.

- Ses menaces ne m'impressionnent pas, déclara Delfen, sans agressivité dans la voix. Félicitations, vous avez fait du très bon travail.

Les combattants de l'Urgandarr levèrent leurs massues, épées, boucliers et autres équipements de combat en l'air tout en s'exclamant de joie.

- Nous y sommes parvenus ! Fit Ciela, souriante, à l'image de Garvin.
- Oui, tout cela grâce à notre belle alliance, reprit Delfen. Lorsque les habitants de mon pays apprendront cette victoire, ils se précipiteront encore plus nombreux sur le front ! Je peux vous garantir que jamais les Talémariens ne pourront reprendre ce que nous venons de conquérir. Nous sommes peut-être les meilleurs défenseurs de l'Ouest, et nous tiendrons bon, quelle que soit la force et le nombre de leurs soldats.
- Et nous irons à leur rencontre avant qu'ils ne viennent, continua Garvin, inspiré. Le commandant Veresh va envoyer plus d'une centaine de personnes pour s'enfoncer dans les terres.
- Garvin et moi-même pensons à nous porter volontaires, l'informa Ciela. Viendrez-vous avec nous ?

Delfen prit un air pensif et finit par esquisser un petit sourire.

- Il se pourrait bien ! Laissa t-il entendre comme une quasi-certitude. Je pourrais conduire toute une compagnie d'archers et de guerriers de notre nation, et vous aider pour le repérage, la logistique dans ce pays étranger.
- Ce serait une très bonne nouvelle, répondit Garvin. Nous devrions descendre et annoncer notre victoire au commandant.

Delfen acquiesça, puis les trois jeunes sortirent de la salle, puis ils croisèrent d'autres alliés qui avaient eux aussi fait des prisonniers : l'édifice tout entier était passé sous leur contrôle.

À cet instant là, Veresh s'approchait du rivage du Talémar, à bord d'une barque mise à sa disposition. Il observa le champ de bataille, les soldats ennemis étalés sur la plage, ainsi les morceaux de trébuchet et de la tour gauche au sol. De loin, il avait assisté aux combats qui avaient eu lieu sous le toit de la forteresse, dont l'issue favorable lui laissait l'impression que le bâtiment venait d'être pris dans sa majeure partie. Dès son débarquement, il fut abordé par un soldat de Létare, lequel revenait d'un repérage effectué de l'autre côté du bastion.

- Commandant, l'ennemi a fui, dit-il. J'ai vu Garvin et Ciela entrer à l'intérieur, avec le chef des Urgandaris. On dirait qu'ils ont réussi.

- Je vous remercie.

Veresh avança vers le pied de la forteresse, levant un instant les yeux vers son sommet, puis il aperçut ses deux jeunes amis passer la porte défoncée du bâtiment, suivis par Delfen.

- Nous y sommes, commandant ! Annonça Ciela. Grâce à nos troupes et à nos amis de l'Urgandarr.

Delfen se courba légèrement en avant, la main gauche sur le coeur.

- Parfait, commenta Veresh, concentré, tandis que les soldats se rassemblaient pour écouter ses ordres. Sécurisez le périmètre et assurez-vous que l'ennemi est loin, et qu'il ne nous tend pas un piège.

Les hommes et femmes de l'expédition militaire se déployèrent pleinement autour du fort, tandis que l'atmosphère se faisait plus calme.

- Nous avons aussi fait des prisonniers, rapporta Garvin.

- C'est une bonne chose, reprit Veresh. Peut-être nous diront-ils un ou deux mots qui pourraient nous en apprendre plus sur les Quatre Clans et leurs projets, mais j'en doute.

- Moi de même, confirma Delfen. Une de leurs guerrières m'a pris à parti, et j'ai l'impression, et mes compatriotes également, que ce sont des gens difficiles. Ils ne parleront pas.

- Nous allons donc les ramener à Létare dans les jours qui viennent, et nous les relâcherons une fois la résolution du conflit, dit Veresh. Pour le moment, il y a plus urgent à faire.

Il leva les yeux sur la tour effondrée, imité par ses trois interlocuteurs.

- Des réparations seront nécessaires, si nous voulons pouvoir défendre au mieux cet endroit, selon nos plans, rappela t-il.
- Mes amis seront là pour vous y aider, assura Delfen, poliment.

Veresh lui adressa un signe de la tête en guise de remerciements, puis il s'intéressa au bastion qui se dressait en face de lui.

- Bien, il faut que je vois ce qui peut être utile à l'intérieur...
- Venez, commandant, nous allons vous faire visiter les pièces que nous avons vues, et explorer le reste en votre compagnie, lui proposa Ciela en lui faisant signe, ce que Veresh accepta avec plaisir.

En entrant, ils purent apprécier la présence de haches suspendues aux murs, parfois entrecroisées sur un bouclier rond et peint. Des sculptures de cerfs, de sangliers et d'ours, décoraient le dessus des meubles de rangement, ainsi que certaines portes, dont celles des chambres à l'étage. Veresh et les trois jeunes remarquèrent qu'il y avait de quoi loger près entre deux à trois cents personnes à l'intérieur, et dans des conditions plus qu'acceptables. Les lits de bois massifs et les fenêtres à carreaux, certains étant colorés de vert et de rouge, donnaient à cette forteresse un certain luxe, bien différent de celui de Létare, mais plus proche de celui de l'Urgandarr, du moins selon l'avis de Delfen, agréablement surpris par cette inspection des lieux.

- Finalement, je pense que nous pourrions bien nous entendre avec les Talémariens, si ces derniers avaient d'autres chefs et moins de projets de conquête contre nos pays, laissa t-il entendre au cours de leur marche dans les couloirs du bâtiment.

Ils passèrent en revue les salles d'armes, qui contenaient encore beaucoup de matériel de combat, et finirent leur visite par le chemin de ronde au sommet de l'édifice. Lorsqu'ils émergèrent du dernier escalier, sur la façade exposée au Lac, ils aperçurent les navires en contrebas, les trois-mâts de guerre, dont certains, endommagés, présentaient des mâts brisés ou des voiles rendues inutilisables. Sur les berges, ils repérèrent la vingtaine de barges qui avaient rendu possible le débarquement.

À cette altitude, le rivage apparaissait comme une baie courbe, et il leur sembla qu'ils se trouvaient au point le plus proche de l'intérieur du pays. L'eau brillait sous les rayons du soleil, à perte de vue en regardant vers le Sud. Des forêts couvraient l'horizon à l'est ainsi qu'à l'ouest, avec leurs feuillages encore partiellement incomplets, tandis que s'achevait le quatrième mois de l'année. Ils firent le tour du sommet du fort par la gauche, et bien vite, le point de vue donna sur des bosquets disposés sur une plaine au bout de laquelle se distinguaient les premiers reliefs du Talémar, de petites collines boisées au loin. Les soldats alliés exploraient cet espace plat en y cherchant la trace des déserteurs, tandis que les quatre observateurs haut placés recherchaient du regard l'ombre d'un village. Ils ne trouvèrent que la silhouette lointaine d'une tour, à des kilomètres de là, au nord-nord-est, construite sur une petite colline recouverte en grande partie de végétation, un point qui pouvait être leur prochaine destination, leur objectif suivant. Cet édifice, positionné à une plus grande altitude, leur donnerait peut-être de nouvelles indications sur ce qui les attendait plus loin, dans le cas où les alliés parvenaient à la prendre dans les jours qui suivaient. C'est ce qu'estima Veresh, qui pointa du doigt cette tour carrée, alors qu'ils restaient là à surveiller les environs, visiblement sans danger, tout en essayant d'apprécier le paysage verdoyant de ce pays inconnu.

Chapitre 6 : Le Pays du Nord

La neige tombait légèrement et sereinement depuis un ciel gris et uniforme, sans que le moindre vent ne vienne secouer la toile des dizaines de tentes dressées au milieu d'une vaste plaine. Protégé par des rochers qui se dressaient au nord, le campement général des Quatre Clans semblait perdu aux confins du Talémar, alors qu'il indiquait le point de réunion de ses commandants. Des hommes et des femmes en armes, couverts de manteaux et gants lourds, patrouillaient avec des haches et des boucliers ronds entre les tentes, la plus grande d'entre elles, à droite du campement, qui bénéficiait d'une garde renforcée.

Sous la toile beige recouverte de flocons, deux hommes et une femme discutaient du conflit contre Létare et son allié de l'ouest, visiblement préoccupés par ce revers militaire qu'ils venaient de subir, près du Lac. Tous trois âgés d'une quarantaine d'années, ils formaient un triangle de chefs de clans, invités ici sur l'initiative d'un d'entre eux, Lordar, le plus petit des trois, mais qui représentait la faction la plus forte du Talémar. Une table supportant des armes occupait l'avant de la tente, tandis que des lits et des meubles prenaient place de l'autre côté, dissimulant tout le fond de l'édifice de toile. Alors qu'ils continuaient de parler et de s'approuver les uns les autres, un quatrième guerrier fit son entrée. Grand et massif, sous une armure couverte d'un manteau, il portait un casque à visière relevée, qu'il ôta avant de s'arrêter à gauche de ses trois compatriotes.

- Mes très chers amis, dit-il d'une voix forte et rancunière. Nous avons combattu et perdu.
- Nous le savons, Moskar, dit le dénommé Lordar, tourné vers lui. C'est de cela que nous allons parler, et pour cela que nous avons demandé votre présence.
- Je suis venu, faisons vite, reprit le guerrier, un peu plus âgé que les trois autres, en avançant vers eux.
- Létare et ses associés des marais nous ont pris de vitesse, et nous devons à tout prix réorganiser notre défense, commença Lordar, en parlant vite.
- Je vous avais pourtant bien dit qu'il fallait les attaquer sans attendre, protesta Moskar, d'une voix colérique.
- Je suis d'accord avec Moskar, appuya la femme qui faisait face à Lordar, avec ses cheveux longs, châtain et ondulés. Nous aurions du faire traverser nos troupes et prendre leurs forts en premier. Maintenant, nous sommes obligés de les repousser.
Moskar, à gauche, remercia la dame d'un signe de tête, sans lâcher son casque, puis le chef du clan principal, celui des Ours Noirs, reprit la parole.
- Mes alliés, ne cédez pas à l'inquiétude face à l'ennemi, modéra Lordar. Je voudrais rappeler que l'unité des Quatre Clans passe avant n'importe quelle considération personnelle, nous en avions convenu. Chef Moskar, je vous invite pour revoir notre stratégie, pas pour créer de la discorde.
- J'ai en pourtant tout le droit : j'ai perdu bien plus de combattants que vous, Lordar, reprit Moskar, haussant le ton en menaçant son interlocuteur de l'index. C'est aujourd'hui mon clan qui se retrouve en première ligne, pas le vôtre.
Derrière les meubles du fond, des bruits de pas accompagnés de petits chocs sourds se firent entendre, pendant que la situation entre Moskar et Lordar se faisait de plus en plus difficile. Soudain, apparut un vieil homme vêtu d'habits noirs et amples, au visage fortement ridé sous des cheveux sombres, et qui marchait avec l'aide d'un bâton surmonté de sculptures et de plumes d'aigle. Il marchait lentement, mais avec assurance, se dirigeant vers les chefs de clan, toujours en plein affrontement.

- Alliés des Quatre Clans, avez-vous oublié votre engagement ? Demanda t-il de sa voix puissante, bien que marquée par l'âge.

Moskar et Lordar cessèrent leur duel, et chacun dirigea son regard vers le vieillard qui venait de faire irruption, et qui se tenait désormais à trois mètres d'eux.

- Le shaman Uskor ! s'exclama le quatrième dirigeant, ébahi, qui se tenait à droite de l'assemblée.

- Oui, je suis toujours là, pour les Ours Noirs, et pour le Talémar, reprit le vieil homme sur un ton de défi. Il n'y a qu'ensemble que nous pouvons repousser l'ennemi.

La parole d'un individu aussi connu et respecté dans tout le Nord ramena un certain calme dans l'assemblée, et Lordar se félicitait déjà d'avoir requis son aide.

- Shaman Uskor, que pouvons-nous faire contre un adversaire aussi fort que l'alliance entre Létare et l'Urgandarr, qui ont déjà fait tomber notre principale défense sur nos propres terres ? Demanda Moskar, qui bien qu'avec une voix moins forte, n'en demeurait pas moins sceptique sur leurs chances et sur la conduite passée des Quatre Clans.

Le vieillard au bâton fit quelques pas vers eux tout en commençant à leur parler.

- Peut-être ont-ils pris le Fort du Lac, et installé leurs hordes à notre place. Peut-être ont-ils déjà réuni un millier de soldats dans notre pays. Peut-être s'empareront-ils de plusieurs villages dans les jours qui vont venir. Peut-être avons perdu un affrontement décisif de cette guerre, en même temps que des troupes précieuses. Mais je vous rappelle que nous sommes les clans du Talémar. Ce n'est pas dans notre manière d'abandonner aussi vite que vous le faites, chef Moskar. L'ennemi se trouve sur terrain inconnu : le notre. À nous et à nos gens de faire en sorte qu'ils aillent aussi loin que possible à l'intérieur de notre pays, pour que nous puissions refermer un piège terrible sur eux. Laissons-les venir.

- Nous devons alors faire preuve de ruse, poursuivit la cheffe de clan, qui imaginait tout comme Lordar comment les Quatre Clans pouvaient reprendre l'avantage après un si mauvais départ.

- C'est bien cela, Jelana la Brave, acqueisça Uskor d'un ton grave. La force pure n'est pas notre seul talent : nos shamans sont capables de vaincre même les magiciens les plus forts du Sud.

- Nous allons utiliser la même stratégie que l'Urgandarr a utilisé contre nous, expliqua Lordar, énergique. Nous résisterons depuis nos forêts, nos montagnes, et réaliserons des attaques éclair contre eux. Nous ne les laisserons pas s'emparer de nos ressources. Nous finirons bien par en venir à bout.

Devant son attitude si positive, même Moskar commença à reprendre confiance, même s'il restait encore prudent.

- Oui, mais je dois vous informer que mon clan n'est plus tellement en mesure d'opposer de grandes résistances, dit-il, affecté par la perte du Fort qui était sous sa responsabilité, plus que de celle de ses alliés.

- Cela ne fait rien, laissez-nous nous en charger, répondit Uskor.

- Quant à mes gens, ils surveillent les agissements du clan de Veska, les informa le quatrième chef.

- Ne vous occupez pas trop d'eux, Parhar, modéra Uskor. Ce sont des Urgandaris qu'il faut se méfier le plus. Leur savoir-faire et leurs facultés à se déplacer sur n'importe quel terrain est ce qu'il y a de plus dangereux pour nous. Et j'ai cru comprendre que leur champion, Delfen, les accompagne.

- C'est bien cela, confirma Moskar avec certitude. Mes soldats l'ont aperçu en tête de l'invasion, en compagnie des généraux de Létare.

- Il faudra alors lui tendre un piège, en conclut Uskor.

- Mes guerriers d'élite sauront y parvenir, s'engagea Parhar, catégorique.

- Mes alliés, je crois que tout est dit, reprit Uskor. Il ne reste plus qu'à passer à l'action. En tant que doyen des shamans du Talémar, je peux vous garantir que bientôt, nous aurons de quoi anéantir nos envahisseurs. Je vous ferai savoir de quoi il s'agit d'ici peu de temps, faites- moi confiance.

Sur ces mots mystérieux, il fit demi-tour et regagna le fond de la tente, à nouveau dissimulé par les meubles qui s'y trouvaient. Les quatre chefs laissèrent de côté les dernières paroles du vieil homme pour se concentrer sur leur nouvel objectif, dans une solidarité retrouvée.

***

Dès leur conquête de la forteresse, les alliés avaient commencé à s'installer et à débarquer les matériaux et la nourriture des vaisseaux, une fois ceux-ci amarrés aux pontons du rivage. La reconstruction de la tour ouest ainsi que des parties endommagées au cours du siège avait immédiatement débuté, notamment grâce aux efforts des combattants de l'Urgandarr, dont certains étaient maçons ou charpentiers, sans forcément une grande habitude des conflits, mais particulièrement utiles en cet instant.

La tour d'observation, visible depuis le sommet du fort, fut conquise dès le lendemain, sur une initiative d'une combattante expérimentée d'Urgandarr, soutenue par une troupe d'archers-mages envoyée sur accord de Veresh. Les Létariens étaient aussi étonnés qu'impressionnés de constater que, du côté des Urgandaris, il ne semblait y avoir aucune hiérarchie militaire. Ils s'en étaient aperçu sur les navires qui les avaient conduit jusqu'ici, mais n'en avaient pas constaté toute l'étendue auparavant. Chacun pouvait prendre et proposer des décisions, et si elles paraissaient justes aux autres soldats, le plan était généralement suivi avec engagement. Même si Delfen apparaissait comme un héros populaire auprès des troupes et des volontaires de l'Urgandarr, il n'en n'était pas pour autant leur général officiel. Il n'existait pas dans leurs rangs de chefs permanents, que des dirigeants d'un jour, voire d'une seule mission, et qui pouvaient à tout moment être remplacés au cours de l'action, de l'événement.

Deux navires de guerre repartirent le troisième jour pour Létare, avec à leur bord, enfermés dans les cales, les prisonniers Talémariens, anciens propriétaires du fort. La tour d'observation, à trois kilomètres au nord-nord-est, avait permis de révéler une grande partie du territoire voisin à la portion de littoral investi par les alliés, et certains archers-mages purent rapidement produire une cartographie des lieux, d'après les kilomètres visibles depuis l'édifice idéalement positionné. Des petits groupes, dont certains composés des membres des deux pays, furent envoyés ou se portèrent volontaires pour aller explorer les environs, pour éventuellement dénicher quelques ressources qui auraient été abandonnées par l'ennemi, sans succès. Au fil des jours, la reconstruction avança rapidement, et les militaires érigèrent même des barricades de fortunes en avant du fort, pour retenir une contre-attaque du Talémar, dont les combattants se faisaient très discrets. Puis, dix jours après la prise du bastion, trois navires de la flotte revinrent avec des soldats supplémentaires, qui tiendraient la place lorsque l'expédition prévue par Lendra et le Conseil s'en iraient dans les terres : une commandante de Létare se trouvait parmi eux, du même grade et de la même accréditation que Veresh, et qui était chargée de la remplacer tandis qu'il prendrait la direction de l'exploration.

Veresh la convia dans la salle de l'ancien capitaine du fort, réaménagée et restaurée, en compagnie de Garvin, Ciela, Delfen, ainsi que des personnes qui s'étaient le plus manifesté aux cours des derniers jours, et présenta la nouvelle officière au reste de l'assemblée.

- Il est temps de passer à l'étape suivante de notre campagne, déclara t-il en guise de point de départ de son discours. Depuis deux semaines, notre réussite a été exemplaire : la flotte du Talémar a été vaincue, et nous remercions tout particulièrement nos alliés de l'Urgandarr, dont les wyvernes ont été les agentes de cette victoire. Le Fort du Lac, où nous nous trouvons, est désormais notre base avancée pour toutes les opérations militaires à venir. Et c'est de cela que nous devons discuter à présent.

Il fit signe à Delfen pour que celui-ci puisse prendre la parole, attendu avec impatience par les combattants de l'Urgandarr conviés à la réunion.

- Commandant Veresh, en tant que représentant désigné par les volontaires de l'Urgandarr, je suis fier de vous confirmer notre soutien pour l'expédition que vous avez proposé, dit-il sans autre commentaire, avant de laisser la place à une capitaine des archers-mages de Létare.

- Nos reconnaissances nous ont permis d'apercevoir ce qui nous attend au nord, rapporta t- elle. Du haut de la tour que nous avons prise, on aperçoit un village, à plus de dix kilomètres de là, et les éclaireurs ont confirmé que d'autres communautés se trouvent au nord-ouest ainsi qu'au nord-est. Mais ce village là semble être le plus important de la région proche du Lac. En revanche, nous n'avons toujours aucun signe des troupes ennemies. Elles semblent avoir déserté les environs.

- Merci pour votre rapport, capitaine, reprit Veresh, en bout de table, debout dans la grande salle. Je pense qu'il nous faut lancer notre expédition dès cet après-midi. Ce village que vous avez repéré depuis la tour sera notre prochaine destination, notre prochain objectif. Conformément à ce que la Grande Mage et les Conseillers ont décidé, et avec la confirmation de ce plan hier par une entrevue que j'ai mené grâce au communicateur ici installé, nous devons envoyer deux cents soldats jusqu'aux chefs des Quatre Clans. Un groupe d'éclaireurs sera en même temps dirigé vers l'ouest pour aller à la rencontre des forces de Veska, laquelle devrait nous soutenir d'ici quelques semaines. La Grande Mage et ses collaborateurs estiment que les Quatre Clans se rassemblent au nord d'une vaste forêt de pins, à plus de deux cents kilomètres d'où nous sommes. Cette expédition, composée d'excellents éléments, devra donc être extrêmement discrète dans sa traversée du Talémar, pour que nous puissions prendre par surprise les généraux ennemis.

L'exposition des faits et de la mission à venir, menée avec précision par Veresh, remporta de suite une attention et une considération unanime. Une rapide consultation des différents membres présents à l'assemblée confirma l'engagement des deux alliés et leur acceptation des termes de l'expédition. Il restait encore toute la partie logistique à revoir et à achever, pour que le départ se fasse dans les meilleurs conditions, ce que Veresh aborda par la suite. Garvin et Ciela, en tant qu'associés de Létare, se portèrent évidemment volontaires pour cette entreprise, comme ils l'avaient annoncé depuis des semaines, dès que le projet leur avait été exposé par Lendra.

- Maintenant, nous sommes sur leur terrain, déclara Delfen, sérieux. À sa manière, il est difficile, il y a beaucoup de forêts et très peu de routes. Et plus nous irons vers le nord, plus il y aura de chances que l'on rencontre de la neige, ce dont j'ai entendu parler, mais que je n'ai jamais vu. J'espère que mes pouvoirs fonctionneront toujours. La neige nous retardera, et je suis certain que les Talémariens nous attendront. Le Talémar ressemble parfois à l'Urgandarr, et ses habitants essayeront d'utiliser ce terrain difficile contre nous.

Veresh acquiesça plusieurs fois, tandis que la mise en garde du jeune homme à la cape verte, dos aux grandes fenêtres du fond, paraissait à tous être emplie de prévoyance et de bon sens.

- C'est pourquoi, nous, gens de l'Urgandarr, nous nous chargerons de prévenir un tel piège, pour que notre objectif commun réussisse.

Il fut applaudi par ses camarades, et salué d'un signe de tête par la nouvelle commandante, tandis qu'il se faisait humble et reculait d'un pas, afin de laisser ses alliés poursuivre librement.

- Il faut le préciser, nous ferons en sorte de nous emparer de ce village le plus pacifiquement possible, même si je pense, et que nous pensons, qu'il a lui aussi été déserté, dit Veresh. Mes amis, préparez-vous pour notre départ. Je vous remercie.

La réunion prit immédiatement fin et les différents invités se dispersèrent, à l'exception des deux commandants de Létare, qui continuèrent de s'entretenir ensemble au sujet de la gestion du fort. Garvin et Ciela retournèrent dans le couloir qui menait à leur chambre, précédés de peu par Delfen, dont la démarche rapide laissait deviner son entrain et son impatience de partir en campagne. Les deux jeunes gens commencèrent à préparer leurs affaires, comme des dizaines de militaires des deux nations en cet instant. Après avoir monté une malle sur le lit, Ciela descendit pour savoir l'avancement des préparatifs au départ : devant le fort, des soldats en uniforme de Létare, pour la plupart des lanciers et des archers-mages, chargeaient de provisions et d'armements des mules affectées au transport et qui allaient faire partie du voyage aussi loin que possible. Une centaine de soldats, en comptant ceux de l'Urgandarr, en armures matelassées, terminaient de tout mettre en ordre, régulièrement rejoints par leurs camarades qui arrivaient de l'intérieur du bâtiment. Ciela retourna donc à l'étage pour aider Garvin ; en marchant dans le couloir, elle passa devant la porte entrouverte de la chambre de Delfen. Elle vit le jeune homme en train de préparer sa valise, elle aussi ouverte sur le lit. Delfen plaçait des fioles à l'intérieur, dont une grosse bouteille ronde qui se terminait par un long goulot, et qui contenait un étrange liquide d'un vert brillant, derrière le verre épais qui le protégeait. Il y avait également deux lourds gantelets gravés de motifs émeraude, déjà à l'intérieur du petit coffre, que la jeune femme arrêtée un instant devant la chambre put entrevoir, avant de reprendre sa route. Lorsqu'elle rejoignit Garvin, ce dernier s'apprêtait à refermer leur malle, mais il attendait son amie pour vérifier ensemble qu'ils emportaient tout le nécessaire. Une fois cela fait, ils s'équipèrent et sortirent en tenant la malle à deux ; sur le palier, ils virent Delfen, à droite, qui tenait son coffre au bout d'un bras, et qui les salua de l'autre avant de s'engager dans l'escalier. Les trois jeunes gens sortirent du fort et se dirigèrent vers la dizaine de mules regroupées près des troupes mixtes sur le départ. Veresh arriva une minute plus tard, son épée à la ceinture, et se présenta devant les deux cents militaires de Létare et de l'Urgandarr.

- Nous allons nous diriger vers la tour d'observation, annonça t-il, la main sur le pommeau de son épée dorée. Nous avancerons sur un terrain que nous maîtrisons pour la première partie de notre voyage. Ensuite, nous irons vers ce village repéré au nord. En avant.

Garvin, Ciela et Delfen, près des mules et donc, à l'arrière des troupes, avaient écouté le commandant
parler sans bouger, et ne s'avancèrent qu'une fois le discours de départ achevé. Veresh pivota aussitôt son appel lancé, et débuta sa marche d'un pas lent, de façon à ce que les soldats le rattrapent une vingtaine de mètres plus loin, tandis que l'expédition se mettait en mouvement sur le côté droit du fort. Garvin et Ciela partaient à une allure beaucoup plus soutenue, avec Delfen à leur gauche ; ils décélérèrent après une petite minute, une occasion que le jeune homme à la cape

verte, et muni de belles bottes marron, élégantes, aux bords supérieurs retournés, saisit pour leur parler.

- On raconte que vous auriez vaincu une dangereuse magicienne, d'un mystérieux peuple de l'est... commença t-il avec un visage souriant.

- C'est bien vrai, répondit Garvin, sans prétention dans la voix.

- C'est arrivé l'année dernière, compléta Ciela, la plus à droite, qui se pencha légèrement en avant pour voir leur interlocuteur.

- Et que vous avez participé à une guerre où les Mille Collines et Létare se sont alliés, et que c'est grâce à vous que Lendra est devenue la Grande Mage... poursuivit Delfen, qui voulait vérifier la véracité de ce que les soldats de Létare lui avaient rapporté.

- Oui, ça aussi ! Reprit Garvin, rieur.

- Alors j'ai hâte d'en entendre plus ! fit Delfen. Il faudra que vous me racontiez vos aventures...

- Ne vous en faites pas, cela se fera ! Répliqua Ciela, gagnée par la sympathie de ce moment. Comme ça, nous échangerons des histoires passionnantes. Et je suis sûre que vous en avez vous aussi beaucoup.

- Comptez sur moi !

Sur ces derniers mots, Delfen ralentit pour parler à une femme de l'Urgandarr, qui marchait avec son épée courbe et son bouclier dans les mains. Garvin et Ciela, amusés par l'attitude de leur nouvel ami, virent que Veresh se tenait tout près d'eux, trois ou quatre mètres plus en avant, dépassé par une partie des troupes alliées : il parlait une grande dame assez robuste et aux cheveux noirs, qui marchait à sa droite, et qui se révéla être la vétérane Urgandarie à l'origine de la prise de la tour d'observation. Âgée d'environ quarante-cinq ans, avec le visage marqué mais néanmoins gracieux, elle parlait d'une voix forte, celle d'une femme expérimentée, qui avait participé avec talent au précédent conflit contre le Talémar. Garvin et Ciela tendirent l'oreille pour savoir ce que le commandant et la guerrière des marais se disaient, engagés dans une discussion aussi professionnelle qu'amicale.

- Alors, comme moi, vous pensez que la situation est excellente, dit la vétérane.

- Eh bien, comme je l'ai dit ce matin, leurs principales forces dans la région sont tombées, de même que l'un des plus grands bastions du pays, reprit Veresh, qui ne souhaitait pas déjà annoncer une victoire qu'il restait à acquérir. Maintenant, leurs troupes restantes sont sans doute dispersées à travers les terres du Talémar, à attendre nos soldats. Le clan du Drakkar, qui tenait cette partie, a été pratiquement vaincu. Sa forteresse est prise, la flotte du Talémar est coulée. Pour ce qui est de notre campagne, nous avons réalisé l'étape la plus importante. La flotte de Létare va maintenant bloquer les ports du Talémar, et le littoral devrait normalement être entièrement conquis d'ici quelques semaines.

- C'est bien ce que j'avais compris. J'aimerais en savoir plus sur l'adversaire, que j'avoue ne pas connaître aussi bien que je le voudrais. Savoir qui sont ses guerriers, ses atouts...

- Les renseignements donnés par Lendra, je veux dire, la Grande Mage, sont très utiles, et je dois dire que moi aussi j'ignorais encore il y a quelques mois la plupart de ce que je sais aujourd'hui, débuta Veresh, écouté avec attention par Garvin et Ciela, qui suivaient sans en perdre un mot. Il m'a fallu apprendre tout cela très vite afin d'être efficace pour cette mission. Le Clan du Drakkar, que nous venons d'affronter, contrôle presque tout le rivage du Lac Talémar. Leurs gens sont très reconnaissables à leurs boucliers ronds, et les drakkars que nous avons affronté étaient à eux, du moins presque tous. Il y avait des berserkers avec eux, ces guerriers qui avaient des épées et des haches à deux mains : ils sont l'élite du Clan des Berserkers, qui occupe l'ouest du Talémar. Les arbalétriers proviennent surtout du Clan des Forestiers, au centre. Nous savons tout cela grâce au séjour de notre Grande Mage, il y a des années de cela, et des informations donnés par ses alliés, qui se font souvent appeler les Gens de la Montagne. Selon eux, notre ennemi le plus dangereux serait le Clan des Ours Noirs, menés par leur chef, un dénommé Lordar. Ils habitent au nord-est, et tiennent la partie orientale du Lac. Les autres clans sont neutres, mais Veska, l'alliée de Lendra, estime que des volontaires pourraient venir à leur secours, si le Talémar est davantage menacé, d'où l'expédition furtive que nous dirigeons contre les Quatre Clans.

- Tout semble plus clair maintenant, reprit la vétérane. Merci commandant, vous avez très bien résumé les choses ! En Urgandarr, nous sommes de grands voyageurs, mais rarement au-delà de nos frontières. Il est encore très nouveau pour nous d'aller aussi loin, et d'ailleurs, nous ne l'avons jamais fait auparavant. Mais, au fait, commandant, appelez-moi Dilva.

- Et moi Veresh. Enchanté.

L'officier en chef et la vétérane se serrèrent gentiment et longuement la main, les cheveux sombres de la dame se déplaçant de gauche à droite tandis qu'elle marchait.

- Tout à l'air de très bien se passer entre eux, fit remarquer Garvin à Ciela, en parlant à voix basse et avec une pointe d'humour dans la voix, suite à quoi la jeune femme blonde acquiesça en souriant.

Ils continuèrent de marcher l'un à côté de l'autre en suivant la progression des troupes, se donnant plusieurs instants la main. Une minute plus tard, Delfen accéléra pour les rejoindre, toujours équipé de sa bonne humeur communicative, qui allait s'avérer plus que bienvenue dans les jours à venir.

- Je suis de retour de l'arrière, racontez-moi une de vos aventures ! s'exclama t-il.

Tandis qu'ils discutaient de leurs navigations sur le grand fleuve Olono, les deux cents soldats quittaient l'espace proche du fort pour s'engager dans une forêt au pied des contreforts, en suivant un sentier dégagé et large, qui menait plus loin vers les collines, avant de disparaître au pied de la montée vers la tour d'observation. Mais avant d'y parvenir, il leur fallut presque une heure de marche, et l'amitié eut le temps de grandir entre Garvin et Ciela, ainsi que leur camarade qui s'aidait de sa lance pour gravir la pente au milieu des bois verts. Les pas de Delfen semblaient si légers qu'ils ne produisaient presque aucun bruit, intriguant ses deux voisins.

- Ce sont des bottes de voyage uniques, expliqua t-il. Enchantées avec une magie des marais. Si je le veux, je peux aussi utiliser mes pouvoirs dessus pour courir longtemps sans me fatiguer. Peut-être que cela sera utile plus tard ?

- Et vous avez beaucoup d'objets magiques sur vous ? Demanda Ciela, curieuse.

- J'en ai quelques uns, oui, répondit Delfen, haussant la tête d'un air plutôt comique. Certains viennent de la panoplie du Mage de Guerre du Talémar. Ah, un brave homme ! Et une personne formidable. Il faudra que je vous en parle...

Il prit quelques mètres d'avance, laissant Garvin et Ciela se regarder avec une expression quasi hilare devant la désinvolture du jeune champion de l'Urgandarr. Ils approchaient désormais de la tour d'observation, au sommet de la première colline en direction du nord. Veresh passa le premier et alors qu'il en finissait avec les derniers mètres de la montée, il interpella un soldat en uniforme vert des archers-mages qui se tenait à la base du petit plateau sur lequel la tour se dressait.

- Alors, tout se passe bien ? Demanda Veresh tout en terminant de gravir la pente, à grands pas mesurés.

- Rien ne bouge à l'horizon mon commandant, répondit immédiatement ce jeune trentenaire à l'air droit et sérieux.

- Nous allons monter pour nous en assurer, annonça l'officier en chef, avant de se retourner vers les trois jeunes qui le suivaient, ainsi que Dilva, désormais à sa gauche, laquelle essayait de distinguer quelque chose au loin en regardant droit devant, tandis que la vue se dégageait légèrement.

Le sommet où les troupes alliées se déployaient était couvert d'une herbe verte, et entouré de bois, seule la partie la plus élevée du relief demeurant découverte, avec l'édifice carré qui surgissait du point culminant, à droite, après un rocher gris clair. Deux gardes en faction, présents pour défendre cette place contre tout attaquant, ouvrirent au commandant Veresh et ses quatre amis, qui s'engagèrent dans une salle à vivre, avec plusieurs lits de toile et une petite cuisine dans le recoin droit. Ils se dirigèrent tout droit, vers le fond, où débutait un escalier à angles droits. Garvin, Ciela et Delfen, qui ne s'étaient jamais rendu ici, discutaient pendant la montée de la magnifique vue qu'ils auraient le plaisir de bientôt découvrir. Ce fut effectivement le cas lorsqu'il parvinrent au sommet, sous un toit soutenu aux angles de la tour par quatre imposantes poutres verticales. Le paysage se dégageait bel et bien à des kilomètres, et le regard des cinq représentants de l'alliance put planer au-dessus des forêts du Talémar, sur tout ce morceau de pays révélé par l'altitude, bien davantage que du haut de la muraille du fort. Veresh, équipé de sa longue vue, explora plus en détail ce tableau vert, tandis que Dilva montrait aux trois jeunes une forme grise au loin, presque droit devant eux, un village à moitié dissimulé par la végétation, avec une imposante maison en bois d'où s'élevait une fumée.

- C'est vers là que nous allons, leur dit la vétérane avec certitude, l'index droit tendu vers ce point.

De son côté, Veresh cherchait l'éventuelle trace d'un détachement ennemi, entre les bosquets et les bordures des différentes parties de la forêt. Deux ombres plus loin encore correspondaient à d'autres communautés, comme les rapports des éclaireurs l'avaient signalé. L'horizon semblait bien calme, immobile, en cette journée où le vent ne soufflait pas, et où le soleil apparaissait régulièrement, entre deux vols de nuages blancs.

- Nous partirons dans deux heures pour le village du nord, annonça Veresh en baissant puis rangeant sa lunette. En attendant, que tout le monde se repose. Nous en aurons pour des heures de marche avant de l'atteindre. Nous devons arriver par surprise, le plus furtivement possible.

- Nous pouvons envoyer quelques personnes en reconnaissance pour nous assurer qu'ils ne nous tendent pas de piège aux abords de ces bois, proposa Dilva, ce qui a quoi Veresh acquiesça.

Ils passèrent quelques instants de plus à regarder ce qui les attendait, cette longue progression qui leur prendrait même jusqu'à la nuit, tandis que le soleil baissait déjà dans le ciel, à cet instant d'un après-midi bien entamé. Les cinq redescendirent les marches de la tour et rejoignirent les combattants qui s'installaient au pied. Un banquet dispersé mais toutefois convivial s'annonçait, Garvin, Ciela et Delfen choisissant de se rendre près d'un grand frêne à gauche, à l'ombre duquel ils pouvaient voir en direction du nord tout en prenant un bon repas.

Delfen, assis dans l'herbe à gauche d'un petit feu de camp improvisé, en profitait pour se réchauffer, car il trouvait que le temps se rafraîchissait à l'approche du soir, lui qui était habitué à la chaleur des marais de l'Urgandarr. Puis, détendu par l'aura apaisante de ces flammes modérées, il posa ses mains au sol, tandis que ses amis terminaient leur morceau de viande salée. Quelques minutes plus tard, après une petite observation du paysage qui s'assombrissait au moment où le soleil s'abaissait à l'ouest, Delfen se tourna vers ses amis.

- Vous savez, j'ai trouvé notre victoire plutôt facile, malgré la menace que représentaient les drakkars, dit-il. Je pensais que le fort du Lac serait plus dur à conquérir, de même que ces lieux.

- Eh bien, cela n'est pas vraiment comparable, mais pendant la Campagne de Felden, j'ai été témoin d'une vraie accélération des événements, raconta Garvin, écouté avec attention par Delfen autant que par Ciela, assise à sa gauche. Il nous a fallu des années pour rassembler des volontaires, former une résistance, mais lorsque les Mille Collines se sont engagées militairement, en à peine plus d'un an, nous tenions quasiment toutes les forteresses de l'ancien roi et de ses barons. Là, dans cette situation, le Talémar fait face à deux nations bien définies, il est normal que nous avancions vite.

- Et vous n'êtes pas des alliés ordinaires, vous êtes très forts, compléta Ciela, à la voix aussi honnête que chaleureuse et amicale. J'ai vu comment agissent vos archers, et la compétence de vos gens quand il leur faut explorer des terres inconnues. Je suis heureuse de vous avoir avec nous, et beaucoup dans nos rangs pensent la même chose. Ces wyvernes que vos dresseurs chevauchent sont incroyables, et votre motivation dans ce conflit l'est encore plus.

- Il est vrai que mon pays est le seul a avoir pu dresser ces créatures, dit Delfen avec fierté. Elles sont l'un de nos plus grands atouts, et je suis content que nous ayons pu vous le montrer.

- Et pour rejoindre mon cher ami Garvin, reprit Ciela, en lui lançant un regard complice, je dirais que le Talémar ressemble pour l'instant au Felden qu'il me raconte dans ces récits. Les Talémariens n'ont utilisé jusqu'à présent que des armes conventionnelles, même si comme vous je pense qu'ils gardent des astuces en réserves, que nous n'avons pas tout vu.

- C'est bien vrai, approuva Garvin. Ils nous réservent quelque chose, c'est certain. Au fait, est-ce que le Talémar a des jeteurs de sorts ? Delfen, pendant notre voyage dans votre pays, vous avez parlé d'un métamorphe...

- Ils sont plutôt rares en fait au Talémar, expliqua le jeune homme à la lance verte. Celui-là est venu parce que chez nous, c'est nettement plus courant. Mais je sais qu'au Talémar, ils ont ce qu'on appelle des shamans. J'ignore quels sont exactement leurs pouvoirs classiques, les plus répandus, mais certains auraient la faculté de renforcer leurs soldats, d'améliorer leurs aptitudes au combat, et peut-être d'utiliser des sorts d'attaque. Et j'ai affronté le plus puissant d'entre leurs ensorceleurs, puisque c'était leur Mage de Guerre. Mais c'était une personne exceptionnelle, pas représentatif des shamans du Talémar. Nous verrons ce qu'il en est bien vite, et même si je reste sur mes gardes, je doute qu'ils puissent rivaliser avec vous deux, ou même seulement l'un de vous deux.

- C'est très gentil ce que vous dites, répondit Ciela.

- Avant cette campagne, je n'avais jamais vu des sorts comme les vôtres, aussi efficaces pendant un combat de grande envergure. Il me semble qu'à vous deux, vous pourriez anéantir des compagnies entières, et je crois avoir compris que vous l'avez déjà fait.

- Vous voulez parler de la lutte du château de Sohar ? Devina Garvin. Nous n'étions pas seuls : Veresh et ses archers étaient là, et ils ont fait plus que nous.

- Vous êtes trop modestes, reprit Delfen. On m'a affirmé que vous êtes les plus grands mages de Létare et des Mille Collines réunis, que seuls, vous pouvez faire basculer un conflit à notre avantage. Comme je l'ai fait il y a sept ans, mais moi, j'ai eu un peu d'aide. Je vous en dirai plus bientôt.

Il se leva après avoir constaté que les troupes à l'arrière se réunissaient, pendant que Veresh parcourait le sommet du plateau pour aller dans leur direction. Garvin et

Ciela se dressèrent sur leurs jambes un instant plus tard, lorsqu'ils remarquèrent à leur tour ce mouvement général.

- Rassemblez-vous, nous allons partir, annonça le commandant de l'expédition, tandis que les soldats éteignaient les derniers feux du campement provisoire. Partons tant qu'il fait encore jour.

Les soldats reprirent leurs équipements, certains détachèrent les mules des piquets plantés dans le champ arrondi qui formait le sommet de la colline, des attaches qui furent à leur tour emportées avec le reste du matériel nécessaire au camp. Veresh vint se placer près de ses jeunes amis et observa une dernière fois les terres au nord avec sa longue-vue avant le départ. Les deux cents militaires entamèrent leur marche vers le grand frêne, au-delà duquel le terrain plongeait progressivement en avant, de l'herbe verte couvrant la pente. Le ciel à l'ouest, avec le coucher du soleil, se colorait d'une teinte verte lorsque les troupes descendirent la colline en direction des forêts du Talémar. Une fois rendus dans la vallée en contrebas, cernée de bois aux feuillages quasi-complets en cette moitié de printemps, ils avancèrent le plus longtemps possible avant d'allumer quelques torches, dont les porteurs furent positionnés en avant et sur les côtés de la compagnie, plus quelques uns au milieu des troupes pour éclairer leurs pas les plus immédiats. Parmi elles, Garvin et Ciela admiraient cette lumière si particulière qui donnait à leur marche bientôt nocturne l'air d'une mission clandestine à travers un pays inconnu. Les hectomètres défilaient peu à peu dans cette ambiance mystérieuse et parfois pesante, des guetteurs se tenant à l'écart pour vérifier qu'aucun piège ne leur était tendu depuis les lisières proches. Les troncs des arbres et leurs branchages demeuraient immobiles, de même que l'intérieur des bois. Finalement, il en traversèrent un, profitant d'un sentier ascendant pour avancer plus rapidement, sachant qu'au milieu de la végétation, leur progression et la lumière de leurs torches ne seraient que difficilement détectés. Pendant ce moment de l'expédition furtive, les conversations restèrent modérées, et à voix basse, si bien que Garvin et Ciela ne pouvaient que deviner le sens des phrases prononcées par leurs voisins à partir des quelques mots qu'ils pouvaient entendre. Dans le sous-bois, Delfen marchait avec ses bottes beige silencieuses tout en faisant des pas légèrement orientés de côté dans certains passages, des précautions que même la plupart de ses compatriotes ne prenaient pas. Il se tenait en alerte, sa lance dans ses mains, se préparant à riposter contre tout assaillant qui surgirait, par exemple de ces hauteurs qui bordèrent leur route à gauche pendant un moment. Devant lui, le couple des jeunes magiciens demeurait confiant en la validité de leurs camarades, dans cette traversée qui n'en finissait pas. Une pause d'une demi-heure fut prise sur proposition de Veresh, au milieu de cette forêt, afin de boire et se restaurer avant d'entamer la deuxième partie du voyage. Une certaine fatigue commençait à se faire sentir parmi les soldats, après trois heures de route, et finalement, la pause s'étira pour durer plus d'une heure. La nuit avançait et les torches se succédaient pour ce qui devait être leur seule entreprise de ce genre, ce que Veresh confirma à Dilva tandis qu'ils prenaient le temps de converser, le commandant tenant sa jambe gauche surélevée, son pied posé sur une épaisse racine qui sortait du sol. La plupart des combattants s'étaient rassemblés dans un espace dégagé, entre deux pentes espacées, une sorte d'avenue à travers ce secteur de la forêt. Les nuages qui avaient bloqué jusqu'alors les rayons de la lune s'étaient en allés, et une lumière naturelle révélait quelques détails supplémentaires de leur environnement, parvenant jusqu'à ce lieu à gauche de la voie, où Veresh et Dilva s'entretenaient ensemble. Le commandant tourna le regard à sa droite pour admirer la lueur argentée qui brillait sur leur expédition, et fit remarquer à cette qui devenait une grande amie, que le temps à cet instant était plus qu'appréciable pour voyager, ce qu'elle approuva sans hésitation. Les soldats autour purent se reposer un peu dans cette atmosphère calme, retrouver une partie de leurs forces qui allaient être nécessaires pour les heures à venir.

Plus en arrière, Garvin et Ciela, en compagnie de Delfen, regardaient Veresh et Dilva sympathiser davantage, dix mètres devant eux.

- Une fois le village pris, nous pourrons nous reposer un peu, fit remarquer la jeune femme, pour remonter le moral de ses deux amis.

- Ah, oui, ce ne serait pas de refus, imagina Garvin avec plaisir, tandis que Delfen restait à droite, assis sur une racine, sa lance sur son épaule droite, recouverte par sa cape verte.

Cinq minutes plus tard, Veresh abandonna sa position pour revenir au centre de l'espace dégagé, signalant par là qu'il était temps de partir aux troupes alliées. Puis, ils reprirent à nouveau leur marche, en suivant la route de terre jusqu'à son débouché, vaguement repéré par les éclaireurs de l'Urgandarr une semaine plus tôt. Ils émergèrent bien plus au nord-nord- est que n'était le village, ce qui les força à s'orienter pratiquement plein ouest pour revenir dans la direction de leur objectif. Mais un dôme grisâtre recouvrait alors le ciel, un brouillard qui s'intensifiait pour masquer les étoiles ainsi que la lune, de même que les alentours les plus proches. Au fil des derniers kilomètres, l'heure de l'aube se rapprocha, de même que village, pour l'instant camouflé par la végétation et cette brume tenace. Le jour commença bientôt et ramena progressivement de la clarté au paysage, suffisamment pour que les torches puissent être éteintes. La compagnie contourna un bois par le nord, et arriva dans une partie de l'arrière-pays du Clan du Drakkar où le brouillard s'était dissipé. En face d'eux se dressaient les maisons de bois de la communauté qu'il cherchaient à atteindre, avec leurs toits inclinés, couverts de plaques de pin superposées, souvent à étages, et dont les façades étaient parfois sculptées à l'effigie d'animaux du Talémar, des ours et des certs principalement. Une grande et large rue traversait le village dans sa longueur, le séparant en deux, avec au bout une place circulaire étendue autour d'un grand arbre. Plus d'une trentaine de grandes maisons se faisaient face, dans un silence anormal ; Veresh, en tête de l'expédition, tira son épée dorée et continua à avancer jusqu'à ce que les troupes s'engagent dans la rue. Les maisons semblaient vides, aucune fumée ne s'envolait qu'aucune part, et mis à part le chant des oiseaux, aucune voix ne s'élevait. Garvin et Ciela arrivèrent à leur tour, et ils firent voyager leur regard de la droite vers la gauche, n'y remarquant que des volets verts et bleus fermés, de même que des portes closes à chaque habitation. Une fois rendu à la moitié de la rue, Veresh s'immobilisa, et détecta un enclos vide et ouvert plus loin, sur le côté gauche.

- Ils ont emporté le bétail et les réserves, déclara t-il, en rangeant son épée dans le fourreau suspendu à sa ceinture. J'ai l'impression qu'ils veulent faire en sorte que l'on ne puisse pas se ravitailler.

- Mais leurs maisons sont toujours là, dit Garvin, admiratif de ces demeures de pierre aux charpentes de sapin. Et si nous allions voir à l'intérieur ?

- Bonne idée, approuva Veresh. Voyons si nous pouvons les investir, trouver quelque chose, et s'ils n'ont pas emporté les lits avec eux.

- Ah, je l'espère, pour que nous puissions un peu nous reposer, dormir ! Enchaîna Dilva avec le sourire. C'est un beau village.

Les bois suivaient l'alignement des maisons, avec un relief côté droit, direction le nord. Veresh se dirigeait en compagnie de ses amis vers le plus grand édifice du village, à sa gauche, qui semblait être la résidence d'un gouverneur local, où même un lieu de réunion, à en juger par la taille de la grande salle au rez-de-chaussée qu'ils trouvèrent une fois la porte franchie. Des boucliers couvraient les murs doublés de lattes de bois verticales, avec des armes entrecroisées, souvent des haches, un intérieur qui leur rappela certaines pièces du Fort du Lac. Un escalier sur la droite les mena aux chambres, pendant que les reste des troupes patrouillaient dans la rue et exploraient les autres bâtiments. À l'étage, la grande maison possédait des fenêtres qui s'ouvraient sur un balcon surplombant la voie, ainsi que des chambres en état qui ravirent Garvin, le premier à y entrer.

- Nous allons pouvoir nous reposer ! Soupira t-il avec soulagement, après avoir cru un instant que les Talémariens avaient également pris le mobilier, comme Veresh l'avait suggéré plus tôt. Ciela entra dans la pièce peu après et sourit, posa sa main sur l'épaule de son ami, puis ils continuèrent leur exploration ensemble. De l'autre côté de la rue, Delfen sortit de la maison opposée, respirant l'air frais de ce matin, tout à fait inhabituel pour lui, et il s'en alla vers la place du village, où une murette circulaire entourait le grand arbre aux branchages sphériques. Des résidus de brume erraient toujours aux abords des deux bois proches de cette communauté, et tout particulièrement celui de droite, au nord. Il s'agissait d'arbres à feuilles caduques, pas encore des fameuses étendues forestières de sapins dont il avait tant entendu parler, et qui devaient se trouver bien plus loin, à plusieurs jours de marche encore. Il s'arrêta à une trentaine de mètres du centre de la place, pour regarder autour de lui : les soldats se déployaient tout autour, découvrant que les deux rangées de bâtiments se prolongeait encore, jusqu'à un grand champ d'herbe verte à l'ouest, au-delà de l'arbre majestueux qui couvrait une bonne partie du paysage de ce côté-ci. Pas un souffle d'air ne passait dans la grande rue, et le jeune champion de l'Urgandarr, qui gardait près de lui sa lance droite, à l'extrémité posée au sol, observa la forêt en pente, concentrant son regard à travers la végétation. Il lui semblait sentir l'atmosphère s'alourdir peu à peu, sans pourtant détecter de mouvement. Les militaires des forces alliées se trouvaient pour la moitié dans les maisons, bel et bien désertées par leurs occupants, de même qu'une caserne tout à l'ouest du village, à gauche après la place, où il ne restait pas même un carreau d'arbalète ou une épée courte dans un râtelier. L'inspection de chaque nouvel édifice confirmait la première impression de Veresh, à savoir que les Talémariens avaient quitté les abords du Lac et paraissaient se retirer plus loin à l'intérieur des terres, sachant qu'ils ne pouvaient plus pour l'instant rivaliser avec la puissance de leurs deux adversaires unis.

Delfen fut rejoint par six archers de l'Urgandarr, toujours vêtus de leurs uniformes verts de camouflage, comme lors de tous leurs déplacements dans les marais. Ils rapportèrent n'avoir trouvé aucune nourriture, seulement un puits au nord-est, au mécanisme saboté pour empêcher son utilisation. Delfen acquiesça, préoccupé, puis un cri retentit dans le village, provenant de la droite de la place.

- Les Talémariens arrivent ! Hurla un homme brun d'environ quarante ans, l'un des éclaireurs de l'Urgandarr, qui avait pris l'initiative de se poster avec quelques collègues à proximité d'un entrepôt proche de la forêt au nord. Ils arrivent !

Il revint en courant, accompagné de trois autres sentinelles, tandis que les soldats ennemis bondissaient hors des bois, leurs boucliers, leurs épées et leurs haches à la main. Un groupe d'arbalétriers en armures légères et grises, approchaient en passant par l'ouest, derrière l'entrepôt, entre ce bâtiment et le grand arbre de la place. Delfen réalisa qu'il se trouvait en première ligne, comme les derniers soldats alliés venaient de revenir de leur exploration du bout du village, et constata que les tireurs adverses, presque quinze, se préparaient à faire feu sur lui. Le jeune homme cala sa lance contre son épaule et se pencha au sol pour récupérer deux petites pierres incrustées dans la rue de terre, les sortant de la poussière compacte. Il les serra dans ses mains, lesquelles commencèrent à prendre la couleur puis l'aspect de la roche ; le sortilège remonta ses bras puis se propagea à l'ensemble de son corps. Un arbalétrier du Talémar mit un genou au sol et déclencha son arme ; le carreau fila à toute vitesse pour éclater en rencontrant le buste de Delfen, de même que la dizaine de projectiles envoyés sur lui l'instant d'après. D'autres traits touchèrent des soldats alliés, notamment deux archers de l'Urgandarr, pendant que l'alerte générale se répandait à travers le village. À l'étage de la maison commune, Garvin et Ciela, postés à une fenêtre près de l'angle le plus proche du combat, virent Delfen debout, en avant de ses amis et camarades, certains se protégeant derrière lui, alors qu'il était devenu quasiment invulnérable. Les arbalétriers rechargeaient pendant qu'une troupe de soldats à boucliers ronds, ceux du Clan du Drakkar, se précipitaient sur l'armée alliée en train de se reformer. Garvin et Ciela profitèrent de leur position en hauteur pour déclencher leur magie sur les tireurs ennemis : une boule de feu suivie d'une sphère bleutée et explosive dispersèrent leurs rangs et permirent aux soldats en contrebas d'occuper toute la largeur de la rue pour réceptionner l'assaut dirigé contre eux. Veresh, qui se trouvait jusqu'alors plus loin, au premier étage, rejoignit ses deux amis et prit connaissance de la situation.

- Restez ici en soutien, je descends les aider, dit-il avant de se précipiter dans l'escalier de bois qui redescendait en ligne droite au rez-de-chaussée. Les archers, tirez depuis les étages !

À l'arrière, d'imposants hommes et femmes, aux carrures renforcées par les manteaux lourds qu'ils portaient sur leurs armures, arrivaient en tenant des loups au bout de chaînes qu'ils agrippaient fermement grâce à leurs gants de protection. Puis, ils lâchèrent leurs animaux, les lançant sur les premiers rangs alliés, où se trouvait toujours Delfen. Les loups dépassèrent les combattants du Talémar dans leur course, et se jetèrent sur les soldats de l'Urgandarr. Delfen, qui venait de retrouver son aspect normal, rouvrit ses mains désormais vide, les pierres ayant été consumées par le sort, et empoigna sa lance à l'horizontale. Il plia les genoux tandis qu'un loup bondissait par dessus lui, et que ses compagnons d'armes évitaient les morsures des bêtes. Les lanciers de Létare ainsi que des combattants de mêlée de l'Urgandarr vinrent en renfort et étirèrent la bataille sur près de vingt mètres. Garvin et Ciela, toujours à l'étage, tentaient de viser des soldats isolés à l'aide d'éclairs par le jeune homme, et de minuscules sphères pour la jeune femme, en essayant le plus possible de ne pas toucher leurs amis. Ils durent s'interrompre, de même que la plupart des archers postés en face, de l'autre côté de la rue, qui se reportèrent sur les derniers arbalétriers, toujours présents entre le grand arbre et l'entrepôt. Delfen frappa à la cuisse un guerrier barbu grâce à un revers de lance, le faisant s'écrouler et mettre une main à terre. Son champ de vision se dégagea et il aperçut un combattant seul en face de lui, un homme de plus d'un mètre quatre-vingt dix, qui portait une armure et un manteau, comme plusieurs de ses congénères, mais surtout une immense épée à deux mains, dont un tranchant présentait une succession de dents anguleuses. Il semblait le regarder personnellement, et se préparer à charger, la large marque de peinture rouge en travers de son front ne laissant rien présumer de bon.

Delfen fit un pas en avant, se dégageant du coeur du combat, et leva sa lance au-dessus de sa tête, à l'horizontale une fois de plus. Une aura verte remonta du sol pour venir l'englober, puis il avança à nouveau ; le berseker chargea soudainement, sa lourde épée en diagonale. Delfen se prépara, plia les genoux et arrêta de ses deux mains le premier coup, qui arriva de sa droite. Le jeune homme exerça une poussée vers le bas et se décala pour éviter le redressement de l'épée, qui frôla son épaule gauche. Observé par Garvin et Ciela, il enchaîna plusieurs coups rapides et courts, forçant son imposant adversaire à reculer. Il leva ensuite les bras, tendant sa lance à l'horizontale pour stopper l'attaque verticale de son adversaire, mais il commença à trembler des bras sous la force du berseker, qui appuyait de ses deux mains sur le long manche de son arme. Enfin, après plusieurs secondes de recul,

Delfen poussa de nouveau, légèrement par côté, et recula d'un pas ; il tendit sa main droite vers le sol, et alors que le guerrier d'élite du Talémar s'apprêtait à le charger encore une fois, le pied de celui-ci resta bloqué par trois racines sorties du sol, en pleine voie, là où pas une seule herbe ne poussait. L'aura verte de Delfen apparut à nouveau, tandis qu'il se tenait à trois mètres de son opposant. Au moment où celui-ci put dégager sa jambe gauche, Delfen arriva sur lui, plus rapide que jamais, frappant des deux extrémités de sa lance. Le jeune héros des marais releva l'épée du guerrier et lui envoya un coup de pied au ventre, avant de bondir en tournant sur lui-même, et de le frapper au flanc comme il l'aurait fait avec un bâton. Le berserker grogna en se courbant, son épée au sol, et se redressa ; il procéda à des attaques puissantes en diagonale, Delfen devant alors vite reculer. Puis, en un instant, prenant sa lance dans sa main gauche, il percuta l'épée, la saisit de l'autre main, pivota, frappa le crâne chevelu du berseker, qui sonné, fit un pas en arrière. Delfen tourna à nouveau, reprit sa lance dans la main droite et tendit son bras enveloppé d'énergie verte : la pointe de la lance toucha l'ennemi au sternum, suffisamment fort pour passer son manteau et son armure. Le berseker lâcha son arme derrière lui et tomba sur le genou droit, puis à plat ventre, laissant Delfen victorieux de son premier vrai duel dans ce conflit. Un instant plus tard, le reste des troupes du Talémar, submergées par le nombre des soldats alliés, décida de battre en retraite : une trentaine de guerriers et de guerrières retourna à la course en direction de la forêt, disparaissant bientôt entre les arbres et sous les feuillages.

Voyant la victoire acquise, Garvin et Ciela descendirent à toute allure, et Veresh, qui se trouvait à l'arrière, son épée dorée en main, s'avança à son tour. Delfen revint vers l'endroit où ses amis se battaient peu auparavant et trouva un combattant ennemi, un blond barbu allongé au sol, blessé au bas vente, avec son bouclier rond tout près de lui : le jeune champion vint se poster devant lui, et baissa le regard.

- Qui est ton chef ? Demanda t-il.
- Je ne peux pas vous le dire… répondit le guerrier un peu haletant, sans agressivité, pendant que des dizaines de témoins l'entouraient à distance respectable.

- Parlez, nous voulons savoir qui a commandé cette attaque, insista Delfen, qui pour l'instant ne paraissait pas menaçant.

Après un regard lancé à la ronde, le soldat allongé sembla s'apprêter à leur dire.
- C'est Volkor, le shaman de glace... souffla t-il. L'un des shamans les plus forts de notre pays... Il est avec les Ours Noirs.

- Tu es du Clan du Drakkar ? Supposa Delfen, alors que Garvin et Ciela traversaient les rangs pour arriver derrière lui.

Le guerrier touché acquiesça trois fois d'une manière sobre et lente.
- Nous n'avons rien contre vous, poursuivit Veresh, qui rangeait son épée. Nous cherchons simplement à arrêter les dirigeants des Quatre Clans, et tout particulièrement Lordar. Nous allons vous soigner, comme vos camarades qui sont dans le même cas que vous.

- Il y en a plusieurs que l'on peut sauver, annonça Dilva, penchée au-dessus d'un jeune homme d'environ vingt ans.

- Bien, emmenez-les à l'intérieur, dans cette maison, ordonna Veresh, en désignant une demeure située du côté droit du village. Je dois vous prévenir que nous allons vous faire prisonnier, vous me comprenez ?

Une fois de plus, le guerrier acquiesça, fermant les yeux, quelque peu reconnaissant envers le chef ennemi de vouloir guérir ses amis blessés.

- Une fois le conflit terminé, vous serez libéré et rendu à votre Clan, votre pays, déclara Veresh. Vous avez l'engagement du notre, celui de nos soldats et le mien.

- Merci, monsieur... soupira le guerrier qui était placé sur une civière en transporté de l'autre côté de la rue.

Veresh se tourna vers Delfen, plusieurs blessés de l'Urgandarr se tenant au sol à l'endroit où la bataille avait été la plus difficile à remporter.
- Quelle est la situation de votre côté ? Demanda t-il.

- Nous avons eu six pertes, rapporta Delfen. Cinq sont dues aux arbalétriers au début du combat. Et une dizaine de blessés, dont seulement deux graves. Ils nous ont attaqué par surprise, nous avons à peine eu le temps de nous organiser. Mais cela aurait pu être pire.

Delfen s'orienta vers Garvin et Ciela, qui assistaient à leur conversation depuis le début.
- Merci à vous d'avoir éliminé les tireurs.
- C'était notre travail, Delfen, lui assura Ciela d'une voix douce. J'espère que vos compagnons se remettront bien de cet affrontement.
- Nous avons de bonnes potions pour ça, reprit Delfen avec un hochement de tête positif. Il faudrait prendre le temps de nous reposer.
- C'est exactement ce qui est prévu, dit Veresh. Nous prendrons toute la journée, et la nuit aussi. Il va falloir sécuriser le village, mais je ne crois pas qu'ils reviendront aujourd'hui.
- Oui, ils nous attendront plus loin, estima Dilva, qui revenait de l'avant, où elle avait aidé à porter secours aux blessés alliés. Il faudra trouver ce Volkor et l'éliminer, plus tard dans notre expédition.
- Si nous le pouvons, nous le ferons, affirma Veresh Il a l'air d'être un des éléments les plus importants des Quatre Clans, alors il sera sur notre liste.

Dilva approuva, tandis que l'agitation de l'attaque s'évanouissait peu à peu, l'ambiance retrouvant son calme. Veresh procéda à une rapide enquête auprès des soldats de Létare qui passaient à proximité, qui l'informèrent qu'une bonne dizaine de blessés, et trois graves, avaient été recensés parmi leurs rangs, et qu'ils avaient déjà été mis au repos. Le commandant les félicita et se retourna vers ses amis.
- Maintenant, nous pouvons faire une grande pause, dit Veresh. Nous l'avons tous bien méritée. Je vais m'étendre un instant, que l'on me prévienne s'il y a du changement.

Le commandant s'en alla vers la grande maison et laissa ses quatre compagnons ensemble dans la rue.
- Quant à nous, nous allons voir les blessés, dit Delfen, avant de s'approcher d'une mule qu'un Urgandari tenait un peu plus loin, en direction de la place du village.

Il ouvrit un coffre de bois cerclé de fer, suspendu sur le dos de l'animal, et dévoila de nombreuses petites étagères internes, qui soutenaient des dizaines de fioles au bas évasé, qui contenaient un liquide rosé.

- Ce sont des potions de soins, que nos alchimistes, et plus encore nos sorcières ont préparé avant notre départ de l'Urgandarr, expliqua Delfen, en prenant plusieurs d'entre-elles, puis en les donnant à Dilva, qui attendait derrière lui. Nous en avons une centaine dans ce coffre là, et nous avons les plantes pour en refaire si nécessaire.

- Vous avez pensé à tout, releva Garvin, admiratif. Avec ça, nous allons pouvoir guérir ceux qui ont été touchés dans l'affrontement.

- Tout à fait, reprit Delfen, en s'emparant d'une poignée de ces fioles. Nous allons y aller.
- Oui, tous les blessés sont du côté nord du village, enchaîna Dilva. Et vous, qu'allez-vous faire à présent ?

- Rester ici pour nous assurer que tout va bien, répondit Ciela de sa voix douce et profonde.

- Et nous reposer à notre tour, une fois que ce sera fait, compléta Garvin.
- Alors à tout à l'heure peut-être, conclut la vétérane, avant de s'éloigner avec Delfen.
- Ils sont braves, commenta Ciela. Je trouve admirable leur attitude.
- Je suis d'accord, dit Garvin. Ce sont des alliés extraordinaires.

Delfen et Dilva visitèrent les soldats alliés alités dans une belle demeure à étage, du côté droit de la rue, et distribuèrent les potions en commençant par les plus blessés. Ils expliquèrent à ceux de Létare comment le contenu de ces petites fioles allaient agir sur eux, et qu'elles amélioreraient leur régénération naturelle, pour les remettre sur pied le plus rapidement possible. Les deux combattants les plus sérieusement atteints étaient toujours sans connaissance, et ils envisagèrent de faire venir Garvin et Ciela, qu'ils savaient doués de talents magiques de guérison, si leur état ne s'améliorait pas d'ici la soirée. Puis, ils ressortirent et se rendirent dans la maison voisine, en allant vers la place, où les prisonniers Talémariens devaient eux aussi

être soignés. Le soldat barbu remercia Dilva une fois qu'elle lui eut fit boire une potion rosée.
- Vous êtes plus généreux que nous, dit-il. Vous êtes des personnes d'honneur.
- Reposez-vous, répondit Dilva. Vous aurez de la route à faire d'ici peu. On vous conduira dans un lieu plus sûr que celui-là, et dont vous sortirez bien vite.
Alors que Delfen posait une fiole sur une table basse entre deux lits, il entendit l'une des guerrières allongées plus loin à l'étage lui parler soudainement.
- Vous êtes d'Urgandarr, vous ? l'interpella t-elle.
Delfen se tourna sur sa gauche et découvrit une belle et jeune blonde de son âge, étendue sous une couverture marron, au buste relevé, qui le regardait avec ses yeux bleus, pleins de vivacité.
- Oui, je m'appelle Delfen, répondit-il, sur un ton amical bien que prudent.
- Oh, le célèbre Delfen, enfin, je pense célèbre, dit-elle, haussant ses sourcils clairs. Pourquoi êtes vous si bon avec nous, qui sommes vos ennemis ?
- Nous sommes adversaires, mais bientôt, nous serons des alliés, dit Delfen, dont les mots remplirent d'incrédulité son interlocutrice. Vous reverrez votre clan, et en bonne santé.
- Ha, oui, parce que mes amis m'auront délivrée, continua t-elle, malicieuse. Vous m'avez peut-être capturée, mais il nous reste bien des forces, vous verrez cela en temps voulu.
- Je vous crois, madame, et je sais que votre clan et ses alliés ont encore plus que les moyens de nous arrêter, déclara Delfen. Reposez-vous maintenant, guérissez pour le jour où nos pays n'auront plus à se battre.
La jeune blonde se rallongea, quelque peu souriante, les yeux fermés. Elle les rouvrit quand elle entendit un bruit près d'elle, et elle vit Delfen s'éloigner silencieusement d'elle après avoir déposé une fiole sur le tabouret à sa gauche. Son sourire devint alors plus franc, et après quelques instants, elle s'empara de la potion, ôta le bouchon et la but d'une seule traite.

Dans la rue, Garvin et Ciela patrouillèrent longuement, pendant une heure, avant d'imiter le commandant Veresh, et d'aller s'allonger dans les lits d'une pièce disponible de la grande maison, du côté du balcon, au premier étage. En bas, les équipes se relayèrent pendant toute la journée, certains parmi les plus en forme se portant volontaire pour la matinée pendant que leurs collègues se reposaient dans les demeures du village, en attendant d'être plus tard relevés. L'Urgandarr envoya plusieurs éclaireurs en reconnaissance dans les alentours, et cinq soldats de l'alliance remirent le puits en état de marche, après réparation des poutres et du treuil. Par chance, les Talémariens n'avaient pas pris le temps de boucher le trou d'accès à la source locale, ainsi, les militaires firent descendre et remonter plus de trente fois une bassine, amenant plus d'une centaine de litres à la surface. En début d'après-midi, chacun improvisa son repas, le plus souvent en petits groupes, à partir des réserves emportées sur les mules, puis l'alternance des équipes de surveillance reprit. Garvin et Ciela n'eurent pas besoin d'utiliser leurs pouvoirs, comme la santé des blessés s'améliorait vite, grâce aux potions de Delfen et ses camarades. Veresh, installé à un bureau dans la grande maison communautaire, envisagea longtemps la suite des événements, tout en demeurant attentif aux nouvelles qui lui parvenaient. Il convoqua finalement les personnes les plus importantes de l'expédition peu avant la soirée pour les informer de la conduite de leur entreprise.

- Nous partirons demain à huit heures précisément, commença t-il. Je pense que les cinq blessés les plus graves, même s'ils récupéreront complètement en temps voulu, devront rester ici avec quinze volontaires, neuf de Létare et six de l'Urgandarr. D'ici ce soir, trois messagers partiront pour le Fort du Lac afin d'informer la nouvelle commandante que nous avons pris ce village, et que nous demandons des renforts sur place, tout du moins une escorte pour ramener nos dix prisonniers en sécurité. Nous serons donc cent quatre-vingt sur le départ pour le Nord.

Le plan ainsi présenté fut approuvé par les différents membres de l'assistance, après un court échange entre Delfen, Dilva et les combattants de l'Urgandarr présents à ce moment là. Veresh invita chacun à s'approcher d'une table ronde au milieu de cette pièce de réception pour leur montrer à nouveau la carte du Talémar élaborée par le Conseil de Létare.

- À dix kilomètres au nord, il y a un petit lac, en altitude, dit-il en montrant de son index droit la forme dessinée sur le plan. Nous tâcherons d'y être demain soir et de passer la nuit au bord. Ce sera mieux pour se ravitailler en eau, et l'endroit est dégagé, visiblement. Nous aurons la place d'installer notre campement, il faudra seulement sécuriser les alentours.

Une fois la réunion terminée, l'obscurité extérieure arriva bien vite, et la fraîcheur du Talémar avec elle. Comme les habitants du village avaient aussi emporté le bois, des groupes de soldats s'aventurèrent dans les bois proches pour y récupérer toutes les branches sèches qui pouvaient s'y trouver. Les combattants des deux nations eurent une nouvelle fois l'occasion de se retrouver autour des mêmes feux et des mêmes tables, à l'intérieur des maisons cette fois. Les stocks de nourriture restaient suffisants pour tenir une semaine, bien que certains estimaient qu'un ravitaillement devait être fait dans les trois jours à venir, en mettant la main sur des réserves du Talémar, même si cela s'avérait difficile au vu de la désertion de ce village. D'autres communautés proches devaient avoir eu la même idée, et seule une place forte restait susceptible d'abriter de telles vivres. Le repas, mené dans une bonne humeur générale, se termina bientôt, alors que la nuit était déjà tombée sur le village. Tous gagnèrent les chambres, aux étages, leur sommeil gardé par une vingtaine de sentinelles en contrebas, qui allaient une nouvelle fois se relayer régulièrement, dans l'attente du départ, et de la suite de leur aventure au Talémar.

Chapitre 7 : Le Fort des collines

À la fin de la nuit, le brouillard enveloppait la forêt et les demeures du village où les soldats alliés se réveillèrent bientôt. Les arbres proches, ainsi que la clairière à l'ouest semblaient perdus derrière le voile blanchâtre qui commença comme le jour précédent à se dissiper au lever du jour. Veresh, Garvin et Ciela se croisèrent dans l'escalier qui descendait au rez-de-chaussée de la grande maison, équipés et prêts à rejoindre les soldats qui se regroupaient dans la rue. De l'autre côté vinrent de bonnes nouvelles concernant les militaires touchés pendant l'affrontement, qui pourraient être en état de retourner vers le Fort du Lac d'ici un ou deux jours. Veresh fit un signe de tête encourageant et se porta à l'avant des troupes, en direction de la place de l'arbre, et se retourna vers le groupe pour donner le signal de départ. Tous se dirigèrent vers la forêt sur leur droite, en direction du Nord, en passant entre des maisons de bois et l'entrepôt. Les soldats pénétrèrent dans les bois avec prudence, quelques uns d'entre eux s'avançant plus rapidement en éclaireur, puis signalant aux autres que tout semblait tranquille plus loin. C'est ainsi que le gros de l'expédition quitta la communauté, laissant comme prévu derrière eux une quinzaine de gardes pour tenir ce lieu défendu contre l'ennemi.

Leur progression à travers la végétation s'avéra bien lente, en raison d'un relief accidenté, qui s'élevait peu à peu, ce qui leur confirma la justesse du plan dessiné par le Conseil de Létare, et qui se trouvait désormais dans une poche intérieure de l'uniforme de Veresh. Parfois, une petite clairière venait leur donner de l'air, une sensation d'émerger de cette forêt plutôt dense, et qui, comme le rappelait Delfen, ressemblait en certains points à un voyage à travers l'Urgandarr. Tandis qu'ils se retrouvaient à grimper une pente régulière, sur un semblant de route, sous des feuillages épais, Veresh éleva doucement la voix.

- Nous entrons maintenant sur les terres de Jelana le Brave, annonça t-il. La cheffe du Clan des Forestiers. C'est sans doute l'une des dirigeantes les plus intelligentes du Talémar, et ses combattants parmi les plus rusés. Ce sont les meilleurs arbalétriers, et ils sont dans leur domaine. Je demanderai à tous de faire attention, à réagir vite en cas d'embuscade. Cela fait partie des événements à prévoir.

Garvin et Ciela, qui marchaient derrière le commandant, mais aussi Delfen, et Dilva, plus loin à droite, écoutèrent l'officier avec attention, à l'image de tous ceux qui se tenaient suffisamment près pour l'entendre parler. Soudain, le voyage qu'ils entreprenaient depuis deux jours à présent leur parut plus dangereux que jamais, bien plus que lorsqu'ils avaient rejoint le village en pleine nuit. Ils se sentaient davantage éloignés du Fort et de tout cet espace contrôlé par l'alliance, et désormais, ainsi que le signalait Veresh, la vigilance était de mise, la meilleure attitude à conserver pour traverser ces lieux à la fois secrets et resserrés autour d'eux. Chaque nouvel espace dégagé ou du moins plus aéré donnait lieu à une pause de plus d'une heure.

- Jamais je n'ai eu l'impression d'avancer si lentement, pas même au milieu des marais, dit Garvin à Ciela, assise à sa gauche sur un rocher au milieu d'une prairie perdue dans les bois.

La jeune blonde but à sa gourde et approuva les dires de son ami, alors que le moment de reprendre la marche s'approchait. Veresh, plus loin sur un autre rocher, lisait la carte et observait la position du soleil tout en effectuant des petits hochements du menton, signe qu'ils allaient dans la bonne direction. L'après-midi se terminait lorsqu'ils parvinrent enfin à ce grande ouverture en altitude, qui annonçait la sortie définitive de cette forêt. Le petit lac s'allongeait encore un peu plus loin, quelques mètres plus haut, avec un bois de sapin à sa droite, légèrement en retrait, tandis que la rive gauche était entièrement vide de végétation. Des roseaux poussaient hors de l'eau sur toute la berge qui se trouvait exposée au sud, et le soleil brillait par intermittence, entre les nuages gris qui couvraient le ciel à cette heure, leur donnant bientôt une teinte rouge à l'approche du coucher.

- Excellent, nous avons toute la place pour nous installer, commenta Veresh, derrière Garvin et Ciela, qui avançaient rapidement en direction de l'eau pour y remplir leurs gourdes vides.

Le commandant semblait presque un peu rêveur en constatant à quelle point leur situation était positive, et une minute plus tard, les soldats commençaient à monter le campement, en prenant tout le matériel nécessaire, transporté jusque là par les mules qui ne manquèrent pas d'être remerciées comme il se devait. En une petite heure, les tentes furent dressées et les feux allumés, alors que la nuit allait bientôt tomber sur les hauteurs de cette colline. Des sentinelles de l'Urgandarr et des archers-mages Létariens montaient la garde aux abords, pendant que leurs camarades prenaient leur repas avec une certaine sérénité. Delfen riait en compagnie de ses amis, et de Dilva à sa gauche, tout en racontant ses aventures et la vie courante dans son pays. Assis près du petit lac, il en vint enfin à leur parler de son adversaire lors du conflit contre le Talémar.

- Le Mage de Guerre avait réussi à rassembler presque tous les clans, et à amener une horde gigantesque jusqu'à quarante kilomètres de notre capitale, Garrovar. Ils étaient facilement vingt mille, certains disent même cinquante mille. Bien plus nombreux que tout ce que nous avions vu jusqu'à présent. Il n'y avait plus beaucoup de chances pour nous de l'emporter, même si nous avions réussi à les disperser sur des centaines de kilomètres à travers les marais. Notre plan, celui des personnes qui avaient à ce moment la reconnaissance de nos gens, consistait à éliminer le général des Talémariens, le Mage de Guerre, en utilisant la magie de la Plante de Pouvoir, une espèce très rare, qui pousse en un ou deux exemplaires de temps à autre, dans la partie intérieure de l'Urgandarr, vers le Nord-est. Je me suis porté volontaire et j'ai atteint la Plante : c'est grâce à elle que j'ai pu vaincre le Mage de Guerre en duel, et j'en ai profité pour éliminer le plus de soldats ennemis possible, pendant les vingt-quatre heures qu'ont duré les effets. Bien que j'ai toujours eu des facultés magiques, jamais je ne m'étais senti d'une telle force, même si aujourd'hui, avec les progrès que j'ai réalisé, je pense que j'aurais mes chances contre le Mage de Guerre, oui. Je cherche maintenant à reproduire les effets de la Plante de Pouvoir grâce à une potion, et j'espère un jour avoir l'opportunité de l'utiliser. Et qu'elle fonctionne aussi bien, si ce n'est pas aussi longtemps.

- On a l'impression que votre pays regorge de ressources, et que nous n'en avons vu au final que bien peu, dit Ciela, ébahie par le discours de leur nouvel ami, et par tous les détails ajoutés par Dilva.

- Bien sûr ! Reprit cette dernière. Lorsque tout ceci sera terminé, je vous invite à me rejoindre, à venir visiter Garrovar, il y a beaucoup à découvrir là-bas.

- Et qu'y a t-il à l'ouest ? Demanda Garvin, intrigué, qui attendait déjà une réponse fabuleuse à sa question.

- La partie la plus dangereuse des marais, répondit Delfen. On peut y croiser des hordes de wyvernes sauvages, ainsi que des manticores, des cousines de très loin, si l'on peut dire. Mais on y trouve aussi des villages de géants.

- Des vrais géants ? Fit Ciela.
- Oui, ils mesurent plus de trois, quatre mètres de hauteur, affirma Delfen avec un naturel qui n'en finissait pas de surprendre ses deux interlocuteurs. Et plus formidable encore, des dragons.

L'évocation de ces créatures légendaires fit sourire d'émerveillement Garvin et Ciela.
- Je suis... ami, disons, avec quatre d'entre eux, continua Delfen.
- Parlez-nous des dragons, lui demanda Ciela avec douceur.
- Contrairement à ce que l'on pourrait croire, ce sont des voisins bienveillants, qui ne sortent pas souvent de leurs repaires, dans les montagnes situées tout à l'ouest de l'Urgandarr. Mais ils tiennent à la tranquillité des marais et des forêts qui se trouvent en contrebas. Je sais même qu'ils envisageaient d'attaquer les Talémariens, si ces

derniers s'étaient aventurés plus loin dans leur conquête. Je me suis rendu à plusieurs reprises les voir, et je sais qu'ils sont de notre côté, du moins ils nous soutiennent.

- Mais c'est extraordinaire ! s'exclama Garvin. Vous nous dites que des dragons sont vos amis ! Je ne l'aurais jamais cru, et j'aurais bien envie moi aussi d'en rencontrer.

- Cela pourrait peut-être arriver, dit Delfen, sur un ton qui laissait entendre une nouvelle révélation de sa part. L'un de ceux qui habitent au bord de notre pays m'a parlé d'un grand dragon blanc, qui vivrait tout au nord du Talémar. Il serait très âgé et connaîtrait beaucoup de choses sur cette partie du monde. Peut-être que notre expédition nous en rapprochera ?

- Oui, qui sait, peut-être... imagina Ciela, avec un sourire.

Les nuages se dispersaient au-dessus du campement éclairé par de multiples torches et lanternes, plantées ou suspendues de manière régulière entre les tentes. Des étoiles brillaient désormais dans le ciel obscur, et donnaient une ambiance plus sereine à ce repos sur la colline.

- Nous vous avons vu en action depuis l'étage, et vous nous avez impressionnés.

- Ce n'était pas grand-chose, modéra Delfen. Il y a beaucoup de gens qui savent se changer en pierre en Urgandarr. J'ai au moins pu sauver de nos gens.

- Tu as fait du mieux que tu le pouvais, le soutint Dilva, avant de se tourner vers Garvin et Ciela, à gauche du morceau de champ qu'ils occupaient. Et il n'a pas encore tout montré. Il est capable de bien des choses remarquables, cela, il nous l'a tant prouvé.

Delfen acquiesça, son moral en hausse car convaincu de ses facultés, puis ses deux jeunes amis en profitèrent pour relancer la conversation.

- Ciela et moi, nous nous demandons s'il n'y aurait pas dans vos rangs, au moins de la part de certains, une volonté de... de faire payer au Talémar l'invasion de votre nation, l'interrogea Garvin avec une diplomatie teinté d'une grande curiosité, que Dilva releva très rapidement.

- Il y a encore cinq ans, j'aurais répondu oui, dit Delfen, qui parlait en expert. Nous avons perdu entre cinq et six milles personnes au cours de la Guerre des Marécages, ce qui représente la population d'une belle ville, dans notre pays. Mais les Talémariens nous ont envahis d'une manière assez honorable. Seuls nos combattants étaient directement visés, et quasiment tous les civils qui ont péri étaient des résistants. Le Mage de Guerre a même gracié une garnison vaincue. Il n'était pas un dément. Il agissait parfois en grand roi.

- Nous avons appris plus tard qu'il avait l'objectif de fonder un royaume personnel en Urgandarr, et ainsi, il lui fallait gagner une certaine estime de la part des habitants occupés, ajouta Dilva.

- Juste après la Guerre, certains ont estimé que nous avions déjà obtenu notre revanche, parce que leur invasion avait échoué, et qu'au delà de leur général, les Talémariens ont perdu plus de leurs gens que nous, reprit Delfen. D'autres pensaient qu'il fallait aller plus loin encore, et les envahir à notre tour. Peu à peu, ceux là se sont fait moins nombreux, et presque tous nos citoyens ont pris le parti de la défense. Mais la nouvelle d'une invasion imminente de Létare par le Talémar nous a décidé à agir.

- Je vois... dit Garvin, passionné autant que Ciela par le récit de leurs camarades de l'Urgandarr. Et je suis heureux de constater que nous sommes d'accord, que vous faites preuve d'un grand discernement.

- Nous agirons avec raison, contre les Quatre Clans avant tout, et non pas contre les habitants de ce pays, lui assura Delfen, pendant que Dilva acquiesçait plusieurs fois, au fil de ces paroles qu'elle approuvait entièrement, fière de son jeune compatriote. Si vous voulez bien m'excuser, je pars quelques instants.

Il se leva en parlant et s'éloigna vers l'arrière, pour aller se pencher au-dessus d'un groupe de tireurs Urgandaris qui se tenaient assis, réunis en cercle autour d'un petit feu de camp. Dilva se tourna alors vers Garvin et Ciela, lesquels constataient la popularité du champion des marais auprès des troupes nationales.

- Il a l'air extrêmement apprécié de tous, dans votre pays, dit la jeune blonde, admirative de leur solidarité.

- Ah, Delfen, cela fait plus de quinze ans qu'il sauve des gens, raconta la vétérane aux cheveux noirs, qui reçut immédiatement une attention grandissante de la part de ses deux interlocuteurs La première fois qu'il l'a fait, il en avait à peine neuf. Il s'est retrouvé seul au cours d'une balade en groupe, et il a aidé un couple piégé par une wyverne sauvage. Delfen a ramassé l'arbalète qu'ils avaient fait tomber et sans hésité, il a tiré sur la wyverne. Même s'il est tombé à la renverse, il a abattu le monstre. Quatre ans plus tard, il était déjà devenu dresseur. Je l'ai rencontré la première fois lorsqu'il avait à peu près seize ans. Je l'ai tout de suite trouvé très sûr de lui, peut-être même un peu trop. Mais des jeunes qui voyagent dans le pays comme ça à cet âge, il n'y en a pas beaucoup, même en Urgandarr. Il semblait n'avoir peur de rien. Je ne l'ai pas revu jusqu'à ce qu'on se retrouve ensemble, par hasard, pendant la campagne contre le Talémar. C'est là qu'il a confirmé tout le talent dont il avait fait preuve jusqu'alors. Il a toujours été un héros, mais depuis l'expédition vers la Plante de Pouvoir, il est devenu le champion de notre nation. J'étais prête à y aller, mais je n'ai pas de pouvoirs. Plusieurs sorcières auraient voulu, mais elles étaient trop âgées. Non, la seule personne qui pouvait agir à cet instant, c'était Delfen. Mais vous, Ciela, pour avoir de si grands pouvoirs, vous avez du commencer très jeune...

- La première fois que j'ai fait léviter un objet, j'avais six ans, répondit la magicienne blonde avec sérieux, ce qui provoqua l'étonnement sur le visage de Dilva.

- Moi, j'étais un peu plus âgé, fit Garvin, modeste et quelque peu souriant.

- Oh, mais cela reste très jeune, insista Dilva, alors que Delfen venait de terminer sa discussion et qu'il revenait s'asseoir au même endroit qu'avant son départ.

- Me revoilà ! Glissa le jeune homme à la cape verte, en reprenant sa place.
- Nous parlions de vos exploits en Urgandarr, lui expliqua Ciela d'un ton joyeux, ce qui le fit rire un instant.

- Haha, oui, cela impressionne les gens d'habitude ! Fit-il avec une certaine simplicité. Moi, je me suis habitué à agir ainsi, au pays. Mais là, nous sommes en terrain inconnu, et chaque action menée avec bravoure aura son importance.
- Vous avez tout à fait raison, Delfen, approuva Garvin, avant que la discussion ne reparte.

Ils donnèrent de nouveau leurs impressions concernant des journées à venir, de la longue route qui les séparait encore de ce fortin dont le commandant Veresh parlait désormais si souvent. Avec la nuit qui avançait et cette longue journée de marche, menée sur un terrain aussi difficile, l'envie de dormir ne tarda pas à les gagner, d'autant plus qu'ils se trouvaient dans un environnement calme.

Un jour et demi de voyage les attendait dès le lendemain matin, où ils eurent le plaisir de découvrir au réveil un temps clair et ensoleillé, qui allait rendre la suite du trajet plus agréable, grâce à des températures à la hausse. Les Urgandaris se félicitaient de ce changement bienvenu, eux qui étaient encore habitués à la chaleur de leurs marais. Quelques instants après le départ du campement, Veresh se retrouva encore une fois aux côtés de Dilva, la vétérane, et saisit cette occasion pour lui exposer la suite de leur expédition.

- Si l'on se fie à la carte de Veska, il y a une forteresse au nord-nord-est d'ici, moins grande que celle au bord du Lac, mais tout de même importante, dit-il. Nous devrions la prendre, il y aura sans doute de la nourriture à l'intérieur, et suffisamment d'espace pour tous nous abriter. Elle nous permettra de préparer au mieux notre approche de la grande forêt qui se trouve plus loin, juste avant la Plaine des Roches, l'endroit où les chefs des Quatre Clans seraient réunis.
- Nous serons là pour vous aider, répondit Dilva, qui avait écouté avec grand intérêt, et qui, comme les Urgandaris rassemblés autour, pensait qu'il s'agissait d'une étape décisive de leur aventure, bien plus précieuse que la capture de ce village déserté.

La nouvelle de la stratégie se répandit dans les rangs alliés, et la majorité des soldats estimait la même chose : prendre possession d'une place forte, facilement défendable et si bien positionnée dans le territoire Talémarien, revenait à prendre un avantage considérable. Mais il restait encore à atteindre ce point et à s'en emparer ; les bois ralentissaient toujours leur progression, même si le temps demeurait aussi agréable. Après une assemblée improvisée, le soir, ils convinrent d'éviter la route principale, un peu plus à l'est, et de continuer à couvert dans la végétation, afin de procéder à un repérage des lieux à investir avant d'envisager une stratégie, une fois le moment venu de passer à l'offensive, si bien sûr la forteresse se révélait suffisamment accessible. Enfin, le lendemain, à la fin de la matinée, les troupes alliées s'arrêtèrent dans la partie haute d'une forêt, face à un rocher qui grimpait au-dessus des cimes.

- Il doit y avoir un point de vue, là-haut, imagina Veresh, le regard levé vers cette accumulation de pierres qui s'extirpait de la masse forestière pour avancer vers le ciel bleuté. Nous allons y monter en petit comité. Dilva, Delfen, accompagnez-nous, s'il vous plait.

Les deux représentants de l'Urgandarr acceptèrent sans hésitation, et se fondèrent dans un groupe de Létariens qui comprenait le commandant, Garvin, Ciela, plus cinq lanciers et deux archers-mages, puis ils firent signe à trois combattants de leur pays de les suivre à distance raisonnable. Ils s'avancèrent tous vers un espace dégagé, situé au pied du rocher, couvert dans sa première partie par des buissons et des herbes éparses, et qui s'étendait tout en longueur en masquant entièrement le paysage au-delà. Un vague chemin au milieu des gravats naturels les mena progressivement sur le côté droit du relief, vers une falaise à pic, d'où la vue sur l'est se dégagea soudain, dévoilant une immensité de bois, sur des kilomètres : en contrebas, la route principale qu'ils avaient évité passait à une vingtaine de mètres de la falaise, au milieu d'arbres parfois anciens. Le groupe se retrouva dos à la partie supérieure du rocher, qui se dressait encore plus haut que le niveau auquel ils évoluaient, entouré de buissons touffus qui pouvaient éventuellement les dissimuler. Le paysage au nord se découvrit à son tour, et un magnifique panorama de collines s'offrit aux observateurs : la route de la forêt parvenait à terme dans une sorte de vallée, entourée de reliefs arrondis, verdoyants et couverts de sapins, en plus grand nombre qu'auparavant, ce qui indiquait l'entrée dans une autre partie du

Talémar. Et au milieu de cet espace, se dressait un rocher isolé, cerné de crevasses, et surélevé par rapport à une étendue circulaire d'herbe verte déployée autour de lui. La route se redressait pour atteindre un endroit où le sol devenait intégralement gris, de la même couleur de la pierre qui composait le rocher, jusqu'à un pont- levis placé devant la herse d'un véritable château de montagne, avec sa muraille, qui suivait les rebords du rocher. Les tours rondes disposées aux angles, dont deux se situaient sur le devant, semblaient chacune gardées par deux ou trois surveillants, d'après ce que Veresh distinguait au travers de sa longue-vue. Des soldats avec des lances et des épées circulaient sur le sommet de la muraille, jetant parfois un regard de l'autre côté, vers la cour intérieure partiellement visible, au travers de la herse. Là, des bâtiments, construits de chaque côté d'un large passage au sol poussiéreux, paraissaient pouvoir abriter largement plus d'une centaine de combattants. De l'endroit où il se tenait, appuyé sur une grosse pierre orientée vers le nord, le commandant en comptait déjà au moins vingt, et il se doutait bien que d'autres pouvaient venir du donjon situé de l'autre côté du fort, plus en hauteur, au bout de la longue cour. Il s'agissait d'un édifice rectangulaire, au sommet équipé d'un toit protégé par des créneaux, à la façon d'une tour de guet extrêmement large.

- On dirait une petite ville fortifiée, commenta Veresh, en continuant d'observer au moyen de sa lunette.

Puis, il se redressa et fit quelques pas en arrière, revenant vers ses amis pour leur faire part de ce qu'il avait vu au bout du rocher, trois mètres plus haut.

- Ce fort est vraiment bien gardé, il va être dur ne serait-ce qu'à approcher, déclara le commandant.

Alors qu'ils commençaient à réfléchir et à se concerter sur la manière de s'emparer d'une telle place, Delfen repéra une charrette qui venait sur la route en contrebas, menée par un homme à la quarantaine, enveloppé dans un manteau de tissu marron. Il fit signe aux autres d'approcher du bord de la falaise, et Veresh lui prêta alors sa longue-vue, pendant que Dilva se portait à sa droite, accroupie, et que Veresh, Garvin et Ciela se postaient derrière lui.

En bas, la charrette de chêne lourde contenait six gros tonneaux, escortés par un homme et une femme en armure, qui tenaient des arbalètes dans leurs mains.

- C'est peut-être un ravitaillement en boisson, imagina Garvin. Cela y ressemble en tout cas.
- Oui, je parie que c'est du vin, appuya Delfen. Et ça me donne une idée...

Il se tourna vers les trois soldats Urgandaris présents un peu plus bas, avant de leur adresser un geste du bras droit et d'élever la voix de manière modérée.

- Vous, allez vite vous mettre en embuscade dans la forêt, et attaquez-les. Sans faire de bruit, et ne leur faites rien, à part les assommer : il nous faut leurs vêtements.

- À quoi vous pensez ? Demanda Garvin, pendant que les Urgandaris rassemblaient une dizaine des leurs pour chercher un moyen de descendre de l'autre côté du rocher, en le contournant par la gauche, sur une pente aussi raide que rapide.

- Il y a des années, une vieille dame m'a dit : « si l'adversaire est trop fort pour que tu puisses le battre, ou pour que tu puisse mener un autre combat après, fais-le travailler, puis reviens l'affronter plus tard », raconta Delfen, sans perdre de vue la charrette. Et c'est exactement ce qu'on va faire...

Il posa la lunette à côté de lui, sur une surface de pierre lisse, puis chercha à l'intérieur de sa veste, sortant peu après une potion jaune d'une poche latérale, contenue dans une petite fiole en forme de goutte.

- Une amie m'a conseillé de fabriquer cette potion avant de partir, et elle a eu bien raison, dit- il. On va la mélanger avec la boisson des tonneaux. Je peux vous dire que d'ici deux ou trois heures, il y aura une file d'attente assez incroyable devant leurs cabinets.

- Nous voulons bien vous croire, dit Garvin, plus habitué à ce genre de ruse que ses camarades fort étonnés, à l'image de Veresh, qui haussa les sourcils.

- Oui, mais ça ne sera pas vraiment très joli à voir, reprit Delfen. Cette chose là, c'est vraiment du costaud. Il y en a même qui pourraient y passer.

- À ce point là ? Fit Ciela, stupéfaite.
- Quand nous l'avons utilisée, pendant la dernière guerre, il y a des soldats que l'on n'a pas eu besoin d'affronter, si vous voyez ce que je veux dire...
- Mais c'est infâme, votre potion, s'immisça Veresh.
- Oui, c'est pas très réglementaire tout ça, mon commandant, dit un soldat de Létare, à l'arrière.
- Oh, vous savez, quand ils arrivent chez vous à cinquante mille, il y a des fois, on n'hésite plus... répliqua Delfen en continuant de regarder sa fiole, sans s'en détourner.

Il marqua ensuite une pause, tout en réfléchissant à un détail de plus à ajouter à son plan.

- Et comme il ne faudrait pas qu'ils trouvent cela suspect s'ils tombent tous très très malades subitement, on va garder un tonneau pour mettre ça dedans, poursuivit-il, en sortant cette fois-ci une potion mauve de sa poche.
- Qu'est-ce que c'est ? Demanda Veresh, en faisant un mouvement du menton vers cette deuxième fiole plus large, levée par Delfen de sa main droite.
- Une potion réalisée toujours avec mon amie la vieille sorcière, à partir de baies très rares, que l'on ne trouve qu'à l'ouest de notre pays, loin dans les marais. Des baies d'hilarité. Ceux qui auront bu ça ne pourront plus s'empêcher de rire, et on pourra les désarmer. Pratique, non ?

Les alliés autour de lui se mirent à sourire devant son ingéniosité et celle des alchimistes de l'Urgandarr, tandis que leurs combattants parvenaient au nord de leur position, de l'autre côté du rocher et de la forêt, évoluant avec rapidité pour se fondre dans les bois en se scindant en deux groupes. La charrette continuait sa route, son conducteur et ses deux gardiens ne semblant rien suspecter du guet-apens qui se mettait en place une centaine de mètres plus en avant.

Une jeune femme de l'Urgandarr rejoignit un instant Delfen, qui lui confia les deux fioles à faire parvenir en bas ; aussitôt les potions en sa possession, elle redescendit le rocher et attendit le moment où les militaires adverses seraient neutralisés pour pouvoir filer à travers bois pour leur porter.

Le véhicule arriva au niveau où se tenaient les chefs de l'expédition, qui purent distinguer les détails jusqu'alors trop lointains ou en partie masqués par les feuillages. Les soldats Talémariens, assis de chaque côté des tonneaux, à gauche une femme aux longs cheveux bruns ondulés et à droite un homme de trente cinq ans, barbu et châtain, portaient un casque bombé et tenaient des arbalètes déjà chargées, par précaution. Le groupe posté sur les hauteurs vit les troupes de l'Urgandarr se tenir prêtes à surgir des bois pour fondre sur les trois Talémariens. À travers sa longue-vue, Veresh aperçut la scène qui se préparait en contrebas : dans un fossé peu prononcé qui longeait la route forestière sur la droite, un tirailleur Urgandari s'approcha, accroupi, avant de pointer une sarbacane vers le cocher, et se souffler un grand coup dedans. Le conducteur reçut une fléchette à la base du cou, et y porta sa main, juste avant que les combattants embusqués ne sortent de leurs cachettes. Une femme sauta subitement à bord du véhicule, agrippa l'arbalétrière et la fit basculer, l'entraînant avec elle en arrière ; elles chutèrent sur la terre à la surface de la voie, puis un homme armé d'une matraque de bois s'approcha et donna un coup à l'arrière du crâne de la tireuse, juste en dessous de son casque. À l'avant, le cocher, qui avait ôté la fléchette, entreprit de se tourner à sa droite, où reposait une troisième arbalète, prête à servir, mais ses forces commençaient à le quitter, ses mouvements se faisant de plus en plus lents et imprécis. Le deuxième gardien de la charrette, qui tentait de viser les Urgandaris présents sur la gauche du sentier, fut pris d'assaut par trois adversaires, qu'il ne vit pas venir : il chuta à la renverse, et fut assommé de plusieurs coups de massue portés sur son casque. Enfin, une guerrière rapide et agile bondit et s'assit à coté du conducteur anesthésié, dont les doigts cherchaient à s'emparer sans succès de la crosse de l'arbalète posée sur le banc depuis lequel il dirigeait jusqu'alors son immense cheval de trait noir. La combattante enleva l'arbalète, la jeta derrière elle près des tonneaux et redressa le cocher, pris d'un sommeil irrésistible, et qui commençait à se pencher vers elle. La porteuse des deux potions arriva à son tour, puis la dizaine de soldats de l'Urgandarr s'activa pour ouvrir les tonneaux, mélanger le contenu des fioles à la bière qu'ils renfermaient, dévêtir les gardiens de leur armure, et d'attacher les trois Talémariens aux troncs d'arbres sur la gauche de la route : la guerrière qui s'était assise à l'avant enfila le manteau marron de son prédécesseur, pendant que deux amis, un homme et une femme, prenaient place de chaque côté des tonneaux.

- Bien, je suis impressionné, dit Veresh avec une sincérité audible dans le ton de sa voix, pendant que la charrette commençait à s'éloigner en direction du fort.

- La dysenterie des marais en bouteille, dit Delfen, en regardant la charrette sortir de la forêt pour avancer vers le fort. Ils vont la sentir passer... Même si le dosage est un peu moins fort.

- Et vos gens ? Lui demanda Garvin, inquiet pour eux, qui allaient se retrouver seuls, à trois au milieu d'un château ennemi.

- Ne vous en faites pas, ils sauront quoi faire, répondit Delfen, confiant. Ils attendront le bon moment pour nous ouvrir la herse, et nous pourrons entrer tous d'un seul coup. L'ennemi n'aura pas le temps de s'organiser, et malades comme ils le seront, nous n'aurons pas beaucoup de difficulté à prendre ce fort.

Ciela lança à Garvin un regard plein d'étonnement et de respect, inspiré par la ruse de leur ami et de ces courageux qui allaient leur permettre d'économiser bien des efforts dans une entreprise qui cinq minutes auparavant leur paraissait à tous bien périlleuse. La charrette progressait lentement, désormais sortie des bois, en direction du pont-levis, légèrement relevé pour le moment. Les sentinelles surveillaient toujours les abords de cette place pour le moment bien solide ; trente secondes plus tard, elles repérèrent l'arrivée du véhicule, et après un bref entretien avec leur supérieur, le pont s'abaissa et la herse commença à se relever, actionnée par un treuil à l'intérieur de la muraille, au-dessus de l'arche de la grande porte. La conductrice, dans son manteau marron, leva un instant le regard au moment de la franchir, puis elle vit en face d'elle des hommes et des femmes arriver de tous côtés, sortir des bâtiments accolés aux hauts murs. D'autres descendaient la cour en terre, légèrement en pente, et qui menait jusqu'à la base du donjon, qu'elle distinguait droit devant, à une centaine de mètres. Comme des Talémariens, un peu plus loin à droite, ouvraient la porte de ce qui semblait être un entrepôt, l'Urgandarie dirigea le cheval de trait dans cette direction, le véhicule se retrouvant bientôt assailli par une cinquantaine de personnes. Les deux arbalétriers infiltrés sautèrent au sol pour laisser les gens du fort décharger les tonneaux, alors que la conductrice leur indiquait que celui rangé le plus à l'avant était pour l'élite de la garnison, car elle savait que c'était dans celui-ci que la potion d'hilarité avait été versée. Alors que les tonneaux étaient amenés dans l'entrepôt, un guerrier enthousiaste se plaça en face de la charrette, s'adressant à sa cochère.

- On vous attendait avec impatience, les amis ! s'exclama t-il joyeusement, un sourire sur son visage rougeâtre. On commençait à en manquer, ça fait du bien de remonter la réserve ! Vous voulez vous joindre à nous pour trinquer à cet événement ?

- Non, merci, déclina poliment la brune de l'Urgandarr. Le voyage a été long et nous allons sans doute prendre du repos, ou rester ici, à l'air.

- Ah, dommage, reprit le guerrier corpulent, au ventre bombé. Encore merci d'être venus nous ravitailler !

Il s'avança sur la droite, en direction de l'entrepôt, où les tonneaux étaient mis en perce, dans ce qui se révélait être une sorte de taverne de fortune. La conductrice fit signe de la tête à ses deux amis de remonter dans la charrette, puis elle manoeuvra pour amener le véhicule jusqu'au bout de la piste, en bas du donjon, dont les pierres grises apparentes s'élevaient à plus d'une vingtaine de mètres au-dessus de la poussière tassée de la cour. Là, d'autres guerriers et guerrières déchargèrent le dernier tonneau, l'emmenant au-delà d'une double porte de bois peinte, de couleur pourpre, grande ouverte sur une grande table de banquet où les militaires les plus prestigieux du fort s'apprêtaient à prendre leur repas. Une deuxième fois, les faux soldats du Talémar refusèrent avec courtoisie de se mêler aux festivités, et la conductrice ramena la charrette se ranger non loin de l'entrepôt, en bordure de la cour, et orientée vers la grande porte, dont la herse avait été rabattue. Des rires et éclats de voix enjoués sortaient par la porte entrouverte à gauche, et déjà, les trois agents infiltrés guettaient les premiers signes de défaillance parmi les ennemis qui remplissaient à toute allure leur verre sous les robinets de bois enfoncés dans trois des tonneaux. Après quelques minutes et une discussion tenue à voix basse, les deux arbalétriers qui escortaient le véhicule se rapprochèrent d'un escalier de pierre à droite, qui montait jusqu'au sommet du mur, sur le côté ouest du fort, sur lequel ils grimpèrent peu de temps après. Ils longèrent les créneaux pour se rendre à l'avant, au niveau de la porte, en passant par la tour de l'angle sud-ouest. Là, face à la forêt, deux sentinelles montaient la garde, de chaque côté de deux séries de marches parallèles qui descendaient dans la salle contenant la herse.

- Nous venons vous relever, annonça l'Urgandari déguisé en Talémarien, qui devançait sa collègue.
- La charrette de ravitaillement vient d'arriver, allez donc boire de la bière, il y en a pour tout le monde, compléta celle-ci, en se donnant l'air aussi positive que possible. Les deux gardes échangèrent un regard, sourirent, les remercièrent, puis s'en allèrent d'un pas très rapide rejoindre leurs amis en bas, laissant les tireurs de l'Urgandarr seuls sur la face sud du fort. Un très long moment de silence débuta alors pour eux, une atmosphère bien calme qui leur laissait à penser que les Talémariens ne suspectaient rien de leur projet. Ils craignaient qu'une relève subite ne vienne à eux avant que la potion de Delfen ne fasse effet, mais ils savaient que les plantes des marais finiraient par agir. Une bonne heure après leur arrivée, la conductrice, demeurée immobile près de l'entrepôt-taverne, vit sortir un Talémarien, une main tenant un verre, l'autre plaquée sur le haut de son ventre, venir prendre l'air, son visage grimaçant sous le coup d'un malaise bien visible.

- Euh, je ne me sens pas bien.. dit-il avec difficulté, tandis qu'il se penchait de plus en plus en avant.

Enfin, après une dizaine de secondes d'hésitation, il se dirigea vers le bâtiment situé à droite en entrant, un édifice à la façade de bois, inscrit dans la continuité des constructions alignées le long du mur est. Quelques minutes plus tard, une femme à l'air troublée sortit à son tour et s'y dirigea d'un pas plus modéré, bientôt suivie de plusieurs autres personnes. La conductrice, intérieurement admirative des effets de la potion de Delfen, parfaitement conformes à ce que ce dernier avait annoncé, acquiesça plusieurs fois d'affilée. Elle savait qu'il ne restait plus bien longtemps avant que le moment soit venu de faire signe à ses deux camarades, debout, dos à la cour, et qui se retournaient de temps en temps vers elle. Alors que les guerriers et guerrières malades affluaient vers le bâtiment à la devanture de bois, elle leva la main à leur attention. L'arbalétrière, pivotant un instant, repéra le geste et avertit son camarade, posté à sa gauche. Tous deux s'élancèrent dans les marches menant au treuil, gardé par un petit homme robuste d'environ cinquante ans.

- Alors, tout est calme, là-haut ? Demanda t-il à l'homme qu'il croyait être l'un des deux guetteurs.

- Plutôt, oui, répondit ce dernier, pendant que sa camarade s'approchait dans le dos du gardien pour lui asséner un puissant coup de matraque sur son crâne chauve.

Il s'effondra sur le plancher de la pièce, puis fut déplacé par le tireur de l'Urgandarr, lequel rejoignit sa collègue, déjà en train de s'emparer des barreaux présents à gauche du treuil. L'agent infiltré se plaça en face d'elle, et à deux, ils actionnèrent l'engin, la herse commençant à se relever au-dehors. Aux abords de la forêt, Veresh, posté près du tronc d'un grand arbre, aperçut le mouvement grâce à sa lunette, qu'il écarta d'un geste rapide.

- La porte s'ouvre, on y va ! Annonça t-il soudainement aux troupes dispersées derrière lui, lesquelles sursautèrent à son appel.

Tous rassemblèrent leurs armes et leur courage pour cette course intense, qui devait durer un peu plus d'une minute. Cent cinquante alliés surgirent de la lisière de la forêt pour s'engager sur un terrain en pente, à l'assaut du fort qui leur était presque offert. Les défenseurs, entassés à droite de l'entrée, ne remarquèrent pas leur approche, trop occupés à attendre avec impatience leur place aux toilettes. Les sentinelles des murs latéraux, tournées en cet instant vers l'ouest ou l'est, mirent plus de trente secondes à repérer le mouvement de masse qui se produisait dans la plaine, côté sud.

Dès qu'un guetteur sur le mur est s'exclama, les deux faux Talémariens, qui venaient de remonter de la salle de la herse, ouvrirent le feu sur lui avec leurs arbalètes, avant de se mettre à l'abri dans les marches en contrebas, pour recharger leurs armes. Veresh utilisa son énergie pour former un bouclier magique à l'éclat doré autour de son bras droit, afin de se protéger d'éventuels tirs venus des hauteurs. À quelques mètres derrière lui, Garvin et Ciela chargeaient ensemble, prêts à lancer leurs meilleurs sorts sur l'ennemi. Un groupe mené par Delfen évoluait plus à gauche, et tous se regroupèrent au moment de passer le pont-levis ainsi que la porte. Des lanciers du Talémar se précipitèrent sur le gros groupe de malades, le long des bâtiments de droite, tandis que des archers des deux nations visaient les arbalétriers en position de tir sur les murailles : l'une des sentinelles, à droite, fut touchée en plein coeur par une flèche noire de l'Urgandarr, et bascula en avant pour s'effondrer dans la cour. Delfen et ses proches remontèrent celle-ci, pour se diriger à grande vitesse vers le donjon, certains s'arrêtant en cours de route pour neutraliser des défenseurs isolés et en état de leur résister. La grande porte pourpre fut enfoncée par les combattants de l'Urgandarr, qui découvrirent la grande salle du banquet, et les six piliers repartis en deux colonnes, qui montaient jusqu'à un plafond haut de cinq mètres. Devant eux, l'élite des guerriers ennemis se tenait écroulée sur deux longues tables à manger, en parallèle, des hommes et des femmes du Talémar pris d'un fou rire incontrôlable, leur verre souvent à la main. Delfen s'arrêta au milieu, face à la chaise du chef, la quarantaine, dont le corps était secoué par l'hilarité, sous le manteau gris qui recouvrait son armure. Le champion de l'Urgandarr contourna la table de droite, observant le spectacle avec un petit sourire, pendant que ses compagnons désarmaient un par un les soldats rendus sans défense, et dont les voix résonnaient contre les parois de pierre de cette immense pièce.

- Tout va bien ? Leur demanda Delfen sur un ton léger. Vous vous sentez bien ? Allez, on les embarque !

Il fit signe à ses amis de les relever, pour qu'ils puissent être emmenés dans l'aile gauche du donjon, investie par les troupes alliées. Garvin et Ciela arrivèrent un instant après, et lancèrent des regards quasiment incrédules sur la scène qui se déroulait devant eux. Veresh entra à son tour et rangea son épée dorée, stupéfait de cette victoire obtenue en quelques minutes seulement, sans avoir même réellement à se battre. La cour était désormais sous leur contrôle, avec deux blessés modérés dans leurs rangs, chacun touchés à une cuisse par des carreaux adverses. Les Talémariens riaient tellement qu'ils ne résistèrent pas à leur arrestation, et ils quittèrent la grande salle sous une bonne escorte, tandis qu'ils tenaient à peine sur leurs jambes. Plusieurs chutèrent au sol lorsqu'ils furent relevés de leur chaise, et furent ensuite traînés par deux Urgandaris hors de l'espace à manger.

Garvin et Ciela, encore plus ébahis qu'au moment de l'attaque de la charrette, se déployèrent lentement dans la partie droite du donjon. Les sentinelles présentes sur le toit ayant été éliminées un peu plus tôt depuis la cour par des archers alliés et les pouvoirs des deux jeunes magiciens, le bâtiment le plus impressionnant du fort leur appartenait désormais.

- Bien, il ne nous reste plus qu'à l'explorer, déclara Veresh, debout à l'intérieur de la grande salle, dos à la double porte grande ouverte.

À l'intérieur de cet authentique village cerné de hauts murs, la compagnie découvrit un certain standard de la décoration Talémarienne, y retrouvant les sculptures, les lourds meubles en bois, les emblèmes faits de haches et de boucliers muraux, auxquels les soldats alliés s'étaient habitués depuis le début de leur séjour dans le Nord. Au fond de la grande salle du fort, ils découvrirent une carte du Talémar qui se révéla après comparaison bien plus détaillée que celles dont ils déposaient, et Veresh envisagea immédiatement d'en faire quelques copies. Le plan, affiché entre deux portes, et à égale distance de deux escaliers latéraux en bois, confirma la présence encore assez lointaine de la grande forêt dont Veska et Lendra avaient parlé, à plus d'une cinquantaine de kilomètres plein nord. Heureusement, il semblait possible de la contourner par l'ouest, ou du moins de s'y engager que de manière limitée, en évitant ainsi un important relief qui se dressait en son centre. Garvin, Ciela, Dilva et le commandant, plus tard rejoints par Delfen, qui s'était entre temps joint à un groupe allié, remarquèrent la présence de tours d'observations et de défense à travers le territoire qu'ils allaient bientôt traverser. Une d'entre elles se trouvait précisément à l'ouest-nord-ouest de cette forêt, à l'écart de celle-ci, et devait en principe donner vue à la fois sur une partie du Clan des Forestiers, sur le Clan des berserkers, le plus occidental des Quatre, ainsi que sur la Plaine des Roches, au nord, où ils se rendaient. Suite à cette pause instructive, les chefs reprirent leurs explorations des lieux.

À gauche de la cour se trouvaient les casernes et les salles d'équipements, un important arsenal qui comptait des centaines de carreaux, précieux en cas de siège, et qui se tenaient à présent à leur disposition pour repousser une éventuelle tentative de l'ennemi, au cas où les Talémariens voudraient reprendre cette place. À droite, l'entrepôt à tonneaux révéla une dernière grande barrique de bière de qualité, au léger goût de miel, puis, un peu plus loin, se tenait un garde-manger, une réserve d'envergure qu'un archer-mage signala à Veresh. Ce dernier participa activement à l'inspection générale, descendant jusqu'à une étonnante et immense cave à fromage, située au sous-sol du donjon.

Les soldats ennemis, au nombre d'une centaine, furent enfermés dans des pièces de l'aile gauche, dont certaines étaient de véritables cellules de prison, séparés en dix groupes et solidement gardés. Garvin, Ciela et Delfen visitèrent les chambres du bâtiment principal, y découvrant des espaces comparables à ceux du Fort du Lac, en un peu moins volumineux cependant. L'installation des militaires de l'alliance fut lancée sans plus attendre, tandis que les trente soldats restés en arrière, dans la forêt avec les mules et l'équipement, pénétraient à leur tour à l'intérieur des murs. Des sentinelles de Létare et de l'Urgandarr remplacèrent celles du Talémar, afin de se préserver de toute tentative de reprise par des troupes locales.

Veresh rentra plus que satisfait de son inspection, et retrouva Garvin et Ciela dans la salle de banquet.

- Ce fort est prévu pour largement plus de cent personnes, dit-il. À trente ou quarante, il y a dans les réserves de quoi tenir un mois, voire plus, facilement.
- Nous pouvons passer le reste de la journée ici, et la nuit également, suggéra Ciela. Nous y serons bien.

- Tout à fait, oui, approuva le commandant. Nous repartirons demain, vers neuf heures. Cette journée est un grand succès, presque inespéré.

- C'est grâce à nos alliés de l'Urgandarr, rappela Garvin.

- Oui, nous leur devons cette victoire, dit Veresh. Et nous aurons plus que jamais besoin d'eux pour le reste du voyage, en tachant de nous montrer dignes de leur aide. Excusez-moi.

Il se retira en se courbant devant eux, la main sur le pommeau de son épée. Le reste de la journée se déroula dans une sérénité appréciable, qui avait vite succédé à l'agitation de l'assaut et de l'entrée dans les diverses parties du fort. Des repas furent improvisés par les soldats dans l'après-midi, et la bonne entente des deux nations se renforça encore un peu plus, autour de conversations rendues enjouées par cette victoire éclatante. Le soir venu, Veresh s'isola dans un bureau découvert au-dessus de la grande salle, à l'étage, face à une fenêtre donnant sur la cour, une plume en main, réfléchissant un instant devant une page de papier brune.

- Prise par le malaise et le rire, la garnison tomba, dit-il à haute voix. Voilà un rapport qui fera bien rire le Conseil, et qui soulagera nos compatriotes. Enfin, si je puis dire…

Il appliqua la plume sur le papier, griffonnant dans la nuit, fier d'avoir mené avec succès la prise de ce fort, qui devait être leur relais vers leur triomphe final contre les Quatre Clans.

Au même moment, Garvin et Ciela terminaient de faire leurs lits respectifs, dans une chambre située dans la partie droite du donjon, au même niveau que le bureau où Veresh écrivait son récit. Une fenêtre à quatre carreaux donnant sur l'est laissait à apercevoir les lueurs de torches situées sur les murailles du fort, disposées à intervalles réguliers, alors que des équipes d'archers se relayaient dans l'obscurité fraîche du dehors. Le couple se trouvait dans une chambre de luxe, le long d'un couloir, et qui ressemblait beaucoup à celle qu'ils avaient occupé pendant deux semaines au bord du Lac. Un foyer de cheminée en face des lits, à droite en venant du couloir, pouvait réchauffer les murs de pierre à tout instant de la nuit, et un tas de bois reposait dans une demi-caisse toute proche. Alors qu'il tenait un oreiller dans ses mains, auquel il donnait une forme plus unie, Garvin se tourna vers Ciela, à sa gauche, qui refaisait ses draps, penchée au-dessus de l'épais matelas blanc sur lequel elle comptait bientôt s'allonger.

- Ces gens de l'Urgandarr sont très ingénieux, et ils ont tant de talent, commença t-il, le regard un instant dans le vague. Tu sais, j'ai presque l'impression qu'ils sont les plus importants dans cette alliance, qu'ils font mieux que Létare, mieux que nous.

Ciela se redressa et regarda son ami, qui semblait un peu déçu de ne pas avoir pu agir davantage, malgré l'issue heureuse des combats de la journée.

- Ils sont très motivés, et je crois qu'ils pourraient vaincre le Talémar à eux seuls, poursuivit Garvin, avant de se tourner vers Ciela.

- Le conflit n'est pas terminé, Garvin, dit-elle, sereine. Il y aura encore beaucoup d'affrontements à mener, et je suis sûre que nous pourrons nous rendre utile dans les jours à venir.

- Oui, c'est vrai, reprit Garvin en souriant. J'ai très envie que nous remportions une victoire ensemble, tous les deux, contre l'ennemi. J'ai envie que nos pouvoirs puissent faire une nouvelle fois la différence dans cette aventure.

- Moi aussi, reprit Ciela, en pivotant pour lui faire face. Nous allons continuer avec Veresh, les soldats et nos alliés, vers le Nord. Et nous trouverons ce shaman, ce Volkor dont le guerrier du village nous a parlé, et nous le vaincrons, tous les deux.

Garvin sourit, rêveur, avant de croiser le regard de Ciela, ses magnifiques yeux bleus qui brillaient à la lumière du lustre suspendu au plafond, dont ils avaient allumé quatre bougies une heure plus tôt. Il se sentait rempli d'une énergie positive, qui lui venait d'elle.

- Ce serait si beau... dit-il, ébloui.

Comme elle remarqua son changement d'attitude, elle contourna son lit et vint lui faire un baiser sur la joue, qu'il lui rendit aussitôt. Ils se prirent la main, comme bien souvent au moment d'aller se coucher, puis s'allongèrent, à trois mètres l'un de l'autre, et se souhaitèrent bonne nuit avec une grande tendresse dans la voix. Les bougies finirent tranquillement de se consumer, apportant à leur chambre l'obscurité qui leur permit quelques minutes plus tard de trouver le sommeil. Leur volonté d'aider et de prendre à leur compte les grandes actions qui se profilaient, de marquer le déroulement du conflit, se retrouvait alors à son plus haut point depuis leur arrivée au Talémar.

Chapitre 8 :

Métamorphoses

Le shaman Uskor avançait vers un village nordique, aux grands toits faits de plaques de bois, typiques de la construction Talémarienne, et recouverts de neige, sous un ciel uniformément blanchâtre. Un manteau noir sur les épaules, il marchait avec son bâton noueux en regardant les habitants vaquer à leurs occupations, aux alentours de cette communauté d'un petit millier d'habitants dans lequel il allait bientôt parvenir. Les gens, chaudement habillés pour parer au froid qui régnait ici, remarquèrent son arrivée avec un peu de défiance, d'autant plus qu'il ne leur adressa qu'un simple signe de la tête en passant. Son allure d'étranger, bien que lui aussi Talémarien, laissait néanmoins supposer qu'il était un voyageur hors du commun, à en juger par sa démarche aussi mesurée que confiante. Il se faufila entre deux maisons à étages et traversa une place enneigée, où se dressaient trois gros arbres aux jeunes feuilles dissimulées sous une fine couche de neige.

Uskor se dirigea ensuite vers la droite, en direction de la plus grande demeure de cette petite ville, haute de plus de dix mètres, avec sa double porte en chêne, qu'il alla ouvrir. Il vit un intérieur de bois classique, avec un cercle de pierre au centre où brûlait un feu modéré, la fumée s'élevant dans la pièce d'une manière remarquablement rectiligne, s'engouffrant dans une ouverture qui menait jusqu'à une cheminée logée dans la toiture, par laquelle elle sortait au dehors. Une femme d'une soixantaine d'années se tenait à gauche du feu, mais elle s'en allait vers une pièce latérale, sans remarquer l'arrivée discrète du visiteur. Uskor s'approcha du feu et entreprit de se réchauffer les mains et le visage, profitant de ces instants seul.

Puis, cinq minutes plus tard, la porte s'ouvrit à nouveau, poussée par une jeune femme de seize ans, mais au physique déjà fort, un manteau gris soulignant la largeur de ses épaules. Elle affichait un grand visage aux traits lisses et aux belles pommettes rosées, un nez droit, avec des yeux marron au regard puissant et une expression de grande concentration. Grande d'environ un mètre soixante quinze, son teint clair et ses cheveux roux aux légers reflets blonds lui conféraient une beauté certaine, relevée par son attitude sérieuse, visible dans sa manière de se déplacer jusqu'à cet inconnu qui se tenait pour l'instant dos tourné, toujours face au feu. Son pantalon d'un bleu très sombre sortait de sous son manteau tandis qu'elle marchait, ses chaussures noires résonnant sur le plancher de la demeure commune du village.

Uskor cessa de tenir ses mains droites devant lui pour se tourner vers la jeune femme, laquelle s'immobilisa devant lui.

- Êtes-vous le shaman Uskor ? Demanda t-elle d'un ton prudent, et d'une voix qui bien que jeune, contenait une certaine puissance, appelée à se renforcer au fil des années.

- C'est moi, répondit le vieil homme. Vous êtes donc Verana, la prometteuse shamane du Clan de la Glace. Je suis venu pour vous rencontrer.

- On m'a dit que vous seriez là et que je devais venir vous parler, continua Verana, qui suivait le protocole indiqué par le messager du Clan des Ours Noirs, venu quelques jours auparavant dans son village pour préparer cette entrevue.

- Vous avez bien fait, Verana, reprit Uskor, qui maintenait son bâton à la verticale, serré dans sa main gauche. Le Clan de la Glace a alors bien reçu notre message. Comme vous le savez, le plan d'invasion de Létare par la coalition des Quatre Clans a été repoussé, par l'alliance entre notre ennemi et l'Urgandarr. Pire encore, leurs forces ont pris possession de notre ligne de défense, au bord du Lac, et leurs troupes avancent maintenant vers le Nord, nos soldats tombant un par un face à eux. La situation est grave, même si nous savons pouvoir leur résister.

La jeune shamane écoutait attentivement parler le doyen des magiciens du Talémar, célèbre et généralement respecté par tous les chefs des Clans, y compris le sien. Elle se doutait que si une telle personne avait demandé à la rencontrer, c'est qu'elle devait être invitée à prendre part à cette lutte contre l'adversaire dont il lui parlait si bien.

- Que voulez-vous que je fasse ? Demanda t-elle.

- Nous avons besoin de votre pouvoir, répondit Uskor, en avançant sa main droite vers elle, ouverte, dans un geste quelque peu désespéré. Nos villages sont pris par les gens de Létare et de l'Urgandarr, l'un après l'autre. Aux dernières nouvelles, ils seraient déjà aux frontières du Clan des Forestiers. Les Quatre Clans rassemblent déjà leurs dernières forces. Nous n'y arriverons pas sans vous. Je suis venu demander votre aide.

Son expression désemparée troubla Verana, touchée par le récit du vieil homme, dont le clan, qui était le plus fort du Talémar, lui semblait en grande difficulté dans le conflit, un affrontement majeur dont tous maintenant avaient entendu parler à travers le pays. Bien qu'officiellement neutre, le Clan de la Glace avait autrefois soutenu en plusieurs occasions les adversaires du Clan des Ours Noirs, pour éviter que ceux-ci s'emparent d'un trop grand territoire, qui leur aurait donné un avantage certain et l'opportunité de rassembler tout le Talémar sous leur direction, une situation jugée inacceptable par les différents chefs. Mais cette fois-ci, le danger était tout autre, et venait de nations adverses, y compris l'Urgandarr, dont la ruse et le désir de riposter contre l'invasion du Mage de Guerre étaient bien connus de tous les Talémariens. Verana savait tout cela, de par ses talents qui lui avaient valu depuis des années l'intégration aux plus hauts niveaux de commandement de son clan, et c'était sur ses facultés que résidait à présent la survie de leur nation, aussi morcelée était-elle.

- Sans vous, le Talémar pourrait bien disparaître, continua Uskor, qui se voulait convainquant. Nous avons besoin de votre pouvoir.

Verana attendit plusieurs secondes avant de donner sa réponse, s'assurant d'avoir suffisamment de raisons pour intervenir ainsi.

- J'accepte, approuva t-elle, en inclinant puis relevant la tête. Je combattrai aux côtés des Quatre Clans et j'utiliserai mon pouvoir pour vous protéger.

- Alors venez, lui dit-il, tendant sa main en guise d'invitation. Accompagnez-moi à l'est, une escorte des Ours Noirs nous attend dans la forêt. Nous retournerons auprès de notre chef, Lordar, qui vous expliquera tout en détail, bien mieux que moi. Il nous attendra au sud, au milieu de la Plaine des Roches : c'est là que nous nous rendons.

Verana se tourna vers sa droite en même temps qu'Uskor passait près d'elle, le vieux shaman au dos courbé brassant l'air d'un large geste de son bras droit, en direction de la grande porte. La jeune femme aux cheveux éclatants poussa l'un des battants tandis qu'Uskor s'occupait de l'autre, et ils sortirent tous deux dans la rue enneigée, où les flocons recommençaient à tomber du ciel opaque. La gravité de la situation du Talémar l'incitait à remplir son coeur de toute son énergie au moment de quitter son beau village, observée au fil de sa marche par des citoyens silencieux, qui comme ceux du reste du pays, devaient désormais placer leur espoir en elle.

***

Les bottes du commandant Veresh résonnaient contre le plancher d'un couloir situé à l'étage du fort, à huit heures et demi du matin qui suivait la prise de la place par les troupes alliées. L'officier en chef saluait un par un tous ceux et toutes celles qu'il croisait au fil de sa marche, laquelle devait le conduire dans la cour, au pied du donjon, où cent cinquante militaires, soixante-dix de l'Urgandarr et quatre-vingt de Létare, s'apprêtaient à reprendre leur route pour la grande forêt du Nord. Parmi et devant eux, Garvin et Ciela semblaient plus exaltés que jamais, leur motivation de la veille conservée et même augmentée. Veresh alla les voir pour leur remettre l'une des trois copies de la carte, réalisées dans la nuit par des archers- mages, puis il en confia une deuxième à Dilva, plus loin à l'intérieur des rangs, et garda la dernière pour lui.

Avec entrain et confiance, il annonça le départ ; des sentinelles de Létare remontèrent la herse pour que la compagnie puisse rejoindre le champ en pente, au-delà du pont-levis. Les troupes pivotèrent pour contourner le rocher et ses ravins par l'ouest, laissant trente de leurs camarades pour garder le fort et ses réserves en leur absence. Cette nouvelle portion du Talémar sous leur contrôle, les alliés entamèrent la montée d'une colline boisée qui bouchait l'horizon, la première d'une série, comme la carte semblait le suggérer. La première journée de voyage se déroula sans rencontrer de résistance, les lieux qu'ils traversaient paraissaient comme vidés avant leur passage, pour ne pas changer des précédents kilomètres à travers le Pays du Nord. Ils trouvaient plutôt aisément des espaces dégagés, des prairies en altitude, pour installer le campement. Le premier soir, le ciel dégagé ne parvenait pas à retenir le peu de chaleur accumulée au cours des heures de soleil du jour, et le souffle des soldats produisait une grande quantité de buée autour des feux allumés entre les tentes du camp.

- Cela va faire trois semaines que nous sommes arrivés au Talémar, fit remarquer Delfen. Lors de la première, on sentait le beau temps arriver et les températures monter, mais comme nous allons à présent plein nord, il ne fait pas plus chaud, malgré le printemps qui avance. Heureusement que l'été se rapproche petit à petit, car je ne sais pas si nous, habitants de l'Urgandarr, serions toujours capable de continuer avec autant d'énergie.

Garvin et Ciela comprirent ce qu'il voulait leur expliquer, pour avoir constaté par eux-mêmes à quel point les marécages occidentaux pouvaient se révéler chauds, même au début de la saison. En réalité, pas une seule journée au Talémar ne leur avait semblé aussi chaude que celles qu'ils avaient passées le mois d'avant sur les routes de l'Urgandarr. Mais, habitués aux hivers de Létare et des Mille Collines, ils supportaient bien mieux ce climat que leur ami, enveloppé dans sa cape verte, et courbé sur lui-même, face aux flammes du campement. La mission devait se poursuivre dans des conditions qui s'annonçaient plus dures encore, avec l'altitude qui augmentait progressivement, et l'ombre des forêts froides et pentues qu'ils franchissaient au fil des jours. Le soleil brillait cependant davantage, et les jours duraient longtemps, leur permettant de voyager sur plus de douze heures, en esquivant les villages répertoriés par la carte du fort des collines, que Veresh consultait très régulièrement. Il repérait les points les plus marquants du paysage et les situait sur le plan, aidé d'observateurs des deux nations, qui surveillaient les alentours et procédaient à des reconnaissances sur les reliefs situés aux abords de leur trajectoire.

Les troupes retrouvèrent le troisième jour une longue plaine qui descendait entre les collines, un terrain plus favorable et reposant, même s'ils devaient demeurer attentifs aux lisières des bois de pins et de feuillus qui se dressaient sur les côtés. Puis, ils arrivèrent face à une colline éclairée par le soleil, avec des arbres espacés les uns des autres, et un sentier qui montait pratiquement en ligne droite. Veresh, en tête du détachement, en compagnie de Garvin et Ciela, eut la surprise de voir des jeunes adultes du Talémar, visiblement des habitants locaux, s'enfuir d'un espace où ils coupaient et récoltaient du bois, au milieu d'un palier sur la pente de la colline, où les arbres laissaient suffisamment de place pour avancer en rangs. Ces quelques jeunes laissèrent même deux bûches derrière eux, préférant emporter leurs haches et leur matériel pour qu'ils ne tombent pas dans les mains de l'adversaire. C'est un peu plus loin, sur la colline suivante, plus mystérieuse avec ses milliers de sapins, que les alliés décidèrent de monter le camp, toujours dans un de ces espaces dégagés, situé presque au sommet de ce relief à peine suffisamment vaste pour accueillir tout le monde.

Une fois les tentes installées et le crépuscule venu, Delfen s'éloigna de ses deux amis, équipé de sa lance, en direction des bois sombres situés droit devant.

- Je vais faire une reconnaissance, je reviens, annonça t-il, alors que Garvin et Ciela le regardaient partir.

Il s'enfonça entre les sapins, ne tardant pas à disparaître dans leur ombre. Au-dessus, les étoiles brillaient et la lune apparaissait un peu plus au sud, au ras des cimes, observées une minute par Garvin, resté au-dehors de la tente pendant que

Ciela était partie à droite afin de récupérer quelques branches pour le feu. Mais soudain, le jeune magicien fut aussi étonné que frappé d'émerveillement en voyant planer un immense aigle au nord, qui voguint en cercles au-dessus de la forêt. Ciela revint les bras chargés, et admira à son tour le spectacle de cet oiseau aux couleurs à peine perceptibles en cette heure tardive. Bien plus grand qu'un aigle ordinaire, son envergure parut aux deux amoureux comme tout à fait inhabituelle, large de peut-être quatre ou cinq mètres.

- On doit voir tant de choses depuis là-haut, imagina Garvin en souriant. Tu ne crois pas ?
- Oh, si ! Répondit Ciela, au visage illuminé de joie. J'aimerais bien pouvoir y être, pour savoir ce qui se trouve au-delà de la colline.
- Je ne pensais pas que les oiseaux pouvaient être si grands...
- Ce doit être ceux du Talémar, supposa Ciela. Ils ne sont pas comme les autres, sans doute. Ils continuèrent à regarder l'aigle pendant les deux minutes qui suivirent, et où il demeura visible depuis l'endroit où ils se trouvaient. Puis, l'oiseau disparut après une accélération en direction du nord. Garvin et Ciela se réchauffèrent l'un à côté de l'autre près du feu, le dos tourné à leur tente, puis ils pivotèrent vers les bois, distinguant la silhouette de Delfen arriver vers eux en marche rapide.
- Ça y est, je suis revenu, s'annonça t-il.
- Vous avez vu cet aigle ? Lui demanda aussitôt Garvin, encore touché par la beauté du vol.
- Oh, euh, non, répondit Delfen en toute hâte. Depuis les sous-bois, on ne distingue pas grand-chose à vrai dire. Mais j'ai vu que les alentours sont sûrs.
- Voilà une très bonne nouvelle, dit Ciela en hochant la tête d'une manière positive. Nous pouvons dormir sereinement, maintenant.

Garvin acquiesça, de même que Delfen, qui leur souhaita la bonne nuit avant de rejoindre sa tente, plus en arrière, et à gauche par rapport à celle des deux jeunes gens. Ces derniers ne tardèrent par à s'allonger, l'un face à l'autre, maintenant que la nuit noire venait de s'abattre sur la clairière, protégée de toutes parts par des sentinelles, qui repoussaient l'obscurité de leurs torches et de leurs lanternes.

Une fois encore, l'atmosphère demeurait calme, et un autre jour de voyage ne tarda pas à arriver. Il devait les emmener jusqu'à la lisière de la grande forêt, une tâche verte qui ressortait nettement sur le plan du Talémar, et qui mesurait plus de deux cents kilomètres de large, pour plus d'une soixantaine de profondeur, voire presque une centaine. Elle se situait un peu plus au nord-est de leur position, tandis que Veresh les conduisait toujours un peu plus vers l'ouest, de manière à éviter le plus possible la traversée de ces bois, approuvé par ses troupes et ses amis. Tous se doutaient qu'un piège pouvait aisément être mis en place contre eux depuis l'obscurité qui régnait sous les épais branchages qu'ils s'attendaient à trouver plus loin, et que le plus prudent serait de s'y engager que sur de courtes distances.

- L'endroit vers lequel nous allons s'appelle la Forêt Enneigée, dit Veresh à Garvin et Ciela, tandis qu'il se retrouvait à leurs côtés, au cours de la marche. Mais à cette époque de l'année, et en évitant les plus hauts sommets, nous ne devrions pas voir tomber le moindre flocon.

- Et c'est tant mieux, fit remarquer Delfen, qui se tenait trois mètres derrière eux. Car nous serions bien retardés dans notre aventure.

Veresh et les deux jeunes magiciens s'inclinèrent devant cette juste intervention de leur ami, d'autant plus qu'ils savaient que le héros des marais n'appréciait que bien peu le froid, heureusement absent en cette journée.

Une dernière grande plaine les y emmena progressivement, sans rencontrer la moindre menace au cours de leur avancée. Enfin, en début d'après-midi, un premier bois de sapins apparut au loin, présentant des conifères espacés les uns des autres, avec en arrière-plan un relief qui s'élevait peu à peu. Sans en donner véritablement l'impression, car ils évoluaient sur un plateau dénué de végétation à des kilomètres à la ronde, ils se trouvaient à cet instant à plus de cinq cents mètres d'altitude, et les hauteurs des collines qui les attendaient grimpaient à près de mille. Des sapins espacés sur un site d'exploitation abandonné annonçaient l'arrivée à la forêt la plus importante du pays, ainsi, la compagnie menée par Delfen et ses amis décéléra en parvenant près de la lisière. Une grande prudence régnait dans les rangs désordonnés qui s'avançaient en lignes irrégulières, les soldats guettant tout mouvement suspect. Ils s'engageaient sur un terrain où bien peu de brins d'herbe ne poussaient, à proximité des troncs des sapins. Après un premier bosquet dégarni, une petite prairie légèrement en pente menait jusqu'à la forêt proprement dite, pour l'instant calme d'apparence. Delfen et ses camarades ralentirent encore, et le champion de l'Urgandarr fit part à ses amis ainsi qu'à Veresh de son intention de procéder à une autre de ces reconnaissances auxquelles ses gens excellaient. Le commandant donna bien entendu son accord à cette entreprise, qui parut sage au plus grand nombre.

- Allez-y, nous devons savoir ce qui peut nous attendre à l'intérieur, dit-il.

Delfen acquiesça en guise de remerciements, puis adressa un grand geste du bras aux quelques archers de sa nation, réunis à droite de la compagnie. Il les rejoignit alors qu'ils s'en allaient à la course vers la partie la plus avancée de la forêt, qui se détachait du reste de la masse d'un vert relativement sombre dressée en face d'eux. Les premiers rangs d'arbres, où des frênes étaient également présents, ne présentaient pas de risque majeur, et les éclaireurs Urgandaris s'infiltrèrent sans difficulté dans les bois, en allant un peu plus loin vers l'est. Avec une vitesse et une furtivité admirables, la dizaine d'archers qu'entraînait Delfen dans sa course disparut dans la végétation, se faufilant entre les troncs épais des sapins, qui composèrent bientôt la quasi-totalité des arbres de la forêt. Le sol, recouvert de débris de bois et de morceaux de feuillage en décomposition, amortissaient leurs pas, et Delfen profita de l'occasion pour tendre sa main droite en direction de ses bottes spéciales, qui dès lors, lui permirent d'accélérer encore sans émettre un seul craquement. Les sous-bois s'étendaient sur un terrain plat pendant plusieurs centaines de mètres, à ce qu'ils pouvaient en juger en regardant au loin. Delfen s'arrêta, posté sur la gauche de la plupart de ses amis, et leur fit signe de tenir leur position tandis qu'il continuait en solitaire.

À la lisière de la forêt, alors que tout paraissait calme depuis leur arrivée, les guetteurs alliés repérèrent un mouvement dans la végétation, des arbalétriers fondant sur eux par sprints successifs, utilisant l'abri des arbres pour avancer peu à peu. Une archère-magicienne qui regardait attentivement droit devant détecta leur approche et lança l'alerte. Un instant plus tard, les premiers carreaux ennemis fusèrent depuis les bois jusqu'au bosquet où les troupes alliées se tenaient et se mettaient à couvert. Les archers de Létare et de l'Urgandarr se placèrent derrière les gros arbres espacés tandis que Veresh, Garvin et Ciela faisaient demi- tour pour plonger derrière une longue butte de terre, d'où ils pouvaient observer l'évolution de la situation sans prendre trop de risques. Les projectiles franchissaient la clairière, entre le bosquet et la forêt, sans parvenir pour l'instant à toucher qui que ce soit.

- Ils sont arrivés si vite, dit Veresh. J'espère que nos amis de l'Urgandarr ne sont pas tombés dans un piège...

Les soldats alliés se tenaient allongés contre le sol, en attente d'une charge à mener, mais leurs camarades tireurs devaient d'abord éliminer leurs homologues du Talémar. Garvin se dressa hors de l'abri de la butte, ouvrit la main et envoya un rapide éclair sur un arbalétrier qui quittait sa position pour se mettre derrière l'arbre à sa gauche. Électrocuté sur place, il fut pris de convulsions et touché au buste par une flèche de Létare. D'autres projectiles des archers-mages explosèrent entre les troncs, délogeant plusieurs ennemis embusqués, qui purent ensuite être visés. La vingtaine d'arbalétriers du début de combat diminua fortement, soit sur fuite soit par élimination, et Veresh leva le bras pour commander un assaut. Les soldats se relevèrent alors et partirent au pas de course, les volontaires de l'Urgandarr équipés de boucliers se portant en première ligne. En face, les tireurs firent place à leurs guerriers, aux visages marqués par des traces de peinture rouge ou bleue, typiques du clan des berserkers, et qui maniaient des épées et haches à deux mains. Les militaires du Nord et ceux de l'Ouest se rencontrèrent non loin des premiers arbres de la forêt, s'étalant rapidement sur une ligne parallèle à la lisière. Garvin et Ciela dégainèrent leur armes à leur tour, ne pouvant intervenir par la magie sans risquer de toucher leurs compagnons, puis ils avancèrent pour se tenir prêts à s'engager dans l'affrontement.

Delfen, désormais seul, cessa de marcher lorsqu'il entendit des bruits de pas à sa gauche. Le jeune homme à la cape verte se pencha, désireux de rester furtif, et chercha du regard ce qui pouvait en être la cause : à une cinquantaine de mètres de lui, il vit passer environ trente combattants du Talémar, lancés à pleine vitesse en direction de l'endroit où se trouvaient les troupes de l'alliance. Ils ne semblaient pas avoir remarqué sa présence, mais furent bientôt visés par les éclaireurs de l'Urgandarr, laissés en arrière dans la forêt par Delfen. Ce dernier n'hésita plus et s'élança à la poursuite de l'ennemi, enchaînant les pas de plus en plus rapidement. Une fois qu'il se retrouva plus proche d'eux, les approchant par le flanc, il vit la présence d'une jeune femme blonde, à l'arrière du groupe, qui tenait une lance dans ses mains et semblait diriger les autres.

À l'extérieur, dans la clairière, le combat impliquait désormais une centaine de personnes, le plus gros des alliés demeurant en retrait pour chercher à encercler les Talémariens. Soudain, un groupe ennemi arriva en renfort depuis les profondeurs de la forêt, une femme blonde en arrière-plan levant sa lance au-dessus de sa tête. Une vague d'énergie rouge sortit de son arme et fila vers les lieux du combat, traversant au passage les guerriers qui finissaient leur charge. Celle-ci redoubla d'intensité et força les soldats alliés à reculer, à se replier en direction du bosquet. C'est à cet instant que Garvin et Ciela s'intercalèrent entre leurs amis et la trentaine de combattants adverses, encore auréolés de cette énergie guerrière qu'ils semblaient absorber.

Alors qu'ils arrivaient à vingt mètres, Garvin lança une boule de feu au milieu du groupe, éjectant trois bersekers au sol, mais le jeune magicien ne parvint pas à briser leur fol assaut. Ciela projeta des rayons pour en vaincre deux de plus, sans succès. Venu de l'arrière, un rugissement terrible provint des bois, desquels émergea l'ours le plus massif qu'ils avaient pu voir jusqu'alors. Haut de quatre mètres au garrot, brun aux pattes, et couvert de poils roux sur le sommet de son dos bombé, l'animal aux crocs gigantesques, qui procédait par grands bonds, percuta la vague Talémarienne par la droite, renversant les guerriers, qu'il frappa de ses griffes lourdes. Des exclamations de surprise et de férocité montèrent du groupe ennemi, sous les regards stupéfaits des alliés, tournés en cet instant vers cet événement soudain. L'ennemi cessa de courir vers le bosquet et tenta de combattre cet ours enragé, tandis que la jeune femme blonde arrivait en soutien.

L'ours se dressa sur ses pattes arrière pour éviter la lame à deux mains d'un berseker, sur lequel il s'effondra ensuite, puis il sauta sur les autres guerriers à proximité, qui furent mis en déroute, fuyant devant la brutalité de l'animal qui les avait surpris et quelque peu sorti de leur sortilège de combat. La blonde tendit sa lance vers le torse de l'ours, lequel se précipita en avant, donnant un coup de patte pour écarter la pique. La shamane, déstabilisée un moment par la force de cet opposant hors du commun, recula pour éviter son attaque, puis dégaina l'épée suspendue à sa ceinture, et donna un coup diagonal pour tenir l'ours à distance d'elle. La bête géante fit un pas à gauche et repartit de l'avant à nouveau, esquivant la lance, pour se jeter sur la Talémarienne, qui eut le temps de le toucher de son épée au buste avant d'être mordue au cou et de s'effondrer au sol. L'ours grogna, visiblement peu atteint, puis s'élança à la poursuite des guerriers qui retournaient dans la forêt, visés de manière opportune par quelques flèches des archers alliés, ainsi que quelques sorts de Garvin et Ciela. L'animal disparut à nouveau dans la végétation, puis des cris humains suivis de rugissements bestiaux s'élevèrent des bois, de plus en plus lointains, jusqu'à ce que le calme revienne enfin.

Les alliés, demeurés immobiles pendant la courte durée de l'intervention de cet ours, sentirent la menace s'éloigner, et ils avancèrent pour prendre connaissance de l'étendue des dégâts, et pour voir s'il restait des combattants à sauver parmi ceux qui se tenaient au sol. La dizaine d'éclaireurs Urgandaris revint de la forêt et rapporta à Veresh, présent sur la droite du champ de bataille, qu'ils avaient vu une créature poursuivre les derniers guerriers loin à l'intérieur, mais qu'ils n'avaient relevé aucune trace de Delfen. Les soldats blessés ou vaincus furent évacués par les alliés, puis enfin, quelques minutes plus tard, Delfen arriva, seul et intact, marchant droit devant lui à l'aide de sa lance, pour aller rejoindre Garvin et Ciela, postés en sentinelle devant la forêt.

- Est-ce que tout va bien, ici ? Demanda t-il en haussant la voix, tandis qu'il se rapprochait.

- Oui, et en partie grâce à cet ours, répondit Garvin, levant l'index en direction des arbres. Il nous a bien aidés.

- D'où sortait-il d'ailleurs ? Fit Ciela, étonnée de cette intervention soudaine.
- L'ours, c'était moi, expliqua Delfen avec une simplicité déconcertante, en se désignant d'un geste du poignet.

- Comment ça, c'était vous ? s'exclama Garvin.

- Il se trouve que j'ai la faculté de me changer en grand ours pour combattre, expliqua Delfen. Et aussi en aigle.

- Alors c'était également vous, hier soir ? Supposa Garvin.

- Oui, confirma Delfen, en acquiesçant sereinement. J'ai aussi cette capacité. Il est plus rare en Urgandarr de savoir se changer en plusieurs animaux, mais je j'en suis capable.

- Vous n'en aviez pas parlé avant… reprit Ciela.

- C'est à dire que je voulais vous en faire la surprise, vous étonner, dit Delfen, haussant les épaules.

- Je pense que c'est réussi, commenta Garvin. Avez-vous d'autres « surprises » en réserve ?
- Ah, au moins une de plus, répondit Delfen, avec un petit sourire passager. J'espère pouvoir vous montrer un jour prochain ma forme de tertre de roche : c'est ainsi que je suis le plus fort. Excusez-moi, je dois aller parler à mes camarades.

Après un mouvement réservé de la tête, il passa sur la droite de Garvin et Ciela, qui le suivirent du regard. Le jeune champion de l'Urgandarr s'introduisit dans un cercle composé de combattants des marais, ainsi que de Dilva, qui se tourna lorsqu'il se présenta à sa gauche.

- Eh bien, il est plus talentueux encore qu'on ne l'avait pensé… dit Garvin.

- Oui, il va falloir que l'on donne le meilleur de nous-mêmes, sinon nous serons dépassés, approuva Ciela, avec une petite touche comique dans sa voix.

Garvin la regarda et sourit, puis ils pivotèrent vers l'est, d'où revenait Veresh, lequel venait d'achever une conversation avec une archère-magicienne, une des capitaines des troupes Létariennes. Il rejoignit ses amis avec une énergie notable dans ses déplacements, comme s'il venait leur faire un rapport.

- Bon, nous avons perdu dix lanciers, l'Urgandarr huit volontaires, et il y a plusieurs blessés, la plupart légers, les autres auront besoin de plus de temps pour récupérer entièrement, annonça t-il.

- Et les Talémariens ? Demanda Ciela.

- Ils ont eu plus de dégâts que nous, avec cinquante, peut-être même soixante guerriers à terre, dont neuf se remettront bien de l'affrontement. Quatre autres viennent de recevoir une potion de soins. Nous allons les laisser ici, désarmés et attachés à des arbres ; ils finiront par être secourus, ou ils se libéreront tout seuls. Nous ne pouvons pas les emmener avec nous, plus à ce moment de notre expédition. Ils nous ralentiraient, et nous n'avons aucun endroit où les garder prisonniers. Et puis, nous avons déjà des gens à transporter.

- Est-ce que nos forces seront suffisantes ? s'inquiéta Garvin, qui faisait le compte des soldats restants.

- Cela devrait aller, répondit Veresh, qui faisait preuve d'une confiance authentique. Nous sommes encore cent trente, parmi les plus forts de nos deux nations, et nous vous avons vous.

Les deux jeunes magiciens se mirent à sourire devant ce compliment qu'ils n'avaient pas vu venir et qui, dans cette situation difficile, les flattait au plus haut point.

- L'un des soldats du Talémar a dit que celui qui les mène est le shaman Volkor, mais il a refusé de dire s'il se trouvait dans les parages, reprit Veresh. Je pense qu'il n'est pas loin.

Alors qu'ils marquaient une pause, Delfen et Dilva se rapprochèrent d'eux par le sud, quittant leurs amis avec lesquels ils venaient de discuter longuement. Leur attitude engagée et la détermination qui se lisait sur leur visage suffit à faire comprendre à Garvin et Ciela qu'ils préparaient quelque chose. Veresh, alerté par le regard figé de ses deux alliés, se tourna sur sa gauche pour voir les deux chefs de l'Urgandarr l'aborder avec motivation.

- Commandant, mes amis et moi avons retenu la présence d'une tour d'observation au nord-ouest d'ici, comme la carte l'indique, commença Delfen. Et vu l'itinéraire prévu, nous allons finir par nous en rapprocher. Il se trouve que nous aimerions beaucoup nous y rendre, et s'en emparer ; ainsi, les Talémariens ne pourraient plus s'en servir pour transmettre des nouvelles, ou pour surveiller notre progression.

Veresh hésita un instant, réfléchissant à ce que tout ce projet impliquait, y compris l'affaiblissement des troupes alliées, qui seraient privées du soutien de l'Urgandarr, du moins en partie.

- C'est une idée qui m'intéresse, dit-il. J'ai besoin d'en savoir plus. Comment pensez-vous vous y prendre ?

Dilva, à droite de Delfen, s'empressa de lui exposer la suite du plan.

- Delfen conduira une troupe de quarante de nos gens jusqu'à la tour. Nous avons déjà réussi pour celle des collines, près du Lac, et ceux qui partiront seront tous des combattants expérimentés. Nos meilleurs éléments. Moi, je resterai avec vous et les derniers Urgandaris.

- Nous nous retrouverons dans la Plaine des Roches, comme prévu, soyez-en sûr, commandant, ajouta Delfen avec un entrain qui ne laissa pas le temps à Veresh de leur répondre.

Le commandant en chef termina sa réflexion, et expira son souffle avec légèreté au moment de prendre sa décision, qui s'annonça dès lors positive.

- Très bien. Nous serons moins forts sans vous, mais après tout, il vaut peut-être mieux s'engager moins nombreux dans cette forêt. Vous avez mon accord.

Delfen sourit et acquiesça plusieurs fois, inspiré, tout en regardant Garvin et Ciela, debout en face de lui, sur la gauche. Dilva, elle aussi ravie, sentait que cette entreprise allait leur donner un avantage dans la réalisation de leur objectif, tout en économisant du temps.

- Nous allons y arriver, dit-elle, convaincue. Delfen, tu es le seul, le plus à même de conduire nos combattants dans cette quête, à travers ce pays. Je te souhaite bon courage.

- Votre confiance me fait plaisir, Dilva, reprit Delfen, concentré sur sa mission. Veillez bien sur nos alliés, faites en sorte qu'ils traversent cette forêt le plus facilement possible.

- Nous n'y manquerons pas, lui assura la vétérane.

- Et nous, nous espérons vous revoir au plus vite ! Enchaîna Ciela.
- Ce ne sera pas long, affirma Delfen, qui vint serrer les mains de Veresh et des deux jeunes magiciens.

Puis, après un geste de salutations, il s'en alla vers la troupe de l'Urgandarr qui se formait près du bosquet, tournée vers l'ouest, où la clairière s'élargissait, en suivant la courbe de la lisière de la forêt. Ils disposaient d'une véritable plaine pour se déplacer, avancer aisément vers la tour, encore distante de nombreux kilomètres, près de cinquante, à en croire la carte du fortin. Un défi les attendait au bout de la piste, Garvin, Ciela et Veresh espéraient qu'il ne serait pas impossible à relever pour eux, et que l'ennemi ne les y attendait pas avec des renforts. Mais en tant que directeur de l'expédition, Veresh savait qu'il avait pris une décision aussi importante que respectueuse de leurs alliés, qui tenaient à leur indépendance, comme ils l'avaient fait savoir au fil des jours. Les Urgandaris tenaient en haute estime le commandant de Létare, et approuvaient ses ordres, tout en prenant des initiatives ; celle-ci en était une de plus, et allait dans le sens de ce que les soldats des marais avaient démontré depuis leur arrivée au Talémar. Désormais, il fallait au gros des troupes de l'alliance reprendre leur progression, vers le coeur de la forêt, après une prolongation de leur arrêt dans cette clairière, le temps que les militaires se restaurent et soient prêts à repartir. L'ombre des arbres, regroupés au nord et sur les pentes du relief que l'on pouvait distinguer depuis les lieux, leur apparaissait à la fois massive et interminable, la multitude des feuillages empêchant d'y voir clair sur de longues distances, malgré l'espacement des premiers troncs. Veresh, Garvin et

Ciela, après avoir suivi les actions des soldats regroupés plus au sud, se tournèrent vers l'obstacle qu'ils allaient devoir passer, du moins en partie.

- Ne nous laissons pas intimider, conseilla Veresh, à la voix ferme. Nous allons nous y engager bientôt, mais nous serons avertis, ils ne nous prendront pas par la ruse.

- Monsieur, le shaman dénommé Volkor est à l'intérieur, enchaîna Ciela, qui pensait le moment venu d'exposer à son tour le plan qu'elle avait envisagé avec Garvin. C'est lui qui dirige les assauts contre nous, au village, et ici encore : nous devrions le chercher, juste une petite équipe, avec moi et Garvin pour la mener.

- Nous séparer serait dangereux, rappela Veresh. Nous ne savons pas exactement où il peut être. Je crois qu'il vaut mieux rester unis.

- Si nous éliminons Volkor, les Quatre Clans perdront un général de très grande importance, insista Garvin, tout à gauche, qui fit quelques pas pour venir apparaître entièrement dans le champ visuel de Veresh. Nous devrions saisir l'occasion de le vaincre.

- Et il ne nous attaquera pas à revers plus tard, compléta Ciela, qui sentit cet argument suffisamment sensé pour persuader Veresh de leur accorder cette requête.

- Après tout, vous êtes les meilleurs mages de l'Ouest et du Sud, concéda le commandant. Je ne pense pas que vous risquez beaucoup en vous aventurant dans cette forêt, même seuls. Et vous ne serez pas seuls : je demanderai à vingt archers et lanciers de vous accompagner pour réussir votre mission.

Les deux jeunes gens sourirent, comblés par cette autorisation et ce nouveau compliment de la part de celui qu'ils considéraient désormais autant comme un officier que comme un ami.

- Merci monsieur, dit une Ciela aussi ravie que son compagnon. Nous réussirons, nous aussi ! À cet instant, les quarante volontaires de l'Urgandarr quittaient la clairière d'un pas lent, mais qui parut accélérer au fil des mètres, observés par leurs camarades restés immobiles. Quelques minutes plus tard, ils disparaissaient au loin, derrière un autre bosquet de frênes et de sapins, tout en s'éloignant vers le nord-ouest. La pause des alliés, désormais presque tous de Létare, à l'exception de la petite vingtaine de soldats menés par Dilva, devait durer encore une heure avant que Veresh ne vienne donner la consigne de repartir.

Les militaires se rassemblèrent sur son appel, et tous avancèrent prudemment vers la lisière, qui n'avait été que partiellement reconnue par des archers des deux nations pendant la halte. Les troupes investirent ainsi les lieux, alertes, même si Delfen, sous sa forme d'ours, avait mis en déroute l'ennemi sur des centaines de mètres, et que péril semblait désormais bien loin. Les alliés formaient d'immenses lignes, étendues d'ouest en est, dont les membres passaient entre les troncs des arbres, jusqu'à ce que seuls les sapins s'élèvent au-dessus d'eux. Veresh, Garvin, Ciela et Dilva se trouvaient au milieu de la première rangée, attentifs à une éventuelle alerte qui pouvait à tout moment être lancée d'un côté comme de l'autre. L'intérieur des bois s'avéra aussi calme qu'ils pouvaient l'espérer avant d'y pénétrer, bien que l'obscurité prononcée qui régnait ici invitait à la suspicion la plus légitime, surtout après de tels événements. La continuité des conifères paraissait interminable tandis que tous continuaient leur chemin en profitant des espacements des troncs épais, qui se dressaient sur près de trente mètres en direction du ciel encore largement bleuté, lequel pouvait se distinguer par endroits. L'avant-garde de la compagnie se dispersa davantage au fil de la marche, le terrain jusqu'alors relativement plat se mettant à se relever peu à peu. Veresh s'étonna même que ce changement d'altitude soit aussi lent, au vu de ce qu'indiquait la carte, qu'il tenait souvent entre ses mains. Il comprit que le relief n'était pas aussi important que ce qu'il avait estimé, et que la grande colline qui devait se présenter plus tard pouvait certainement être contournée aisément, avec comme prévu quelques heures supplémentaires de trajet.

Chapitre 9 : Volkor

Entourée de sapins, une rangée de Talémariens descendait une pente forestière en direction d'une rivière large d'environ cinq mètres, en contrebas. Au milieu, un homme à la trentaine, dégarni, aux cheveux châtain clair, progressait avec prudence, en plaçant ses pieds de travers, tandis que le cours d'eau et ses nombreux rochers apparaissaient devant lui. Grand d'un mètre quatre-vingt, il tenait une lance grise dans ses mains, assortie à son manteau tacheté de blanc. Ses bottes marron foncé et larges lui permettaient de marcher d'un pas solide, qui laissait une empreinte évidente dans le sol terreux et couvert de brindilles de conifère. Les vingt hommes et femmes du Nord arrivèrent au bord de l'eau, dans un espace dégagé, au-delà duquel la forêt retrouvait sa densité habituelle. À droite de l'individu à la lance, un guerrier plus petit regardait droit devant avec une sorte d'incertitude sur son visage.

- Chef Volkor, vous croyez vraiment qu'ils vont venir ? Demanda t-il en se tournant.

- Oui, ils vont venir, je le sens, confirma l'homme au manteau gris et blanc, qui tenait sa lance pointée vers la rivière, et qui ne détourna pas le regard du paysage. C'est ici que nous leur tendrons un piège.

Volkor pivota sur la droite pour s'adresser à ses troupes, qui attendaient ses consignes.

- Attendez-les depuis les bois, et cette butte là-bas, dit-il, haussant le ton tout en désignant un large promontoire à droite, d'où s'écoulait d'ailleurs la rivière.

Les soldats du Talémar commencèrent à se disperser, sauf le petit guerrier, qui demeura auprès du commandant, le célèbre shaman, bien connu du Clan des Ours Noirs comme du reste de la nation.

- Pourvu qu'ils ne soient pas si nombreux… dit-il, en continuant d'observer la forêt, au sud-ouest, de l'autre côté de l'eau.

- Vous êtes inquiet ? Lui demanda Volkor, d'une voix forte.

- C'est-à-dire… commença le guerrier, en penchant la tête par côté, le temps d'un instant. Moi et les autres savons qu'ils peuvent être très dangereux, et on se demande ce qu'ils préparent.

- Vous avez raison d'être méfiants, répliqua Volkor contre toute attente de son interlocuteur, lequel pensait que le shaman, réputé pour son commandement intransigeant, allait le disputer. Ce sont leurs soldats d'élite : chacun d'entre eux que vous abattrez en vaudra trois. Je me préoccupe davantage des deux jeunes magiciens qui les accompagnent, Garvin et Ciela. J'en ai entendu parler. Si ce que je sais est vrai, ils ont la force de toute une compagnie. Nous devons absolument les vaincre : la suite et l'issue de ce conflit en dépendent. Je ne sais pas si je suis le plus fort, d'autant que je vais les affronter seul. N'intervenez que si je suis en grande difficulté, vous avez compris ?

- Oui, chef Volkor, répondit le guerrier.

- Alors allez vous cacher à votre tour, lui ordonna le shaman et commandant, ce à quoi le militaire acquiesça avant de partir lentement se dissimuler derrière les sapins qu'ils avaient dépassé quelques minutes plus tôt.

Volkor l'imita peu après, et alla se placer dans un creux non loin du gros de ses troupes, un endroit depuis lequel ils pouvaient surveiller l'arrivée de l'ennemi sans être détectés.

- Jusqu'à présent, cette guerre n'a été qu'un affrontement conventionnel, où les effectifs ainsi que la stratégie ont déterminé quel camp l'emporterait. Maintenant, la magie va intervenir, et venir faire la différence…

Au bout d'une longue marche dans des sous-bois, qui les avait menés deux cents mètres plus haut, les alliés parvinrent dans une autre grande clairière d'herbe verte, entre deux parties de la grande forêt du Talémar. Veresh, toujours en tête de l'expédition, fit quelques signes de tête encourageants, le regard baissé sur le plan qui faisait office de véritable boussole à la compagnie.

- Nous y sommes, comme c'était indiqué là, dit-il, à moitié en aparté. Bien, nous faisons une halte !

La petite centaine de soldats que comptait encore la compagnie cessa sa progression, et s'arrêta en plein milieu de cette prairie en altitude, qui leur offrait des conditions encore meilleures qu'espérées, avec une ouverture sur la gauche et l'ouest, idéale, une pente quasi inexistante à cet endroit, propice à l'installation du camp, même s'il ne s'agissait là que d'une simple pause afin de laisser à chacun le temps de récupérer avant de s'éloigner du coeur de la forêt. Le dénivelé reprenait droit devant, avec le sommet boisé de la colline, qui attirait la curiosité de Garvin et Ciela, debout à l'avant des troupes. Ils échangèrent quelques commentaires, puis firent demi-tour pour s'entretenir avec le commandant. Celui-ci avait déplié une petite table avec l'aide de la capitaine des archers-mages qui l'aidait à transmettre ses directives. Ils discutaient, penchés sur la carte, écoutés par des soldats présents non loin d'eux, puis la capitaine s'éloigna vers l'ouest, laissant le champ libre aux deux jeunes magiciens en approche. Veresh, repérant leur venue, se redressa, prêt à les recevoir dans cet entretien improvisé en pleine nature, puis contourna la table par la droite.

- Cette colline au Nord semble être un repère important, commença Garvin.

- Nous voulons nous y rendre, déclara Ciela, après avoir échangé un rapide regard avec son compagnon. Il y a peut-être un point de vue tout en haut, depuis lequel nous pourrons sans doute localiser l'ennemi, Volkor, et qui pourra aussi nous révéler l'aspect de la forêt.

- Nous en profiterons pour vérifier si elle a la même forme que ce qu'indique la carte, insista Garvin, ce qui parut finir de convaincre Veresh.

- Bon, cela me paraît être une idée intelligente, et le moment le mieux choisi pour cette entreprise, dit le commandant. Et je le répète, je ne vais pas vous laisser partir seuls. Juste le temps de rassembler les vingt soldats que je vous avais promis tout à l'heure, et vous pourrez y aller.

- Merci monsieur, reprit une Ciela souriante et confiante, de même que Garvin, qui affichait une détermination certaine.

- C'est bien normal, et je tiens à mes deux meilleurs éléments, dit Veresh, avec un compliment sobre et sincère comme il savait les faire. Je vous donne rendez-vous à l'ouest de cette colline, à environ trois... quatre kilomètres. Je vous souhaite bonne chance.

Veresh leur adressa un signe de la tête et partit vers l'ouest pour former l'escorte, pendant que les deux jeunes magiciens attendaient avec contentement le début officiel de leur mission. Il ne fallut que cinq minutes aux dix archers ainsi qu'aux dix fantassins alliés pour les rejoindre, fins prêts à les accompagner braver le danger qui rôdait certainement plus loin dans la forêt. Garvin et Ciela sentaient une certaine appréhension légitime les envahir au moment où leurs vingt camarades et eux-mêmes allaient commercer à marcher vers la droite de la clairière, en direction de ces sapins d'un grand âge, à en juger par l'envergure de leurs troncs et la hauteur de leurs cimes. Une entrée dans ces bois anciens par l'est allait leur permettre d'éviter la pente très raide qui se dressait au nord : il devait exister un chemin plus progressif pour atteindre le sommet de la colline, une vague voie qu'ils devraient trouver. C'est avec une grande motivation et concentration que Garvin et Ciela initièrent la marche, pour se rapprocher de la lisière pour le moment éclairée par le soleil, et de ce fait peu impressionnante, vue ainsi de l'extérieur. Au moment de s'engager entre les premiers arbres, Garvin, plein d'entrain, se porta à la hauteur de son amie, qui se tenait tout à l'avant, son regard explorant les proches alentours.

- Maintenant, c'est à notre tour de l'emporter ! Dit-il d'une voix plutôt discrète, mais si enthousiaste que Ciela sortit quelques instants de son observation prudente et minutieuse des lieux.

Les alliés disposaient de beaucoup d'espace pour se déployer et avancer, au pied de véritables tours végétales, parfois distantes de dix mètres les unes des autres, même si au fil des minutes, les sapins se firent plus nombreux et resserrés. Le terrain prenait un peu d'altitude sur leur gauche, ainsi, Garvin et Ciela firent signe aux troupes qui les suivaient de s'orienter vers là, au nord-est. Une tranchée naturelle dans la forêt leur permit d'avancer en ligne droite, comme sur une route de terre inclinée, tous regroupés. Alors qu'ils arrivaient à proximité de deux sapins dont les branches se rejoignaient au-dessus de ce passage, Ciela repéra un homme vêtu d'un manteau marron, allongé dans les hauteurs, tenant son arbalète pointée sur eux, comme s'il attendait le bon moment pour tirer. La jeune blonde s'arrêta soudain et poussa Garvin, présent à sa gauche et qui lui paraissait être dans la trajectoire.

- Attention Garvin ! Cria t-elle, alertant les alliés autour d'eux. Dans les arbres !

Elle tendit son bras et envoya un rayon doré sur l'arbalétrier pris au dépourvu, qui se redressa, tandis qu'au moins deux de ses congénères dissimulés à gauche du chemin se mouvaient eux aussi. Le sort de Ciela percuta le tirailleur en plein buste, et le fit tomber de sa branche, dos à terre ; deux carreaux fusèrent depuis la sapin de gauche, blessant un archer de l'Urgandarr à la cuisse. Les tireurs alliés firent feu ensemble à travers le voile du feuillage, puis un duo de Talémariens, un homme et une femme, chutèrent à leur tour, ce qui mit fin à la menace qui avait bien failli prendre toute son ampleur. L'archer Urgandari se tenait sur un genou, examinant sa jambe entaillée, pendant que ses amis l'entouraient pour lui apporter un soutien moral. Ciela se précipita vers lui.

- Attendez, je vais vous aider... dit-elle, en positionnant sa main à quelques centimètres de la plaie.

Une lumière éclatante jaillit de sa paume et vint soulager le militaire haletant, aux cheveux bruns mi-longs, qui soupira un grand coup en sentant sa jambe retrouver la santé au fil des secondes qui suivirent, le tissu de son pantalon ouvert sur cinq centimètres donnant sur une cuisse qui paraissait à nouveau intacte.

- Cela devrait aller, dit Ciela en se redressant.

- Merci madame, répondit le soldat, qui se trouvait encore trop faible pour se relever seul. Jamais on ne m'avait soigné aussi vite. Vous êtes la meilleure guérisseuse de l'Ouest.

Ciela sourit et se retourna pour voir près d'elle un Garvin admiratif et presque aussi reconnaissant que l'archer qu'elle venait de rétablir.

- Félicitations, Ciela, tu as vu venir le danger, et tu m'as peut-être sauvé, une fois de plus, dit- il, la voix légèrement troublée.

- Ce n'est rien, Garvin, j'ai seulement été attentive au moment et à l'endroit où il fallait, relança Ciela, non sans être flattée. Viens, on a encore beaucoup à faire. Il reste des ennemis dans cette forêt.

L'archer, soutenu par deux compatriotes, fit quelques pas prudents, puis retrouva peu à peu son assurance, tandis que la petite compagnie reprenait sa marche, et passait sous l'arche des sapins, à proximité des trois Talémariens allongés au sol. L'ouverture naturelle présentait plus loin une courbe qui s'incurvait quelque peu vers l'est, et au bout de laquelle Garvin crut distinguer au loin le bruit de l'écoulement de l'eau, qui annonçait une rivière. En s'avançant, cette impression se confirma, même si le cours d'eau demeurait masqué par la végétation, plus touffue qu'auparavant : ce n'est qu'en atteignant la dernière rangée de sapins que le paysage se découvrit enfin. Une rivière coulait de gauche à droite de leur champ visuel, dévalant des mètres de dénivelé depuis un promontoire rocheux situé plein nord, l'eau venant ensuite se fendre sur des pierres éparses qui surgissaient de ce petit torrent, pour s'élargir sur environ cinq mètres, droit devant eux. De l'autre côté, une rangée parallèle de sapins, plus espacés que ceux dont ils venaient de surgir, se dressaient au pied d'une montée plutôt escarpée, qui menait semblait-il vers les hauteurs qui cherchaient Garvin et Ciela. Ces derniers firent quelques pas vers la rivière, en partant sur leur droite, tandis que la vingtaine de soldats se rapprochait du promontoire, à gauche. L'atmosphère très calme des environs, ainsi que la portion de ciel chargé de nuages blancs et gris, visible au-dessus du cours d'eau, parut aux jeunes gens propice au repos, jusqu'à ce que soudainement, un homme grand et aux cheveux châtain ne se dresse de l'autre côté de la rivière, sa lance grise tendue en avant.

- Attaquez, à l'assaut ! Cria t-il d'une voix forte et ferme, vingt soldats du Talémar sortant de leurs cachettes sur son ordre.

Quelques arbalétriers accoururent au bord du promontoire pendant que d'autres combattants, armés de haches et d'épées, sortaient de derrière les sapins au nord-est. L'homme à la trentaine qui les menait, avec son manteau gris et blanc, se retrouva juste en face de Garvin et Ciela, vers lesquels il filait d'un pas rapide et mesuré à la fois. Il ralentit lorsqu'il fut à quelques centimètres de l'eau, invitant ses deux futurs adversaires à s'engager dans la rivière, ce que fit Ciela, pensant qu'ils avaient affaire à Volkor. Ce dernier, qui tenait sa lance en diagonale dans ses mains, déplia lentement les bras en direction de l'eau, qui gela un instant avant qu'il ne pose le pied à sa surface. Puis, il dirigea avec célérité sa main droite en direction de Ciela, dont le pied resta subitement prisonnier d'un cercle de glace formé en un éclair autour de sa cheville. Volkor changea son arme de main et élança son bras gauche en direction de Garvin, projetant une vague de neige sur le jeune homme, qui, surpris, se protégea le visage. Avant que la poudreuse n'ait fini de déferler sur lui, il fit surgir avec difficulté du feu de sa main droite, qui permit de fondre la neige et d'éclaircir son horizon. Il leva les deux mains et utilisa sa magie afin de riposter par une vague de feu ; Volkor fit remonter de l'eau le long de son corps, la refroidit et l'expulsa pour éteindre les flammes qui s'avançaient vers lui. Pendant ce temps, Ciela, voyant que son ami neutralisait le shaman, décida de débloquer son pied droit de l'emprise étonnamment puissante de cette glace magique, en la découpant grâce à de petits rayons lumineux dirigés tout autour de sa jambe. Enfin, l'épaisse couche se fissura et elle put se dégager, puis poser ses chaussures sur le sommet d'une pierre qui émergeait de la rivière, d'où elle pouvait éviter que le sort ne puisse être réutilisé contre elle. Au même moment, la lutte entre les poussées de feu et de glace s'acheva, laissant Garvin fatigué, une main sur une cuisse, davantage entamé que Volkor, lequel dut néanmoins reprendre son souffle. Puis, il se redressa, levant sa lance, et envoya une vague semi-circulaire, beaucoup plus puissante que la première, qui fit reculer Garvin et obligea Ciela à utiliser la télékinésie pour se protéger. Volkor lâcha sa main gauche et forma une sphère de glace d'un magnifique bleu-blanc, qu'il dirigea sur Garvin ; le jeune homme, sonné par la vague de neige, eut juste le temps de la dévier vers la droite, et la boule explosa en particules enchantées en percutant le sol, y laissant une cavité de dix centimètres de profondeur. Volkor, qui avait entre-temps vu sa déferlante de neige reculer devant la force de Ciela, dirigea la sienne vers le ciel, se dégageant momentanément. Garvin prépara une boule de feu, aussi le shaman fit à nouveau remonter de l'eau de la rivière jusqu'à son bras gauche, qui en fut recouvert : lorsque Garvin lança sa première boule de feu, l'eau gela en prenant la forme d'un bouclier rectangulaire et incurvé, contre lequel la sphère embrasée s'écroula. Le jeune magicien du sud persista et en envoya une deuxième, avec davantage de force, tandis que le bouclier du shaman s'agrandissait. Ciela, toujours debout sur la pierre, ferma un instant les yeux et se concentra, laissant Volkor résister à Garvin. Le pavois magique de glace dévia la prochaine boule de feu, et couvrait désormais toute la largeur de son manteau ; subitement, alors qu'il créait une sphère de glace, Ciela fit surgir un immense rayon doré de ses deux mains, qui traversa le bouclier, y laissant un large trou, et toucha Volkor en plein coeur. Le redoutable jeteur de sorts du Talémar décolla du sol et retomba dos contre la terre, de l'autre côté de la rivière, sous le regard surpris de Garvin, qui tenait encore des flammèches dans ses paumes. À leur gauche, l'affrontement entre les soldats alliés et ceux du Nord tourna à l'avantage des premiers, et en constatant l'élimination de leur commandant, les Talémariens se replièrent, sur l'appel du petit guerrier. Celui qui avait parlé avec Volkor au moment de la mise en place du piège entraîna avec lui les dix survivants de son camp, en direction de la montée raide au-delà des sapins du nord-est.

Garvin et Ciela s'approchèrent du corps de Volkor, allongé devant eux, puis constatant leur victoire, ils se tournèrent vers leurs camarades, dont certains reposaient eux aussi au sol. Un archer-mage, penché au-dessus d'un collègue touché au ventre, les regarda avant de leur adresser un signe de la main.

- Allez-y, poursuivez-les, nous nous débrouillons ! Cria t-il.

Ciela donna une tape sur le bras de Garvin, puis ils s'élancèrent derrière les Talémariens, ralentis par le relief qu'ils escaladaient, certains posant même la main par terre dans la débandade. Les deux jeunes magiciens plongèrent à l'ombre des sapins, à moins de dix mètres des fuyards, qu'ils essayaient de viser avec leurs sorts. Un éclair à la teinte bleu marine, lancé par Garvin, percuta un tronc, puis un deuxième atteignit une Talémarienne, laquelle fut stoppée net dans son ascension de la pente forestière, et elle chuta en tournant sur elle-même, prise de tremblements. Un vague chemin de terre montait entre les arbres, déjà pris d'assaut par les premiers ennemis, poursuivis avec détermination par Garvin et Ciela. Ces derniers durent s'aider de leurs bras et prendre appui sur les branches basses et sèches, qui poussaient à l'horizontale, à partir des troncs avoisinants. En levant le regard vers les hauteurs de la colline, ils pouvaient voir leurs adversaires peiner autant qu'eux à gravir la pente, à l'exception du petit guerrier, tout devant, qui progressait par bonds, s'appuyant sur ses jambes courtes mais puissantes. Les deux magiciens, aux physiques eux aussi solides, entreprirent de l'imiter, et purent se rapprocher des Talémariens, pour les neutraliser grâce à des éclairs modérés. Ciela utilisait là une magie à laquelle elle s'était peu à peu habituée au contact de Garvin, et pouvait désormais s'en servir sans difficulté, bien qu'elle préférait d'ordinaire ses rayons, plus dévastateurs. Mais la situation exigeait une certaine retenue, et elle ne devait que neutraliser les combattants adverses, ce que Garvin avait lui aussi bien compris. Un par un, ils rattrapèrent les déserteurs, et il resta bientôt plus que l'initiateur de leur fuite, hors de portée, qui basculait au sommet, ses jambes un instant fatiguées ralentissant avant de reprendre une course plus aisée, qui annonça à ses deux poursuivant la venue d'un replat. Il sortit du champ de vision de Garvin et Ciela, qui jetèrent leurs forces pour en finir avec les derniers mètres de cette pente épuisante, pour bientôt apercevoir un champ aux délimitations arrondies, plat et couvert d'herbe verte, d'un rayon d'une cinquantaine de mètres au plus large.

Lorsque l'horizon se dégagea complètement, le petit guerrier avait déjà pris de la distance, et il filait à grande vitesse vers la lisière droit en face. Se retournant un instant, il put voir venir un éclair de Garvin et se pencha au bon moment pour l'esquiver, et posa la main dans l'herbe tandis que le sortilège passait au-dessus de lui pour s'évanouir dans les airs. Garvin et Ciela, sachant leur dernier ennemi hors d'atteinte ou presque, ralentirent quelque peu le pas, le guerrier se retournant une dernière fois avant de disparaître au milieu des sapins. Les conifères composaient entièrement les bois alentours, une forêt silencieuse qui encerclait le champ dans lequel Garvin et Ciela s'aventuraient lentement désormais. Le ciel s'assombrissait bien vite avec l'arrivée imminente de la nuit, l'ombre des sapins donnant à ces lieux l'apparence du crépuscule. Le soleil se couchait à l'ouest, de l'autre côté de la colline, lorsque les deux magiciens s'approchèrent du centre de la prairie en altitude. Le relief semblait encore monter légèrement à droite, à un endroit où la lisière quasi circulaire s'avançait sur l'herbe. La luminosité demeurait suffisante pour distinguer les proches environs, et les deux jeunes gens continuaient d'avancer, Garvin à gauche, Ciela à droite, si bien qu'ils se retrouvèrent à nouveau proche des sapins. Ils s'arrêtèrent pour évaluer leur situation, puis, cinq secondes plus tard, la grande blonde entendit un mouvement venant de la droite du champ, de l'est. En regardant avec attention, Ciela discerna clairement plusieurs guerriers évoluer dans la pénombre, sous les branches obscures, le bruit de leurs pas devenant bientôt audible, et leur nombre grandissant à vue, au-delà de la trentaine de mètres qui les séparait des deux magiciens étrangers.

- Ciela... dit un Garvin au ton très inquiet.

La jeune femme se retourna et prit connaissance de la situation ; son ami tendait le bras et l'index en direction de la gauche du pré, où d'autres combattants du Talémar sortaient des bois et se dispersaient en arrivant sur l'herbe, comme pour venir les encercler. Et tout comme à droite, il semblait en arriver des dizaines, qui surgissaient de la forêt par groupes de deux ou trois individus.

- Il en vient aussi par là, Garvin, l'informa Ciela.

Le jeune homme à la veste noire pivota rapidement et comprit ce qu'elle voulait dire.

- Ils vont nous entourer, anticipa t-il, dépassé par le caractère soudain de cette attaque, qui lui paraissait être un véritable piège, prévu à l'avance pour eux ou leurs alliés.

- Vite, nous n'avons pas beaucoup de temps, dit Ciela.

Les deux magiciens se placèrent dos à dos, distants d'un petit mètre, chacun tournés vers une des hordes qui les menaçaient, et qui se précipitaient maintenant hors du camouflage des sous-bois, leurs armes à la main, pour l'instant davantage sous la forme de colonnes dispersées de fantassins que d'un habile mouvement. Bustes bombés, concentrés et dignes, Garvin et Ciela levèrent leurs bras en même temps, jusqu'à ce que leurs mains se touchent l'une l'autre, puis un courant d'énergie monta en eux : un bouclier spectral et doré monta du sol pour les entourer au fil de leur geste, puis ils baissèrent les bras lentement. Désormais, cette protection allait leur assurer de résister à des attaques furtives, ou des tirs ennemis, tandis qu'ils échangeaient leurs positions. Il s'éloignèrent l'un de l'autre de quelques pas, désormais couverts chacun par leur propre aura défensive. Mais le danger le plus grand venait des guerriers au corps-à-corps qui arrivaient de manière imminente sur eux. Garvin se félicita intérieurement de constater qu'il avait parfaitement réussi ce sort de défense que Ciela lui avait appris, et il gagna en confiance au moment de commencer le combat.

Lorsque les Talémariens furent à moins de cinq mètres de lui, il envoya des éclairs de ses deux mains, électrocutant les deux militaires ennemis les plus proches, puis, tandis qu'ils chutaient au sol, Garvin chargea sa main droite et l'ouvrit : un troisième éclair, plus fin, fila droit vers le buste d'une guerrière en face, avant de ricocher sur les trois soldats à gauche d'elle. Les quatre individus s'écroulèrent à leur tour, et laissèrent la place à une deuxième vague, encore distante de dix mètres environ, et plus nombreux. Pendant ce temps, Ciela se retrouva face à cinq premiers adversaires, qu'elle éjecta en arrière de ses deux bras tendus, déployant une puissante attaque de télékinésie contre eux. Ils décolèrent de terre, parcoururent plusieurs mètres avant de retomber lourdement sur l'herbe, dégageant pour quelques secondes l'espace à proximité de la jeune magicienne blonde. Garvin, voyant se rapprocher ses futurs opposants, décida de baisser les mains et le regard en direction du sol devant lui, d'où il éleva un mur de feu incurvé, coupant la route à l'ennemi. À travers les flammes, le magicien du Sud les vit ralentir brusquement et hésiter un instant, certains cherchant à contourner le mur, long de cinq mètres et haut de trois. Garvin put alors viser un par un ceux qui se présentaient à chaque extrémité, lançant des éclairs avec rapidité, pendant que Ciela derrière lui s'avançait, bravant l'ennemi, pour les expulser à distance, ses bras fendant l'air en diagonale. Elle projeta plusieurs rayons lumineux tout en faisant attention à ne pas être débordée par les assaillants dispersés devant elle et désormais sur ses flancs. La jeune femme pivotait, éliminant l'un après l'autre ceux et celles qui l'approchaient, tandis que Garvin se retrouvait en plus grande difficulté, son mur de feu ne suffisant plus à retenir le flot de ses adversaires, d'autant plus que l'intensité des flammes diminuait. Il s'arrêta soudain et lança une sphère de feu en direction de sa muraille, laquelle explosa en se dilatant, pour créer une onde capable de repousser et d'assommer les nombreux guerriers présents aux alentours. Garvin crut devoir dégainer au moins l'une de ses épées tout en reculant, lorsqu'une boule d'énergie bleutée de Ciela élimina le berserker qui arrivait sur lui par la droite. La jeune femme reprit la lutte de son côté, puis Garvin laissa les éclairs pour des vagues de feu, capables de toucher bien plus de combattants, qui continuaient d'arriver malgré la démonstration des deux magiciens. Ils tenaient toujours bon, entourés de leur bouclier translucide, celui de Garvin stoppant net les carreaux de trois arbalétriers à qui leurs camarades avaient laissé le champ libre : il put alors les viser avec une imposante boule de feu explosive qui les éjecta avant qu'ils n'aient pu s'éloigner pour éviter la riposte. Ciela laissa approcher un petit groupe de berserkers, puis elle déplia brusquement ses bras, les expulsant si violemment qu'ils perdirent connaissance avant même de retomber. Garvin, qui s'était tourné vers elle un instant, sentit toute la force qu'elle déployait, et il lui sembla qu'elle n'avait jamais été aussi puissante qu'à cet instant, même contre Elesra. Elle se déplaçait habilement, ses cheveux dorés se soulevant dans ses mouvements mesurés, et sa magie provoquait des ravages d'envergure. Les Talémariens qui arrivaient de l'est, en face de Ciela, commencèrent à hésiter à s'engager contre elle, mais elle prit une nouvelle fois les devants, avec des sphères bleutées comparables aux boules de feu de Garvin, lequel commençait plus nettement à regagner de l'espace. Autour d'eux, de nombreux hommes et femmes du Nord étaient déjà couchés au sol, seulement neutralisés pour la plupart, mais il continuait d'en arriver par dizaines, comme s'ils ne renonçaient pas à leur projet de venir à bout des deux champions de l'Ouest. Comme elle voyait l'assaut diminuer devant elle, Ciela se tourna et se plaça sur la gauche de Garvin, orientée vers lui, en tachant de lutter désormais sur deux fronts. La plupart des ennemis arrivaient désormais de la droite du champ, et tentaient de les déborder également par le nord. Le jeune homme pivota vers l'est et le gros des troupes, mais le projectile d'un arbalétrier allongé à la lisière, fila droit vers lui et franchit son bouclier, puis transperça son flanc gauche. Garvin lâcha un soupir en se tournant vers le tireur qui venait de le blesser, puis il commença à tituber sur ses pieds.

- Garvin ! Cria Ciela, qui venait d'assister à la scène.

Elle lança une vague de force vers l'est et bondit vers son ami, puis plaça une main sur son coeur et l'autre dans le dos, tandis qu'il chutait en arrière. La jeune blonde, haletante, ralentit sa chute, et il put s'asseoir, retenu par le bras de Ciela. Il mit la main gauche au sol, l'autre plaquée sur sa blessure, et se tint alors ainsi, étendu aux trois-quarts, pendant que Ciela se dressait avec dignité devant les Talémariens, revenus en nombre pour former un cercle complet autour d'eux. Près d'une centaine de combattants se tenaient là, à dix mètres des deux magiciens, et ils sentaient que l'affrontement basculait en leur faveur, étant donné que seule l'héroïne de Létare avait désormais la force de leur résister. Dans le silence pesant qui précédait le déclenchement du combat le plus intense de la journée, Ciela inspira l'air frais du soir, le regard inflexible, dirigé droit devant elle.

L'ombre de la nuit prochaine tombait sur le champ lorsqu'elle se prépara à livrer le meilleur d'elle-même, jusqu'à ses dernières forces, pour sauver son compagnon au souffle court, qui conservait sa posture, proche de s'évanouir. Elle savait qu'elle devait lancer le plus puissant sort de sa vie, une magie à laquelle elle s'était entraînée ces derniers mois, pendant ses voyages avec Garvin, à travers les Mille Collines. Seule celle-là pouvait à présent lui permettre de triompher. Ciela ferma les yeux puis les rouvrit, puis elle fléchit les jambes, se pencha sur sa droite, ferma son poing et releva son bras empli de magie. Un faisceau d'énergie bleutée sortit de sa main fermée et prit la forme d'un fouet, qui claqua la ligne ennemie en face d'elle, gonflant peu à peu tout en grandissant dans les airs, au-dessus d'elle. Après un premier tour de bras, l'extrémité du fouet s'incurva vers le sol en s'évasant, laissant un mur de flammes bleues tout autour d'elle et de Garvin. Lentement, elle continua le mouvement, le feu enchanté surgissant à un mètre des Talémariens, lesquels reculèrent en s'exclamant devant le prodige de la jeune magicienne. Ciela poursuivit avec une concentration intacte, et bientôt, un cercle de flammes se dressa entre les deux étrangers et les troupes du Nord, dont elle ne distinguait désormais plus les silhouettes agitées. Leurs cris d'étonnement s'élevaient au-delà des flammes, pendant que Ciela rouvrait sa main. Puis elle inspira une nouvelle fois l'air et rassembla toute sa force en elle, avant d'écarter les bras. Une vague surpuissante sortit de ses mains, de son coeur, et souffla le cercle de feu bleu. Les Talémariens décollèrent du sol, percutés de plein fouet par la phase ultime du sortilège de Ciela, leurs rangs se retrouvant rejetés dix mètres plus loin, et lorsque les flammes se dissipèrent, la jeune magicienne découvrit une centaine de corps étendus dans le silence, balayés et disposés en cercle, la laissant seule au centre du pré.

Elle prit une seconde pour retrouver toute sa lucidité et se retourna rapidement pour apercevoir Garvin, allongé, sans connaissance, une main sur son flanc. Le coeur battant, Ciela se précipita pour le relever, la tête du jeune homme demeurant penchée en arrière. Elle écarta le bras de Garvin, puis ouvrit sa veste noire pour examiner sa blessure, placée tout en haut de son flanc, et plus au centre qu'il ne lui avait semblé. Décidée à ne pas perdre une seconde, elle le maintint de son bras gauche tandis qu'elle approchait sa main droite de la plaie, puis elle commença à le guérir. L'énergie lumineuse sortait de sa paume pour recouvrir l'endroit où le carreau l'avait transpercé, et au fil des secondes, la blessure se referma peu à peu. Ciela observait le visage de son cher ami, toujours évanoui, mais dont l'état ne s'aggravait pas, grâce à elle. Elle sentit l'intérieur du flanc de Garvin récupérer lentement, mais le carreau avait intégralement traversé sa veste et son corps, ainsi, elle allait devoir persévérer encore plusieurs minutes avant de parvenir à le soigner complètement. Alors qu'elle arrivait à la moitié de la blessure, qu'elle parcourait progressivement pour y répandre son énergie, le son d'un appel de corne retentit derrière elle, venu de l'est. Ciela s'arrêta un instant, jeta un regard en arrière et vit d'autres silhouettes approcher dans les bois. Elle soupira, sa respiration un peu courte, et regarda le visage endormi de son compagnon.

– Je vais te sauver, Garvin...

Elle lui envoya une dernière bouffée d'énergie lumineuse, avant de commencer à le relever, avec l'idée de le transporter jusqu'au camp où Veresh leur avait donné rendez-vous. Elle avait envisagé un court instant de le ramener près de la rivière, mais la pente s'avérait extrêmement raide, et les Talémariens allaient peut-être encercler le champ d'ici peu, s'ils ne contrôlaient pas déjà entièrement les environs. La lisière au nord-ouest semblait vide de présence ennemie, et c'était vers là qu'elle souhaitait se diriger. Mais d'abord, elle fit pencher le torse de Garvin en avant, tout en se penchant, en genou en terre. Elle passa sa tête sous les bras du jeune homme et le hissa sur ses larges épaules, avant de pousser sur ses jambes pour se redresser. Ciela allait devoir porter les soixante-treize kilogrammes que pesait son ami ; elle l'avait déjà fait, comme au bord d'un lac des Mille Collines, à leurs précédentes vacances en amoureux, mais cette fois-ci, ce serait sur plus de trois kilomètres à travers la forêt, après le plus puissant sort de sa vie, et avec le danger de troupes ennemies probablement lancées à sa poursuite. Avec Garvin plié en deux sur son épaule gauche, près de son cou, elle tenta de répartir au mieux son poids, insuffla de la force magique dans son propre corps et débuta sa course vers le camp allié.

L'armure matelassée qu'elle portait amortissait le corps de Garvin, secoué par les pas de Ciela, laquelle s'éloignait aussi vite qu'elle le pouvait du champ. Elle savait que c'était précisément à ce moment là qu'elle se devait de se hâter, pour distancer les Talémariens, et faire en sorte que ces derniers ne sachent pas vers où elle s'en allait. Lorsqu'elle parvint au bord de la forêt, la corne retentit une nouvelle fois derrière elle, sans qu'elle ne lui semble plus proche que lors de l'appel précédent. Ciela s'engagea à l'ombre des sapins, et découvrit à son grand soulagement une pente régulière, légèrement sur sa gauche, peu prononcée, étalée à perte de vue, avec de rares accidents de terrain.

La jeune magicienne enchaînait des pas rapides tout en prêtant attention au sol, qu'elle distinguait grâce à la lumière qui émanait de ses mains, et qui lui montrait la voie à suivre, les racines et les pierres à éviter, dans les multiples passages qu'elle empruntait, entre les troncs des conifères. La corne des Talémariens sonna une fois encore, plus lointaine, et Ciela comprit qu'elle se trouvait désormais à priori hors d'atteinte, sauf si elle venait à rencontrer une patrouille ennemie, plus loin sur son passage. Pour l'instant, elle se contentait de poursuivre sa course, sans trop faiblir, en n'utilisant que ses forces conventionnelles. Garvin demeurait sans connaissance sur ses épaules, dans un état stable, mais qui préoccupait toujours la jeune femme. Cependant, elle ne s'inquiétait plus autant pour lui que lorsqu'ils se trouvaient encore dans le champ au sommet de la colline, car elle savait que son sort de guérison avait fonctionné, et que sa détermination présente serait suffisamment grande pour surmonter tous les obstacles à venir.

Après un premier kilomètre de descente douce, la pente se fit plus inclinée, la course de Ciela s'accéléra, augmentant les risques de chute, qu'elle parvint à éviter après un passage étroit entre deux gros sapins et un sol instable pendant un court moment. Elle trouva plus loin un sentier qui formait comme un escalier au milieu de fougères, et qui descendait en tournant à gauche en demi-cercle jusqu'à un lieu dégagé, avec un gros rocher plat qui s'avançait au sommet d'une falaise. Ne détectant aucun mouvement dans les parages, Ciela, haletante, s'y dirigea, dévalant la pente avec précaution, puis elle s'avança vers le rocher, entouré de sapins de taille modeste. Ce point du relief offrait un point de vue magnifique sur toute la plaine qui s'étendait en en face, et où Veresh avait demandé de dresser le camp. Une dizaine de feux en contrebas, encore distants, éclairaient les tentes des militaires alliés, sous les étoiles et la lune, comme immobiles dans un ciel dont les nuages s'étaient dispersés. Ciela sentit son moral augmenter à la vue du campement, et elle fit transiter de l'énergie jusqu'à ses épaules et ses bras, rehaussant Garvin avant de s'en aller sur sa gauche, où un sentier en ligne droite, escarpé, permettait d'aller rejoindre la plaine, une centaine de mètres plus bas. Même si elle ressentait la fatigue l'envahir, Ciela demeura volontaire, et elle ne se laissa pas faiblir ni déconcentrer par les accidents de la pente, dont elle vint à bout avant de s'engager sur un terrain de nouveau plat et de mettre le cap vers le nord.

Cinq cents mètres restaient à parcourir pour atteindre l'entrée du camp, et elle ne repérait aucun signe d'une présence ennemie. Malgré la caractère paisible des alentours, Ciela accéléra encore, désireuse de s'assurer que plus personne ne l'empêcherait de gagner l'abri des tentes. Plus vite elle y arriverait, plus elle garderait de forces et de chances de guérir aisément Garvin, qui commençait à peser pleinement son poids. Les gardes de l'Urgandarr et de Létare, postés au sud-ouest du campement, virent avec étonnement une silhouette difforme accourir dans la nuit, avant de reconnaître Ciela, qui portait son ami, visiblement blessé. Ils avertirent immédiatement leurs camarades restés pour veiller sur le sommeil des troupes, et laissèrent passer Ciela, laquelle franchit les gardes sans dire un mot, son attitude et le corps inanimé de Garvin suffisant à leur faire comprendre les raisons de son empressement.

- Par ici ! Cria Dilva, jusqu'alors assise au bord d'un feu en compagnie de deux archers des marais.

La vétérane désigna de son bras la direction de droite, qui menait jusqu'à la grande tente blanche de la principale infirmerie. Ciela passa sous la toile et vit deux lits vides dans la première partie du bâtiment démontable. Elle passa le premier, tandis qu'un soigneur de Létare arrivait du fond, contournant une cloison de tissu pour venir s'informer de ce qu'il se passait. Ciela s'approcha du deuxième lit et déposa Garvin sur les draps blancs. Elle l'allongea et souleva le bord droit de sa veste, pendant qu'une dizaine de soldats se massaient à l'entrée de l'infirmerie, Dilva au premier rang, pour assister à la scène. Ciela fit jaillir la lumière de sa main, penchée au-dessus de Garvin, et observée dans un silence intéressé par le soigneur, de l'autre côté du lit. Elle réunit son énergie pour achever la guérison de son ami, remontant sa blessure pour la refermer. Lorsqu'elle sentit les dernières fibres du corps et de la veste de Garvin retrouver leur aspect normal, elle soupira, s'effondrant sur place, les bras posés sur le rebord du lit.

Puis, Garvin retrouva un semblant de lucidité passagère, et se tourna de quelques centimètres sur le lit. Ciela se mit à sourire, tira le drap avec le peu de force qu'il lui restait, fit glisser une caresse sur le dos de la main du jeune homme, puis fit trois pas maladroits en arrière, avant de venir buter contre l'autre lit. La joie passait dans les rangs alliés, qui n'avaient pas véritablement eu le temps de s'inquiéter pour Garvin comme Ciela l'avait fait. Désormais, elle le savait sauvé, par cet effort gigantesque qu'elle avait produit lors du quart d'heure précédent. Ravie d'elle-même comme de la fin heureuse de cette journée, elle s'allongea à son tour : à présent, elle et son ami allaient pouvoir dormir autant qu'il leur faudrait…

***

La neige finissait de tomber au-dessus d'une clairière bordée de sapins blancs, dans un silence apaisant, sous un ciel pâle et uniforme. Une route de terre, qui disparaissait sous une couche de poudreuse, arrivait de la gauche, jusqu'à ces lieux situés tout à l'est d'une forêt en bordure du territoire du Clan de la Glace. La clairière, longue de cinquante mètres, prenait un aspect évasé en allant vers le sud, et un fragment de voie encore visible se distinguait à droite, glissant vers l'est, où commençait une immense plaine. Un lourd carrosse de bois rustique, aux parois épaisses, arrivait de l'ouest, tiré par quatre chevaux imposants, typiques du Talémar. Assise à l'arrière, dans le sens de la marche, Verana semblait aussi soucieuse pour son pays que concentrée sur la mission qui l'amenait jusqu'ici, en compagnie du shaman Uskor, en face d'elle, qui tenait ses mains sur son bâton, en diagonale devant lui. Ils venaient de parcourir près de deux cents kilomètres depuis le village de la jeune championne du Nord, un temps escortés par des cavaliers, puis avaient poursuivi seuls, une fois à l'entrée de cette forêt enneigée. Dehors, les flocons ne chutaient plus qu'en très petit nombre lorsque le carrosse s'engagea dans la clairière. Dès qu'il fut sorti de la route au milieu des bois, trois groupes de soldats en manteaux surgirent de la lisière opposée, avec leurs équipements respectifs. Tout droit, une petite compagnie vêtue de noir s'engagea à la course, avec parmi elle Lordar ; du sud venaient les arbalétriers et combattants des Forestiers, emmenés par Jelana la Brave, tandis que Moskar et ses guerriers à boucliers ronds sortaient des bois au nord-est. Immédiatement, le cocher, lui aussi enveloppé dans un manteau lourd de laine, fit ralentir son attelage, pour venir s'arrêter au milieu du champ, tandis que la neige cessait de tomber du ciel toujours intégralement blanc. À l'intérieur du véhicule, Uskor se leva lentement, s'appuyant sur son bâton, un air de contentement discret sur son visage.

- Nous sommes arrivés, dit-il. Venez, je vais vous présenter aux chefs de clan.

Verana acquiesça poliment et se leva à son tour, pendant qu'Uskor ouvrait la portière de droite. Il descendit la marche unique, agrippant au rebord de bois de l'encadrement, puis posa sa chaussure noire dans la neige. Lordar, Jelana et Moskar devançaient alors leurs gens pour venir saluer le shaman réputé, qui s'écartait afin de laisser Verana sortir dignement.

- Voici notre jeune prodige, dit le vieil homme, en la désignant de sa main ridée.

Les trois chefs de la coalition des clans observèrent Verana se mouvoir avec une sorte de grâce bien particulière, une retenue surprenante, comme si elle faisait là un devoir personnel de se tenir présente en ces lieux et de répondre à leur demande d'assistance. Elle manifestait une attitude sage et calme à laquelle ils ne s'attendaient pas. La jeune femme aux cheveux roux se sentit touchée par l'attention qu'ils lui portaient, mais étant donné qu'elle s'était préparée à être ainsi reçue, elle ne se laissa pas dépasser par l'événement, ni par le statut de ces trois personnes qui la regardaient.

- Bienvenue parmi nous, lui dit Moskar de sa grosse voix, faisant preuve d'une courtoisie retrouvée, avant de se tourner vers ses combattants. Vous, protégez les lieux !

- Vous êtes ainsi Verana, la shamane la plus prometteuse de la jeune génération, commença Lordar avec intérêt, parlant sur un ton bas, presque discret. Nous avons entendu parler de vous, de votre pouvoir, et c'est pour nous, les Quatre Clans, un soulagement de vous savoir avec nous.

- Le Clan de la Glace détient parmi les meilleurs shamans, continua Jelana. Volkor, et maintenant vous.

Verana, flattée par ces compliments, se sentit quelque peu intimidée, mais elle savait qu'elle se devait de répondre, par respect du protocole et parce qu'elle représentait sa faction hors de ses terres.

- Je vous remercie, dit-elle simplement, sans prétention. Je suis ici pour vous aider, comme je le dois.

- Vous êtes une alliée plus que précieuse, reprit Lordar, qui se voulait amical. Vos talents seront utiles là où nous allons.

- Où en est la situation, depuis mon départ ? Enchaîna Uskor, sérieux.

- L'ennemi avance dans nos terres, répondit Lordar. Au sud, l'invasion est bien avancée ; Létare et son nouvel allié, l'Urgandarr, ont conquis la plupart du pays de Moskar.

Le grand chef du clan du Drakkar s'était éloigné pour parler à ses guerriers, ainsi, Jelana continua.

- Et l'un de mes principaux forts à été pris il y a quelques jours par une compagnie de l'Alliance.

- Comment cela s'est fait ? Demanda Uskor, surpris et mécontent.

- Ils ont été habiles : ils ont empoisonné ma garnison, et placé leurs soldats à l'intérieur, en espions, raconta Jelana. Il ne leur a pas fallu longtemps avant de s'en emparer. Ils ne tiennent que cette place, mais on raconte que d'autres soldats de Létare seraient à proximité de nos frontières.

Verana écoutait, un peu inquiète, les propos sincères de la meneuse des Forestiers, appuyés par ceux de Lordar, à sa droite, qui s'empressa de donner d'autres détails du conflit en cours.

- Le commandant Volkor les a bien ralenti. Il se trouve dans la Grande Forêt, et tentera d'en venir à bout. Il nous fera gagner du temps, tout au moins. Aux dernières nouvelles, la compagnie d'élite ennemie faisait route vers la Plaine des Roches.

Uskor parut pensif, sa main droite passa sur son visage, et il réfléchit avec rapidité à ce que cela pouvait signifier.

- Ils ont du apprendre que nous avions placé notre camp commun au milieu de la Plaine, dit-il après cinq secondes de silence. Cela signifie qu'il y a des traîtres parmi nous.

- Vous n'allez tout de même pas nous soupçonner... protesta Jelana. Uskor fit un geste du bras négatif, dirigé vers le sol, avant de reprendre.

- Non, pas des Quatre Clans, je ne pense pas. Sans doute ceux de la Montagne. Oui... Leur dirigeante, Veska, fait partie de nos ennemis, elle déteste notre coalition. Elle ne va pas s'engager directement contre nous, mais elle a dû prévenir nos adversaires, au moins Létare, leur donner des renseignements. Peu importe. Nous avons là une opportunité à ne pas manquer.

- Que voulez-vous dire ? Lui demanda Jelana, intriguée, tandis qu'Uskor reprenait sa réflexion.

- Ils pensent pouvoir nous éliminer tous d'un seul coup, dans la Plaine, comprit le vieux shaman. Alors nous allons continuer d'y séjourner. Et lorsqu'ils seront engagés dans les rochers, nous les tiendrons.

- Une embuscade... imagina Lordar, avec un léger sourire, tandis que Verana suivait leur conversation attentivement. Oui, ce serait un bon moyen de reprendre l'avantage...

- Il nous faut absolument remporter le prochain combat, déclara Uskor. Il nous faut remporter une victoire, pour le moral des Quatre Clans.

- Nous sommes tout près de la Plaine, dit Moskar, qui venait de revenir, et qui avait suivi les derniers mots de l'entretien mené par ses alliés. Elle commence juste après ces arbres, là-bas, au sud.

- Oui, nous y sommes, confirma Uskor, acquiesçant par deux fois. Il ne nous reste plus qu'à rejoindre le gros des troupes. Où se trouvent les Berserkers ?

- Parhar et ses gens sont au sud-ouest, toujours sur leur terrain, répondit Moskar. Ils arriveront en renfort un peu plus tard, et ils devraient être en place pour l'embuscade prévue. Il n'y a plus qu'à les prévenir.

- Très bien, approuva Uskor. Leur soutien sera décisif.

Le shaman se tourna vers Verana, restée près du carrosse, et qui n'avait pas voulu intervenir dans la discussion, se sachant trop peu au fait des événements, et plus utile en retrait pour le moment.

- Verana, nous continuerons à pied, l'informa Uskor. Cela sera plus évident pour parcourir la Plaine, dans laquelle ce véhicule serait vite endommagé. Nos adversaires seront bientôt là, et nous aurons bien vite besoin de vos pouvoirs. Suivez-nous.

Verana approuva d'un signe de tête et commença à marcher en prenant soin de laisser le vieux shaman et les trois chefs de clan la précéder. Elle se rangea à leur gauche et les accompagna en direction de la voie à l'est, par laquelle ils allaient trouver le moyen le plus simple de rejoindre la bordure de la Plaine des Roches. Leurs pas s'enfonçaient dans la neige, y laissant l'emprunte de leurs chaussures, de leurs bottes, pendant que le cocher buvait à sa gourde, prêt à reprendre d'ici peu la route du Nord. Verana, bien qu'en compagnie d'anciens opposants de son clan, avait constaté leur intérêt apparemment sincère à son égard, et compris toute l'étendue de la force de l'alliance conclue entre Létare et l'Urgandarr. Ainsi, elle sentait la nécessité d'agir en faveur des Quatre Clans, pour lesquels elle se préparait à utiliser sa faculté si particulière, que personne en dehors des villages de sa faction n'avait pour l'instant eu le loisir de voir déclenchée. Même si elle devait quitter la proximité avec la neige, ses forces allaient demeurer très élevées, suffisamment pour faire leur faire pleinement appel en temps voulu. En sortant de la forêt qui marquait la limite de sa région, elle s'engagea une nouvelle fois à défendre loyalement sa nation, tout en marchant vers le sud.

Chapitre 10 :

Olgova

Lorsque Garvin se réveilla, il aperçut d'abord la toile blanche de la tente au-dessus et devant lui, portée par une structure de bois clair qui formait les angles et soutenait le toit en arête. Face à lui, une petite armoire de pin soutenait les fioles de soin nécessaires aux patients du dispensaire itinérant du campement allié. En voyant cet intérieur, ainsi que les draps pâles qui le recouvraient jusqu'au cou, le jeune homme comprit immédiatement où il se trouvait. La lumière du jour entrait par la gauche et donnait à son environnement un aspect éclatant ; tout en recouvrant pleinement sa lucidité, il se tourna vers l'entrée de la tente, et vit Ciela, assise sur le bord du lit voisin, qui le regardait, tandis qu'elle semblait entourée d'un halo doré, du fait des rayons du soleil et de la blancheur des toiles alentours. Ses cheveux blonds apparurent à Garvin comme enchantés par de la magie, tandis qu'elle l'observait avec un sourire. Elle se réjouissait de voir son ami reprendre des forces, assez pour lui sourire en retour et bouger sous ses draps, même s'il se mouvait que très lentement pour l'instant.

Garvin sentit son coeur accélérer, ses souvenirs de la soirée passée demeurés intacts, et il soupira en s'apprêtant à parler à son héroïne.

- Ciela, tu m'as encore sauvé... dit-il à voix basse, une expression de grand bonheur sur son visage. Je suis si heureux d'être avec toi...

Ciela se leva d'un petit bond, avec grâce, et marcha jusqu'à lui, pour prendre avec affection sa main droite, qu'il lui tendit lorsqu'elle s'approcha. Au moment où la main de la jeune femme se referma tendrement sur la sienne, Garvin sentit la force de son idole venir l'envelopper et répandre une sensation merveilleuse dans son coeur, une émotion que Ciela ressentait elle aussi.

- Je suis tellement en sécurité avec toi, dit-il, en se rallongeant, pendant que Ciela, presque troublée par son attitude qu'elle trouvait charmante, posa sa main droite sur l'épaule de son ami. J'aime être sauvé par toi...

- Garvin... soupira t-elle, debout à côté de lui, à la fois digne et prise par un élan romantique. Tu es adorable... Comment est-ce que tu te sens ?

- Je vais bien, répondit Garvin, en la regardant dans ses yeux bleus. C'est grâce à toi. Je me sens fatigué, mais la blessure a disparu. Ah, tu es formidable !

Un instant plus tard, le commandant Veresh fit son entrée sous la tente, le fourreau de son épée dorée à la ceinture, et souriant à la vue des deux jeunes prodiges, réunis un peu plus loin, plongés en pleine conversation. En entendant le bruit de ses bottes, Garvin et Ciela se tournèrent vers lui : la jeune femme s'écarta d'un pas sur la gauche et permit à son ami d'apercevoir celui qui venait aux nouvelles.

- Bonjour monsieur Garvin, dit Veresh sur un ton plus que positif. Vous allez bien ?

- Oui, je récupère bien, grâce à Ciela, répondit Garvin, pendant que le pouce de la jeune femme caressait sa main, qu'elle tenait toujours.

- Vous aviez été sérieusement touché, rappela Veresh. Ici, nous n'avons pas été très inquiets longtemps pour vous, au vu de la vitesse à laquelle les événements se sont déroulés. Votre amie vous a portée sur son dos jusqu'ici et vous a guéri devant nous. Elle s'est bien occupée de vous.

- Tu as fait ça ? Demanda un Garvin ébahi, en se tournant vers sa dame, qui lui répondit d'un hochement de tête en clignant des yeux. Oh...

Le jeune magicien se sentit envahi d'une émotion grandiose devant tant de bravoure, et il se sentit un instant médusé, ne sachant que répondre, ni quel compliment pouvait être la hauteur de l'acte épique réalisé par Ciela. Il revit la scène où elle avait tenu en respect les dizaines de guerriers et guerrières du Talémar avec ce sort de flammes bleues, réunies sous la forme d'un fouet, usant d'une force magique supérieure à tout ce qu'il avait pu observer jusqu'alors. C'était grâce à cette suite d'actions exceptionnelles de la part de Ciela que cette dernière avait pu le sortir du terrible piège tendu par les Talémariens, dans les hauteurs forestières.

- J'ai de bonnes nouvelles à vous annoncer, sur votre exploit d'hier, continua l'officier en chef. Ensemble, vous êtes vraiment invincibles : les membres restants du groupe qui vous a accompagné dans la forêt sont revenus du sommet de la colline. Vous avez éliminé plus de deux cents ennemis !

Garvin secoua la tête, abasourdi et souriant, puis échangea un regard plein de fierté avec Ciela, qui resserra doucement son emprise sur la main du jeune homme.

- Et vous avez bel et bien vaincu le shaman Volkor : un survivant des rangs adverses nous l'a confirmé, dit Veresh avec entrain, Garvin fermant son poing droit tandis que Ciela acquiesçait avec contentement. Vous avez fait un travail plus que remarquable, digne des champions du Sud et de l'Ouest que vous êtes, et même plus encore.

Garvin sentit qu'il tenait là la première occasion de célébrer Ciela, vers laquelle il se tourna à nouveau.

- C'est elle qui est invincible, dit-il. Moi, je n'ai fait que l'aider…

La jeune femme le remercia d'un hochement de tête et d'un sourire, pendant que Veresh demeurait immobile, à gauche du lit.

- Vous avez dormi plus de douze heures, et vous pouvez encore vous reposer, les informa t-il.

- Quelle heure est-il ? Demanda alors Garvin, quelque peu étonné d'entendre cela.
- Pratiquement midi, répondit Veresh. Mais nous ne partirons pas avant demain. Les Urgandaris et nous-mêmes avons décidé de faire une pause plus longue que

prévue. Elle sera bonne pour les troupes, le moral, et aussi parce que nous ne pouvons pas nous passer de vous.

- Merci commandant, répliqua Ciela, suite à quoi Veresh s'inclina très légèrement.

- Je vais vous laisser, dit Veresh. Je dois retourner superviser le camp.
Il se retira comme à son habitude, avec discrétion, et quitta la tente sans presque un bruit. Garvin et Ciela se regardèrent une nouvelle fois, plus fatigués qu'à l'ordinaire, mais toujours emplis de joie ainsi que de calme.

- Ce que tu as fait pour me sauver, Ciela, c'est magique, dit le jeune homme en admiration. Personne d'autre que toi ne l'aurait réussi. Je suis fier d'être ton ami, ton compagnon.

Ciela mit ses deux mains sur celle de Garvin, et plongea son regard puissant dans le sien.

- Si je suis si forte, c'est aussi par ce que je suis avec toi, parce que nous sommes ensemble, répondit-elle de sa voix profonde. Veresh a raison, c'est tous les deux que nous sommes les plus forts, que nous pouvons réaliser le meilleur de nous-mêmes. Et c'est avec plaisir que je retournerai avec toi au combat, dès que nous serons reposés.

Ciela se redressa, et les mains des deux jeunes gens glissèrent les unes contre les autres.

- Je suis presque prêt, dit Garvin. Je sens que j'aurais des difficultés à me servir de mes pouvoirs, mais mon physique va bien. Et puis, je serai avec toi... Qu'est ce qui pourrait m'arriver ?

Alors que Ciela souriait, une Dilva engagée passa l'entrée de la tente, réjouie tout comme le commandant de l'expédition d'apercevoir Garvin, qui semblait aller mieux de seconde en seconde, au moment où celui-ci se rehaussait dans son lit en retrouvant des forces. La vétérane portait des vêtements plus légers, une veste chaude à la place de son armure, et un pantalon de toile, comme si elle venait de prendre un jour de vacances au milieu du conflit, ce qui était le cas de la plupart des combattants alliés.

- Bonjour les amis, lança t-elle en s'approchant d'eux, avec une certaine joie. Je suis venue voir comment va notre jeune patient. Comment vous sentez-vous ?

- Eh bien, cela pourrait être pire ! Répondit Garvin d'un ton plus énergique que lors de la visite de Veresh. Je suis juste un peu déçu d'avoir été touché, hier soir.

- Ce n'est pas de votre faute si on vous a tiré dessus, répliqua Dilva, parfaitement au fait des événements de la veille. Vous ne pouvez pas vous en vouloir.

- Ah, c'est davantage parce que mon bouclier n'a pas tenu, expliqua Garvin, avec une déception sincère dans la voix. Il faudra que je m'améliore. Ciela, le tien a résisté jusqu'au bout. Et c'est elle qui me l'a appris.

- Vous avez Ciela pour veiller sur vous, rappela Dilva, avec tendresse. Moi j'ai l'habitude, je veille sur Delfen. Je suis une des anciennes de l'armée d'Urgandarr, maintenant, c'est mon devoir de prendre soin des jeunes talents.

La vétérane sortit une fiole de la poche de son pantalon gris, qui contenait un liquide rouge.

- Tenez, je vous ai apporté une potion de soins, dit-elle. Vous vous sentirez encore mieux après l'avoir bu : même si Ciela a fait le nécessaire, votre forme reviendra plus vite.

Elle s'approcha du jeune homme alité et lui tendit la fiole, dont il s'empara avec précaution, sentant son bras encore un peu faible, puis il le reposa près son ventre, appuyé sur le lit.

- Merci beaucoup, Dilva, répondit-il, tandis qu'il se sentait flatté de toute l'attention autour de lui. Delfen a de la chance de vous avoir, autant que moi j'ai la chance d'être avec toi, Ciela.

- Vous êtes touchants, tous les deux ! s'exclama Dilva. J'espère que bientôt, Delfen rencontrera une jeune femme, une guerrière ou une magicienne, aussi forte et courageuse que vous, Ciela. Il fera tout pour mériter cet honneur, aussi bien que vous le faites, cher Garvin. Reposez-vous bien.

Dilva s'avança et serra la main du jeune homme, qui lui répondit d'un signe de tête sincère, puis Dilva s'en alla avec le sourire, heureuse de cette petite conversation qui lui avait remonté le moral, plus encore qu'elle ne l'espérait, sachant qu'elle laissait derrière elle deux amoureux dans une situation propice à une excellente récupération, aussi bien qu'aux belles déclarations.

- En tout cas, c'est un plaisir de dormir dans des draps aussi propres, dit Garvin, en soulevant le tissu blanc qui le recouvrait. On devrait toujours s'endormir dans une telle situation.

- Ah, bravo, je te félicite ! Fit Ciela, qui parlait d'une voix emportée pour la première fois depuis le réveil de son compagnon. Quelle éducation !

- C'est encore toi qui me le rappelle, dit Garvin. Je me sens toujours propre à tes côtés, un peu comme si j'étais toujours dans un bain d'énergie pure...

- Ah ! Rit Ciela, heureuse de voir son ami retrouver ses moyens. Tu es adorable ! Est-ce que tu peux marcher, ne serait-ce que pour prendre un peu l'air ?

- Je suis encore fatigué, répondit Garvin. Je vais attendre quelques minutes, et puis il sera temps d' essayer.

- D'accord. Dis-moi quand tu seras prêt, je t'aiderai à marcher.

Garvin approuva d'un hochement de tête, puis il but la potion de soins et se rallongea pleinement, pour tenter de rassembler ses forces. Il savait qu'il pouvait compter sur le soutien indéfectible de son amie, et, se sentant suffisamment régénéré, il décida de se lever. Ciela mit une main dans son dos tandis qu'il repoussait ses draps, et il constata qu'on lui avait enlevé sa veste noire, pour lui mettre une chemise à la place. Ses chaussures l'attendaient sous le lit, et il put les enfiler une fois assis. Puis, la jeune femme vint prendre place à sa gauche, prenant son bras pour le placer sur ses larges épaules.

- Viens, appuies-toi sur moi... lui dit-elle, alors qu'il poussait sur ses jambes pour se redresser. Ses membres lui parurent bien lourds, mais Ciela le maintenait tout contre elle et l'aidait à se maintenir, ainsi, il put faire un premier pas, puis plusieurs autres, accompagné vers la sortie de la tente, pour retrouver le jour et le soleil qui brillait au-dessus du campement dans la plaine, dont tous les détails lui furent soudainement révélés, presque éblouissants. Les soldats se prélassaient en grand nombre sur l'herbe, certains assis sur des chaises dépliantes, d'autres préparaient déjà le repas de midi, et une sérénité surprenante se dégageait de l'attitude des alliés, une tranquillité en phase avec leur environnement, sans vent, avec un léger souffle venu du sud, qui ramenait jusqu'à eux une douceur qu'ils n'avaient plus connu depuis des jours et leur approche des grandes forêts du nord.

À leur gauche, Veresh parlait en tenant une sorte de baguette, des lieutenants de Létare réunis devant lui, au-delà d'une petite table qui faisait partie du matériel transporté par les mules. Il conversait autour de la carte du Talémar, à propos de la trajectoire la plus avantageuse à suivre pour s'engager dans la Plaine des Roches, plus proche d'eux que jamais. Garvin, de même que Ciela, sentirent le soleil et son éclat les revigorer, car les rayons frappaient fort, même à des latitudes aussi hautes, maintenant qu'ils se trouvaient en milieu de printemps. L'air demeurait frais, mais également bon pour leur énergie, et Garvin respira un grand coup avant que Ciela ne l'invite à poursuivre.

Un peu plus loin, le jeune homme tenta d'avancer seul, et y parvint, sans lâcher la main de sa protectrice, qui l'accompagna tout au long de sa petite promenade dans le campement. Un quart d'heure plus tard, ils regagnèrent l'infirmerie, et le jeune homme se rallongea, content d'avoir pu faire une telle marche. Ensuite, Ciela lui rapporta son déjeuner, et ils mangèrent ensemble, assis sur le rebord de leurs lits, tout en parlant de ce qui allait suivre, de la traversée d'une partie de la forêt.

- Maintenant que nous avons éliminé Volkor, les groupes ennemis vont sûrement être désorientés, estima la jeune blonde.

- Oui, je pense aussi que nous n'avons plus beaucoup de chances d'être à nouveau attaqués par les Talémariens, approuva Garvin. Et puis, nous leur avons peut-être fait peur, hier soir !

Ciela eut un petit rire, et reprit son repas avant de penser à leur alliés de l'Urgandarr, lancés dans une entreprise aussi audacieuse que périlleuse.

- J'espère seulement que Delfen et ses amis vont réussir à prendre cette tour, dit-elle.

- Nous pouvons faire confiance à leur ruse, reprit Garvin. Et Delfen a prouvé qu'il a d'immenses ressources, ce qui est aussi le cas de beaucoup de gens de l'Urgandarr, à ce qu'il semble.

Ciela acquiesça plusieurs fois d'affilée, convaincue par les mots de son ami, qui lui firent repenser aux multiples initiatives de leurs voisins, souvent héroïques, ainsi qu'à leurs talents, démontrés tout au long de l'expédition. Garvin y songeait également, et cela contribuait à le rendre optimiste sur leurs chances de triompher, et ce, même si les Talémariens tentaient de les surprendre encore. Alors qu'ils finissaient leurs assiettes, des voix lointaines se firent entendre et les deux jeunes gens s'arrêtèrent pour écouter. Les exclamations semblaient se rapprocher, si bien que Ciela se leva.

- Je vais voir ce que c'est, dit-elle, tandis que Garvin se tenait prêt à bondir s'il le fallait.

Elle marcha d'un pas rapide vers la sortie de la tente et constata que des dizaines de soldats alliés marchaient vers le Sud : leur allure très modérée suffit à lui faire comprendre que l'événement ne représentait pas de danger, mais sa curiosité n'en fut qu'augmentée. Elle fit un rapide signe positif de la main à l'adresse de Garvin avant de se joindre au mouvement. Plus loin, au-delà de tentes qui couvraient pour l'instant l'horizon, les exclamations se transformèrent en clameurs de réjouissance.

Veresh, en tête des soldats du campement, allait à la rencontre d'une capitaine de Létare, en uniforme vert à petites épaulettes, qui marchait devant sa compagnie de lanciers et d'épéistes, en ordre dispersé, mais presque aussi nombreux que les effectifs initiaux de la première expédition. Le commandant arborait un sourire incrédule en les voyant venir et saluer leurs compatriotes exaltés, qui derrière lui leur répondaient en agitant leurs bras dans les airs. La capitaine, une brune aux cheveux longs et lisses, grande d'un bon mètre soixante-quinze, vint rejoindre Veresh avec une expression heureuse sur son visage, et porta sa main à son front, selon le salut protocolaire, juste avant de s'arrêter devant lui.

- Bonjour mon commandant, contente de vous retrouver en si bonne santé ! Dit-elle, tandis que les deux officiers se tenaient désormais face à face, aussi enjoués l'un que l'autre.

- Vous ici, capitaine ? Fit Veresh, qui n'osait pas encore pleinement y croire. Comment êtes-vous venus, racontez-moi tout. Et comment évolue la situation, dans le Sud ?

- Très bien, commandant ! s'exclama t-elle, alors que les gens du campement et ceux de la compagnie se rapprochaient. L'invasion du Talémar est un succès entier, si bien qu'elle a convaincu le Conseil d'envoyer immédiatement plus de troupes. À l'heure actuelle, mille cinq cents de nos militaires sont sur le sol du Talémar ou en route, de même que trois mille volontaires de l'Urgandarr. Les alliés tiennent toute la bande de terre le long du Lac, et une partie de l'intérieur des terres. Nous progressons vite, et rencontrons assez peu de résistance, à part au nord-est ainsi qu'au nord-ouest, où les Ours Noirs et les Berserkers nous empêchent pour l'instant d'avancer. Mais avec les renforts que nous attendons, nous devrions reprendre l'avantage.

Des cris de joie montèrent des soldats du campement, qui levèrent les bras, tandis que les membres de la compagnie Létarienne venaient serrer leurs mains.

- Et la route jusqu'ici, est-ce que vous avez eu des ennuis ? Demanda Veresh, qui désirait avec empressement tout savoir de ce qu'il avaient pu rencontrer en venant les rejoindre.

- Très peu, commandant. Nous avons gardé le contrôle de ce village, où nous avons relevé plusieurs de vos soldats, et renforcé le bastion pris à l'ennemi, en plein coeur du territoire des Forestiers. C'est à partir de ce fort que nous entendons nous emparer de tout leur Clan.

- Mais, combien êtes-vous ? Reprit Veresh, qui, balayant du regard les rangs épars qui passaient autour d'eux, n'arrivaient pas à se faire une idée précise du nombre des renforts.

- Nous sommes cent quatre-vingt, répondit fièrement la capitaine. Et nous serons fiers de vous accompagner jusqu'à la Plaine des Roches. Reste t-il beaucoup de nos alliés de l'Urgandarr ?

- Oui, c'est que la plupart sont allés prendre une tour d'observation au nord-est, afin de savoir ce qui pourrait nous attendre, expliqua Veresh. Nous attendrons de leurs nouvelles.

- Parfait, alors nous allons agrandir le camp, dit la capitaine, alors que les mules de sa compagnie approchaient à leur tour, porteuses d'un important volume de matériel.

- Nous sommes ravis de vous voir, commenta Veresh, en serrant la main de l'officière. Je dois dire que je commençais à être inquiet, car nous n'étions plus qu'une petite centaine. Mais avec vous pour nous renforcer, je suis certain que la victoire pourra être remportée. Bienvenue parmi nous.

Il s'écarta pour l'inviter à avancer, tendant le bras en direction des nombreuses tentes, vers lesquelles les deux compagnies s'en allaient, réunies pour ce qui ressemblait de plus en plus à la fin d'une campagne éclair, même s'il restait au moins un grand affrontement à mener pour en finir avec les chefs des Quatre Clans. Ciela retourna auprès de Garvin avec un grand sourire et lui annonça joyeusement la bonne nouvelle, à laquelle il bondit quasiment hors de son lit, pour venir voir par lui-même les Létariens traverser le camp et venir saluer leurs camarades, plus qu'étonnés de recevoir cette aide inattendue. Veresh, en discutant avec la capitaine tandis qu'ils marchaient, eut le bonheur d'apprendre que plusieurs messagers avaient été envoyés vers l'ouest et les Gens de la Montagne, le clan de Veska, dont l'intervention était désormais attendue dans la semaine qui venait. Cette alliance officieuse, mais qui faisait toujours partie du plan élaboré par Lendra et ses amis, allait se révéler décisive. L'idée de recevoir cette aide supplémentaire ravissait Veresh, lequel prévit une réunion des principaux officiers et représentants des troupes alliés pour le soir, à laquelle Garvin et Ciela furent très bientôt invités. Ils se retrouvèrent donc un peu plus tard dans l'après-midi, autour de la table du commandant, qui s'adressa à tous les conviés avec une confiance qui associait au calme une détermination à aller de l'avant.

- Bon, nous voici tout près de notre objectif, commença t-il, une fois que Garvin, Ciela, Dilva et sept officiers Létariens eurent rejoint son appel. Le conflit prend fin, du moins, c'est vers là que nous allons.

Il posa sa main sur la carte, à l'emplacement du grand espace gris qui représentait la Plaine des Roches.

- Nous allons rester à l'abri de la forêt, et nous sortirons à proximité de ce point, indiqua t-il, alors que ses dix invités formaient un cercle et observaient attentivement, surtout la capitaine fraîchement arrivée, qui n'était pas complètement au fait de leur itinéraire. Rien ne change, le plan demeure le même. Nous nous engagerons dans la Plaine dès que nous le pourrons, et guetterons à la fois la troupe de Delfen et les forces de Veska. Mais grâce à votre soutien inespéré, capitaine, nous sommes à présent plus de deux cents cinquante, et nous représentons pour l'ennemi un bloc susceptible de l'emporter sans assistance. Dilva, les Urgandaris restants sont-ils solidaires de notre action ?

  - Plus que jamais, Veresh, répondit la vétérane, sûre d'elle-même comme de ses gens.
- Commandant, nous sommes envoyés pour permettre au plan de réussir, enchaîna la capitaine brune de Létare. Nous suivrons vos recommandations, et nous irons à la rencontre de l'ennemi.
- Ciela, Garvin, vous sentez-vous prêts à reprendre la route ? Demanda Veresh aux jeunes magiciens qui l'encadraient, avec une certaine inquiétude dans sa voix, comme il savait la difficulté du combat qu'ils venaient de mener.
- Oui, monsieur, répondit Ciela. Nos forces reviennent déjà, et nous irons de mieux en mieux au fil des jours.
- Vous pouvez compter sur nous, ajouta Garvin, aussi confiant que son amie.
- Dans ce cas, nous partirons tous demain matin, à huit heures, conclut Veresh. Je vous remercie tous.

Après s'être salués et encouragés, les dix invités du commandant se dispersèrent, convaincus par l'attitude de l'officier en chef, et retournèrent à leurs occupations, ou à leur repos. Veresh resta seul encore plusieurs minutes, debout devant la carte du Talémar, à penser aux différentes actions en cours, selon la partie du plan qu'il observait. La poussée des alliés au Sud, l'aide promise par Veska à l'ouest, et le péril qui devait toujours les attendre, droit vers le Nord, devaient se rejoindre dans la fameuse Plaine, cette étendue quasi ovale qui s'étendait sur des centaines de kilomètres, à la limite du territoire de six clans. Puis, Veresh estima la puissance de la compagnie qu'il dirigeait, désormais plus grande qu'à leur départ du Fort du Lac, presque deux semaines plus tôt. Deux cents cinquante militaires, dont près d'une quarantaine d'archers-mages, l'élite de Létare, ainsi que des combattants expérimentés comme Dilva et plusieurs de ses proches, qui avaient participé à de nombreux combats lors de la Guerre des Marécages, comme ils l'appelaient. Il imaginait le succès plus que probable des gens de l'Urgandarr, menés par Delfen, qui pourraient constituer des renforts, d'au moins vingt-cinq ou trente vétérans de plus. Il savait que les Quatre Clans possédaient encore les moyens de livrer bataille, et que leur camp commun dans la Plaine devait rassembler jusqu'à quatre, peut-être cinq cents guerriers, du moins selon les renseignements donnés par les gens de Veska avant le début du conflit. Parmi les alliés, chacun allait devoir réaliser une performance au cours de cet affrontement qui se profilait, mais au vu des récents succès, et de la forme de Garvin et Ciela, les chances de triompher devenaient plus grandes.

- Oui, cela devrait suffire, après tout… dit-il enfin, après un instant d'hésitation.

De retour dans son lit à l'infirmerie, Garvin se retrouva seul presque une heure, pendant que Ciela aidait les soldats venus du Sud à finir de s'installer. Le jeune homme tenait un crayon et un calepin sur lequel il rédigeait un poème, avec un petit sourire et d'immenses pensées pour sa chère amie. Il écrivait les vers remaniés d'une vieille chanson, qui avait traversé le siècle précédant, et qui parlait d'un guerrier, rendu confiant en la victoire par la femme qui l'accompagnait, et qui le protégeait lorsqu'il le fallait, une situation qu'il connaissait bien désormais, et qui l'inspirait au plus haut point. Il retrouva les rimes tout en se répétant l'air de la chanson, et finit par en constituer une version qu'il jugea appropriée. Puis, il déchira poliment la feuille et la plia en quatre avant de la ranger dans une poche intérieure de sa veste, attendant le bon moment avant de confier le poème à Ciela, laquelle revint vers lui quelques minutes plus tard. Ils sentaient tous deux leur état s'améliorer d'heure en heure, et ils envisageaient pouvoir repartir au combat d'ici peu, bien que prudents et décidés à n'utiliser leurs pouvoirs que si nécessaire, dans l'idée de se réserver pour l'ultime affrontement de cette campagne, tel que Veresh le laissait entendre. La fin de la journée s'avéra toute aussi paisible que la matinée, les soldats de l'expédition se savant encore plus forts, maintenant que la compagnie Létarienne se trouvait avec eux. Une nuit étoilée suivit bientôt, permettant à Garvin et Ciela de s'offrir une balade nocturne et romantique, une marche éclairée par la lumière des torches, des lanternes et de la demi-lune qui s'élevait au-dessus du camp, dans une atmosphère fraîche et reposante.

***

Les quarante cinq combattants de l'Urgandarr avaient voyagé rapidement vers le nord-ouest, en profitant de l'extrémité de la Plaine des Roches, ou du moins, de l'espace qui l'annonçait. À peine quelques ondulations du terrain et des petits bois de sapins venaient rompre la continuité plate d'herbe verte parcourue par le vent, qui marquait la frontière nord du clan des Forestiers. Deux jours après leur séparation avec le gros de la compagnie alliée, Delfen et ses amis parvinrent en vue de la fameuse tour d'observation, cet édifice carré, surmonté d'un toit pointu composé de quatre pentes de bois, le tout soutenu par des poutres épaisses aux angles. Des arbalétriers circulaient juste en dessous, au nombre de huit, qui se relayaient régulièrement, sous un ciel parcouru de petits nuages blancs de beau temps.
Les Urgandaris se tenaient à l'ombre d'un bois de pins, attendant la venue de l'obscurité pour lancer l'assaut. Dans cette petite forêt logée dans un creux, ils eurent le temps de prendre un léger repas, tandis que deux éclaireurs surveillaient constamment la tour, distante de quatre cents mètres, s'aidant parfois de longues-vues dépliables. Le bâtiment, large de plus de dix mètres et haut d'une trentaine au

sommet de son toit, comportait des fenêtres à tous les étages, depuis lesquelles il semblait facile de repérer les environs et les mouvements qui s'y produisaient, ce qui allait rendre leur approche d'autant plus difficile. Le soir vint bientôt, et une certaine agitation commença à prendre parmi les Urgandaris, tandis qu'ils s'équipaient pour leur attaque furtive. Delfen, avec sa cape et sa lance vertes, se porta au niveau des sentinelles, et leur demanda à voix basse ce qu'ils pouvaient encore discerner de là où ils se trouvaient. Les torches du toit de la tour éclairaient toujours les pierres de la partie supérieure, pendant que les abords se faisaient de plus en plus sombres, et que les combattants des marais se massaient à la lisière du bois, autour de leur champion.

- Bien, nous suivons le plan dont nous avons convenu, dit-il. Tout le monde avec moi. C'est parti...

Il se dressa et partit de l'avant, les jambes pliées, filant sur la pente qui devait les amener jusqu'au pied de l'édifice, et suivi par vingt de ses camarades, les autres demeurant dans les bois afin de leur porter assistance plus tard, ou de couvrir leur retraite si jamais l'entreprise devait échouer. En haut de la tour, le relais des sentinelles laissa le côté est non surveillé pendant une demi-minute, ce qui permit aux assaillants de l'Urgandarr de gagner le pied de l'édifice, et de se plaquer contre le mur sud. Par chance, le rebord de la base du toit s'avançait au-delà des dimensions du reste du bâtiment, ainsi, Delfen et ses compagnons ne pouvaient plus être aperçus depuis le sommet.

Le jeune champion fit un signe de tête à une femme de la troupe, une brune plutôt petite mais forte, qui longea le mur jusqu'au côté ouest, avec deux autres combattants des marais ; de là, elle repéra une fenêtre, deux étages plus haut, aux volets encore ouverts et solidement attachés. Elle repassa l'angle du mur et fit un grand geste d'approbation à l'adresse de Delfen, qui lui rendit. Alors, elle décrocha de sa ceinture un petit grappin attaché au bout d'une corde, elle-même reliée à la ceinture de la guerrière. Celle-ci avait répété avec plusieurs camarades cette manoeuvre le long de la tour d'observation proche du Fort du Lac, dans le cas où les alliés seraient amenés à en assiéger une autre.

Elle lança le grappin aux trois pics recourbés en direction du rebord supérieur du lourd volet de bois de pin, à droite de la fenêtre, d'abord sans succès, l'outil rebondissant contre la pierre en produisant un bruit ponctuel et heureusement assez modéré. À sa deuxième tentative, elle put l'accrocher de manière satisfaisante, et elle entreprit de grimper après avoir tiré plusieurs fois dessus par précaution. Sous le regard de ses amis, elle enroula sa jambe autour de la longue corde, puis monta progressivement, presque sans un son, jusqu'à arriver à hauteur du rebord de la fenêtre, sur lequel elle se hissa prudemment, pour regarder à travers les carreaux si jamais on l'attendait de l'autre côté. Elle distingua une porte ouverte sur un couloir, qui passait devant ce poste, trois mètres plus en avant. La guerrière, qui se montrait aussi agile que robuste, posa un genou devant la fenêtre et sortit un petit diamant de sa poche, avec lequel elle commença à rayer le carreau situé juste en dessous à droite de la poignée. La cambrioleuse découpa un rectangle et donna ensuite un coup de coude qui brisa le verre, dégageant assez d'espace pour passer sa main à l'intérieur et ouvrir la fenêtre. Elle sauta dans le poste d'observation, détacha la corde de sa ceinture, puis la relia à la poignée de la fenêtre, avant de décrocher le grappin et de le lancer vers le sol. Derrière lui, la corde se déroula à la verticale pour permettre aux combattants en bas de grimper à leur tour. La guerrière, âgée de vingt-cinq ans, se déplaça avec rapidité vers la porte du couloir, qu'elle referma, puis elle se posta juste à côté et prit une courte matraque dissimulée sous sa veste noire, avec laquelle elle pourrait assommer quiconque ferait son entrée dans la pièce.

Delfen resta longtemps le long du mur sud, à veiller sur les Urgandaris qui rejoignaient la corde, et qui venaient ensuite s'entasser dans la petite salle d'observation, sept mètres plus haut. Il gardait avec lui quatre de ses gens, qui attendraient qu'on vienne leur ouvrir la grande porte de la tour, située au nord, vers laquelle ils commencèrent à se déplacer furtivement, toujours en frôlant les pierres de l'édifice.

En haut, plus de dix agents de l'Urgandarr se tenaient maintenant réunis dans le poste de guet, tandis que deux de leurs amis demeuraient au pied de la corde, leur regard levé vers la fenêtre ouverte. Une fois que tous furent prêts à poursuivre leur mission, la petite femme brune ouvrit la porte de la pièce et fit un pas prudent au dehors. Le large couloir s'en allait vers la droite de façon rectiligne, et courbe en partant sur la gauche. À peine eut-elle le temps d'avancer que des bruits de pas se firent entendre, au-delà du tournant sur leur gauche. Elle fit signe à ses coéquipiers pour leur signaler, et un instant plus tard, deux jeunes gardes armés de hallebardes émergèrent de la courbe, et se mirent immédiatement en position de défense.

- Halte ! Cria celui qui se tenait à droite, près du mur à l'intérieur du virage.

Un archer de l'Urgandarr, accroupi derrière ses camarades, se décala et lui décocha une flèche en plein buste ; le soldat s'effondra en frôlant les pierres du mur. Le deuxième prit un air effrayé et fit demi-tour brusquement pour prendre la fuite.

- Alerte, l'ennemi est entré ! Cria t-il, tout en disparaissant du champ visuel des Urgandaris. L'ennemi est entré !

Sa voix résonna dans le couloir, et la petite dame qui menait la troupe infiltrée comprit que son appel allait se répandre dans tout l'édifice en très peu de temps, si bien qu'elle adressa à ses camarades un rapide geste du bras pour les inviter à aller de l'avant.

- Vite, dispersons-nous et prenons cette tour ! s'exclama t-elle.

Aussitôt, un vent de bravoure souffla parmi ceux qui se tenaient derrière elle, et qui suivirent ses instructions à la lettre. Deux combattants filèrent à droite, tout au fond du couloir, et trouvèrent un escalier en colimaçon qu'ils descendirent à toute allure. Pendant ce temps, un archer donna un violent coup de pied dans une porte située presque en face du poste de guet et entra dans une petite salle à manger où cinq Talémariens finissaient leur repas. Ils n'eurent pas le temps de répondre à l'alerte de leur congénère qui s'enfuyait toujours plus loin dans la tour, et furent mis en joue par trois tireurs des marais, qui leur firent signe de se rasseoir.

La partie gauche du couloir, avertie en premier, fut investie par les attaquants furtifs de l'Urgandarr : les archers se postèrent le long des murs et abattirent un par un tous les arbalétriers qui sortaient des pièces, plus loin à cet étage.

Les deux éclaireurs arrivèrent en bas de l'escalier, et sans s'arrêter, ils s'engagèrent dans un corridor étroit, puis trouvèrent plus loin sur leur droite le couloir qui donnait sur la porte d'entrée. Le duo de hallebardiers en faction se tourna vers eux dès qu'ils s'aperçurent de leur irruption, mais les Urgandaris s'emparèrent de leur arc en bandoulière, et ne tardèrent pas à les viser, l'un à la cuisse, l'autre au sternum. Puis, ils se précipitèrent vers la porte, dépouillant l'un des gardes de ses clefs, et ouvrirent l'entrée avant que l'alerte n'ait pu se propager à ce niveau.

À l'extérieur, Delfen et ses proches entendirent la serrure en train d'être actionnée ; ils adressèrent aussitôt de grands gestes du bras au reste des troupes en attente dans le bois, lesquelles bondirent de leur cachette pour prendre directement d'assaut l'édifice. Le deuxième étage tomba sous le contrôle des gens de l'Urgandarr, qui poursuivirent leur invasion en prenant un vaste escalier de bois montant, à gauche, pour parvenir au niveau principal.

Là, une vaste salle carrée était pourvue d'une large baie vitrée, orientée plein nord, et qui donnait sur un morceau de la plaine en contrebas, de plus en plus masquée par l'obscurité. Trois arbalétriers du Talémar remarquèrent l'arrivée de l'ennemi et se mirent à l'abri derrière des tables vacantes qu'ils renversèrent. Le bruit occasionné fit descendre la moitié des arbalétriers du toit, par le biais d'un dernier escalier situé tout à gauche en entrant dans la pièce. Dehors, plusieurs tireurs s'arrêtèrent dans leur course et visèrent les quatre arbalétriers restants, qui circulaient sous le chapiteau coiffant la tour. L'un d'eux, touché au col, fut immédiatement envoyé à terre, puis les archers reprirent leur progression afin d'éviter les projectiles qui ne tardèrent pas à filer vers eux depuis les hauteurs.

Delfen s'introduisit au milieu de la troupe qui se précipitait au premier niveau, quelques bruits de combat s'élevant plus loin, entre les murs épais. La plupart des soldats de la garnison ayant été surpris avant de pouvoir prendre les armes, la quasi-totalité de la tour se trouvait déjà sous emprise de l'Urgandarr, si bien que Delfen n'eut pas le temps d'apporter son aide à ses amis, qui avaient déjà fait l'essentiel avant même son entrée. Les archers en renfort le devancèrent et purent surpasser les derniers resistants, au troisième étage. Deux arbalétriers se rendaient au moment où Delfen fit son apparition dans la grande pièce carrée, et seuls quelques tirs dans l'ultime escalier retentissaient encore. Alors que le calme revenait peu à peu, Delfen s'approcha de la grande baie vitrée, et profita alors du point d'observation idéal dont lui et ses amis disposaient désormais.

- On y voit vraiment loin, d'ici... commenta Delfen, en regardant l'horizon uniforme à travers la grande fenêtre, devant laquelle il se tenait.

Quelques instants plus tard, un archer revint de l'escalier, essoufflé, mais visiblement confiant.

- Delfen, les trois derniers Talémariens se rendent, l'informa t-il, alors que ceux-là descendaient les marches à gauche de la pièce, les mains sur la tête, et escortés par les Urgandaris vers les niveaux inférieurs.

- Très bon travail, commenta le champion à la cape verte, qui affichait une joie discrète, demeurant pour le moment concentré. Il y a suffisamment de salles pour les enfermer par groupes de deux ou trois, sous bonne garde. La tour est à nous. Nous rejoindrons bientôt nos amis.

Le combattant approuva, puis repartit vers l'escalier qui menait au deuxième étage. Delfen regarda les dernières lueurs du jour disparaître au dehors et plonger dans la nuit l'immensité du nord, après quoi il se retourna, prêt à aller apporter son aide là où elle serait la bienvenue, afin de s'assurer que ses camarades et lui tenaient bel et bien ce lieu stratégique. Cette victoire annonçait la dernière partie de leur expédition.

***

Deux heures plus tôt, les troupes alliées menées par Veresh parvinrent enfin de l'autre côté de la grande forêt du Talémar. Leur traversée partielle du massif, longue de deux jours, s'était déroulée dans le calme, et seuls des éclaireurs Létariens en repérage avaient aperçu des soldats ennemis, en fuite, visiblement désorientés par leur déroute contre Garvin et Ciela sur les hauteurs des collines, ainsi que par la défaite de leur commandant. L'expédition s'engageait désormais dans la dernière clairière qui les séparait encore du bord de la Plaine des Roches, un espace gigantesque qui se profilait au-delà de trois rangées de vieux sapins, droit devant eux. Veresh avançait en compagnie de ses amis les jeunes magiciens, Dilva et la capitaine du détachement fraîchement arrivé en renfort, tandis que les alliés se dispersaient dans les environs. Plusieurs éclaireurs ouvraient la voie, selon la procédure habituelle, et filaient entre les grands troncs des conifères, trente mètres plus loin, pour aller voir de plus près ce que leur réservait la fameuse Plaine. Veresh s'arrêta au milieu de la clairière et pivota par deux fois latéralement, pendant que le bruit des soldats aux pas pressés s'élevait tout autour de lui et de ses proches.

- Bien, il y a de l'espace, constata t-il. Montez le campement !

La grande capitaine se rapprocha de lui, alors que l'ordre se répandait parmi les troupes.

- Commandant, il n'y aura pas suffisamment de place ici, fit-elle remarquer. Je suggère qu'une partie d'entre nous aille empiéter sur le bord de la Plaine.

Veresh acquiesça en reconsidérant la situation.

- Oui, vous avez raison, dit-il. J'espère que le vent ne soufflera pas ce soir, car il ne devrait y avoir aucun relief pour protéger les tentes qui seront au-delà de ces arbres.

Alors qu'ils se tournaient vers les rangs de sapins, un jeune homme revenait de son repérage en courant, comme porteur d'une nouvelle inattendue.

- Commandant ! s'exclama t-il tout en décélérant et en se présentant à son officier en chef. Nous avons trouvé une cabane isolée.

- Est-elle habitée ?

- On dirait bien, il en sort de la fumée, répondit l'éclaireur.

Veresh se tourna à sa droite, où se tenaient Ciela et Garvin, puis leur fit signe de le suivre.

- Allons voir cela de plus près... Capitaine, occupez-vous du campement, nous revenons.

Dilva les accompagna d'un pas rapide, pendant que les militaires commençaient à dresser les tentes dans la clairière. Après avoir franchi à leur tour et avec une grande curiosité les trois rangées de conifères, l'horizon se dégagea sur une étendue pour l'instant irrégulière, qui présentait une pente douce jusqu'à une discrète arête, quelques centaines de mètres plus loin ; entre les deux, légèrement sur leur gauche, se dressait la cabane que l'on venait de leur signaler, et que l'éclaireur leur montrait de son bras tendu. Faite de planches verticales, avec son toit de pin incliné, l'habitation modeste, sans étage, paraissait particulièrement solitaire, loin de tout village et dans un environnement plutôt difficile. Une cheminée de pierre sortait de son toit, du côté orienté vers la Plaine qui commençait, avec sa fumée qui s'en allait vers un ciel uniformément gris clair en cette fin d'après-midi.

- Je me demande qui peut habiter ici... dit Ciela, à droite de Veresh.
- Allons voir et nous renseigner, peut-être apprendrons nous quelque chose... continua l'officier, avant de lever le regard vers les nuages, qui formaient une continuité étrange arrivant du Nord. Le temps se dégrade. Ces nuages ne sont pas normaux...

Il continua un instant de les regarder avec suspicion, pendant que ses trois camarades s'avançaient vers la cabane, puis il les rattrapa une poignée de secondes plus tard. De minuscules flocons de neige se mirent à chuter en faible nombre, et portés par un souffle présent à une altitude telle qu'il ne se sentait pas au niveau du sol. L'atmosphère lui parut se refroidir, et pas uniquement en raison du soir qui approchait, ni du fait que l'expédition se trouvait plus au Nord que jamais. Veresh observa à nouveau le ciel et les brindilles qu'il déversait, et approuva en aparté sa précédente impression.

- Oui, cette neige est inhabituelle... Comme enchantée... Quelque chose est en train de venir, de se produire... Restez sur vos gardes.

Ciela se retourna dans sa marche et lui fit une signe de la tête, puis les quatre alliés se retrouvèrent proches de la porte d'entrée de la cabane, sur le côté droit de l'édifice. Veresh s'approcha, et Ciela frappa par trois fois, Garvin à sa droite demeurait attentif à ce qu'il pouvait se trouver à l'intérieur. Une voix féminine étouffée par les murs de bois se fit entendre, sur un ton bien plus amical que les quatre camarades ne s'y attendaient.

- Entrez, leur dit une dame que les quatre camarades estimèrent être une femme de plus de soixante ans. Je suis seule, vous ne risquez rien.

Au moment où Ciela allait tourner la poignée de bois sombre et rectangulaire, Veresh tendit son bras comme pour barrer un instant le passage.

- Faites attention, il y a peut-être un piège, l'avertit l'officier, d'un ton ferme.

Ciela acquiesça, fit mouvoir les longs doigts de sa main gauche et actionna la poignée ; Garvin se rangea le long du mur, de façon à ce que son regard puisse s'engouffrer dans l'ouverture qui se créait. Il aperçut un intérieur de bois, avec un feu puissant tout à droite, logé dans une cheminée de pierre. Une sensation de chaleur sortit de la cabane au fil des secondes que prit Ciela pour ouvrir complètement la porte. Elle et son ami aperçurent une dame âgée dans son manteau marron, au visage gentil, ses joues rondes légèrement colorées de rose, et ses cheveux blancs ondulés. Installée à sa table de bois lourd, montée sur un pied central, elle venait de terminer son repas et regardait désormais avec attention ces personnes qui lui rendaient par hasard visite. Devant une telle personne, Ciela n'hésita plus et fit un premier pas à l'intérieur de la cabane.

- Bonjour jeunes gens, leur dit la dame, qui ne se leva pas. Venez, entrez.

Veresh et Dilva se faufilèrent derrière Garvin et Ciela pour voir à leur tour ce que renfermait cette demeure curieuse, et constatèrent qu'aucun danger ne les menaçait.

- Bonjour, madame, répondit Ciela en s'avançant un peu plus encore, tandis que Garvin faisait son entrée.

- Ah, vous êtes quatre... remarqua la femme amicale. Venez, je viens de remettre du bois dans le feu. Le temps se refroidit dehors, venez vous réchauffer ici.

Veresh avança, puis Dilva renferma derrière leur passage, pour garder intacte la chaleur de la maison, laquelle contrastait tant avec l'air de la Plaine.

Ciela marcha jusqu'à atteindre une chaise rangée contre la table, et observa un très court instant le mobilier rustique de cette maison de fortune. Un petit escalier à gauche montait en tournant jusqu'à ce qu'elle devina être un grenier faisant office de chambre, basse de plafond. Une grande armoire, tout près des marches, dans le recoin gauche, soutenait des dizaines de bocaux emplis de potions et d'herbes prêtes à l'emploi, qui firent comprendre à la jeune femme brune que leur hôte devait être alchimiste, ou bien même shamane.

- Qui êtes vous, madame ? Demanda t-elle poliment.

- Je m'appelle Olgova, répondit la vieille femme. Vous, vous n'êtes pas d'ici, vous n'êtes pas Talémariens, je me trompe ?

- Non, en effet, reprit Veresh, en venant se placer à gauche de Ciela. Vous présence ne va sans doute pas vous plaire, car nous venons du Sud.

- Ah, alors vous êtes ces étrangers dont j'ai entendu parler depuis quelques temps, devina Olgova. Vous êtes ceux qui sont venus vaincre l'alliance des Quatre Clans.

- Ainsi, vous êtes au courant ? s'étonna Garvin, tout à droite, qui s'attendait à rencontrer une ermite peu informée des récents événements.

- Vous savez, jeune étranger, j'ai beau vivre seule depuis bien des années, à la frontière entre les clans, j'apprends souvent beaucoup de choses, dit Olgova. Un certain nombre de personnes m'ont rendu visite ces derniers temps, des messagers, des indépendants, des voyageurs Talémariens, et je sais même des choses qui pourraient vous être utiles.

- Vous êtes shamane ? Supposa Ciela, ce à quoi Olgova répondit par un signe de tête positif.

- Oui, jeune dame blonde. Autrefois, j'étais une des personnes les plus respectées et les plus influentes de ce pays, avant l'arrivée du Mage de Guerre. J'ai mis tout le monde en garde contre son projet d'invasion de l'Urgandarr, et je me suis opposée à lui. Mais il avait acquis tant de force, et tant de partisans, que bien que membre des Ours Noirs, j'ai du m'exiler. Depuis sept ans, je vis ici, en observatrice neutre, et je reste attentive à ce qu'il se produit, là dehors. Des membres de tous les clans viennent me voir, parfois pour des conseils, mais surtout pour m'aider à rester prête. Prête à agir lorsqu'il le faudra.

- Êtes-vous de notre côté ? Demanda Dilva en faisant un pas vers elle, se plaçant entre Veresh et Ciela.

- Je suis l'ennemie des dirigeants actuels des Quatre Clans, et en particulier d'un vieux shaman, Uskor, qui est le véritable meneur de cette coalition, expliqua Olgova. Ainsi, je vous aiderai, même si vous êtes en l'occurrence adversaire du Talémar.

- Nous vous remercions, madame, enchaîna Veresh, intéressé au plus haut point par les renseignements qu'elle était susceptible de leur confier. Que pouvez-vous nous dire sur ce qui nous attend ?

- Vous voyez ces nuages qui arrivent du Nord, et ces flocons qui commencent à tomber, leur dit-elle, en montrant une petite fenêtre à droite de la cabane. Ils ne sont pas naturels. Une force les a réunis : c'est Verana.

- Qui est-ce ? Demanda Ciela, intriguée par ce nom.

- La plus talentueuse de nos jeunes shamanes, répondit Olgova d'un air plus lourd. J'avais très peur qu'elle rejoigne les Quatre Clans. Ils ont dû lui faire croire qu'elle allait lutter pour sauver le Talémar.

- Que devons-nous savoir sur elle ? l'interrogea Garvin.

- Elle dispose de pouvoirs très étendus, surtout pour une personne de son âge. Elle peut utiliser le froid, la glace et la neige contre vous, car elle vient du Clan de la Glace, la faction la plus au Nord du Talémar. Mais surtout, elle dispose du Pouvoir du Loup, la faculté de se transformer en une immense créature des neiges, la plus dangereuse de toutes. Il n'y a que très rarement plus d'une personne à la détenir, mais Verana est la première à être en même temps shamane.

- Comment pouvons-nous l'arrêter ? Demanda Garvin, qui se sentait légèrement inquiété par cette description.

- Par la magie, répondit Olgova, qui fit passer son regard du jeune homme jusqu'à Ciela. J'ai appris qu'il y avait deux grands jeteurs de sorts parmi les troupes venues du Sud : vous. Ensemble, vous devriez y parvenir, même si je sais à quel point le Pouvoir du Loup et Verana sont forts.

- Cette... Verana... est-elle notre ennemie ? Reprit Veresh, en considérant ce qu'Olgova leur avait confié jusqu'alors.

- Elle n'est pas une mauvaise personne, elle a été bernée par les Quatre Clans, sans doute par Uskor en personne. C'est lui le véritable danger. Il est le doyen des shamans, avec ses cent quarante ans, cela lui fait trois ans de plus que moi. Il n'a jamais dirigé les Ours Noirs, mais a été le conseiller de plusieurs chefs, et aussi du Mage de Guerre. Aujourd'hui, il conseille Lordar, le nouveau chef des Ours Noirs. C'est lui qui a planifié l'attaque contre Létare, d'où vous venez certainement.

- Oui, je suis le commandant Veresh, des archers-mages de Létare, et voici mes amis, continua l'officier. Dilva de l'Urgandarr, ainsi que nous deux jeunes talents, Ciela, de Létare également, et Garvin, qui lui vient des Mille Collines.

- Dans ce cas, vous représentez l'Ouest, contre le Nord... estima Olgova.

- Si tout se passe comme prévu, bientôt nous pourrons être amis, dit Veresh avec un petit sourire. Nous suivons le plan de Lendra, notre nouvelle Grande Mage, sage et courageuse. Une amie de Létare, Veska, viendra en renfort, et tentera d'aider le Talémar à s'unifier. Des puissances immenses se lèvent à l'est, au-delà des montagnes, dans le pays que nous appelons celui des Vesnaer. Pour l'instant, nous les avons repoussés, mais tout l'Ouest doit se tenir prêt à agir, et à se rassembler.

- J'entends ce que vous dites, commandant Veresh, reprit Olgova, qui ne parut pas plus surprise que cela en entendant l'officier en chef parler ainsi de cet espace lointain. Les Ours Noirs et moi-même avons surveillé la rive orientale de Lac Talémar pendant de nombreuses années, et nous savons qu'un danger en surgira un jour. Je sais également que Veska a un plan particulier. Elle a toujours été une dirigeante à part au Talémar.

- Cela signifie t-il que vous appuierez son projet ? Fit Veresh, désireux de clarifier les choses.

- Peut-être bien... répondit Olgova, évasive. Si elle parvient à prouver à tous qu'elle est celle qui amènera le bien au Talémar, je l'aiderai. Et je pense qu'elle est la meilleure candidate pour cela. Mais d'abord, nous devons vaincre les Quatre Clans. Leur camp se situe plus au Nord d'ici, à une bonne journée de marche. Mais je dois aussi vous dire qu'Uskor et ses alliés vont tenter de vous piéger dans la Plaine des Roches.

- Que voulez-vous dire par là ? s'exclama Garvin.

- Ils savent que vous voulez les éliminer en une seule fois, que vos forces fondent sur les chefs de la coalition, et ils vous attendent, expliqua Olgova avec sérieux.
- Je vois... dit Veresh, un instant pensif, qui comprit la raison de leur immobilité au milieu de ce désert froid. Alors nous irons quand même à leur rencontre. Eux ne savent pas que nous sommes avertis de leur ruse, ainsi, nous avons à nouveau nos chances.

Un souffle de courage et de témérité s'empara des camarades du commandant, lesquels sentirent leur moral augmenter, dans un élan qui devait contrer la vague neigeuse venant à leur rencontre.

- Vous êtes braves, et je vous crois capables de l'emporter malgré tout, leur confia Olgova. Ce soir, abritez-vous ici, dans ma cabane. La neige va tomber en abondance, et le froid va venir nous encercler.
- Non, je resterai auprès de nos troupes, refusa Veresh avec engagement. Je partagerai les difficultés avec ces hommes et ces femmes qui ont parcouru tant de distance pour mener à bien notre objectif. Garvin, Ciela, Dilva, vous prendrez ma place ici.
- Commandant... fit Dilva, d'un ton altruiste, se préparant à insister pour que Veresh s'abrite. Vous êtes le chef de cette expédition, vous devez vous préserver.
- Non, il faut que j'avertisse en personne chaque soldat, poursuivit l'officier, dont la détermination demeurait intacte. Dilva, vous êtes la personne qu'il faut pour commander à ma place, si jamais je devais être trop affaibli pour prendre les décisions. J'en parlerai avec la capitaine. Ciela, Garvin, vous êtes les seuls capables de stopper cette Verana et les shamans des Quatre Clans. Vous devez garder toutes vos forces pour les affronter au mieux. Mon devoir est de motiver nos gens, et je vais dès à présent les rejoindre.

Sans ajouter un mot de plus, il se dirigea vers la porte, sa démarche droite et digne, actionna la poignée et sortit au dehors. La porte se referma, laissant ses trois amis avec Olgova, libres de continuer la conversation.

- C'est un grand officier, il m'est d'avis qu'il pourrait bientôt être général, dit la vieille dame, qui leur parla ensuite de l'avenir du Talémar. Il y a quelques années, je n'aurais jamais pensé envisager d'apporter mon aide à Veska. Les Gens de la Montagne qu'elle mène sont les adversaires des Ours Noirs, mais depuis ce qu'il s'est passé avec Uskor et ses projets, je ne suis plus de cet avis. Aujourd'hui, les Quatre Clans sont les ennemis du Talémar. De véritables petits tyrans, tels que ce commandant Volkor, se sont levés aux quatre coins de notre pays.

- Nous avons vaincu Volkor, il ne représente plus aucune menace, l'informa Ciela, avec une certaine fierté, en échangeant un regard avec Garvin.

- Volkor vaincu, vous dites ? Reprit Olgova, surprise. Eh bien voilà qui va faire pencher l'avantage en votre faveur. Et cela pourrait vous faire aimer parmi les Talémariens ! C'est une très bonne chose.

Alors que tous souriaient dans l'unique pièce à vivre de la cabane, dehors, Veresh avançait d'un pas ferme en direction de la lisière de la forêt, où les premières tentes étaient en train d'être montées par les troupes. Il alla s'adresser à l'éclaireur qui leur avait signalé la présence de la demeure isolée, et lui demanda de faire passer le mot à tous qu'il voulait s'adresser au plus grand nombre, qu'il avait des informations de première importance à communiquer. L'éclaireur acquiesça et retourna dans la clairière ; Veresh se chargea lui-même de parler à ceux qui dressaient les tentes sur le bord de la Plaine, circulant d'un groupe de militaires à un autre. Puis, cinq minutes plus tard, la foule commença à se réunir tout près de la lisière, et la capitaine de Létare vint parler en privé à Veresh, qui se tenait sur le sommet d'un rocher sortant légèrement du sol, en avant des tentes les plus exposées au vent. Celui-ci continuait de pousser les nuages, avec heureusement un arrêt temporaire des flocons de neige, au moment où Veresh s'apprêtait à parler d'une voix forte, la capitaine demeurant à sa gauche.

- Mes amis ! s'exclama t-il. Je vous ai fait regrouper parce que je dois vous avertir. L'ennemi envoie ces nuages chargés de magie sur nous, et la nuit sera très probablement rude, surtout pour ceux qui n'auront pas la place de se loger dans la clairière. Nous ne savons pas à quel point il pourra faire froid, ni combien de neige va chuter, alors je demande à chacun d'être attentif. Je resterai avec vous cette nuit, dans l'une des tentes de la Plaine. Je tiens à vous dire que nous sommes tout prêt de réussir, et que dès demain, nous arriverons à bout des Quatre Clans. Courage, la victoire est proche.

Aussitôt son discours achevé, il descendit du rocher, ses paroles laissant les soldats convaincus de leurs chances, et parfois suspicieux quant à l'ampleur du mauvais temps qui s'annonçait. Veresh, par prudence, conseilla à une vingtaine de militaires d'ériger des panneaux de protection en avant des tentes les plus exposées, en utilisant des piquets et de la toile en excédent, afin de former une barrière protectrice et incurvée, à même de couper une partie du souffle froid, si jamais il devait venir agiter le campement. Le commandant s'impliqua lui-même dans les travaux, aidant ses lanciers, pendant que les archers-mages, sur une intuition de la capitaine de Létare, tiraient une centaine de projectiles enchantés en direction des nuages, pour peut-être espérer diminuer leur densité. La barrière, longue d'environ cinquante mètres, fut en place avant que la luminosité ne baisse de façon nette, puis Garvin et Ciela vinrent aider les soldats à allumer les feux de camp, usant de leurs pouvoirs pour gagner un peu de temps. Le jeune magicien suivit une de ses intuitions et projeta ensuite une épaisse sphère enflammée en direction du ciel, qui s'engouffra dans la couverture intégrale des cumulus, avant de se disperser en altitude. Des soldats, ainsi que Ciela près de lui, s'étaient arrêtés pour le regarder utiliser sa magie dans l'espoir d'affaiblir lui aussi le sortilège de l'ennemi. Son amie blonde, inspirée à son tour, envoya un long rayon lumineux, un peu plus orienté vers le nord, et parvint à le maintenir une dizaine de secondes depuis sa main droite ouverte. Le faisceau fila à la manière d'une flèche, pour disparaître à travers les nuages, pendant que les militaires à l'arrière admiraient cette magie qu'ils reconnaissaient, celle de l'élite des magiciens de Létare. Les quelques Urgandris présents à proximité s'en émerveillaient davantage, eux pour qui ce genre de sort était inconnu dans leur pays. Ciela laissa son rayon se terminer, et elle échangea un rapide regard avec Garvin, lequel avait suivi avec attention la trajectoire illuminée de sa magie.

- Nous verrons bien, dit-elle simplement, avant qu'ils ne retournent assister les soldats alliés. À la tombée de la nuit, Veresh attendait, tourné vers le Nord, tandis que les premiers gros flocons chutaient paisiblement autour de lui, et venaient décorer les cimes des sapins derrière lui. La fumée s'élevait toujours de la cabane d'Olgova, avec laquelle Dilva était longtemps restée pour discuter, afin de recueillir d'éventuelles informations supplémentaires, mais les alliés savaient désormais l'essentiel des éléments à connaître. Elle sortit de la cabane pour venir à sa rencontre.

- Veresh, comment vont les soldats ? Demanda t-elle.

- Plutôt bien. Nous avons pris des précautions avec les tentes, et je crois que nous sommes prêts pour cette nuit.

- Olgova dit que la vague sera terminée vers cinq heures du matin, donc cela nous fait un peu plus de huit heures, l'informa Dilva.

- Je vais aller leur dire, s'engagea Veresh.

- Je m'en charge, reprit Dilva. Je vais aller saluer mes compagnons d'Urgandarr, je dois leur parler avant de retourner dans la maison.

Veresh lui adressa un signe de tête en guise de remerciement, puis il retourna à son observation météorologique, en avant du campement. La capitaine vint à son tour lui parler quelques minutes plus tard, lorsque l'horizon se fit de moins en moins distinct.

- Commandant, nous sommes installés, nous allons bientôt aller dormir, enfin, autant que nous le pourrons, dit-elle. Votre discours nous a tous donné courage, j'ai parlé avec les soldats, et ils sont de mon avis. Nous avons de la chance d'avoir un si bon commandant.

- Merci, capitaine, répondit Veresh avec un sourire presque timide devant autant de gratitude, en constatant à quel point ses mots avaient pu mobiliser et motiver les troupes. Allez vous coucher, c'est ce que je vais bientôt faire moi aussi.

- Bonne nuit, commandant.

Elle s'en retourna vers le campement, en se faufilant dans l'ouverture qui séparait deux des paravents de toile récemment érigés, et croisa Garvin et Ciela, qui marchaient en sens inverse. Ils saluèrent la sympathique capitaine et souhaitèrent à leur tour la nuit la plus paisible possible à Veresh, sur le trajet qui les menait à la cabane d'Olgova.

- Moi aussi, je l'espère… fit Veresh, avant de se rendre jusqu'à sa tente.

Il rencontra à nouveau Dilva en chemin, et lui serra la main après avoir échangé quelques paroles. Ils se séparèrent presque à regret, mais Veresh sentit le courage de la belle vétérane le régénérer au moment d'écarter le pan de tissu épais à l'entrée de la tente, dans laquelle il s'allongea bientôt.

L'atmosphère demeura quasiment inchangée pendant l'heure qui suivit, suite à quoi la neige se mit soudainement à chuter en quantité, pour recouvrir le sommet des tentes ainsi que l'herbe de la Plaine. La plus grande partie du campement fut dans un premier temps moins touchée car abritée par les hauts sapins, mais les lourds flocons finirent par l'atteindre à son tour. Le vent ne soufflait qu'en altitude, mais la neige étouffa peu à peu les feux au dehors, plongeant les lieux dans l'obscurité. Un froid de plus en plus présent se fit sentir, y compris sous les couvertures qui recouvraient les soldats. Dans la cabane, Olgova, Dilva, Ciela et Garvin veillaient toujours, le jeune homme assis sur la droite de la table, qui profita de quelques instants pour remettre une bûche dans le feu de cheminée, lequel commençait à faiblir. Ce n'est qu'un peu plus tard que la vieille shamane monta se coucher, après avoir descendu des couvertures denses, avec l'aide de Dilva. La vétérane allait dormir à l'étage étroit, aussi bas de plafond qu'elle et ses amis se l'imaginaient, tandis que les deux magiciens étendaient leurs couvertures respectives, de l'autre côté de la table, face au feu, à l'opposé de la porte d'entrée, exceptionnellement barrée.

Dehors, la neige s'intensifiait, et le froid poursuivait son offensive sur le campement ainsi que la forêt, en une vague tranquille, qui parvenait jusque là sans vent, un simple souffle venant slalomer entre les tentes envahies par la fraîcheur. Vers minuit, la situation sembla se stabiliser, mais l'intensité de l'événement perdurait, rendant le sommeil difficile pour beaucoup de soldats, qui tremblaient pour la plupart malgré la ou les couches de toile et de laine sous lesquelles ils se tenaient allongés.

Loin de là, au sommet de la tour d'observation, Delfen regardait au dehors tomber cette neige, par la baie vitrée du troisième étage, les lanternes du dehors suffisant à éclairer les alentours du bâtiment.

- J'espère que nos amis ont pu s'abriter... dit-il, préoccupé, ses pensées tournées vers ses amis de Létare, qu'il imaginait probablement encore dans la forêt, là où les sapins pourraient les protéger au moins un peu de ces intempéries.

***

À quatre heures du matin, la neige commença à faiblir pour la première fois depuis le début de cette vague de nuages gris, et le froid se retira alors peu à peu. Une heure plus tard seulement, les effets du mauvais temps se dissipèrent, donnant raison à l'expertise d'Olgova, puis les soldats qui se trouvaient jusqu'alors le plus indisposés par la météorologie extérieure purent trouver le sommeil. Le ciel se dégagea et les étoiles eurent le temps de briller avant que le soleil ne se lève pour laisser profiler au moins une belle matinée de printemps. Lorsque Veresh sortit de sa tente et que le campement s'animait tout autour, il eut l'étonnement de constater que l'atmosphère avait retrouvé une certaine douceur, comparable à celle des jours précédents, et que la couche de neige tombée pendant la nuit se mettait déjà à fondre à grande vitesse. Il fit le tour des installations et fit son enquête sur l'état des troupes ; la nuit, difficile pour certains, n'avait pas autant affecté les militaires alliés qu'il ne l'aurait estimé, et le commandant se réjouit de ce bilan inespéré. Il fut rejoint peu après par Garvin, Ciela et Dilva, en pleine forme, abrités toute la durée de la nuit par le refuge chaud d'Olgova.

- Nous sommes prêts à en finir avec le Talémar, monsieur ! Annonça joyeusement Garvin, ce qui fit sourire aussi bien Ciela que Veresh.
- Oui, nos pouvoirs reviennent après le combat dans la forêt, appuya Ciela. Nous nous sentons suffisamment bien pour recommencer, et tout donner si ce doit être l'ultime affrontement.

- Voilà qui me rassure, confia Veresh en soupirant de soulagement. Nous partirons dès que possible.

Ils se saluèrent, puis les deux jeunes allèrent aider les soldats à charger les mules, tandis que Veresh continuait de superviser le déroulement des activités. Dilva retrouva ses compagnons en pleine santé, demeurés dans la clairière de la forêt pendant la nuit. Une demi-heure plus tard, ils quittèrent l'abri des sapins pour se joindre à la compagnie Létarienne, laquelle entamait sa marche en direction de la Plaine des Roches.

À cet instant, Olgova se tenait debout devant sa cabane, près de la porte, et prenait appui sur un bâton de marche, tout en regardant passer les troupes alliées, qui défilaient devant elle, et répondait par des signes de la tête à certains soldats qui la saluent poliment. Elle attendait en compagnie de Garvin et Ciela, postés à sa gauche et quelque peu enjoués de constater le bon moral qui régnait parmi les combattants, lorsque Veresh, en marge de la foule, vint s'arrêter à leurs côtés.

- Nous voilà de nouveau sur le départ, annonça t-il avec un soupçon de réjouissance momentanée. Je tiens à vous remercier de nous avoir prévenu, aussi bien pour la neige que pour ce qui nous attend plus loin, dans la Plaine.

- Oh, vous ne me devez rien, commandant Veresh, dédaigna Olgova, d'un geste du bras. Votre itinéraire et votre prévention vous ont menés par hasard jusqu'à ce lieu, et j'ai fait mon devoir, pour lequel je me tenais prête. Prenez bien garde à la ruse d'Uskor et de ses acolytes. Avec ces deux jeunes gens qui sont ici autour de moi, je sais que vous serez capable de leur tenir tête. Mais vous devez être prudents, ils seront très certainement plus nombreux que vous.

- Ne vous en faites pas, Olgova, dit Ciela, en posant doucement sa main sur le manteau de la vieille shamane, au niveau de son épaule gauche. Le commandant et les soldats de Létare sont les combattants les plus compétents que je connaisse.

- Et nos alliés de l'Urgandarr valent tout autant, défendit Garvin, alors que Dilva se rapprochait d'eux, le remerciant d'un geste de la main. Nous sommes bien entourés.

- Alors puissiez-vous triompher bientôt, leur souhaita Olgova. Faites tomber Uskor, et alors, la paix pourra revenir au Talémar. Voilà trop longtemps qu'il provoque la discorde dans notre pays.

- Nous ferons de notre mieux, c'est ce que nous pouvons attendre de nous en ce jour, affirma Veresh, dont le ton ferme et engagé reflétait son immense motivation. À notre prochaine rencontre, madame Olgova.

Il porta sa main gantée à son front pour la saluer, puis recommença à marcher pour se rapprocher des rangs désordonnés qui avançaient alors sereinement vers le Nord. Puis, Garvin et Ciela serrèrent délicatement la main d'Olgova, enveloppée dans un gant de laine, et la quittèrent à leur tour, pour s'insérer dans le mouvement, sur la gauche des derniers soldats, à une dizaine de mètres derrière Veresh, qu'ils apercevaient en train de donner ses impressions aux combattants proches de lui. Les deux jeunes magiciens sentaient l'ambiance positive dans laquelle les deux cents cinquante militaires de Létare et de l'Urgandarr avançaient, pour l'instant paisibles, et sans cesse remotivés par l'attitude de Veresh. Olgova les regarda s'éloigner un long moment avant de rentrer dans sa demeure, plus convaincue encore que la veille de leurs chances de réussir, tout comme Garvin et Ciela, qui basculaient au loin, de l'autre côté d'une ondulation du terrain, laquelle marquait l'entrée véritable de la Plaine des Roches.

Chapitre 11 : Le Pouvoir

du Loup

Vers dix heures, Delfen se tenait de nouveau face à la grande baie vitrée, au troisième étage de la tour d'observation. Devant, le soleil brillait dans un ciel parcouru de nuages blancs, poussés par le vent du Nord qui soufflait encore, mais uniquement en altitude. Les rayons dorés éclairaient l'herbe verte qui couvrait les abords de l'édifice. Delfen, bien que calme, demeurait attentif au moindre élément, alors que ses amis de l'Urgandarr rassemblaient leurs affaires afin de partir plus tard dans la journée, rejoindre leurs alliés, plus loin dans la Plaine. Un sac de couleur marron attendait Delfen, posé contre le mur nord, juste à la gauche du jeune champion à la cape verte, avant la grande vitre. Dans la salle derrière lui, plusieurs combattants passèrent, et certains posaient des bagages sur une vaste table, près de l'escalier qui descendait au niveau inférieur. Alors que tout semblait se dérouler sans imprévu, Delfen aperçut une silhouette venir du Nord, et qui venait de surgir semblait-il d'un des bosquets en marge de la plaine herbeuse annonçant celle dite « des Roches ».

- Quelqu'un vient vers nous, dit-il à haute voix, alertant quatre camarades, dont la petite femme brune et robuste qui avait infiltré en premier la tour.

Tous se rapprochèrent de la vitre et virent à leur tour cet homme inconnu, dont le manteau marron délabré semblait flotter dans sa course, agiter sa main droite tout en poursuivant sa charge avec précipitation. L'un des quatre soldats s'élança vers la gauche, pour grimper les marches menant au toit, et passa le mot aux quatre sentinelles qui surveillaient les environs. Un de ces quatre archers en tenue verte l'avait déjà remarqué et cherchait à déterminer s'il s'agissait d'un ennemi ; comme il le disait à ses collègues, cet étranger n'en avait pas vraiment l'air.

Delfen s'empara d'une longue-vue qu'on lui tendait et put ainsi obtenir un aperçu plus précis de ce coureur qui n'en finissait plus d'approcher. D'environ cinquante ans, dégarni et mal rasé, avec un visage carré et un physique légèrement corpulent, l'homme ne paraissait pas armé, et pauvrement vêtu. Cet individu, par son aspect solitaire et quelque peu désemparé, lui parut immédiatement ne pas être un Talémarien comme les autres, d'autant plus en prenant en considération les gestes répétés qu'il adressait de son bras droit aux occupants de la tour.

- Qu'en pensez-vous ? Demanda Delfen à ses amis, en se retournant vers eux.

- Je ne sais pas, Delfen, cela pourrait être un piège, répondit la femme brune, d'un ton suspicieux.

Les deux autres Urgandaris à ses côtés semblaient moins méfiants, mais cependant pas entièrement convaincus. Le quatrième revint du toit avec empressement et demanda si les sentinelles devaient tirer.

- Non, laissez-le approcher, déclina Delfen, qui reporta aussitôt son regard vers celui qu'il prenait pour un messager. Quelque chose me dit que cet homme n'est pas notre ennemi, et qu'il ne fait pas partie des Quatre Clans.

Delfen, pensif, regarda à nouveau le coureur, dont le visage marqué par l'effort se faisait de plus en plus visible. Le jeune champion de l'Urgandarr distingua son expression et la jugea sincère ; l'inconnu n'était suivi d'aucun soldat, il évoluait seul au milieu de la plaine, isolé, et distant de plusieurs centaines de mètres du plus proche bosquet. Dehors, le messager se mit à crier à l'attention des archers qu'il distinguait sous le toit de la tour.

- Je dois parler à Delfen ! J'ai quelque chose à d'important à dire à Delfen !

Au troisième étage, la petite guerrière hésitait toujours à donner son approbation.
- Je ne suis pas certaine, peut-être est-ce un espion... laissa t-elle supposer.
- Non, il n'y a aucun piège, assura Delfen, certain que rien ne les menaçait. Nous n'avons rien à craindre de cette personne. Laissons-le entrez, il a l'air d'avoir des choses à nous dire.

Trois secondes plus tard, un des archers, jusqu'alors posté sur le toit, un trentenaire grand, maigre et presque chauve, accourut vers le groupe.
- Delfen, il demande à vous parler ! Dit-il, encore un peu incrédule.
- Très bien, qu'il monte nous rejoindre, reprit Delfen, avec cette fois-ci, des signes de tête positifs de la part de la guerrière. Nous restons ici pour surveiller les environs.

La sentinelle se mit à courir vers l'escalier du deuxième étage, et s'adressa en levant la voix à d'autres soldats, présents plus bas. L'ordre se répandit ensuite à grande vitesse jusqu'aux deux gardes de la porte, qui ôtèrent l'épaisse planche condamnant l'ouverture de la tour. Le messager enveloppé dans son manteau marron les remercia et entra dans le couloir du rez- de-chaussée, au bout duquel une femme en uniforme vert lui faisait signe de la suivre. Essoufflé, l'homme ne prit pas le temps d'effectuer une pause et commença l'ascension des marches, un effort supplémentaire qui le laissa presque épuisé au moment d'atteindre le troisième étage, où Delfen et ses proches l'attendaient. Le messager s'avança, tremblant, et chuta devant les cinq Urgandaris ; deux d'entre eux se précipitèrent pour le retenir et l'asseoir dans la direction de l'escalier menant au toit.

- Je suis Delfen, et voici mes compagnons de l'Urgandarr, dit le jeune champion, avec calme, pendant que le messager reprenait sa respiration, pour l'instant toujours haletante.
- Je suis venu vous prévenir dès que j'ai pu... parvint-il à dire, sans pouvoir lever le visage.
- Qui êtes-vous ? Lui demanda la petite guerrière, aux sourcils quelque peu froncés.
- Un agent... de Veska, répondit l'homme au manteau marron. Je suis un espion. Un observateur infiltré à l'est... et j'ai appris que les troupes d'Urgandarr avaient été

vues... près de cette tour. Alors je suis venu vous dire que... les Quatre Clans vont essayer de piéger vos amis...

- Les Létariens ? Fit Delfen, qui craignait désormais pour leurs si bons alliés.

Le messager acquiesça par deux fois, toujours maintenu par deux combattants des marais.

- Je n'ai pas pu trouver leur commandant, alors vous étiez... mon dernier espoir, continua t-il.

- Comment les Clans comptent-ils surprendre nos amis ? Relança Delfen.
- Dans la Plaine des Roches... ils les attendront là-bas. Ils seront très nombreux, deux fois plus, au sud de leur campement. Mais ce n'est pas tout : ils ont amené une jeune shamane, Verana. Elle a le Pouvoir du Loup...

- Qu'est-ce que c'est ? Demanda Delfen, qui entendait pour la première fois parler de cette chose intrigante.

- Le plus grand pouvoir de notre pays, expliqua le messager. La faculté de se transformer... en un gigantesque loup des glaces, la plus dangereuse créature que l'on ai jamais vu ici, dans le Nord. Je ne sais pas comment l'arrêter...

- Ne craignez rien, s'insurgea Delfen, la main droite relevée en direction de l'homme qui le regardait. Mes amis, Garvin et Ciela, sont respectivement les plus grands magiciens du Sud et de l'Ouest. S'il y a des gens capables de stopper cette créature, c'est bien eux. Et s'il ne le font pas, je le ferai. Je vous donne ma parole.

Le messager acquiesça à nouveau, tandis qu'il revenait au calme petit à petit. Son avertissement délivré, il savait sa mission enfin accomplie, et il fut allongé par ses deux aides sur le plancher du troisième étage. Ils glissèrent un sac rembourré derrière sa tête, afin de le laisser se reposer. Delfen, dos à la verrière, prit quelques instants pour réfléchir rapidement à ce qui allait suivre. Ses camarades se regroupèrent devant lui alors qu'il allait leur proposer sa décision.

- Mettons-nous en route sans perdre de temps. La victoire de nos amis dépend maintenant de nous.

- Est-ce qu'on abandonne la tour ? demanda la sentinelle, le grand mince réactif, qui sentait tout comme ses proches la nécessité d'agir vite.

- On va laisser seulement cinq d'entre nous, pour garder les prisonniers, dit Delfen, approuvé par les autres. Il ne faut pas qu'ils puissent s'échapper et ramener des renforts dans la Plaine. Et puis avoir de nos gens toujours ici pour nous avertir si la situation change, cela reste une bonne idée. Nous pourrons toujours nous replier ici, si jamais il y avait une centaine d'ennemis qui nous barraient la route pour nous empêcher de rejoindre nos alliés. Il faut rester prudent jusqu'au moment de retrouver le commandant Veresh et ses troupes.

Le plan du champion de l'Urgandarr fut une fois de plus jugé excellent par les quelques combattants qui l'entouraient, et qui se dispersèrent pour prévenir toute la garnison. Delfen se tourna ensuite vers son sac, à gauche de la baie vitrée, et s'accroupit pour en vérifier le contenu, qu'il estima satisfaisant ; ses camarades n'allaient pas mettre plus d'une bonne demie heure avant d'être prêts au départ, aussi décida t-il de continuer sa surveillance du Nord encore un peu.

Il se retrouva bientôt seul à ce niveau de la tour, l'expédition se préparant aux étages inférieurs, et il pensa à ses amis de Létare, très probablement en train de pénétrer dans la Plaine des Roches, à l'est-nord-est de ce repère géographique. Quarante combattants de plus pouvaient peut-être faire basculer le futur affrontement avec les Clans, mais le plus important était de donner l'alerte aux alliés, sur ce qui les attendait plus au Nord. Alors qu'il réfléchissait encore au déroulement des prochaines heures, Delfen vit son attention attirée par un appel venu du haut de l'escalier du toit : une femme sentinelle l'appelait d'une voix préoccupée, aussi s'élança t-il d'un pas rapide en direction des marches, qu'il gravit en peu de temps. La jeune gardienne en tenue d'archère Urgandarie faisait partie des deux dernières personnes demeurées à observer les environs de l'édifice, et elle lui montra la direction du sud-ouest, tout en se rapprochant avec lui du rebord de la tour. Au loin, une cinquantaine de soldats Talémariens arrivaient au pas de course, suivis par des artilleurs manoeuvrant deux balistes légères, déjà chargées, et qu'ils poussaient à quatre, droit dans leur direction.

- Nous sommes attaqués ! s'exclama la femme sentinelle, d'une voix forte. Au sud-ouest ! Delfen et elle redescendirent aussitôt l'escalier pour prévenir leurs amis plongés en pleine préparations au départ, et le jeune héros des marécages s'arrêta un instant devant la baie vitrée, par précaution. Il vit soudain au loin des silhouettes, surgies d'un bosquet encore distant, qui semblaient être celles des Talémariens. Un rapide regard au travers d'une longue-vue lui confirma cette impression : environ soixante ennemis se rapprochaient, emmenant avec eux un onagre poussé par un petit groupe de militaires. La dernière sentinelle arriva en vitesse de l'escalier pour prévenir Delfen.

- Ils arrivent du nord-est ! Cria l'archer par deux fois, en descendant les marches.
- Je les ai vu, confirma Delfen, qui conservait son calme. Ils ont une sorte de petite catapulte avec eux. Ils veulent nous prendre en étau.

- Nous ne pourrons pas les retenir et combattre sur deux fronts ! s'écria l'Urgandari désespéré.

- Je vais descendre les combattre, même si je dois le faire seul, s'engagea Delfen. Le jour de la bravoure commence. Il est l'heure d'accomplir des exploits.

Le jeune homme s'empara de sa lance, posée contre le mur, près de son sac, et suivit l'archer jusque sur le toit. Alors qu'il se rapprochait de l'escalier, un boulet tiré par l'onagre détruisit une grande partie de la verrière, y laissant une immense cavité. Delfen pivota, surpris, et alla constater les dégâts en solitaire, pendant que la petite guerrière et deux Urgandaris remontaient jusqu'à cet étage. En bas, les guerriers des Clans déferlaient en direction de la tour, et les artilleurs rechargeaient leur catapulte mobile, dont ils abaissaient le bras. L'engin de siège, bien que de taille modeste, pouvait provoquer de grandes destructions sur un bâtiment relativement fragile, ou du moins, dont les murs n'avaient pas véritablement été prévus pour résister à un assaut aussi bien qu'un bastion. Delfen savait qu'à quarante-cinq contre plus d'une centaine, la tour allait être difficile à défendre, et ses amis devaient déjà contenir l'attaque venue du sud-ouest.

Il se devait de tenir l'autre côté, aussi bien se prépara t-il à livrer le meilleur de lui-même : debout devant la baie vitrée brisée, sa lance dans sa main droite, Delfen sentait l'air frais du dehors lui parvenir, et il commença à se concentrer. Il rassembla ses forces, immobile, sous le regard de la combattante restée dans l'escalier inférieur, puis son énergie se projeta vers l'extérieur. Le corps de Delfen décolla en même temps qu'il se compactait, et une fois l'alignement de la verrière franchie, un faucon se laissa planer en descendant rapidement vers l'herbe verte, au pied de la porte de la tour. Là, avec tout autant de célérité, le corps du faucon se déforma, prenant du volume, et Delfen réapparut sous sa forme humaine, les deux pieds au sol, face à une compagnie qui fondait sur lui.

Alors, le jeune homme planta sa lance à sa droite et avança d'un pas, pour se retrouver près d'un rocher en grande partie enfoui dans la terre. Il plia les bras et ferma les poings, sans se presser : depuis ses mains, sa peau changea de couleur pour prendre celle de la pierre, et bientôt, elles en eurent la fermeté. Le sortilège remonta son corps au fil des secondes, tandis que l'ennemi se rapprochait, et Delfen se retrouva entièrement peint de gris, ses vêtements paraissant fusionner avec lui. Puis, il se mit à élargir tout en grandissant, ses jambes devenant épaisses et ciselées, le haut de son dos ainsi que ses épaules se bombèrent tout en se couvrant de terre et d'une mousse verte. Son visage s'arrondissait pour donner l'apparence d'une roche quelque peu grossière. Delfen se dressa tel un tertre vivant, haut de plus de quatre mètres, ce qui fit ralentir la plupart de ses adversaires, impressionnés par une pareille métamorphose, qui venait de se produire juste devant eux. Enfin, l'homme de pierre se mit en mouvement, ses lourdes jambes l'amenant jusqu'à ce proche rocher qu'il agrippa de ses bras pour l'arracher du sol et le placer dans sa main droite. Il projeta ensuite la grosse pierre, large de cinquante centimètres, en direction de l'onagre, à des dizaines de mètres de là : le rocher s'effondra au sol juste devant l'engin et roula pour venir le percuter, ne laissant aux manoeuvriers qu'un instant pour se dégager. L'onagre fut brisé par l'impact et Delfen put s'occuper de ces nombreux opposants, bien décidés à l'engager au corps-à-corps, principalement à coups de haches et d'épées. Delfen savait qu'il allait devoir frapper sans relâche tout le temps que durerait sa transformation, alors il commença à envoyer ses bras énormes en direction de ses ennemis dès que ces derniers furent à portée de ses mains de roche carrées.

Le premier coup fit décoller cinq guerriers et guerrières du Talémar, touchés de plein fouet par le membre noueux d'un Delfen métamorphosé, qui prit le temps de préparer sa prochaine frappe. Son bras gauche rasa l'herbe pour remonter vers ses prochains ennemis, qui furent à leur tour expédiés quelques mètres plus loin, assommés par l'impact. Sans reculer ni avancer, Delfen continua de repousser ses assaillants, plusieurs carreaux se pulvérisant en rencontrant son épaisse jambe droite. En se courbant, il abattit ses deux bras devant lui, provoquant une onde de force locale qui fit chuter plusieurs soldats adverses devant lui, et qui lui laissa le temps d'effectuer trois pas lourds avant de recommencer à frapper ; ses grands mouvements horizontaux finirent par faire reculer les Talémariens.

Leurs gens redressèrent les combattants les plus exposés, déstabilisés par la puissance du tertre de roche, et ceux qui le pouvaient se mirent à fuir cette créature qui leur semblait invincible à cet instant. Delfen, toujours sous cette forme, s'arrêta pour les regarder s'éloigner, puis le sortilège expira : son corps rétrécit pour retrouver une taille humaine, puis ses vêtements reprirent formes et couleurs, jusqu'à ce que ses mains redeviennent normales. Au loin, les hommes et femmes du Talémar ne firent pas demi-tour pour revenir l'affronter, sans doute encore un peu inquiets qu'il ne décide de se transformer de nouveau.

Mais alors que le jeune champion de l'Urgandarr allait se retourner pour prendre des nouvelles de ses amis défenseurs de la tour d'observation, un mouvement attira son attention, tout à gauche. Tandis qu'éclataient des exclamations venues du sommet de l'édifice ainsi que du côté opposé au sien, Delfen vit venir vers lui une dizaine de Talémariens d'apparence massive, qu'il identifia aussitôt comme étant des berserkers. Ces hommes et ces femmes robustes, tous hauts de plus d'un mètre quatre-vingt, aux carrures amplifiées par les manteaux qu'ils et elles portaient, étaient visiblement menés par une shamane, présente à l'arrière, et physiquement moins impressionnante. Davantage longiligne, elle tenait un bâton sinueux dans sa main droite et pointait son index gauche vers lui ; à ce signal, les dix bersekers se précipitèrent dans sa direction, le laissant dans un désarroi passager. Passé la surprise, son regard balaya les combattants, équipés d'épées à deux mains dentelées, et il serra sa lance dans ses deux mains, avant d'aller à leur rencontre, le coeur gonflé de courage et sa magie commençant à amplifier ses facultés.

Delfen accéléra au-delà de ses aptitudes habituelles, plongeant d'une jambe à une autre et se glissa au milieu de la troupe, et para plusieurs coups avec les extrémités de sa lance. Puis, se retrouvant face à l'une des guerrières, particulièrement grande, il partit en arrière, sur sa droite, pivotant sur lui-même afin de s'assurer de ne jamais tourner le dos bien longtemps à ses ennemis. Attaqué brusquement de front par un jeune berserker blond, il leva sa lance pour se protéger et recula, avant d'envoyer un coup de pied au ventre de son adversaire. Delfen se tourna vers sa droite et en stoppa un deuxième, entraîna son épée vers le sol, le repoussa d'un bras chargé de magie, avant de le toucher au sternum avec sa lance verte. Le premier berserker éliminé, il dut affronter une riposte commune des Talémariens, et il parvint à esquiver ou parer chaque coup qui lui fut porté, jusqu'à se retrouver une nouvelle fois au milieu du groupe. Il s'échappa par des bonds fulgurants et fit un nouveau tour complet sur lui-même : Delfen savait qu'il allait devoir faire plus pour venir à bout de ces neuf opposants, alors il planta une nouvelle fois sa lance en terre, et ouvrit sa veste.

Au-dessus de sa ceinture, il s'empara de deux gantelets de combat, gris et ornés de motifs bleutés, pris au Mage de Guerre lors de la Campagne des Marais, puis les enfila sans perdre de temps. Chacun présentait une lame d'environ trente centimètres, qui partait du milieu de ses mains, sur le dessus. Delfen écarta les bras et attendit l'assaut d'un des combattants, qui vint de sa gauche : le jeune homme leva son bras, repoussa l'épée, puis bondit à droite, puis encore à gauche, en essayant de toucher chaque Talémariens par une série de coups aussi rapides qu'il le pouvait. Il accéléra encore, passant deux guerrières avec habileté, poignardant l'une d'elles au passage, puis se retrouva contre l'un des anciens de la troupe, d'environ quarante cinq ans, barbu, lequel fut dépassé par la rapidité de Delfen. Celui-ci enchaîna huit attaques diagonales avant d'en placer une neuvième, en plein centre du buste du berserker, qui baissa les yeux avant de basculer en arrière et de chuter dans l'herbe.

Delfen se retourna, ses bras emplis d'énergie, et esquiva chaque Talémarien, leur portant des coups terribles, d'une célérité instoppable. Il s'arrêta un instant, tous ses ennemis blessés et à terre, puis se retourna en direction de la shamane, seule en face de lui, son bâton levé, et qui semblait hésiter. Finalement, elle fendit l'air de son bâton, envoyant une bourrasque sur Delfen pour couvrir sa fuite en direction d'un bosquet au nord-ouest, vers lequel elle s'éloigna à grande vitesse. Le jeune héros des marais sentit ses forces le quitter quelque peu après le combat qu'il venait de livrer, et il tituba un instant avant d'enlever ses gants, de les raccrocher, reprendre sa lance et retourner vers la tour, depuis laquelle ses amis paraissaient repousser la deuxième compagnie Talémarienne.

- Quelle est la situation ? Cria Delfen, le regard levé vers le troisième étage.

Trois secondes après son appel, la petite guerrière se pencha au-delà de la baie vitrée endommagée.

- Nous les tenons à distance, Delfen, allez avertir nos alliés ! Répondit t-elle d'une voix forte.

- Très bien ! Envoyez-moi mon sac, il est juste à votre gauche.
La guerrière recula et repéra immédiatement le bagage de Delfen, avec ses deux boucles sur le dessus. Dans la salle d'observation, deux archers de l'Urgandarr se tenaient postés près de l'escalier du deuxième étage, pour garder l'accès au sommet de la tour, d'où les tireurs s'activaient contre les arbalétriers et fantassins du Talémar, au sud-ouest. La petite brune robuste trouva une corde enroulée, posée sur une table plus loin et s'en servit pour attacher les poignées du sac de Delfen, qu'elle amena en face de l'ouverture dans la baie vitrée. Elle le fit descendre et le jeune héros de l'Urgandarr réceptionna sans encombres, quinze mètres plus bas.

Comme il se trouvait seul, il l'ouvrit sans plus attendre et dénicha une bouteille sphérique, au verre épais et quelque peu opaque, remplie d'un liquide vert, et scellée par un bouchon vissé, recouvert de tissu ficelé autour du long goulot. Delfen la sortit du sac et admira un instant la Potion de Pouvoir : sentant ses forces entamées par le double affrontement qui venait de se dérouler, il n'hésita pas plus longtemps en entreprit de dégager le bouchon de la bouteille, puis rangea le tissu dans son sac. Il dévissa le bouchon de bois taillé, à l'intérieur strié, et leva son bras, avant de boire les vingt centilitres de potion verte. Delfen replaça l'imposante fiole dans le sac, qu'il examina une dernière fois, n'y trouvant que des objets dont il pouvait se passer dans la présente situation. Il se tourna ensuite vers le Nord, tenant sa lance enchantée, et sentit les effets de la Potion se faire sentir : une force gigantesque se répandait progressivement dans son corps, sans donner l'impression d'une limite pour l'instant. Heureux de constater que son mélange fonctionnait, Delfen se prépara à une longue course à travers la Plaine des Roches, droit devant lui, où la magie de l'ultime plante des marais d'Urgandarr saurait le soutenir dans son effort. Il se mit alors à accélérer, laissant derrière lui ses amis finir de mettre en déroute les restes de la compagnie Talémarienne, laquelle ne tarda pas à évacuer les lieux.

***

Le soleil du matin laissa lentement place à un voile nuageux et brumeux au dessus de la Plaine des Roches, et plus aucun rayon ni fragment de ciel bleu ne demeurait visible à midi, heure à laquelle les troupes commandées par Veresh effectuèrent leur dernière halte repas avant la nuit, conformément au plan de l'officier. Sans déployer les tentes, qui restaient repliées, sur le dos des mules, les soldats sortirent la nourriture des sacs et paniers de l'expédition. Ils se tenaient dans un grand champ en pente douce, qui menait jusqu'à un vaste creux dans le paysage herbeux, parsemé de grosses pierres grises à moitié ensevelies dans le sol. Veresh, à l'avant, se tenait justement assis sur l'une d'elles, en compagnie de Dilva, et tandis qu'ils mangeaient du pain, l'officier en chef pointait le paysage qui les attendait, cinq cents mètres plus loin, intéressé par ce sommet arrondi qui masquait l'horizon, où le brouillard semblait même s'intensifier. Le creux que Veresh désignait s'étendait sur plus de trois cents mètres de large, pour une centaine seulement d'épaisseur, plein nord, et lui semblait être le lieu idéal pour une embuscade.

- Je pense que cela se peut que ce soit ici que l'ennemi nous attende, déclara t-il, écouté par les militaires alentours. Soyez sur vos gardes, nous nous y rendrons d'ici un quart d'heure.

Le soleil, devenu un simple halo de lumière au-delà des nuages, faiblissait encore en intensité, et si le temps ne paraissait pas tourner à la pluie, les températures, quant à elles stagnaient, conservant une bonne partie de la fraîcheur matinale, plus favorable aux Talémariens qu'aux alliés. Derrière lui, Veresh constata que les troupes gardaient le moral malgré tout, et la situation encore calme dans laquelle tous se trouvaient invitait logiquement à une certaine sérénité, bien que temporaire, et s'amenuisant au fil des kilomètres parcourus. Garvin et Ciela, présents à l'arrière, déjeunaient ensemble, près d'une des mules, et partageaient un gros morceau de jambon salé. Ils apparurent à Veresh comme davantage sûrs de la réussite de l'alliance que lui-même. La forme des deux jeunes magiciens, au plus haut niveau possible après les événements des derniers jours, et leurs succès obtenus jusqu'alors dans cette campagne, suffisait à maintenir la confiance des militaires, dont certains les observaient attentivement pendant cette pause, se demandant quels prodiges ils pourraient accomplir d'ici peu.

- Nous avons de la chance de les avoir, répéta Veresh, à moitié tourné, et approuvé d'un hochement de tête par Dilva, laquelle mordait dans du pain à cet instant là. Eux seuls peuvent contrer l'atout des Talémariens, si ce que l'on nous a dit est vrai.

- Je ne crois pas que cette shamane, Olgova, nous ait menti, continua Dilva. Cette neige hier a bien été provoquée par de la magie, et nous allons sans doute devoir affronter pire aujourd'hui.

- Nous allons bientôt le savoir, conclut Veresh, lequel ne se sentait pas d'un grand appétit, tant l'enjeu des prochaines heures, si important, le concernait.

Il se leva et fit part de son impression à propos du paysage prochain aux soldats, circulant dans les rangs dispersés pour demander à chacun de faire très attention. Il termina son chemin devant Garvin et Ciela, qui venaient de terminer leur repas et le regardaient passer avec intérêt.

- Nous allons nous engager dans ce petit vallon au nord, expliqua Veresh. Puis, nous allons les laisser venir, j'ai le sentiment qu'ils sont tout proches.

- Oui, ils pourraient se cacher dans la brume, plus loin, enchaîna Garvin, en échangeant un regard avec Ciela, tous deux ayant remarqué la présence de ce voile opaque. C'est ce que nous nous disions.

- Ce brouillard n'est d'ailleurs peut-être pas naturel... poursuivit la jeune femme, tandis que tous trois et les soldats alentours tombaient d'accord sur ce point.

- Est-ce que vous vous sentez bien, je veux dire... suffisamment pour contenir une partie de leurs forces ? Demanda Veresh, lequel souhaitait simplement s'en assurer.

- Nous ferons de notre mieux, répondit Garvin, sincère. Cela suffira peut-être contre ces quatre ou cinq cents ennemis...

- Nous sommes prêts à passer à l'action, ajouta Ciela, avec énergie, si ce n'est une certaine impatience, au moment où l'affrontement décisif de la campagne se profilait.

- Comme toujours... reprit Veresh, affichant un léger sourire. Je veux que vous sachiez à quel point je suis fier de votre engagement, vous, Ciela, qui n'êtes officiellement plus des nôtres, et vous, Garvin, qui êtes un aventurier international.

- C'est beaucoup dire ! Répondit le jeune homme, autant amusé que surpris de cette remarque. Je voyage et j'apporte mon aide là où il le faut.

Ciela posa sa main gauche sur son épaule en signe de soutien, alors qu'elle souriait, heureuse pour lui de l'estime qu'on lui accordait à Létare.

- Et cela vous réussit, tout comme à nous, insista Veresh. Dès le début, j'ai compris que vous étiez un magicien hors du commun, qui ne s'encombre pas des règles difficiles de l'Académie par exemple, qui heureusement sont aujourd'hui plus justes, grâce à Lendra. Un magicien et un combattant que les Mille Collines peuvent être fières d'avoir accueilli. Et vous Ciela, qui êtes prodigieuse, l'élève la plus douée et la plus sérieuse que l'Académie ait peut-être jamais connu, beaucoup de gens vous admirent aujourd'hui, et si jamais vous décidiez de revenir à l'Académie, vous seriez reçue comme une véritable héroïne.

- J'entends ce que vous dites, commandant Veresh, répondit Ciela. Mais pour l'instant, je vais rester en compagnie de Garvin, à être moi aussi une aventurière internationale, comme vous le dites, même si ma loyauté ira toujours à Létare.

- Oui, et je comprends tout à fait votre aspiration, tout comme Lendra et Gador, acquiesça Veresh. Occupons-nous d'abord de finir cette guerre. Je vais parler aux troupes, excusez-moi. Le commandant se retourna et haussa le ton afin d'être entendu du plus grand nombre. Dilva traversa les rangs et se retrouva à quelques mètres de l'officier.

- Soldats de Létare et de l'Urgandarr, approchez ! Le conflit dans lequel nous sommes engagés depuis plus d'un mois peut prendre fin aujourd'hui. Son issue est plus proche que jamais. Nous avons parcouru tant de kilomètres et derrière cette brume se cache l'ennemi. Il est redoutable, comme nous le savons, mais notre devoir est d'éviter que la guerre se poursuive plus longtemps. Nos forces assiègent les factions Talémariennes au Sud, mais ces dernières peuvent tenir encore des mois avant de céder, et nous devons préserver nos forces pour espérer l'emporter plus tard contre les Vesnaer.

- Delfen et nos amis ne sont pas encore là, s'exclama Dilva en s'avançant, avant de se retourner en direction du Nord, face au gros des troupes. Mais nous pouvons l'emporter quand même, alors j'invite mes amis de l'Urgandarr à soutenir les Létariens. Si nous pouvons l'emporter aujourd'hui, nous devons tout faire pour y parvenir. Le commandant Veresh a raison : nous devons économiser le temps et les vies, autant les nôtres que celles du Talémar. Plus l'invasion durera, et plus les habitants de ce pays auront de la défiance envers nous. À nous de montrer que nous ne nous trompons pas d'adversaire : nous vaincrons les chefs des Quatre Clans, et ramènerons la paix au Talémar !

Des applaudissements unanimes se levèrent pour saluer le discours inspiré de la vétérane de l'Ouest, qui approuvait la réaction des militaires par des signes de tête positifs.

- Vous avez trouvé les mots justes pour nous motiver, dit Veresh, quelques secondes plus tard. Vous êtes une grande meneuse, Dilva.
- Comme tous les combattants de notre pays, j'ai beaucoup appris à votre contact, répondit la vétérane, d'un ton lent et aussi maîtrisé que son appel.
- C'est un compliment qui me... qui nous touche beaucoup, et j'espère que vos amis pourront venir en renfort d'ici peu.

Dilva le salua, puis ils se séparèrent, pour aller chacun de leur côté aider au départ. Garvin et Ciela avancèrent pour se placer dans les premiers rangs, pendant que Veresh effectuait une boucle à l'arrière, pour demander à une poignée de soldats de s'éloigner vers le sud en emportant les mules avec eux. Puis, une fois le commandant revenu à l'avant, les deux cents quarante militaires se mirent en route vers le creux au nord, sans précipitation et en se tenant prêts à repousser une attaque soudaine. Veresh fit apparaître son bouclier lumineux sur son bras gauche, comme il l'avait fait à Sohar l'année passée, et continua à avancer. Garvin et Ciela, à sa droite, suivaient la première rangée de soldats sur la pente douce qui menait au pied de la remontée vers cette ondulation du terrain, droit devant, au sommet de laquelle le brouillard masquait la vue. Les mètres défilèrent sans que quiconque puisse repérer un éventuel mouvement hostile aux alentours, les troupes s'étirant pour former des rangs larges. La butte se présenta face à eux, avec l'inconnu au-delà, et Veresh commença à ralentir, imité par les militaires, auxquels il faisait signe. Garvin et Ciela en profitèrent pour s'arrêter et lever leurs bras en se concentrant, pour ainsi se protéger d'un champ de force spectral, capable de stopper des carreaux ennemis surgis de la brume, puis la jeune blonde se tourna vers l'officier.

- Commandant Veresh, mon ami et moi allons monter et tenter de disperser le brouillard, annonça t-elle d'un ton très officiel.
- D'accord, mais soyez prudents, leur accorda Veresh, qui connaissait l'efficacité du sort de protection entourant les deux magiciens.

Elle et Garvin acquiescèrent dans le silence qui se mettait en place autour d'eux. Ils se tournèrent vers la butte et marchèrent vers elle sans faire de bruit. La brume se faisait de plus en plus opaque, et finit par masquer leur environnement proche, le paysage devenant invisible à seulement trois mètres. Sous leurs pas, le terrain commença à redevenir plat, leur indiquant leur arrivée au sommet de cette ondulation, tout compte fait moins marquante qu'il leur avait semblé un peu plus tôt. Ciela pivota vers Garvin, et ils convinrent d'un hochement de tête qu'il était temps de s'arrêter et d'utiliser leurs compétences. Ils stoppèrent leur marche et se dressèrent face au rideau blanchâtre qui masquait la Plaine, puis tendirent leurs bras et inspirèrent l'air frais ambiant. En rassemblant leur énergie, ils se mirent à exercer une poussée vers l'avant, de manière progressive, pour générer un vent capable de venir à bout de ce voile brumeux. Les volutes reculèrent bientôt devant les mains des deux jeunes magiciens, immobiles sur l'herbe dont la teinte verte sombre réapparut pleinement au bout d'une vingtaine de secondes. L'espace se dégagea autour de la tranchée aérienne, la percée à travers le brouillard, et un espace en légère pente se découvrit sous le regard alerte de Garvin et Ciela. Une fois le mouvement enclenché, la partie de la Plaine précédemment masquée révéla de gros rochers éparpillés, un léger relief herbeux sur la gauche, ainsi qu'une étendue plus franche à l'opposée. La brume recula au-delà d'une surface entièrement recouverte de plaques de pierre régulières, trois cents mètres en avant, et qui prenait l'aspect d'une terrasse. Les deux magiciens baissèrent les bras et se retournèrent vers les troupes alliées, qui attendaient leur rapport avec une certaine impatience.

- C'est bon, nous pouvons avancer, dit Ciela.

- Il y a une autre petite plaine juste devant, compléta Garvin. Personne pour le moment, tout est calme.

- Alors allons-y, décréta Veresh, avant de montrer la voie d'un mouvement de son épée dorée, suite à quoi les centaines de militaires se lancèrent à l'assaut du ce court relief.

Les rangs se succédèrent au pas de course, les soldats s'empressant de rejoindre l'espace dégagé par leurs éclaireurs exceptionnels. La brume au loin semblait s'affaiblir, suite au souffle donné par Garvin et Ciela, cependant, le ciel demeurait gris et uniforme, et les températures basses, plus encore que lors des kilomètres déjà effectués à travers cette nouvelle région du Talémar. Le sol se couvrait par endroits de petites parties rocheuses, sous forme de plaques, entre des pierres de dimensions variables, dont certaines dépassaient le mètre de hauteur, coiffées de morceaux de mousse humide. Les Létariens et la petite compagnie de l'Urgandarr investirent les lieux au fur et à mesure que les militaires émergeaient au sommet de la butte : en deux minutes, les deux cents cinquante alliés s'y retrouvèrent réunis, prêts à avancer encore, derrière Veresh et les deux magiciens, qui s'aventuraient avec les premières lignes vers le voile brumeux situé plus au Nord.

Garvin et Ciela se préparaient à répéter leur action lorsque des cris s'élevèrent de l'autre côté, mettant les rangs les plus avancés en alerte maximale. Veresh se plaça de côté, le bouclier levé, pendant que les lanciers et les archers tendaient leurs armes, pour se préparer à une contre-attaque soudaine. Garvin et Ciela lancèrent une vague d'énergie et dégainèrent leurs atouts : les deux sabres au hâlo bleu pour le jeune homme et l'épée de cristal lumineuse pour la jeune femme. Leur sort lancé à la va-vite repoussa quelques secondes plus tard la brume lointaine, dévoilant une large ligne de guerrier divers du Talémar, fantassins et arbalétrier mélangés, droit devant. Un peu plus à l'est, un homme d'un bon mètre quatre-vingt dix avançait au milieu d'une troupe, sa carrure soulignée par son manteau noir. Ses combattants au bouclier et à la hache venaient à leur rencontre, suivis de près par une femme en armure marron, équipée de deux épées à la garde circulaire gravée, dont Garvin prévut aussitôt d'en faire son adversaire. Les archers-mages tirèrent sur les arbalétriers, dont les carreaux fusèrent vers les Létariens ; Veresh, en tête, put stopper certains projectile de son bouclier doré d'énergie, mais plusieurs militaires alliés furent touchés et envoyés au sol. Garvin, Ciela et cinq lanciers en uniformes verts et or s'abritèrent derrière le plus gros rocher de l'aire, à droite, devenant ainsi impossible à viser pour les arbalétriers adverses. Les échanges de tirs cessèrent peu après avec la première charge des troupes de contact Talémariennes : Veresh donna l'ordre de résister et combattre, pendant que le nombre d'adversaires visibles dépassait la centaine. Dilva mena ses compagnons tout à gauche, près de cette petite colline qui se dressait à l'ouest, et ses dix derniers archers des marais, aux arcs noirs, purent trouver un angle pour abattre plusieurs combattants du Nord. Veresh, au centre, espéra qu'aucune force du Talémar n'allait venir de l'ouest, et se prépara à recevoir les premiers guerriers au corps-à-corps, renforcé par des lanciers et épéistes de Létare. Bien vite, l'affrontement s'étala sur toute la longueur du champ principal, soit plus de deux cents mètres de large.

Garvin et Ciela sautèrent à découvert pour aller à la rencontre de ce détachement ennemi mené par Moskar, suivi de peu par Jelana la Brave et quelques uns de ses Forestiers, qui faisaient un léger détour pour arriver par la gauche. Ciela échangea de place avec son ami en passant devant lui, et se présenta devant la troupe de Moskar, laquelle se dispersait en individualités pour engager les soldats Létariens un par un. Le grand chef des Drakkars conserva quatre acolytes autour de lui, pendant qu'il chargeait, muni de son épée à deux mains. Ciela demeura immobile, sans crainte, puis effectua deux coups en diagonale tout en bondissant en arrière, avant de reprendre le combat. Garvin, désormais à gauche, réceptionna en duel une Jelana offensive, qui le fit reculer d'un pas. Ses épées typiques du Talémar, qu'elle maniait très vite, surprirent Garvin, qui trouva cependant le moyen de parer son adversaire et de riposter avec force. Il se mit à tourner sur lui-même, ses sabres dirigés vers le sol, et passa à gauche de Jelana. Repérant un Talémarien en train de se battre contre un lancier Létarien, Garvin le frappa dans le dos en terminant son précédent mouvement, avant de se retourner vers la droite, pour faire de nouveau face à Jelana.

Ciela se tenait plus loin, près de plusieurs ennemis, moins Moskar, intercepté par un lancier Létarien : la jeune blonde à l'épée cristalline frappa de coups amples les Drakkars alentours, lesquels reculèrent suffisamment pour qu'elle puisse baisser une main vers le sol et faire se lever des flammes bleues en demi-cercle, dont l'apparition causa une grande surprise parmi les guerriers alentours. Les flammèches s'élevèrent pour former des brasiers espacés, entre lesquels elle se faufila, pour n'avoir à faire qu'à un Talémarien à la fois. Ses coups rapides et son engagement passèrent leurs boucliers ronds, et elle utilisa plusieurs fois la télékinésie pour les sonner. Revenue de quelques mètres vers le centre du champ,

elle se décala sur la droite et déplia son bras pour envoyer les trois flammes principales vers autant de guerrier ennemis, qui furent projetés au sol avec force, la laissant un instant seule dans une plaine où l'affrontement faisait désormais rage. Elle se retourna un instant, et vit Garvin s'apprêter à reprendre le duel qui l'opposait à la dirigeante des Forestiers, et qui était pris pour cible par un guerrier trapu des drakkars, lequel chargeait, son bouclier en avant, et sa hache prête à frapper.
- Attention, Garvin ! Cria t-elle à son ami, qui ne détectait toujours pas l'arrivée de ce combattant.
Le jeune homme se tourna dans la direction que lui indiquait Ciela et vit enfin le guerrier, avec sa tunique rouge typique de son clan : Garvin pivota, partit en avant et bondit avec énergie. Il retomba, abattant ses deux armes sur le dessus du bouclier rond, et le fendit sur plusieurs centimètres. Le guerrier fut déstabilisé par l'impact, tandis que Garvin relevait ses sabres : le jeune homme lui donna un puissant coup de pied au ventre qui le fit reculer à toute vitesse avant de l'envoyer au sol. Garvin remarqua l'arrivée d'un Létarien, qui passa devant lui pour venir engager Jelana, ainsi que l'irruption d'un Forestier, armé d'une épée légère et d'une hache. Garvin avança pour venir à sa rencontre et sauta, frappant de côté de ses sabres parallèles. Le Forestier fut obligé de parer, et laissa ainsi le temps à Garvin de l'attaquer à nouveau. Il le repoussa avec ses bras et lui envoya finalement un éclair, pour achever rapidement cet affrontement et préserver ses forces pour la suite.

Au milieu des combats, dans un moment de repos, un soldat d'élite du Talémar passa au Nord, tourné vers Garvin, auquel il lança les deux haches de jet qu'il tenait dans ses mains. Le jeune homme bondit à sa gauche, esquiva l'attaque et visa le guerrier, qui poursuivit sa course pour s'abriter derrière un haut rocher, contre lequel il s'adossa juste à temps, l'éclair de Garvin explosant contre la pierre. Le vétéran Talémarien décrocha deux autres haches de sa ceinture et sortit à découvert pour les projeter sur Garvin, isolé, qui les dévia sur sa droite par télékinésie. Alors que le guerrier d'élite s'emparait de nouveaux projectiles, il fut atteint par un rayon doré envoyé par Ciela, et fut repoussé en arrière, s'effondrant derrière le rocher.

Garvin regarda son amie avec gratitude et se retourna pour voir Jelana éliminer un soldat allié, avant de revenir vers lui. Garvin se tenait alors à l'endroit exact d'où il avait commencé son duel, et il repartit à l'assaut, ses deux épées encore opposées à celles de Jelana.

Les rangs, entièrement dispersés après des minutes de combat général, donnaient lieu à de nombreux duels, et les alliés perdaient progressivement l'avantage initial du nombre, comme les Talémariens continuaient à affluer du Nord. Soudain, un espace s'ouvrit dans un de leurs détachements, et deux chariots de bois épais apparurent droit devant, traversant le champ, chacun tractés par deux sangliers gigantesques. À bord de chaque engin, un homme et une femme munis de longues épées aux lames interminables entreprenaient de frapper tout adversaire qui se présenterait à leur portée. Leurs roues enchaînaient des tours dans un fracas en constante augmentation, le tonnerre surgissant sous leur rotation à chaque fois qu'elles rencontraient une surface de pierre. Les chariots se séparèrent, l'un filant vers le centre du champ, et l'autre vers la gauche. Garvin, qui tenait en respect Jelana depuis plus d'une minute, remarqua leur arrivée, et comprit la menace qu'ils représentaient : il lança son sabre droit en l'air, repoussa la dirigeante des Forestiers de sa main droite, usant de télékinésie, puis se tourna vers le chariot le plus proche. Le couple à bord commençait à distribuer des coups horizontaux et passa au bout d'un espace dégagé, d'où le jeune magicien du Sud allait pouvoir les atteindre. Il se concentra pour former une boule de feu et la lâcha sans plus attendre : la sphère flamboyante rasa le sol et alla pulvériser la roue gauche de l'engin de guerre, lequel chavira en s'effondrant, ses deux conducteurs éjectés en avant retombèrent lourdement, plusieurs mètres en avant, à la surface de l'herbe, non loin de Veresh. Ce dernier lança un rapide regard vers l'est, soulagé de cette action opportune de Garvin : celui-ci eut juste le temps de se retourner et d'attirer son sabre tombé par terre avant de parer la double attaque de Jelana, leurs quatre armes tendues au-dessus d'eux.

Tout à gauche, le vide se faisait devant le passage du deuxième chariot, les Létariens et Urgandaris se jetant au sol pour éviter les claymores dirigées vers eux. Dilva, qui luttait une épée à la main, prit une seconde pour réagir, et, poussée par le devoir devant une situation qui exigeait une telle action, elle se précipita sur sa gauche. Elle posa un pied sur une rocher haut d'une cinquante de centimètres et bondit en avant vers l'engin ; la vétérane passa la rambarde de sûreté du chariot et percuta de son épaule gauche la guerrière blonde qui terminait son mouvement. La Talémarienne bouscula son équipier, et grâce à une pierre qui donna une secousse à l'attelage, le combattant perdit l'équilibre et bascula par dessus bord. La blonde au physique fort qui restait aux commandes du chariot, les rênes reliés à une barre devant elle, donna un coup de coude à son assaillante, qui se plia par côté. Dilva se redressa vite et la frappa d'un coup de poing au menton, qui laissa la Talémarienne sonnée un instant, tandis que les sangliers géants poursuivaient leur course folle à travers les rangs alliés. Un coup d'épée léger de Dilva ne réussit pas à traverser l'armure renforcée de son opposante, qui la saisit fermement au col et tenta de la pousser par dessus la rambarde. Dilva, qui sentait la force de son ennemie surpasser de loin la sienne, profita d'une deuxième grosse secousse donnée par le terrain au chariot pour dégainer un poignard et blesser la conductrice, puis elle bascula en arrière et fit une roulade dans l'herbe de la plaine. La vétérane se redressa pour voir l'engin se fracasser contre un rocher, les sangliers en emportant un morceau au loin tandis que la blonde s'évanouissait quelques mètres plus loin, allongée sur le ventre. Dilva soupira un grand coup et se remit sur ses jambes, et, constatant avec bonheur qu'elle avait toujours son épée à la main, elle entreprit de retourner au front assister ses amis.

Ciela, un temps seule, se retrouva face à Moskar, qui venait de se débarrasser d'un lancier coriace. Rageur, il leva son arme lourde et frappa fortement à la verticale : Ciela, de ses deux bras, engloba son épée d'un hâlo doré qui lui donna la résistance nécessaire pour bloquer l'attaque et la détourner vers le sol, à sa droite. Puis, la jeune femme releva son épée, dont l'extrémité passa à quelques centimètres du buste de Moskar, étonné, qui fit rapidement deux pas en arrière, son arme tendue vers elle. Il repartit à nouveau avec des frappes horizontales successives, qui forcèrent Ciela à reculer, puis elle attendit le bon moment, intercepta l'épée à deux mains par un coup vertical, s'avança et donna un coup de pied au grand guerrier. Habile, la jeune femme bondit, redressa l'arme de son ennemi et frappa encore, de son poing chargé de magie. Moskar tenta un assaut soudain et puissant, mais Ciela saisit son poignet gauche et plongea de son bras droit, qui transperça l'armure du chef de clan au niveau du sternum. Le souffle court, Moskar baissa le regard sur la lame cristalline de son adversaire et commença à s'effondrer sur le genou droit, lentement : Ciela retira son épée et le regarda un instant s'écrouler sur le côté. Au même moment, Garvin, qui se sentait faiblir, trouva une occasion de repousser Jelana avec une vague d'énergie, et d'enchaîner plusieurs coups, la désarmant et la touchant au col, d'une manière superficielle, mais qui suffit à lui faire abandonner le combat.

Ciela, qui demeurait alerte, repéra un vieil homme au visage marqué, qui avançait à droite au milieu des soldats dispersés, s'aidant d'un bâton noueux dans sa marche lente. L'individu, qui lui donna l'air d'un shaman, avec ses habits gris et ample, parut immédiatement suspect à la jeune femme, et lorsqu'il s'arrêter pour commencer à dresser son bâton dans sa direction, elle envoya un rayon doré sur lui. Touché en dessous de l'épaule gauche, il chavira, tomba en arrière, puis il tenta de récupérer son instrument de marche empli de pouvoirs, que Ciela arriva à lui enlever juste à temps. Rejointe par Garvin, elle crut reconnaître le fameux shaman Uskor, dont la vieille Olgova leur avait parlé, et qui se tenait moitié allongé, reposant en partie sur son coude gauche. Il souriait en respirant difficilement, et se tourna un bref instant vers la terrasse de pierre au Nord, d'où le brouillard recommençait à avancer sur le champ.

- Il est trop tard pour vous… dit-il, riant à moitié. Elle arrive… Verana…

Puis, Uskor s'affaissa, laissant inquiets Garvin et Ciela, qui orientèrent leur regard dans la direction suggérée par le vieil homme. Les guerriers ennemis s'y retiraient peu à peu, désertant le centre de la plaine rocheuse, où Veresh et ses lanciers avaient héroïquement tenu sans quasiment perdre un mètre de terrain. Les deux magiciens firent des pas prudents vers le commandant légèrement haletant, qui devinait là une ruse de l'adversaire.

- Verana arrive, répéta Ciela d'un ton préoccupé.
- Nous sommes prêts à la combattre, lui assura Garvin. Comme nous l'avons promis.

Alors que Veresh acquiesçait, une alerte vint de leur gauche, lancée par un combattant de l'Urgandarr, alors tourné vers le Sud.

- Regardez, voilà Delfen ! Cria t-il, le bras tendu.

Au loin, la silhouette reconnaissable du jeune homme arrivait à la course, sa cape flottant derrière lui pendant qu'il approchait les premiers soldats alliés.

- Je suis de retour ! Cria t-il aussi joyeusement que triomphalement, levant bien haut sa lance verte au bout de son bras droit, applaudi par ses gens, et par une Dilva qui secouait la tête, pleine de fierté et d'incrédulité.

Il rejoignit Veresh, Garvin et Ciela au pas de course, observé de tous.
- Delfen, où sont vos amis ? Lui demanda aussitôt Veresh.

- Restés à la tour d'observation, commandant, répondit le champion énergique de l'Urgandarr. Nous avons repoussé une attaque ennemie, et un agent de Veska est venu nous trouver. Je cours vous prévenir que les Talémariens vont utiliser un dangereux Pouvoir contre nous...

- Trop tard, coupa Garvin. La jeune shamane qui le détient arrive.
- Alors laissez-moi m'occuper d'elle, fit Delfen, particulièrement volontaire, au ton engagé mais poli. Je pense avoir le pouvoir spécial qu'il faut pour l'arrêter. Et si j'échoue, je sais que vous pourrez la vaincre.

- Qu'est-ce que tu en penses ? Demanda Ciela à Garvin.

- Je crois qu'il faut lui laisser sa chance, répondit le jeune homme, approuvé par son amie et par Veresh.

- Allez-y, nous nous tiendrons prêts, au cas où, reprit Ciela.

Delfen abaissa la tête en signe de remerciement et s'avança d'un pas, tandis que ses amis se rangeaient à gauche de sa trajectoire pour le laisser passer.

- J'y vais, dit-il, en faisant une pause à leur hauteur. Je vais tout faire pour y arriver.

Puis, il se remit à avancer, sa lance dans sa main droite, pour en direction du Nord. Plus d'une cinquantaine de mètres complètement dégagés séparaient les Talémariens des alliés, un espace dans lequel le champion de l'Urgandarr s'engageait avec une certaine prudence dans ses mouvements. Les hommes et femmes du Talémar venaient de se regrouper à chaque extrémité de la terrasse rocheuse, recouverte par le brouillard, et semblaient désormais attendre la venue de leur jeune prodige. Delfen fit quelques pas de plus en avant, ses bottes enchantées se posant entre de petites pierres qui sortaient du sol, mais il s'arrêta dès lors qu'il sentit un souffle glacé arriver sur lui. La bise se fit de plus en plus puissante, au point que l'atmosphère autour de Delfen perdit presque toute sa chaleur en quelques secondes, pendant que des volutes de la brume en profitaient pour avancer sur le champ de roches. Delfen s'immobilisa et remarqua que le sol se couvrait de petites plaques de givre devant lui, peu à peu : la terre émettait des craquements et la glace progressait rapidement, jusqu'à ses pieds. La brume se rafraîchissait encore, et il sentait son corps être assailli par ce changement soudain.

- Je dois tenir, je dois tenir... murmura t-il, en tentant de résister à ces effets, au travers desquels il devinait l'empreinte d'une magie puissante.

Enfin, des bruits de pas lourds se firent entendre, à l'image d'un tambour lointain, et les soldats du Talémar se tournèrent à moitié vers le Nord. Les Létariens et Urgandaris, vingt mètres derrière Delfen, observaient attentivement ce qui semblait sur le point de surgir de la brume. Après une vingtaine de secondes, l'épais voile qui formait une ligne opaque fut traversé par la silhouette d'une gigantesque créature bestiale, qui marchait sur ses pattes arrières, et dont le visage, celui d'un loup splendide, émergea sous le regard ébahi de centaines de combattants. Les rangs alliés furent traversés d'un vent d'étonnement autant que de profonde inquiétude en voyant cette créature haute de plus de six mètres avancer et révéler ainsi son poil épais, blanc et bleu à la fois. Delfen ouvrit des yeux incrédules, tant la Louve surpassait la description faite par le messager de Veska : une aura de froid l'enveloppait et se faisait sentir à des dizaines de mètres à la ronde, tandis que ses pattes démesurées semblaient pouvoir détruire une tour par des frappes surpuissantes. Delfen sentit son devoir lui donner des forces supplémentaires au moment de riposter face à ce pouvoir suprême du Talémar : le jeune homme à la cape verte déposa sa lance derrière lui, regroupa son énergie et ferma ses poings. La Louve venait lentement vers lui, et se trouvait encore à cinquante mètres, ce qui lui laissait le temps d'achever sa transformation en Tertre.

Le corps de Delfen se recouvra de nouveau d'une couche d'énergie grise, qui lui donna bientôt l'aspect de la roche, et sa silhouette commença à s'épaissir, puis à grandir, ses membres prenant peu à peu de la largeur. Garvin et Ciela remarquèrent avec grand étonnement, et une admiration certaine, la manière dont son dos se bombait, et dont son physique devenait massif, au-delà de tout ce qu'ils avaient pu voir jusqu'alors. Il exerçait une immense poussée magique pour d'obtenir toute la force nécessaire afin de lutter au mieux contre une telle adversaire, cette Louve qui marchait lentement mais sûrement vers lui, dans le climat lourd qui précédait leur affrontement. Delfen continua de prendre en taille et en largeur, pour culminer à près de cinq mètres de hauteur, le plus qu'il pouvait faire. Alors, il cessa d'utiliser sa magie et se prépara à engager le combat avec celle qui s'approchait de lui. Il déplaça ses jambes lourdes et anguleuses pour aller à sa rencontre, et alors, la Louve sortit ses terribles griffes, d'une longueur et d'une épaisseur prodigieuses, avant de charger le Tertre. En un instant, la Louve fut sur lui, et ses griffes rayèrent la pierre, tandis qu'elle portait un assaut brutal. Delfen sentit la force de la créature le repousser, et il dut lever ses bras pour espérer stopper les membres rageurs qui le frappaient avec rapidité. La Louve, profitant de sa plus haute stature, entreprit de mordre son crâne de pierre de sa gueule aux crocs acérés, mais Delfen réussit juste à temps à empoigner sa gorge pour la maintenir à distance. De son bras droit, il saisit la Louve par la taille et l'éjecta à plusieurs mètres en arrière.

La Louve pivota et se retourna dans sa chute, pour retomber à quatre pattes, furieuse, tandis qu'elle regardait Delfen en diagonale en grognant. Puis, elle repartit à l'assaut, plus dangereuse encore que la première fois, avec une rapidité fulgurante, ses griffes glissant contre la pierre, avant que la lutte ne recommence. Hargneuse, elle fit pencher Delfen sur la droite, puis sa patte supérieure droite se recouvrit de glace avant de venir frapper Delfen en haut du buste, par un coup en diagonale. Delfen fut à son tour repoussé avec force, mais il tendit sa jambe gauche en arrière pour stopper sa dérive, laissant une large traînée dans le sol sur près de trois mètres. Il se rétablit juste à temps pour réceptionner la charge de la Louve ; il résista à cette créature dressée devant lui, plus grande que lui, et misa sur la densité de son corps de roche pour reprendre l'avantage. Sous les regards emplis d'émotion des soldats, les deux champions semblèrent se neutraliser dans un combat au corps-à-corps indécis. Puis, Delfen déplia ses bras lourds de pierre, et renvoya la Louve en arrière ; celle-ci, désormais à près de dix mètres de distance, inspira l'air ambiant et se pencha en avant tout en ouvrant sa gueule. Un souffle soudain déversa un flot de givre enchanté sur Delfen et tous ceux qui se trouvaient derrière lui. Garvin et Ciela levèrent immédiatement leurs bras pour créer un champ de force en toute hâte, un bouclier aux reflets bleus et or, bientôt percuté par la vague glacée que la Louve continuait de projeter droit devant elle. Les deux jeunes magiciens durent prolonger leur effort, pendant que les alliés reculaient pour se placer hors d'atteinte.

À l'avant, Delfen croisait les bras devant lui, disparaissant à moitié dans le faisceau de magie du Nord auquel il résistait, en rassemblant ce qui lui restait d'énergie. Puis, la déferlante se mit à faiblir, et Delfen réapparut pleinement, devant une adversaire qui comme lui paraissait s'essouffler. Il baissa ses bras lourds et laissa passer deux secondes pesantes. Puis, subitement, il releva ses membres joints, et un énorme rayon vert surgit de ses mains pour aller frapper la Louve en plein coeur. Elle poussa un rugissement, se courba en arrière sous la puissance du sort, et son corps gigantesque devint éthéré. Le halo qui l'entourait rétrécit rapidement en l'espace de deux secondes, jusqu'à ce que la silhouette de la Louve redevienne celle de Verana, la jeune shamane aux cheveux roux. Delfen, encore sous sa forme de Tertre, sentit une immense fatigue l'envahir ; son physique s'écroula comme un éboulement, et il se retrouva sous son aspect humain, haletant, penché sur sa droite, courbé après les immenses efforts qu'il venait d'accomplir.

Il respira plusieurs fois, momentanément épuisé, et releva le regard pour apercevoir sa formidable adversaire, immobile, un genou au sol, le visage baissé. La défaite de Verana, de justesse, signifiait celle des Quatre Clans, dont les rangs en désarroi semblaient alors comprendre que le confit s'achevait en cette heure. Lorsqu'il sentit son souffle revenir, Delfen se redressa et se mit à marcher vers la jeune shamane, qui conservait cette pose à la fois abattue et très digne, par l'expression fermée de son jeune et beau visage. Le champion de l'Urgandarr arriva sans presque un bruit et se pencha vers elle avec gentillesse.

- Nous ne sommes pas obligés d'être ennemis... dit-il en tendant sa main droite.

Verana, surprise, releva la tête en vit le geste amical de Delfen, qui l'invitait à prendre sa main, et après un instant de grande hésitation, elle comprit que les choses n'étaient pas exactement telles que les chefs des Quatre Clans, et Uskor le premier, lui avaient présenté. Elle sentit qu'elle pouvait faire confiance à ce jeune homme souriant, à l'allure si sincère, à l'attitude si dénuée d'offensivité, à l'air si gentil. Verana prit sa main et releva en même temps, tout en repensant aux paroles d'Uskor, qui, à cet instant, paraissait lui avoir menti depuis le début sur ce conflit. Des applaudissements retentirent derrière Delfen, depuis une foule enthousiaste, où Garvin et Ciela, au premier rang, souriaient, exaltés par la réussite et la valeur de leur ami. Veresh, à leur gauche, bien qu'heureux de l'issue de l'affrontement, demeurait attentif, car les Talémariens restaient encore nombreux, largement plus d'une centaine, alignés près de la terrasse rocheuse, où le brouillard terminait de se dissiper.

La plupart des guerriers et guerrières du Nord paraissaient néanmoins sur le point d'abandonner la lutte, le duel ayant permis de trouver un vainqueur honorable. Verana retrouva toute sa lucidité tandis que les forces alliées se rapprochèrent d'elle et de Delfen, qui échangeaient des mots courtois au milieu du champ. Après un court moment, elle se mit à acquiescer et elle partit d'un pas rapide vers la droite, en direction du rocher où le shaman Uskor reposait encore, à moitié allongé. Garvin et

Ciela accélérèrent pour retrouver la jeune héroïne du Talémar et Delfen, auprès du vieux conseiller des Ours Noirs. Les combattants des Quatre Clans s'orientèrent eux aussi vers ce lieu, et certains s'approchèrent pour être témoins de la scène qui s'ouvrait devant eux.

- Verana, vous avez échoué… commença t-il à dire une fois qu'elle fut arrêtée près de lui.
- Non, c'est vous qui avez perdu, Shaman Uskor, rectifia t-elle, d'une voix assurée.

Vous avez comploté contre Létare, contre les Clans eux-mêmes. Ceci est arrivé à cause de vous : vous êtes le vrai ennemi du Talémar. Je vais vous arrêter à présent.
Le silence se fit, et tous les spectateurs se demandèrent comment elle allait agir ; Verana se dressait, pleine de certitude, et Delfen, en retrait sur sa droite, ne chercha pas à intervenir. Uskor levait le regard d'un air de défiance vers elle, mais la jeune shamane ne se laissa pas impressionner : elle rassembla un peu de son énergie retrouvée, puis elle déplia les bras vers l'instigateur du conflit. Une déferlante de glace et de neige partit de ses mains pour frapper Uskor au buste, qui fut soudain plaqué au sol, sur le dos. Les Talémariens, qui avaient tous observé avec attention la scène, ne s'opposèrent pas à cette action, au grand étonnement de Garvin, Ciela et des alliés. Verana garda le regard baissé vers le danger qu'elle venait d'éliminer, pendant plusieurs secondes, et parut pensive, puis elle approuva elle-même ce qu'il venait de se produire. Le cri d'un des guerriers postés à droite du champ retentit alors.

- Les Gens de la Montagne ! s'exclama t-il, agité, l'index pointé vers la colline de l'Ouest, sur laquelle se tenaient des dizaines de personnes munies d'arbalètes et d'épées, pendant que d'autres avançaient en contrebas.

Une blonde massive d'environ un mètre quatre-vingt se tenait en avant de ses troupes, surplombant le champ, ses longs cheveux tombant sur son plastron brun et décoré. Majestueuse dans sa tenue et sûre d'elle-même, elle fit bientôt entendre sa voix.

- Soldats des Quatre Clans, déposez les armes, dit-elle, avec assurance, et sans crier.

- Voila Veska ! Fit Veresh, enjoué et soulagé à la fois. Ça y est, la victoire est à nous, pour de bon.

De nouvelles acclamations traversèrent les rangs de Létare et de l'Urgandarr, tandis que deux cents de leurs alliés accouraient en direction des Talémariens, qui se rendaient en nombre sans résister. Certains se penchaient pour laisser leur hache, leur épée, sur l'herbe du champ, tandis que la plupart attendaient que l'on vienne leur prendre leur équipement.

Garvin et Ciela s'en allèrent au pas de course rejoindre Veresh, vers qui Veska se dirigeait. La cheffe des Gens de la Montagne descendait la petite colline, et les alliés qui l'observaient purent remarquer le fourreau doré de son épée à deux mains, accroché au dos de son plastron. Delfen se rapprocha également, après avoir adressé un signe de tête poli à Verana, vers laquelle plusieurs soldats Talémariens accoururent. Dilva fit signe à ses camarades de se joindre aux Gens de la Montagne, afin d'accélérer le mouvement.

Veska arriva sans précipitation, ses lourdes bottes noires s'enfonçant dans l'herbe, pendant que Garvin et Ciela se rangeaient juste derrière Veresh, qui se préparait à la recevoir dignement. Veska les dépassait tous les trois par la taille, et son visage large de nordique leur semblait alors amical, relevé par une beauté certaine. Elle avait des yeux verts et un teint pâle, qui mettaient en valeur ses cheveux blonds, légèrement ondulés, et qui tombaient dix centimètres en-dessous du niveau de ses épaules.

- Salutations, êtes-vous le commandant Veresh ? demanda t-elle d'un ton réservé.

- C'est bien moi, acquiesça l'officier Létarien, s'inclinant respectueusement. Cheffe Veska, vous arrivez au bon moment !

- Mes Gens vous saluent également, reprit la dirigeante, en faisant passer son regard de Veresh aux deux magiciens qui l'accompagnaient. Il me semble que vous avez déjà fait l'essentiel ici.

- Nous avons tenu bon contre leurs troupes, puis notre jeune allié, Delfen, a réussi à battre leur shamane, résuma Veresh, tandis que le champion de l'Urgandarr les rejoignait, sa lance dans la main droite.

- Vous l'avez vaincue sous sa forme de Loup des Glaces ? Demanda Veska, presque incrédule.

- Oui, répondit Delfen, passé à droite de Veresh, avec une simplicité étonnante. J'ai dû me transformer pour cela, je vous le raconterai si vous le voulez, ou bien mes amis s'en chargeront peut-être...

- Vous m'impressionnez ! Reprit Veska. Je veux bien entendre cela, oui, mais d'abord, j'ai besoin de savoir où nous en sommes à présent.

Elle fit signe à une jeune guerrière brune en approche de les rejoindre.

- Veska, nous avons commencé à désarmer les troupes restantes, rapporta t-elle. Nous avons retrouvé le chef Moskar, qui est gravement touché, ainsi que Jelana des Forestiers, elle aussi blessée, à l'est du champ.

- Nous nous sommes occupés d'eux, expliqua Ciela, à gauche de Veresh.

- Très bien, capturez-les, ordonna Veska. Et essayez de découvrir si Lordar ne se cache pas parmi les derniers combattants. Chers alliés, vous avez remporté une grande victoire aujourd'hui, qui peut mettre fin à ce conflit dès à présent.

- Nous avons des talents formidables parmi nous, dit Veresh, en jetant un rapide regard à sa gauche. Je m'attendais à ce que l'ennemi soit plus nombreux.

- En vérité, ils auraient du l'être, dit Veska, qui intrigua dès lors ses quatre interlocuteurs, entourés de plusieurs soldats également curieux. Nous avons intercepté près de deux cents berserkers à une vingtaine de kilomètres à l'ouest d'ici. Ils se rendaient vers ce lieu en renfort lorsque nous les avons stoppés. Et leur chef, Parhar, a été fait prisonnier pendant l'affrontement.

Des murmures emplis de gratitude se répandirent parmi les combattants alliés qui écoutaient parler l'imposante blonde, tandis que Veresh et ses proches souriaient.

- Nous vous sommes si reconnaissants, dit le commandant. Et vous nous apprenez une excellente nouvelle.

- Oui, avec la capture de trois des quatre chefs de Clans, l'élimination de leur conseiller et de leur meilleur commandant, la victoire est quasiment à nous, résuma Veska.

- Et que va t-il advenir des chefs de clan capturés ? Intervint Garvin.

- Ils vont être destitués et emprisonnés : leurs factions devront choisir d'autres dirigeants, dit Veska. De même Lordar, chef des Ours Noirs, sera considéré comme hors-la-loi jusqu'à sa capture, si nous le prenons pas dès aujourd'hui.

- D'accord, cela semble excellent, commenta Veresh. Est-ce que vous nous accompagnerez au campement des Quatre Clans, plus au Nord ?

- Oui, nous serons avec vous, confirma Veska. C'est là que vous ferez entendre les conditions de la capitulation des Clans de la coalition. Mais d'abord, nous devons nous occuper de ce qui retient encore notre attention ici.

Veresh approuva sans réserve, alors que des éclaireurs Létariens rapportaient du chargement des mules les caisses de potions de Delfen, pour les distribuer aux nombreux blessés, dont le nombre restait à déterminer. Garvin et Ciela quittèrent Veresh et Veska pour aller aider les militaires. En face, les soldats du Talémar se regroupaient par petits ensemble, sous la surveillance vigilante des Gens de la Montagne. Après dix minutes d'assistance, Garvin et Ciela s'arrêtèrent pour regarder devant eux la Plaine des Roches retrouver son calme. Veresh, Dilva et Veska discutaient plus sereinement désormais, les premiers rapports leur étant parvenus, et plus à droite, près des rochers, Jelana patientait en compagnie d'une dizaine des ses arbalétriers désarmés, assise sur une grosse pierre. Entre les deux, Verana se tenait dans une posture similaire, réconfortée par un homme barbu, châtain clair, au visage arrondi typique de certaines contrées du Talémar. Il se tenait avec quatre vétérans des Ours Noirs, penché près d'elle, pour lui parler avec franchise et lui assurer de leur sympathie profonde.

- Tu ne peux pas être déçue, car tu as opposé une force qu'aucun autre Talémarien ne pouvait produire, disait-il, engagé. Personne d'entre nous n'aurait pu lutter comme tu l'as fait. Tu accèdes au plus haut rang de la dignité de notre nation, car tu as été notre championne, dans un conflit qui ne concernait pas directement ton clan.

Verana, bien qu'encore affectée par la perte de son duel, fit un signe positif de la tête.

- Tu as agi avec sagesse, continua le vétéran des Ours Noirs. Nous n'avons en rien à te reprocher ta décision à propos du shaman Uskor, et même, j'approuve ton action. Il n'était pas un personnage en qui placer sa confiance. Maintenant, nous allons avoir besoin de toi. Le Talémar a besoin de toi.

Verana se tourna vers lui, qui affichait un visage ferme et amical à la fois, et elle approuva à nouveau ses dires. Puis, il toucha avec légèreté son épaule en guise de soutien, et la jeune shamane se leva, surprise d'une visite courtoise de Delfen.

- Ciela, je me dis que nous sommes en présence de quelqu'un d'exceptionnel, dit Garvin, émerveillé par les exploits de Delfen. À seulement dix-huit ans, il était déjà une légende, le héros de son peuple. Il avait plus de pouvoirs que moi et plus de responsabilités que toi. Il a sauvé son pays à un âge où nous ne connaissions presque rien en dehors de nos régions. Aujourd'hui, sa légende est plus grande encore, plus grande peut-être que la notre, plus célèbre en Urgandarr que nous à Létare ou aux Mille Collines.

- Tu dis là des choses bien vraies, Garvin appuya Ciela, qui se tourna vers lui pour le regarder. Mais tout l'Ouest ne connaît pas encore Delfen, alors qu'il fait partie des personnes les plus valeureuses qui soient.

- Et cette jeune shamane, Verana, est tout aussi admirable, reprit Garvin, tandis que Delfen au loin conversait avec la métamorphe au Pouvoir du Loup.

- Oui. Mais à propos, je ne pense pas que tu sois moins adoré aux Mille Collines que Delfen en Urgandarr. J'ai vu à quel point les gens saluent chacune de tes visites, combien tu es célèbre et apprécié partout à nous allons.

- Et moi, j'ai constaté que partout où tu passes, les gens disent :« Elle est si jolie ! Reprit Garvin, avec des gestes théâtraux. Et en plus, c'est une héroïne ! »J'ai entendu des personnes dire : « c'est elle qui nous a tous sauvés, pendant la guerre des Elesrains ». Et j'ai même entendu une jeune homme trop bavard dire : « Oh, c'est la femme parfaite ! »

Ciela se mit à rire en secouant la tête, devant ces paroles qui la flattaient mais qu'elle trouvait démesurées.

- Et il y a un autre jeune homme qui se le dit tout les jours, et c'est moi... conclut Garvin, tout en prenant le papier contenu dans la poche intérieure de sa veste.

Ciela, touchée par ce habile compliment, le vit sortir cette feuille pliée pour lui présenter avec une certaine timidité, sa main tremblant encore en ce moment romantique, malgré des mois entiers passés ensemble.
- Et je pense chaque ligne de ce poème que j'ai écrit pour toi.
Ciela attrapa le papier de sa main droite si élégante, puis le déplia, toujours avec un sourire attendri sur son visage. Elle découvrit chacune de ces rimes avec curiosité, mais aussi avec une certaine appréhension, car, comme elle connaissait Garvin et l'étendue de ses sentiments pour elle, elle savait qu'elle allait être très émue.

J'ai confiance en la vie
Car belle et puissante est ma mie
Dans mon coeur il est midi
Sa splendeur éclaire ma nuit

Une force guide ma vie
De la crainte que nenni

Chaque jour, ma dame au beau visage
M'enchante de tout son courage
Belle guerrière qui me défend
De son amour si puissant
J'admire tes bras, tes cheveux d'or
Toujours en paix, grâce à toi je m'endors

Et que tremble l'ennemi
Devant nous deux réunis
Toi qui triomphe sans peine,
De gloire, ta coupe est pleine

Avec toi, à travers le monde,
Ma sauveuse, ma parfaite blonde,
Je voyage avec tant d'émotion
Je suis fier d'être ton fidèle compagnon

De la crainte, que nenni
Car belle et puissante est ma mie

Les yeux tremblants devant cette nouvelle déclaration d'amour intense, Ciela leva le regard, ouvrit les bras et avança vers Garvin, pour échanger une tendre étreinte. Ciela, ses bras autour de lui, sourit par dessus son épaule et inspira pleinement l'air ambiant, dans un moment de bonheur suprême qui les réunissait alors. Garvin profita de ces instants où son idole le gardait contre elle, l'enveloppant de sa force lumineuse, avant qu'ils ne se relâchent, emplis de joie et de sérénité. Quelques instants plus tard, Delfen arriva, l'air réjoui et la démarche légère.

- Nous avons triomphé ! Dit-il, lui qui avait retrouvé des forces. Notre association était la meilleure, entre l'Urgandarr et Létare, les champions de l'Ouest en ce jour.

S'en suivit une discussion enjouée, où les deux jeunes amoureux purent complimenter Delfen à propos de ses facultés, qui les avaient impressionnés au plus haut point.

- J'avais bu une potion de Puissance avant de venir, et je savais alors que j'allais être en mesure de faire de grandes choses. Je me suis senti plus fort que jamais. Mais je pense que très bientôt, la jeune shamane qui se trouve là-bas sera plus forte encore. Elle n'a que seize ans.

- Et déjà tant de pouvoir… constata une Ciela médusée par ce qu'elle apprenait.

- Oh oui ! Confirma Delfen,. À l'avenir, nous pourrons compter sur elle, si le Talémar devient un ami.

- Nous ferons tout ce qu'il faudra pour que cela arrive, s'engagea Garvin. Maintenant, nous devrions retourner auprès de Veresh.

Ciela et Delfen approuvèrent, et ils commencèrent à marcher tous les trois à la rencontre du commandant, qui aux côtés de Dilva, s'entretenait toujours avec la grande blonde, Veska. Autour, les Gens de la Montagne avaient rassemblé les équipements des Talémariens vaincus, dont la majeure partie étaient escortés vers l'Ouest, pour y être détenus, du moins provisoirement. Le chef Moskar, évacué sur une civière, et Jelana la Brave, sous bonne garde, faisaient partie du convoi. Seule Verana et un groupe d'une vingtaine de soldats adverses demeuraient dans le champ. Les blessés les plus légers récupéraient, tandis que les plus graves étaient eux aussi emportés par les Gens de la Montagne, avec des Létariens comme accompagnateurs. Quelques minutes plus tard, après une dernière vérification, ordonnée conjointement par Veska et Veresh, la compagnie alliée se mit en mouvement vers le Nord, en direction du campement des Quatre Clans. La Plaine des Roches, qui dévoila bientôt un paysage plus gris et pierreux, retrouvait sa tranquillité ordinaire, sous un ciel qui s'éclaircissait, et pas même un souffle d'air pour agiter ses brins d'herbe. Sans en être encore complètement assurés, les soldats qui s'engageaient de nouveau dans cette immense étendue sentaient que le point déterminant de ce conflit venait d'être dépassé, et qu'ils marchaient désormais vers une paix de plus en plus proche.

Chapitre 12 : Le Choix du Talémar

C'est en fin d'après-midi que les troupes alliées arrivèrent au grand campement des Quatre Clans, qui n'était alors plus protégé que par une cinquantaine de gardes. Veska, qui ouvrait la marche avec tout autant de ses camarades, et un porte-drapeau officiel, leur demanda de se rendre et leur annonça la capture de leurs dirigeants. Devant les forces qui se présentaient à eux, et en constatant que des prisonniers des Ours Noirs ainsi que Verana faisaient partie de la foule, les défenseurs du camp hésitèrent et ne tardèrent pas à capituler. Veresh, qui suivait de près la grande cheffe blonde, ordonna l'occupation des tentes, qui furent par précaution fouillées, à la recherche d'éventuels résistants embusqués. En une demi-heure, le secteur passa sous contrôle de Létare et des Gens de la Montagne, puis Veska put investir la plus grande des tentes, où elle trouva le mobilier et le matériel nécessaire pour s'installer, toujours en compagnie de Veresh.

Dehors, les Talémariens vaincus discutaient à nouveau, le vétéran des Ours Noirs, Bargon, profitant de ces instants pour renouveler sa confiance en Verana, laquelle semblait voir son moral remonter.

- Nous pouvons nous estimer heureux d'avoir affaire à des si honorables ennemis, disait le trentenaire aux cheveux châtain. Ils vont très certainement négocier une paix, un arrangement, d'ici très peu de temps, dès ce soir très certainement. Verana, vous êtes notre meneuse à présent. La coalition des Quatre Clans sera bientôt dissoute, et avec la prise de leurs dirigeants, vous êtes la plus digne de nous représenter tous.

- Alors je signerai en votre nom, dit Verana avec certitude, qui effectuait là son premier geste de responsabilité depuis la défaite contre leurs adversaires du Sud.

Bargon sourit en abaissant plusieurs fois la tête, fier d'avoir cru en son engagement, et déjà prêt pour la suite des événements.

- Shamane Verana, je suis avec vous, dit-il d'un ton très officiel, suivi par ses amis à proximité, tandis qu'ils étaient surveillés de près par les alliés. Je vous aiderai à déterminer si les termes de l'accord sont respectables. C'est mon devoir.

- Merci... Bargon, reprit une Verana encore un peu dépassée par la confiance qu'on lui accordait si soudainement, en dehors des limites de son village et de son Clan. Je suis heureuse de vous savoir de mon côté, pour m'aider aujourd'hui.

Pendant ce temps, Garvin, Ciela et Delfen se joignaient aux patrouilles qui assuraient la sécurité des lieux, mais ils se rapprochèrent bientôt de la tente principale, car ils savaient qu'ils allaient assister à une scène très importante, qui allait enclencher la résolution légale du conflit. Quelques secondes avant leur retour au centre du camp, Veresh sortit dans l'air frais du soir et demanda au groupe de prisonniers d'envoyer son représentant à la réunion annoncée.

- Je suis la représentante, déclara Verana, tout en avançant pour se placer en tête des guerriers des Quatre Clans.

- Et je viens avec elle, en tant que conseiller, ajouta Bargon, d'une voix affirmée.

- Bien, vous pouvez venir, répondit Veresh, en leur faisant signe de la main. Deux lanciers se détachèrent d'une unité Létarienne et accompagnèrent les deux Talémariens jusqu'à l'entrée de la tente. Là, Veska se tenait au milieu de cette pièce aux parois de toile, derrière une table vers laquelle tous se dirigèrent. Delfen entra quelques secondes plus tard, puis Dilva se joignit à Garvin et Ciela. Veresh s'absenta une poignée de secondes pour aller près d'une chaise, un peu plus au fond de la tente, à gauche de l'entrée, puis revint vers la grande table avec deux rouleaux dans ses mains. Verana se plaça en face de Veska, avec Bargon à sa droite, et Delfen s'avança pour se placer à gauche du meuble, tandis que Veresh déroulait les parchemins sous les regards encore méfiants des deux Talémariens.

- Voici le traité de paix, en deux exemplaires, préparé par la Grande Mage Lendra et le Conseil de Létare, dont les signatures figurent déjà au bas. Nous vous invitons à prendre connaissance des conditions qu'il implique.

Verana prit le parchemin de droite à la surface de la table, et Bargon se rapprocha d'elle afin qu'ils puissent le lire ensemble. Pour éviter la prolongation du conflit opposant les deux camps, les Quatre Clans devaient accepter une capitulation sans condition, en contrepartie d'un arrêt immédiat de l'invasion du pays par les forces de Létare ainsi que de l'Urgandarr. Les deux alliés du sud s'engageaient à prendre en charge les soins des soldats Talémariens blessés, et, troisièmement, les neufs Clans qui composaient le Talémar devaient organiser des élections, nommées le Choix, afin de désigner un représentant général. Chaque Talémarien, à l'exception des dirigeants des Quatre Clans, pouvait se présenter au Choix, Létare et l'Urgandarr s'engageant à en reconnaître le résultat, quel qu'il soit. C'est avec une grande attention et un immense étonnement que Verana et Bargon achevèrent la lecture du traité.

- Verana, nous devrions accepter, conseilla le vétéran, qui y voyait là des conditions plutôt favorables au Talémar. Une telle chance ne se reverra peut-être pas.

La jeune shamane repensa à ce que signifierait la signature du document, et en voyant le regard confiant, presque insistant, que son voisin expérimenté lui adressait, elle approuva d'un signe de tête. Veska avança une plume et un encrier, pour qu'elle puisse inscrire son nom au bas de la page, à côté de celui de Lendra.

- Je signe aussi, déclara Bargon, suite à quoi Delfen s'empara de la plume.

- En tant que personne choisie par les gens de l'Urgandarr pour agir ici, je signe le traité de paix, dit le jeune homme à la cape verte, au ton impeccable. L'Urgandarr s'engage à en respecter les termes.

- Et en ma qualité de commandant des forces de Létare, en charge de cette mission, je déclare le contrat comme étant validé, conclut Veresh, en notant à son tour son nom, en dessous de la signature du Conseil.

Chaque représentant signa ensuite la copie du traité, qui devait être remis au Talémar, comme signe de l'officialité de l'accord.

- Je vous remercie tous, reprit l'officier. Grâce à vous, la paix va pouvoir revenir entre nos nations, et j'espère que nous pourrons être amis à l'avenir.

Il regarda Verana et Bargon en prononçant cette dernière phrase.

- À partir de maintenant, l'entente des Quatre Clans est rompue par la loi, et ainsi, tous les Talémariens faits prisonniers retrouvent dès à présent leur liberté, annonça Veresh.

- Très bien, alors nous partirons demain matin, sans attendre davantage, enchaîna Bargon, expéditif, mais soucieux de respecter l'accord qui venait d'être conclu. Il nous faut répandre la nouvelle que nous devons faire notre Choix. Mais la journée est trop avancée pour que nous puissions envisager de nous en aller tout de suite.

- Nous comprenons, dit Veresh, courtois.

Verana et Bargon saluèrent leurs hôtes d'une manière très sobre avant de quitter la tente pour aller annoncer à leurs camarades le récent changement de situation.

- Félicitations, commandant, nous avançons à grands pas, déclara Veska. Il nous faudra dépêcher des messagers dans toutes les contrées du Talémar pour nous assurer que l'information leur est bien parvenue. Selon les termes du traité, le Choix doit se tenir d'ici cinq semaines, et cela nous laisse le temps de faire connaître ma candidature, et de savoir qui nous devrons affronter.

- Quelque chose me dit que cette jeune shamane et ce guerrier seront là, imagina Delfen.

- Oui, très probablement, approuva Veska. Nous verrons cela demain. Il est temps de nous reposer, après cette victoire. Dès demain, nous préparerons la prochaine, qui arrivera, si tout se passe comme prévu, dans un peu plus d'un mois.

Sur cette phrase, la plus longue journée des alliés s'acheva, et chacun put gagner sa tente pour y prendre du repos. Garvin et Ciela s'en allèrent donc dans la partie ouest, non loin de celle où Veska et Veresh allaient passer la nuit. Peu fatigués, ils en profitèrent pour reparler des nombreux événements de l'invasion, depuis leurs aventures dans les forêts de l'Urgandarr jusqu'au duel de Delfen avec la Louve.

- Finalement, nous avons réussi à peser dans le conflit, résuma Garvin.

- Nous avons fait mieux que cela, continua une Ciela enthousiaste. Comme Veresh nous l'a dit, notre aide a été très importante, et nous pouvons en être fiers.

- Oui, et ton exploit sur la colline restera comme un moment d'héroïsme ultime.

- Merci Garvin. Maintenant, nous devons tout faire pour aider Veska à remporter l'adhésion des gens de ce pays, et cela semble pour l'instant très difficile. Les Quatre Clans ne vont pas la soutenir, et j'espère que le reste du Talémar saura faire le bon choix.

- Nous ne savons pas encore quel adversaire affrontera Veska, dit Garvin. Mais Delfen a je pense raison de penser que Verana sera sa principale opposante, avec des anciens guerriers autour d'elle. C'est là que j'aimerais que la jeune shamane soit sage et propose elle aussi une solution pour l'unité du Talémar.

- Nous verrons cela bientôt. Pour le moment, ce que nous pouvons faire de mieux est de nous reposer.

- Tu as raison, car toi tu es d'une grande sagesse ! Fit Garvin, souriant et sincère.
Ciela fut prise d'un petit rire, puis elle vint lui baiser la joue, et ils s'allongèrent quelques instants plus tard, dans une nuit calme et parsemée de nuages blancs, qui flottaient dans le ciel frais, au-dessus de la Plaine des Roches.

Le lendemain matin, dès le jour venu, Veska et ses lieutenants firent partir de petits groupes de messagers officiels, trois par Clan à visiter. Veska avait jugé l'emplacement du camp des Quatre Clans comme étant idéalement placé, et avait prévu déjà à l'avance d'en faire son quartier général, un lieu d'où elle pourrait suivre l'évolution de cette campagne d'un nouveau genre au Talémar. Plusieurs jours allaient passer avant que les nouvelles circulent, et que les messagers avertissent Veska des principaux candidats proposés par les différents Clans, même si elle avait l'objectif de se rendre au nord-ouest pour parler aux habitants de la Glace. La meneuse des Gens de la Montagne pensait déjà à effectuer quelques visites, et en envisageait jusqu'à trois, dans les territoires qui bordaient la Plaine des Roches. Il fallait faire connaître ses idées, son plan, l'intérêt que tous pouvaient avoir à la désigner comme gouverneure du Talémar unifié, et c'est ce qu'allaient entreprendre les vingt-quatre messagers qui s'en allèrent du campement ce jour là.

Veska réfléchissait à la situation avec plusieurs de ses proches, des conseillers avisés, tout en conviant Veresh et d'autres officiers alliés à chacune de leurs réunions. Avec l'avancée du printemps, les jours devenaient de plus en plus longs et chauds, même dans une région aussi nordique que celle-ci. Lors de moments moins chargés, dans l'emploi du temps de Veska, les trois jeunes champions de l'Ouest venaient discuter avec elle, et semblaient tout vouloir savoir de la région où vivaient les Gens de la Montagne.

- C'est un terrain difficile, rocheux, beaucoup plus chaud que le reste du Talémar, leur raconta la blonde robuste. Il s'élève parfois très haut en altitude, surtout au sud et au sud-ouest. C'est par là que passent les géants du Talémar et ceux de l'Urgandarr pour se rencontrer. Certaines montagnes sont si hautes et si raides qu'elles sont inhabitables. On dit que ce sont dans ces sommets que dormiraient des dragons. L'altitude nous a toujours protégés contre les plans des berserkers, régulièrement soutenus par les Ours Noirs, nos adversaires les plus sérieux au Talémar.

Tous trois écoutaient parler avec passion Veska, et tout spécialement Delfen, qui considérait les Gens de la Montagne comme des amis. Il finit par lui poser un grand nombre de questions, notamment au sujet d'un territoire indécis.

- Et cette bande de forêt de vingt-cinq kilomètres de large, au pied des montagnes, quelle est votre avis dessus ? Demanda t-il, tandis que Garvin et Ciela attendaient d'en savoir plus, eux qui n'avaient pas la moindre idée de ce dont il parlait avec tant d'expertise apparente.

- Officiellement, elle n'appartient à personne, si je crois bien, répondit Veska.

- C'est bien cela, confirma Delfen.

- Comme elle est située de votre côté, nous avons toujours considéré qu'elle est à vous.

- C'est très généreux de votre part, fit remarquer le héros des marais, qui s'étonnait encore de l'attitude si positive de ces Talémariens bien à part.

- Vous n'avez rien à craindre des Gens de la Montagne, lui assura Veska. Nous sommes très différents du reste de l'Urgandarr : nous sommes presque un petit pays à nous seuls. Sachez que les Gens de la Montagne sont les seuls à ne pas avoir envoyé de guerriers contre l'Urgandarr, lors de l'expédition du Mage de Guerre. Notre région est l'une des trois plus grandes du Talémar, avec celle des Ours Noirs et celle du Clan de la Glace. Cette rencontre est une excellente occasion de nous parler enfin, de discuter avec nos voisins les plus pacifiques, devant les gens de la Glace. Pour nous, la menace vient toujours de l'Est.

- Je vous remercie de ce compliment, reprit un Delfen honoré du respect et de la sympathie que manifestait Veska à l'égard de son pays. Nous verrons ce qu'il adviendra de ce morceau de forêt au nord de l'Urgandarr. Nous avons toujours des tours à sa limite, pour surveiller ce secteur, mais cela semble inutile maintenant.

- Gardez-les, conseilla Veska. Elles marquent l'entrée dans votre pays, et elles pourraient vous être utile, si des bandits venus du Nord échappaient à notre vigilance et voudraient s'emparer de vos marais.

- Je retiendrai votre conseil, dit un Delfen inspiré.
- Notre région est l'une des plus chaudes du Talémar, avec le sud-est, qui correspond au territoire du Clan de la Rive, et au sud du Clan des Ours Noirs, continua Veska. Mais je pense que notre domaine est l'un des plus beaux qui soient au Talémar. Si vous le pouvez, et si le coeur vous en dit, je pourrais vous inviter à venir le découvrir...

Delfen sourit, flatté de cette invitation qui le tentait beaucoup, et il imaginait alors s'y rendre avec de bons camarades, Dilva en premier lieu. Mais pour le moment, il leur fallait gagner cette campagne du Choix. Les premières nouvelles arrivèrent trois jours plus tard, avec ce messager essoufflé qui annonça à Veska qu'un de leurs groupes avait été attaqué dans le Clan des Forestiers. Le représentant officiel se trouvait suffisamment touché pour devoir renoncer à sa mission. La dirigeante de la Montagne le fit alors remplacer et une dame partit immédiatement, mieux escortée que son prédécesseur, qui devait être ramené à l'Ouest. Enfin, au bout du cinquième jour, les événements en cours se précisèrent : partout, les quatre Clans avaient renoncé à se battre contre les alliés, lesquels conservaient leurs positions au Sud. Une lettre de Veresh était en cours de voyage vers Létare, et les premiers messagers de la Montagne commençaient à revenir. Ils confirmèrent ce que Delfen avait envisagé : Verana se portait candidate contre Veska, de même qu'un autre commandant des Ours Noirs, fidèle à Lordar, lequel était toujours introuvable.

- Il a du se réfugier au nord, supposa Veska. Bon, nous savons maintenant qui nous aurons à affronter. Je vais bientôt partir pour le Clan de la Glace, où je tiendrai mon premier discours. Vous faites un excellent

travail. Continuez à parler aux autres clans. Avec diplomatie, nous pourrons convaincre suffisamment d'habitants que notre projet est le bon.
Veresh, vite informé, voulut alors savoir quelles étaient les chances de Veska d'obtenir les voix des Talémariens d'une manière générale.
- Quelles sont vos relations avec les autres Clans ? Demanda t-il en premier.
- Les Berserkers et les Ours Noirs, comme vous le savez maintenant, seront les plus hostiles, suivis par les Forestiers, expliqua la grande blonde. Les Drakkars sont plutôt contre nous, tandis que le Clan de la Glace est neutre, nous n'avons eu aucun affrontement militaire majeur avec eux. Quant aux trois derniers, ils sont situés trop loin de nous et nous n'avons jamais eu de véritable contact avec eux.
Veresh prit note de toutes ces données, et partit accueillir une compagnie de Montagnards juste arrivés en renfort, pour la sécurité du camp et de la candidate officielle. Celle-ci s'en alla le lendemain, avec cinquante de ses compagnons, pour se rendre dans une ville importante du Clan de la Glace, où elle espérait parler devant des centaines de personnes.

Pendant ce temps, Bargon et Verana passaient de village en village, dans tout le territoire des Ours Noirs. Le vétéran parlait en son nom sur un ton exalté, présentant à tous celle qu'il estimait être la meilleure représentante possible pour le Talémar du futur. Il prenait généralement la parole, en compagnie de la jeune shamane, monté sur une estrade au centre des communautés qu'ils visitaient, accompagnés par des anciens des Quatre Clans.
- Oui nous avons été vaincus, mais par un adversaire honorable, qui a fait preuve d'un traitement exemplaire de nos prisonniers, rappelait-il d'une voix forte, en se tournant au fil de son discours, vers les différentes parties de l'auditoire. La Shamane Verana, ici présente, fut notre championne

pendant ce conflit, et elle le reste aujourd'hui encore. Les dirigeants des Quatre Clans ont fait des erreurs, et c'est à nous de les réparer. D'abord, nous devons faire notre Choix, et avec Verana, nous ferons respecter l'indépendance du Talémar, et de celui des Clans qui le composent. Guerriers et guerrières, à vous de décider !

Des observateurs de la Montagne, dépêchés après les messagers, eurent plusieurs fois l'occasion d'assister aux prestations de Bargon, suivies par quelques mots de Verana en personne, qui assurait les citoyens de son soutien, et qui semblait rencontrer un succès notable dans l'Est du Talémar. Elle se déplaça avec les vétérans vers le clan des Forestiers, et l'un de ses porte-paroles se rendit vers les Berserkers, qui l'accueillirent plutôt chaleureusement. Verana apparut sans surprise comme la concurrente la plus sérieuse de Veska.

La grande blonde, de son côté, se félicita de trouver une petite foule autour de l'estrade d'où elle s'adressa aux habitants de la Glace, qui la considéraient comme une visiteuse exceptionnelle, elle qui n'avait que très peu parcouru le Talémar jusqu'alors, et qui passait pour une dirigeante isolationniste. Elle vanta le mérite des Létariens et leur attitude irréprochable, pour inciter à accepter une alliance avec eux. Son évocation de la menace des Vesnaer, loin au sud-est, sut trouver une place importante dans les considérations de l'auditoire, de même que la nécessité de disposer d'une représentante centrale, dans les moments les plus importants de la nation. C'est sur une impression plutôt positive qu'elle repartit pour le campement de la Plaine des Roches. Là, les rapports des différents messagers confirmèrent ses attentes ainsi que celles de ses conseillers, et elle put s'entretenir une nouvelle fois avec Veresh.

- Nos représentants ont été généralement mal reçus dans les territoires qui faisaient partie de la coalition des Quatre Clans, mais cela, nous nous y attendions, dit Veska. Mais c'était important de s'y rendre, car le discours qu'il y ont tenu saura convaincre au moins une petite partie des habitants locaux, et nous avons besoin de leurs voix.

- Et le Clan de la Glace, va t-il choisir Verana ? Demanda Veresh, qui semblait désormais au fait des différentes logiques propres au Talémar.

- Ce n'est pas si sûr, modéra Veska. Si beaucoup la soutiendront, car elle est l'espoir de sa région, d'autres lui reprochent d'avoir accepté l'invitation du shaman Uskor, très décrié là-bas. Un bon nombre d'entre eux pourraient me choisir à sa place, et je ne crois pas que le commandant des Ours Noirs, Ralmar, qui est actuellement au nord-est, puisse les convaincre de reprendre le combat contre nous. Lui aura plus de succès auprès des Quatre Clans, malgré leur défaite, et Verana aussi. Cela ne va pas être aussi évident que cela de l'emporter, même si nous faisons de notre mieux.

Les jours passèrent et les informations se firent plus nombreuses, permettant de confirmer l'évolution en cours de la campagne du Choix. À la surprise générale, les alliés et les Gens de la Montagne reçurent une visite de la vieille Olgova, qui arriva en un début d'après-midi, son bâton de shaman dans la main droite.

- Je suis sortie de ma demeure, car les choses sont en train de changer au Talémar, dit-elle à Garvin et Ciela, venus à sa rencontre, au sud du camp. Je viens parler à Veska, car je veux entendre d'elle même quel est son projet, dont j'ai déjà beaucoup entendu parler.

- Venez, vous êtes la bienvenue, l'invita Ciela, en tendant le bras vers elle, comme pour l'accompagner. Veska se trouve dans la grande tente, nous vous y emmenons.

Garvin et Ciela la guidèrent sur deux cents mètres, puis lui montrèrent l'endroit où elle allait pouvoir obtenir son entrevue. Veska et la vieille magicienne discutèrent pendant une heure, avec respect, et abordèrent surtout le plan de la dirigeante des Montagnards. Olgova paraissait vouloir confirmer ce qu'elle savait déjà, et apprendre des détails sur les points majeurs. Elle s'accordait avec la grande blonde à considérer les Vesnaer comme les futurs adversaires de leur peuple, et Veska l'informa de la lutte qui avait déjà opposé l'Ouest aux envahisseurs de l'Est. Enfin, Olgova se retira après l'avoir salué, et croisa peu après Garvin et Ciela, qui avaient attendu sa sortie de la grande tente.

- Je n'ai pas encore choisi qui je soutiendrai, mais j'ai beaucoup appris, leur déclara t-elle, demeurant mystérieuse. Je dois vous dire que vous êtes devenus populaires, jeunes gens.

- Comment cela ? Fit Ciela, aussi étonnée que son ami.

- Vous avez gagné le respect de beaucoup de personnes, car vous êtes ceux qui ont vaincu le commandant Volkor, expliqua Olgova. Ce dernier a imposé sa loi à de nombreux villages au sud-est, au moment de l'arrivée des Létariens, les forçant à abandonner leurs biens. Il faisait autrefois partie du Clan de la Glace, et était capitaine au moment de la guerre en Urgandarr, puis il est passé du côté des Ours Noirs, recruté par Uskor. Ce n'est pas un personnage apprécié, loin de là, et fort heureusement, ni l'un ni l'autre sont encore là pour entretenir la discorde.

- Qu'allez-vous faire à présent ? Demanda Garvin.
- Je vais me remettre en route, et réfléchir à qui donner mon soutien, reprit Olgova. Mais une chose est sûre : le Talémar a besoin de retrouver une certaine unité. Autrefois, il a existé pendant un temps un Conseil des Shamans, qui réunissait des personnes de tous les Clans, et dont j'ai fait partie. Mais Uskor a réussi à le dissiper, et à monter ses membres les uns contre les autres.

- Décidément, quel personnage, commenta Garvin, en apprenant cet autre fait relatif au dangereux conseiller des Ours Noirs.
- Oui, et Verana a été bien inspirée d'en venir à bout, dit Olgova. Elle m'intéresse beaucoup, et elle aussi ferait une excellente dirigeante. Bien, je dois vous laisser, mes jeunes amis du Sud. Au revoir, mais à bientôt.
Elle s'en alla, laissant Garvin et Ciela dans une certaine impatience, logiquement due à l'indécision de la vieille dame.

Si au cours des deux premières semaines, plusieurs noms issus des clans plus modestes avaient circulé, il se trouva bien vite que les trois candidats les plus importants demeurèrent les seuls en lice, les Choix qu'ils proposaient suffisant à représenter la plupart des grandes aspirations des habitants du Talémar. Veska se décida à tenir deux discours à la frontière du Clan des Forestiers, ainsi que sur le bord du territoire des Ours Noirs, devant bien peu de curieux, mais elle savait qu'elle se devait de le faire. Pendant ce temps, Verana et Bargon, de même que le commandant militariste des Ours Noirs, parcouraient le centre et l'Est du Talémar, les premiers se rendant vers la Rive, au sud-est, tandis que le deuxième descendait à la rencontre des villageois des Drakkars.
À la fin de la troisième semaine, les différents messagers des trois candidats convinrent de proposer une réunion commune, au nord du Clan des Forestiers, dans une ville de deux mille habitants, avec des gens venus de chaque faction. Veska accepta l'invitation, et demanda à ce que des personnes issues des clans du Sud, ceux du Drakkar, des Forestiers et de la Rive, envahis par les alliés, viennent témoigner à propos du conflit. Son idée fut retenue par ses deux opposants, et une nouvelle semaine fut nécessaire pour la préparation de cette grande rencontre, qui devait achever de décider les plus hésitants de faire leur Choix. Delfen, en tant que signataire de l'Urgandarr, faisait partie des invités d'office, et il

semblait particulièrement impatient d'assister à un tel événement, d'autant plus que les trois témoignages retenus allaient être entendus avant les candidats, lesquels devraient en prendre note. Veresh, Garvin et Ciela allaient accompagner Veska et sa troupe jusqu'à la ville en question, autour de l'estrade, dressée non loin d'un immense arbre, sur la place de la communauté.

Alors qu'ils attendaient debout la tenue de la rencontre, Garvin et Ciela, isolés un instant, furent abordés par un homme âgé d'une soixantaine d'années, qui paraissait savoir à qui il s'adressait. Habillé en bleu marine, avec un chapeau élégant de couleur beige, il donnait l'air d'un érudit, une personne tout à fait apte à parler avec aisance, ce qu'il fit bientôt.

- Vous êtes bien les deux magiciens du Sud ? Demanda t-il, comme pour s'en assurer. Une fois la confirmation venue, il devint soudainement joyeux.

- Ah, c'est bien ce que je pensais ! Je suis le témoin de la Rive, et au nom de mes amis, je viens vous remercier de nous avoir débarrassés du commandant Volkor. Il a ordonné la destruction de cinq villages, et obligé des centaines de personnes à déménager, sous prétexte que les Létariens allaient nous envahir. Et ce, alors que nous ne voulions pas participer au conflit. Nous n'avons jamais été associés aux Quatre Clans et nous regrettons d'avoir suivi le Mage de Guerre en son temps. Je suis impatient de dire tout cela aux gens qui se réunissent. Ils doivent savoir !

Son énergie et sa détermination à faire reconnaître la vérité ne put que plaire aux deux jeunes gens, qui sentaient là une opportunité fantastique pour Veska de faire valoir son projet. La tribune, suffisamment large pour accueillir plusieurs personnes, finissait d'être installée, et la foule grossissait tout autour d'elle. Garvin et Ciela rejoignirent leurs amis à gauche, où se tenaient la plupart des Gens de la Montagne. En face d'eux, les anciens des Quatre Clans discutaient à voix basse, et des observateurs des autres régions se tenaient entre les deux. Enfin, un annonceur officiel du Clan de la Glace annonça le début des auditions.

- Nous recevons tout d'abord le témoin de la Rive, déclara t-il à voix haute, d'un ton très digne qui se prêtait à l'occasion, alors que le silence se faisait.

L'érudit au chapeau brun monta les marches situées sur le côté gauche de la tribune et commença à s'exprimer, selon les règles établies à l'avance par les candidats, c'est-à-dire sans se prononcer en faveur de l'un d'entre eux. Il raconta à nouveau la manière dont Volkor avait donné ses ordres, qu'il tenait en principe du chef des Ours Noirs, Lordar, dont il rappela la fuite. Le vieil homme insista sur la neutralité de la Rive et la courtoisie des envahisseurs, qui avaient traité avec politesse les villageois des communautés traversées par les troupes de Létare.

- Cet homme est formidable, commenta Veska à voix basse, en parlant à Veresh, présent sur sa gauche. Il est jusqu'à présent notre meilleur allié dans cette élection.

Puis, une arbalétrière des Forestiers, venue sans son arme, monta pour prendre le relais. Elle tint un discours très hostile aux alliés, sans surprise pour les Gens de la Montagne.

- Ils se sont emparés d'un de nos forts après avoir empoisonné les défenseurs, dit-elle, déclenchant un certain scandale parmi une partie de l'auditoire. Nous ne pouvons pas leur faire confiance ! Et je pense que le Talémar a encore les moyens de lutter et de se faire respecter face à l'ennemi !

Son discours laissa une légère agitation dans la foule, surtout du côté des observateurs des Ours Noirs et des Berserkers, un léger désordre auquel l'annonceur répondit.

- S'il vous plaît, un peu de calme ! Fit-il, tapant d'un bâton sur une marche de la tribune. Nous accueillons enfin le témoignage des Drakkars.

Une jeune femme blonde sortit des rangs situés tout à gauche de Veska, et lorsqu'elle monta sur l'estrade, Delfen eut la surprise de reconnaître la guerrière du village, à laquelle il avait donné une des potions de soins. Elle paraissait en parfaite santé, et il trembla au moment où elle s'apprêtait à livrer son expérience.

- Eh bien, je dois dire que j'ai été surprise par la façon dont les soldats de Létare et de l'Urgandarr nous ont traités, dit-elle après un long moment d'attente. Ils ont été bons et personne ne s'attendait à ce qu'ils soient aussi honorables. J'ai moi-même été soignée par le meneur des Urgandaris, Delfen, qui a été d'une grande politesse.

Un vent de révolte souffla parmi les Ours Nois, tandis que le contentement l'emportait en face.

- Votre ami a été extraordinaire, dit Veska à Veresh, admirative. C'est grâce à lui que nous avons aujourd'hui ce témoignage si positif.

- Mes camarades ont été bien traités eux aussi, reprit la jeune guerrière. C'est tout ce que j'aurais à vous dire.

Elle descendit de la tribune avec discrétion et les conversations éclatèrent dans la foule. Une minute plus tard, ce fut au tour des trois candidats de faire leur apparition au centre de la place de la ville. Le commandant de l'Est, Ralmar, un homme de près de soixante ans, corpulent et qui parlait fort, ne tarda pas à s'engager contre Veska, dans la lignée de ce que l'arbalétrière avait commencé à faire.

- Vous êtes l'alliée de Létare, et ainsi, vous trahissez notre pays ! Lança t-il, en tendant l'index vers elle.

- C'est faux, contesta t-elle d'une voix puissante. Lendra m'a vaincue en duel selon nos lois, et j'ai conclu une alliance avec elle et avec elle seulement. Et cela à une époque où elle n'était pas encore la Grande Mage, où elle était l'ennemie du Conseil. À l'époque, elle était une adversaire de Létare. C'est vous, qui par le caractère offensif de votre coalition, avez provoqué la riposte des Létariens, et par la suite la défaite des Quatre Clans.

- Car vous avez aidé les Létariens ! Reprit l'officier des Ours Noirs, provoquant le grondement de ses camarades en bas à droite de la tribune. Les Berserkers sont tombés dans l'embuscade que vous leur avez tendu. Avec leur aide, les Quatre Clans auraient pu vaincre les troupes de Létare dans la Plaine des Roches.

- Les Gens de la Montagne sont intervenus pour arrêter ce conflit avant qu'il ne se propage à toute notre nation, dit Veska, sûre d'elle. Et c'est aujourd'hui grâce à nous que votre Clan n'a subi aucune invasion, commandant.

Une dispute se profila dans l'assistance, et Bargon, qui se tenait à l'arrière de l'estrade, fit plusieurs pas en avant, les bras tendus.

- Mes amis, mes amis, répéta t-il, se voulant médiateur. Cela importe peu. Létare et son alliée l'Urgandarr ont gagné, il est temps de penser à l'avenir du Talémar, et à celui des Clans. Je suis ici pour porter la voix de notre championne, la shamane Verana, du Clan de la Glace, qui par ses aptitudes, son courage et son combat héroïque, nous a prouvé qu'elle était digne de notre confiance, et la plus à même de nous représenter.

Le ton serein du vétéran put empêcher que la situation ne dégénère davantage, et il continua de vanter les mérites de Verana et de ses propositions pendant cinq minutes. Puis, Ralmar, l'officier des Ours Noirs reprit et incita les observateurs à choisir l'option de la résistance contre Létare et l'Urgandarr. Veska le laissa parler et put alors terminer la rencontre sur son discours de paix, d'alliance avec l'honorable adversaire, donnant raison à la formule de Bargon, et sur la nécessité d'une collaboration forte avec les peuples de l'Ouest et du Sud contre les Vesnaer. La journée de campagne s'acheva sur la séparation des candidats et des témoins, tandis que s'ouvrait la dernière semaine avant le moment du Choix.

Celui-ci devait se tenir dans toutes les villes importantes, en place publique, et devant des surveillants issus des divers Clans, mais toujours avec la présence d'au moins un membre des Gens de la Montagne et d'un agent des Ours Noirs, les deux plus grandes puissances du pays. Veska, revenue au campement, parlait de leur rivalité à Veresh.
- Autrefois, les Ours Noirs étaient sans aucun doute le premier Clan du Talémar, mais ils ont perdu beaucoup de combattants dans leurs tentatives d'invasion contre leurs voisins, et plus de trois mille soldats lors de la guerre en Urgandarr. Aujourd'hui, nous sommes peut-être les plus nombreux, et cela nous donne plus de chances de l'emporter.
Malgré des signes encourageants, et le déroulement positif de la rencontre, une certaine appréhension se faisait sentir parmi les alliés et les Gens de la Montagne. Tous se demandaient si Veska arriverait à obtenir au moins la moitié des voix, une majorité qui lui donnerait le droit d'être désignée comme gouverneure générale du Talémar. Les résultats allaient parvenir clan par clan, ce qui permettrait de dessiner petit à petit le scénario le plus probable, jusqu'au bilan officiel.
Une semaine fut nécessaire afin d'assurer des conditions acceptables pour la tenue du Choix. Les habitants des villages de la campagne étaient invités dans la ville la plus proche pour pouvoir donner leurs voix, puis, chaque ville importante informerait la cité la plus grande de chaque Clan, et enfin, les résultats parviendraient jusqu'au campement des alliés, où se réunirent des délégations venues de toutes les factions Talémariennes,

deux jours avant l'événement tant attendu. Dans chaque ville où le Choix allait se dérouler, les Gens de la Montagne et des autorités locales veillaient au bon déroulement des votes, en formant des groupes d'observateurs mixtes. Le traité de paix signé par Bargon et Verana contenait ce point important, auquel Ralmar ne put s'opposer, malgré sa défiance envers les agents de la Montagne, auxquels il était ainsi donné le droit de circuler à travers le pays. Chaque citoyen était libre d'inscrire le nom de son choix sur un morceau de papier blanc, et de le déposer dans une grande boite de bois, sous la vigilance de ces surveillants. Les résultats, annoncés par eux en place publique après le comptage des voix, seraient connus de tous.

Comme convenu, le Choix eut lieu une semaine après la rencontre des trois principaux candidats, le même jour dans chaque clan. Quelques groupes tentèrent d'arrêter localement l'événement, dans les clans des Ours Noirs, des Forestiers et des Berserkers, trop peu nombreux, et les surveillants purent rapidement les arrêter. Sans grande surprise, l'intégralité des Gens de la Montagne donnèrent leurs voix à Veska, ce qui lui conférait un avantage certain. Cependant, de grandes inconnues demeuraient quant aux scores possibles dans les autres régions du Talémar. Il fallut encore cinq jours pour que les résultats quasi-définitifs parviennent au campement de la Plaine des Roches. Veska apprit alors avec surprise qu'elle avait pu réunir plus de dix pourcent des voix dans les trois clans en principe les plus opposés à sa candidature, et dans lesquels des incidents avaient éclaté. À chaque fois, elle terminait troisième, derrière le commandant Ralmar et Verana, laquelle l'emportait largement. Le Clan des Drakkars, contre toute attente initiale, se désolidarisa de ses trois anciens associés, et choisit en premier Veska, car beaucoup des gens qui y vivaient se savaient en première ligne face à Létare en cas de reprise du conflit, et d'ailleurs, Ralmar l'offensif n'y reçut qu'une très faible adhésion. Un peu partout, Veska constata à quel point la vieille shamane Olgova avait reçu du soutien, malgré le fait qu'elle ne s'était pas présentée, et elle réunissait dans certains endroits plus de dix pourcents.

Les deux clans du nord-est, régulièrement menacés par les plans des Ours Noirs, votèrent en faveur de Veska, car ils espéraient qu'une gouverneure générale serait plus à même de les protéger que le seul principe du Contrepoids. Ce dernier consistait en le fait que, dès lors qu'un clan gagnait en puissance d'une manière trop importante, et donnait l'impression de pouvoir s'emparer des terres d'un clan voisin, les autres factions décidaient d'intervenir en faveur du plus faible. Ce fut également la raison pour laquelle les habitants de la Rive donnèrent massivement leurs voix à Veska, et presque aucune à Ralmar. Enfin, au Clan de la Glace, Verana l'emportait logiquement, mais avec une avance modérée sur Veska.

Au campement de la Plaine des Roches, en présence des délégations de toutes les parties du Talémar, l'heure de regrouper les résultats arriva, en même temps que les messagers de retour des clans. Veska rassemblait quarante-cinq pourcents des voix, suivie par Veska avec vingt-cinq pourcents, Ralmar à douze et Olgova à neuf. Les autres voix étaient réparties entre des personnages locaux et respectés, et complétaient le grand Choix, le premier de l'histoire du pays nordique. Garvin et Ciela, qui avaient pleinement l'impression de vivre un événement historique, assistèrent à l'exposition des documents officiels apportés par les diverses délégations, déposés sur une table devant la grande tente, et lorsque la victoire de Veska ne fit plus l'ombre d'un doute, ils levèrent les bras, imités par tant d'autres, Delfen et Dilva parmi eux. Veresh, plus sobre, se contenta d'abaisser plusieurs fois la tête, tandis que les représentants des

Clans confirmaient avec plus ou moins d'entrain la première place de Veska, qui remercia chacun d'entre eux, sans se réjouir pour le moment.

- Dites à Verena et son conseiller, le vétéran Bargon, que je souhaite les rencontrer, demanda t-elle, en s'adressa au groupe des représentants, et en regardant particulièrement celui du Clan de la Glace.

Quelques minutes plus tard, lorsqu'elle se retira sous la grande tente, Garvin et Ciela s'empressèrent de la retrouver.

- Vous avez convaincu les Clans ! s'exclama la jeune magicienne. Félicitations.
- Ah, la victoire n'est pas encore complète, modéra Veska. Je n'ai pas la moitié des voix, et je dois encore convaincre un de mes adversaires de me déclarer publiquement son soutien pour espérer devenir la gouverneure générale. Voilà pourquoi je reste prudente.
- Vous pensez que Verana et Bargon pourraient refuser ? s'inquiéta Garvin.
- Je ne sais pas exactement, reprit Veska, en regardant la carte du Talémar étendue sur une table, devant elle. Je m'attends à devoir faire un geste envers eux, à leur faire une proposition, et j'ai plusieurs idées. Tout dépendra de leurs revendications.

Alors qu'elle finissait sa phrase, un guerrier de la Montagne fuit irruption derrière les deux magiciens, l'air plutôt pressé.

- Cheffe Veska, la shamane Olgova se présente au sud du camp, l'informa t-il.
- Très bien, j'arrive tout de suite, répondit Veska, en se dirigeant sans plus attendre vers la sortie de la tente, précédée de Garvin et Ciela.

La vieille dame arrivait lentement au loin, saluée par des combattants et agents de tous les Clans, elle qui représentait une valeur sûre, au-delà de la plupart des factions. Seuls quelques Ours Noirs restèrent en retrait, refusant de s'approcher pour lui souhaiter la bienvenue. Elle levait le bras droit de chaque côté d'elle, pour répondre à ceux qui suivaient sa progression, jusqu'à ce que Veska apparaisse droit devant.

- Olgova, je me réjouis de vous voir, l'accueillit la grande blonde. Comment vous portez- vous ?

- Bien, Cheffe Veska. Je suis revenue, car mes amis m'ont rapporté que vous aviez été désignée par le Choix, et que j'ai obtenu quelques voix.

- Plus que quelques voix, rectifia Veska, avec le sourire. Neuf Talémariens sur cent vous ont choisi.

- Avez-vous plus de la moitié de ce qu'il vous faut ?

- Non, je suis à quarante-cinq sur cent, mais avec vous, cela suffirait à me désigner gouverneure, expliqua Veska. Si vous êtes d'accord avec mon projet...

Olgova regarda à la ronde, observant les combattants attentifs à sa réponse.

- Oui, car je vous ai choisie moi aussi, dit-elle, soulevant des applaudissements et des exclamations parmi tous les alliés des Gens de la Montagne. J'ai finalement approuvé votre plan, et votre expérience. Verana est brave, mais elle en manque encore. Je vous soutiens donc devant toutes les délégations du Talémar, et je n'aurais qu'une seule requête : que vous restauriez un Conseil des Shamans.

Veska pencha la tête sans trop hésiter, cette idée paraissant la convaincre.

- Oui, cela me semble être une bonne initiative, car beaucoup considèrent que c'était alors la meilleure chance pour la paix dans notre pays, dit Veska, qui parlait avec assurance.

- Alors vous avez mon soutien, conclut Olgova, saluée par de nouvelles acclamations de la foule.

- Mais nous attendons encore la réponse de Verana, l'informa Veska. Je l'ai invitée à venir nous rejoindre ici, et je crois que son aide sera précieuse si nous voulons prétendre représenter une large majorité des citoyens. Nos citoyens.

Pour la première fois, l'idée d'un Talémar unifié se profilait, pas comme un lointain projet, mais comme une possibilité immédiate, sur le point d'aboutir.

- Je crois savoir que Verana et son ami le vétéran Bargon ne sont pas très éloignés d'ici, rapporta Olgova. La jeune shamane a appris votre succès, tout comme moi, et elle se dirigerait vers nous. J'étais aussi venue en espérant rassembler les deux meilleures chances pour l'avenir du Talémar.

- Voilà de bonnes nouvelles ! Fit une Veska enthousiaste. Nous l'attendrons donc aujourd'hui ?

- Oui, elle devrait être là d'ici quelques heures, confirma la vieille dame. Et nous patienterons ensemble. Je veux être là pour vivre cet instant.

Veska invita alors Olgova à la rejoindre dans son quartier général, en ce début d'après-midi, pour parler des actions à mener lors des semaines à venir, en compagnie de Garvin, Ciela, Veresh, et des deux Urgandaris, Delfen et Dilva. Il paraissait bien peu évident aux deux dames du Talémar de trouver un lieu où pourrait se tenir une assemblée des clans, même si la Plaine des Roches servait de point central au pays. Veska imaginait que l'actuel camp conviendrait dans un premier temps, suite à quoi Veresh suggéra la petite ville où la rencontre des candidats avait eu lieu. Veska et Olgova jugèrent cette idée intéressante, d'autant plus qu'un s'agissait d'une belle communauté, placée à la convergence des Clans. Une autre possibilité demeurait : celle d'une assemblée itinérante, qui se tiendrait chaque année, où tous les six mois, dans un lieu emblématique différent, mais cette option impliquait des déplacements importants pour certains clans. Ainsi, ce fut la petite ville des Forestiers qui devint le meilleur choix, qui serait probablement approuvé par l'ensemble des forces en présence. Celles-ci devaient être réunies pour faire face aux Vesnaer, et l'une des tâches les plus importantes résidait en la création de forces mixtes, à l'image de ce que les Quatre Clans avaient réussi, en prenant soin de séparer les factions les plus opposées. Après quatre heures de conversations et d'étude, un messager de la Glace annonça l'arrivée de Verana et de sa troupe, à l'est du camp.

Tous sortirent alors de la tente pour se diriger dans cette direction. La jeune shamane aux cheveux roux approchait, en compagnie de Bargon, dont l'attitude ferme laissait deviner une grande concentration, alors que se jouait le futur de son Clan comme de son pays.

- Salutations, Shamane Verana, dit Veska avec politesse, tout en parlant d'un ton officiel. Nous sommes heureux de vous recevoir ici.

- Mes respects, Cheffe Veska, Shamane Olgova, reprit Verana, très sérieuse et digne dans son port. Je viens reconnaître votre victoire, en accord avec mes conseillers ici présents.

- Je vous remercie, fit Veska, en penchant la tête. Je n'ai pas réuni plus de la moitié des voix à moi seule, mais je vous informe que la Shamane Olgova à mes côtés m'a fait l'honneur de son soutien il y a quelques heures de cela.

- Oui, c'est exact, appuya la vieille dame.
- Et nous voudrions pouvoir obtenir le vôtre, enchaîna Veska, en tendant respectueusement la main en direction de Verana.

Cette dernière se tourna vers Bargon et échangea un mot avec lui, de manière brève, avant de revenir vers la grande blonde.

- Mon conseiller, le vétéran Bargon, me rappelle que l'intérêt des clans, au-delà de la paix, est de garantir l'indépendance et la sécurité de chaque faction, dit-elle, d'un ton calme mais décidé. Vous avez plus de la moitié des voix, mais nous représentons plus d'un Talémarien sur quatre, et vous devez prendre en compte cela.

- Je comprends parfaitement, lui assura Veska. Quelles sont vos requêtes ?

- Nous sommes informés de la menace que constituent les Vesnaer, mais nous ne souhaitons pas un gouvernement qui dépasserait les droits individuels des clans. Nous voudrions que ce gouvernement ait un pouvoir limité.

- L'unité du Talémar est nécessaire, et surtout dans les temps qui viennent, insista Veska. Voilà pourquoi je me propose pour ne siéger que pendant deux ans en tant que gouverneure générale. Et je vous prendrai, ainsi qu'Olgova, en tant que conseillères : vous aurez une voix chacune, tout comme moi, pour décider de ce que le Talémar entreprendra pendant cette période.

L'offre de Veska provoqua une sensation du côté de la troupe de Verana, laquelle se mit à réfléchir, et à hésiter avant de répondre. Olgova, de son côté, appréciait déjà cette idée, et regarda la jeune femme rousse. Celle-ci, qui savait le caractère honorable de son adversaire et de la proposition qu'elle lui faisait, se retourna vers Bargon, et le vit acquiescer discrètement à plusieurs reprises. Alors, elle pivota vers Veska et tendit sa main.

- Alors je vous soutiens, déclara t-elle, sans élever la voix, avec une sincérité touchante. Veska sourit et serra la main de Verana, au milieu des applaudissements et des cris de joie.

- Venez, l'invita la grande blonde, en lui montrant la grande table au milieu du camp, où les résultats du Choix étaient exposés. Nous allons signer l'Accord.

La foule et les représentants officiels suivirent la marche de Veska jusqu'à l'imposant bureau, au centre duquel un papier et un encrier allaient servir à former le premier gouvernement commun du pays. Les trois grandes dames du Talémar prirent tour à tour la plume trempée d'encre et inscrivirent leur nom en bas de l'Accord, Verana la dernière. Celle-ci se redressa, souriante, et vit Veska lui adresser un signe de tête positif. Garvin et Ciela, l'un contre l'autre, derrière les trois conseillères, regardèrent la scène joyeuse qui se déroulait devant eux, constatant le bonheur de presque tous ces témoins privilégiés. Tous comme les deux magiciens, les Létariens et les gens de l'Urgandarr se félicitaient de ce jour où l'Ouest venait de gagner un nouvel allié.

***

Une semaine plus tard, Lendra débarquait au Fort du Lac, où les nouvelles dirigeantes du Talémar l'attendaient déjà. Les quatre femmes se retrouvèrent devant l'édifice et des centaines de témoins venus de tout le Talémar, pour signer la première alliance entre le pays et Létare, sur une autre table de bois posée au milieu d'un champ, dans des conditions identiques à celles de l'Accord. À côté du traité, un coffret de bois couvert de lignes vertes peintes reposait pour l'instant en marge. Lorsque Lendra, Veska, Olgova et Verana déposèrent leur nom en bas du document, la majeure partie de la foule célébra l'entente qui désormais allait ouvrir les prochaines années, une ère de collaboration et de soutien. Puis, l'émotion retomba un moment, Garvin, Ciela et la vieille Olgova se retrouvant près de la façade Sud du Fort pour échanger quelques paroles pleines d'espoir.

Et, enfin, Veresh sortit de l'assistance sur un appel lancé par un officier de Létare. Le commandant, en uniforme impeccable, vert et or, se dirigea dignement vers la table, où Lendra ouvrait le coffret, en sortant un collier. Au bout d'un ruban assorti à la tenue de l'officier, un assemblage de fragments d'or carrés s'insérait sur une médaille circulaire ornée d'un saphir en son centre.

- Commandant Veresh, pour les services rendus à notre nation et à l'Ouest, je vous remets une toute nouvelle récompense, le Collier de la Paix, annonça la Grande Mage.

Elle s'avança vers Veresh, lequel inclina la tête, puis l'immense Lendra lui passa la décoration autour du cou.

- Et pour la gestion irréprochable que vous avez manifesté pendant votre mission victorieuse, je vous annonce que le Conseil vous fait... général. Soyez-en fier !

Une déferlante d'applaudissements venue des rangs alliés et des Gens de la Montagne salua le triomphe du bon officier, lequel se retournait, le bras levé, pour remercier la foule. Au fond, alors que Garvin et Ciela applaudissaient, ravis, Olgova se pencha à sa droite, vers la jeune magicienne et son ami, pour leur glisser un petit mot plein d'humour.

- Je vous avais bien dit qu'il serait promu général !

Les deux amoureux se mirent à rire, tout en admirant le collier que Veresh montrait à tous en souriant, face au Fort du Lac, là où s'achevait enfin l'union de l'Ouest et du Nord.